U0943870

图书在版编目（C I P）数据

孤王寡女. 1，千字引 / 姒锦著. -- 青岛 ： 青岛出版社，2016.5
ISBN 978-7-5552-3502-6

Ⅰ. ①孤… Ⅱ. ①姒… Ⅲ. ①长篇小说－中国－当代 Ⅳ. ①I247.5

中国版本图书馆CIP数据核字(2016)第018227号

书　　名　孤王寡女1千字引
著　　者　姒　锦
出版发行　青岛出版社
社　　址　青岛市海尔路182号（266061）
本社网址　http://www.qdpub.com
邮购电话　010-85787680-8015　13335059110
　　　　　0532-85814750（传真）　0532-68068026
责任编辑　那　耘
选题策划　李文峰　　崔　悦
特约编辑　崔　悦
版式设计　李红艳
印　　刷　三河市航远印刷有限公司
出版日期　2016年5月第1版　　2017年11月第2次印刷
开　　本　16开（700mm×980mm）
印　　张　36
字　　数　550千
书　　号　ISBN 978-7-5552-3502-6
定　　价　59.80元

编校质量、盗版监督服务电话　4006532017
青岛版图书售后如发现质量问题，请寄回青岛出版社出版印务部调换。
电话：010-85787680-8015　0532-68068638

目录【上】

CONTENTS

目 录【下】

CONTENTS

第一章　逃与擒

“小王爷……来……来……”

墨九被人用力推醒时，只觉天旋地转，头脑发懵。

她的面前是一张放大版的妇人脸，蜡黄憔悴，稻草般的头发挽在头顶，用一根破木簪插着，穿着皱巴巴的交领上衣……

古装！她被惊得生生地从土坑坐起，看着头顶上一条土夯大道发呆。

从二十一世纪的阴山古皇陵昏过去，却在荒郊野外醒来？

还有，“小王爷”什么鬼？

她迅速往裆下探去。还好，不该有的东西，并没有。

松口气，她睨向那妇人：“请问你哪位？”

那妇人愣了愣，哇地哭了：“我是你娘……”

墨九一惊。亲娘这副尊容，她不敢相信自己会长成一朵花儿。

“你娘的，丫、丫头，蓝、蓝姑姑啊！”

这妇人大气喘得能急死个人。墨九恍然地点头，端出小王爷的架子，“风流倜傥”地转了转酸痛的脖子，细想又不太对。目前的环境与她的身份也差太多了吧？

她不由蹙眉：“蓝姑姑，本王为何在此？”

“本王？”蓝姑姑瞪大眼睛，“我的姑奶奶，你从驿道摔下来，莫不是摔掉魂了？这都什么时候了，还在发疯！小王爷带人追、追过来了。还不快逃？”

“哦？难道我是在逃王妃？那小王爷有多丑绝人寰，我才非逃不可？”她一边被蓝姑姑扯着袖子奔逃，一边做着穿越定律性学术研究。

蓝姑姑泪流满面：“九姑娘，你这疯症，愈发厉害了。”

“我有疯症？”难道自己穿越的方式不对？

蓝姑姑哭得更厉害了：“九姑娘该不会、把、把借我的银子也忘了吧？”

“……”墨九心里都是泪。

原来荣华富贵都是空。

原来个个都是她祖宗。

看蓝姑姑的样子，也不像有钱人家。她得找蓝姑姑借钱，那身世多凄惨？怪不得又饿又渴，饥寒交迫，甫一出场就落了个逃跑的命运。也好，天将降大任于斯人也，必先苦其心志，劳其筋骨，饿其体肤……

墨九正闷头励志，蓝姑姑却突地停下脚步。

她抬头望去，只见驿道上，有一大票人挡住了去路。看那架势，完全是电影里的情节。百十号人，有披甲执锐的甲兵，有青布衣裳的小子，个个长得精神，不像普通人。

但墨九注意到的却是中间那一辆黑漆银边上了乌釉的并驾马车。没有大红大紫的颜色，乍一看不惊艳，却处处显示着低调中的奢华——用料考究、做工精细。两匹拉车的良驹更是油光水滑。

帘帷摆动间，一截剑柄轻轻挑开车帘。

由于角度的问题，墨九看不见脸，只看清他苍蓝色的衣袖一角。

平整、干净，一尘不染。

隐隐的，还有一种似蔬果似薄荷的香味从里面飘出，好像冰镇薄荷水。

难道他就是苦苦追逐、痴情单恋、非她不娶、誓要抢她回去百般宠爱的“小王爷”？

可大热天的把帷子遮得严严实实，想必他长相不敢恭维了。

她正努力想要瞅清马车里的“小王爷”，一个黄衣绸服的骚包男便拍马向前，挡住了她的视线。

这男人长得不错，眸深若井，鼻挺肤白，贵气风流，好一副精致的皮囊。

只可惜，他严重缺乏教养，上来便喝：“小寡妇，你说本王先打断你的腿哩，还是先挑了你的脚筋？”

小寡妇？本王？两个带有特殊意义的词，让墨九心里一惊。

一来推翻了先前猜想，对自己的穿越硬件更加心凉；二来真正的小王爷都骑马了，马车上的人会是谁？

她好奇地半眯着眼，抬高下巴看向小王爷："喂，我不认得你！光天化日的，一群大男人对着个小姑娘逞什么凶？"

"不认得我？"那小王爷冷笑一声，跳下来揪住她蓬乱的长发，便像老鹰捉小鸡似的，将她重重地丢在马上，听她吃痛地嘶唤，盯着她笑问："那你再看看，本王长得可有丑绝人寰？"

墨九紧紧攀着胯下的坐骑，心思微微转动，偏头看他："哪里丑了？谁说你丑来着？实不相瞒，我以为你不仅不丑，还相当有考古价值。"

"考古价值？"这词新鲜，显然难倒了他。

"嗯，不仅有考古价值，更难得的是——你居然是活的。当然，这些都不是重点。"墨九认真看他，眉带春风，眼带秋月，连笑容也一本正经，"重点是你们哪个能告诉我，为什么要拦住我？"

她话音未落，只听啪的一声，小王爷的巴掌就拍在了马屁股上。那畜生吃痛，高抬前蹄，发出一道长长的嘶声，像急于摆脱马上之人，狂乱地挣扎、跳跃，癫狂不止，却惹得小王爷哈哈大笑："骑好了它，爷便好心告诉你。"

墨九喘息不匀地趴在马背上，差点被颠簸下来。

"喂，快帮我拉住它，我不会骑马呀！"

"哈哈哈！"她的狼狈取悦了小王爷。

这厮名叫宋骜，是今上最小的一个皇子，平常张扬跋扈惯了，今儿为了找墨九，大热天来回奔走了好几十里，原本就不痛快，得了机会，哪能轻饶了她？

他笑道："小寡妇，不是要逃？小爷借你一匹马，你不谢恩，却瞎叫唤什么？"

"救命啊！"墨九惊慌失措，在马背上惨叫不已。

可那马儿似乎得了鼓励，闹腾得更加疯狂，又踢又踹，那耀武扬威的样子极是唬人。不过转瞬间，墨九便在颠簸中，哇的一声，干呕起来。

宋骜津津有味地看着，眉开眼笑："小寡妇莫怕！最多摔断胳膊腿，死不了人。"

"哈哈哈哈！"

侍卫们也跟着哄堂大笑，只有那一辆黑漆的马车静静而立。

若非车帘处那一片衣角，定会让人以为马车上根本就没有人。

"呀，吓死我了，我真的不会骑马呀！"墨九拖曳着一道长长的惊恐声，脸色苍白地喊着。

见众侍卫笑声更响，她突地一笑，直起身，双腿重重一夹，口中大呼一声："驾——"那匹青骢竟像撞了邪似的，撒开蹄子冲入官道。

"青骢！"宋骜又惊又怒。

奔驰的骏马上，墨九哈哈大笑着，扬臂高挥："拜拜了，蠢货们！"

突如其来的变故，让所有人都怔在当场。

"墨家小寡妇，竟会驯马？"

"这畜生一定是公的，久不近女色……"

"不可能！"一个小侍卫摇摇头，"分明是母的，昨晚俺刚看过。"

小侍卫话刚说完，众人了解地看向他。

"哦。"难得大家异口同声。

宋骜偷鸡不成蚀把米，看那一人一马扬长而去，气得一张俊美的面孔青白不匀，再看那小侍卫涨得通红的面孔和其余侍卫暧昧的表情，脸色沉得如同暴风雨前的天空。

"还不快追？再给小爷愣着，晚上一人一匹马。公的！"

墨九一口气狂奔了百十来里，被颠得头晕眼花，耳边只有呼呼的风声。

虽然大一时，她经常去马术俱乐部学骑马、看帅哥，可这么"拆骨"的宝马，她还真头一回经历。当然，她并不知道这匹青骢马有着"南荣第一性烈"的美名。若不然，她肯定会重新考虑一下刚才的行径。

"呕！"

"咕噜……"

走了这么远的路，两种与众不同的声音在胃里和谐地交叠，摧残着她的神经。

她知道不该停马，可日头下那个凉茶摊子的茶水包子，锅里滚动的茶叶蛋，还有店家揉着面团的长声吆喝，对她诱惑太大，勾得她肚子里都快伸出手来了。

她顾不得包里有没有银子，便翻身下马，坐入棚子里先灌了一口凉茶，方才抬袖抹了抹嘴巴，压着胃酸上溢的不痛快高声喊叫："小二，拿包子来。"

包子上桌，热腾腾、白胖胖，墨九眼都看绿了："好吃！"

"旺财，去看看。"

一道疏凉的声音从墨九的背后传来，并未让她从饥饿中抬头。她专心地猛啃包子，直到凉茶棚子诡异地安静下来，她才半眯着眼咬着包子转头。

火烧似的天空，阳光刺得她有些睁不开眼。凉茶棚外的马桩边，不知何时多了几个男人。青骢那头畜生正没节操地拿脑袋蹭着一个家伙苍蓝色的衣袖，态度亲昵、温存。

那个男人腰系长剑，风姿颀长俊挺，脸上分明有一丝轻笑，却惹得火膛般热的空气悄然生寒，周遭一切都似褪了颜色，烈日苍穹下，只剩他一人，一步一步地走到她的桌子跟前。天空是火，他的眼是冰，交杂在一起，为他的眼神添了一丝神秘的碎金色暗纹。

美！真美！她从未见过的美！而且他的俊美，不同于宋骜。

宋骜美得华丽，他却俊得沧桑——遗世而独立的沧桑。

墨九忘了啃包子，眼睛一眨不眨。

那男人越走越近，一股子若有似无的薄荷香，让她沸腾的心脏寸寸冷却。

“大嫂，吃好了？”他嗓音醇厚如酒，有一种淡笑，却似带了丝丝凉意，毒蛇信子似的缠上来，没有丝毫温度，“吃好了，就启程吧。”

一声“大嫂”，差点惊掉了墨九手上的包子。小王爷叫她小寡妇，这人叫她大嫂。小王爷是王爷，这人又是什么身份？这人是她的小叔，她又是什么身份？这些人的家谱，也写得太乱套了吧？

她捋捋凌乱的发丝，镇定地问：“你们到底是什么人？”

他不答，也不看她，侧颜在光影里添了一丝对她的厌恶。

看他的样子是以为自己在装蒜？墨九默了默，底气十足地一哼：“我好端端一个大姑娘，一没谋你财，二没害你命，凭什么跟你走啊？你总得给个说法吧？”

“看来是吃饱了。”

说罢，他拿起桌上的筷子夹了一个包子，不轻不重地丢在地上，然后慢吞吞地接过侍从递上来的白绢子，认真而仔细地擦手。

紧接着是“嗷呜”一声狗吠，带着满足的欢乐。

墨九这才看见他的脚下有一只摇头摆尾的大黄狗，撒着欢地叼着肉包子，像得到奖赏似的，奔前奔后地亲热它的主人，却馋得她口水都要流下来了。

她牙根突然有点痒——却忍了这口气。

君子报仇，十年不晚，这招不行，换个方式。

她冲那家伙离开的背影喊：“十二文钱，你付账。”

想想仍不解气，既然有人付账，她总得土豪一回。

“老板，茶叶蛋两个，打包！”

半个时辰后，墨九再次见到了宋骜一行人。

在发现青骢马漂亮的鬃毛被生生揪掉一撮之后，宋骜差点儿把墨九暴打一顿。好在墨九机智地把茶叶蛋塞入嘴巴，然后哧溜钻入马车里咳嗽装死，才躲过一劫。

不过，她没上“旺财爹”那辆飘着薄荷香味的马车，而是另外一辆矮小的架子车。虽然坐着有点硌屁股，不太舒服，但好歹与蓝姑姑接上了头，了解到了她悲凉得惨绝人寰的处境。

原来她不仅是小寡妇，还是一个顶着金字招牌出生的小寡妇。

若问“墨家寡妇”这块金字招牌由何而来，得往她家祖上数三代。她娘、她姥姥、她姨姥姥、她姥姥的姥姥，清一色的寡妇，听说但凡沾过她们身子的男人都不得善终。

世上奇葩的事，墨九听多了。遗传疾病的，遗传样貌的，但真没有听过寡妇也会遗传……总之，墨家的姑娘要嫁人，得靠骗。

可半个月前，她家隔壁的如花婆却为她保了一个大媒，将她许给了楚州的名门望族萧家的大郎。说是那萧大郎得了一种古怪的瘾症，要找一个天寡之命的妇人，方可婚配冲喜。

墨家小寡妇有人要，是好事。

但这九姑娘脑子却不好，花轿到了半道，她却和一个野男人跑了。

那萧大郎躺在床上起不来，来接亲的人是萧家六郎萧乾。小王爷宋骜与萧家有一点八竿子打得着的关系，生性贪玩的他也跟来迎亲，哪晓得会遇上这么一出？

他们觉得倒霉，墨九更想吐血。

“嫁给一个病痨子？简直生无可恋。”

她懒洋洋地抱怨，蓝姑姑也同情不已。嫁到萧家，名头上好听，可谁晓得姑爷能不能好起来？所以先前她家姑娘要逃，她才会同意。如今被捉回来，只怕是……

想到这里，蓝姑姑重重一叹。

这时，马车外却高声喧哗起来。

墨九初到陌生世界，自是好奇得紧，不由往外探头看去。

这么热闹的古代街景是她没有瞧过的。青石板的街道两旁，古朴陈旧的商铺遮挡了一些夏日的燥热，男女老少混杂街头，牵畜生的、挑货担的、摇折扇的……纷纷涌过来，对她指指点点。

“这不守妇道的小贱蹄子不老实得很，那日出嫁我便说嘛，哪能过安生日子？这不……”

“……这回得罪的是楚州萧家，想来不会善罢甘休哩。”

“这小寡妇，有好果子吃了……”

“我呸，贱身配良家却不知感恩。活该！”

被人当猴儿似的围观了，墨九便又从中了解到一些原先九姑娘的“奇闻逸事”——比如钻过有妇之夫的麦垛子，抢过瞎眼婆婆的肉包子，剪过迎春阁姑娘的小辫子，欺负过街上乞讨的叫花子……总归墨九儿就不是个好东西，只要出门，必不干好事，所以人人痛恨。

可墨九琢磨着，总觉得哪里不对：“按理说我骑马跑了这么远，这些人不该认得我才对，难不成我早就名满天下了？”

蓝姑姑像受了惊吓，怪异地看着她：“姑娘，你不知这是哪里？”

墨九摇头。

蓝姑姑一脸挫败：“你三岁就在那街口丢石子砸人，五岁就在那个粥摊的锅子里下老鼠药，七岁就在……”

墨九心里直叫唤。怎的莫名背上恁多冤孽？

眼看蓝姑姑数落着她的劣迹，大有停不下来的意思，墨九再一次生无可恋地搓眼角：“说、重、点。”

蓝姑姑咳一声：“这是盱眙。你莫说连盱眙都不知？”

墨九奇怪：“盱眙是个什么鬼？”

蓝姑姑再次泪了：“……你家啊。”

随便一跑竟回了娘家？墨九尴尬地笑笑：“怪不得有点面熟。”

墨九心性好，不管外面骂什么，她都不再入耳——反正骂的人也不是她。跑了这么久，她疲惫得很，不知不觉便在谩骂声中睡着了。蓝姑姑看她不太雅观的睡相，呜咽叹息：“可怜见儿的，往常只偶尔发疯，现下……是彻底傻了哇。”

把墨九从好眠中抽回现实的是一道铁铲子刮锅底似的沙哑声：“我老婆子做媒多年，怎么也没想到，会摊上这么个讨债鬼。我要晓得，打死也不敢让她攀上萧家啊。”

声泪俱下的破嗓门太过提神醒脑，墨九这才想起自己是大戏主角，睁眼看去，发现马车已经停在了一户人家的院外。那院墙看上去有些年岁了，缺少修缮，破旧不堪，但从青砖灰瓦上看，以前也是殷实人家，只不晓得为何破落成这样。这会儿，除了头戴大花，嘴涂鸡血的如花婆在哭哭啼啼，还有一个体态微胖的中年男子唯唯诺诺地求饶。

“亲家小郎受累了，先进屋喝口热茶再说话可好？”

这个人穿着粗布衣衫，瞧不出身份，但一看便知是个办事稳妥的人，墨九想到“墨家寡妇”的金字招牌，打消了这个人是她便宜爹的念头，笑着朝宋骜招手：“小王爷，放下那个老太婆，有气冲我来。”

宋骜从她的眼里读出几分调侃，却没懂得内涵，只回头看向那辆一直没有动静的马车，脸上的笑意似融了一丝莫名的春风，絮荡轻绵：“长渊，你怎么看？”

不要怪墨九腐眼看人基，只怪这画风实在太容易令人遐想。她暧昧的目光随了宋骜望向停放的马车，好像窥破了天机一般，哧地怪笑——原来萧家六郎比小王爷还跩的原因在此？

薄荷清冽的香味萦绕鼻尖，厚重的车帷里，一张散发着禁欲气息的高冷男神俊美的脸现于人前。他略微垂眸，睥睨般剜了墨九一眼，刺得她收回脸上的笑意，他却一言不发地放下帘子，徒留那惊鸿一瞥的余韵，羞煞了群芳。

墨九心里暗骂，马夫已懂事地下了马杌子，那萧家六郎便慢条斯理地下了车。

他玉冠束发，衣袍轻卷，如风拂水，分明简单的一个动作，却好像踏了冥界阴气婆娑而来，看谁都像在看一只死物，目中无半分波浪，却让人不得不俯首低眉——但不包括墨九。

她盯着他的眼睛，暗自称奇：原来这货的眼珠子天生异色，那浅浅的碎金暗纹也并非太阳光的反射，而是他天生的，像格外戴了一个美瞳，极为好看。

“姑娘！”蓝姑姑暗捏她一把，小声提醒，“那是你小叔子。”

墨九随口回她：“一堆野鸡里立了一只白天鹅，你就不多看几眼？”

蓝姑姑愕然，似懂非懂。

宋骜却斜刺里探头怒目：“谁是野鸡？谁是白天鹅？”

墨九朝他“腼腆”一笑，不解释，只把脚步落在后面，含糊地嘀咕：“你哪是野鸡啊？你分明就是一条小受狗。”

旺财突地回头，吐着大舌头瞅她，大尾巴直摇。

墨九扯着嘴朝它笑，将另外一只茶叶蛋塞入狗嘴。

“乖娃娃，不是骂你啊。”

墨九没有想到，她那个便宜娘居然也那么霸气。管他什么爷来了，只称病不出，派了那叫沈来福的中年男人接待——入屋之后，她才晓得，那是蓝姑姑的男人，也是墨家如今唯二的下人。

堂屋里，茶香袅袅，各人脸色不同。

在沈来福再三鞠躬道歉之后，萧乾却并不领情：“旁的不必多说。我萧家断断不做逼人结亲的事，如今把九姑娘送返，也算全了礼数。”

墨九盯着他那张欠揍的脸，不免心存疑惑，他如果就为退货，又何苦亲自抓她送回？难道只为羞辱，赢回颜面？

“亲家小郎，这……只怕不合适吧？”沈来福见墨九直勾勾地盯着人家看，更觉老脸羞愧，佝着身子双手奉上茶盏，恳切地笑：“姑娘出了阁，就是夫家的人，没有送回娘家的理儿。”

萧乾并不去碰沈来福的讨好茶，答得轻描淡写：“那是指姑娘，她还是姑娘吗？”

蓝姑姑两口子的脸红了，而墨九的脸却黑了。穿越硬件已经够毁人了，如果连穿越软件都没有竞争力，那也太让她痛心了——只不晓得以前被她“摧残”过的花朵，都有哪几只？

如花婆做媒日久，见识不算少，虽然有点害怕萧乾，但为了丰厚的酬金，仍想凭三寸不烂之舌，把亲事说成：“小郎君句句在理，可萧家大郎的病，只怕……嘿嘿。”她破着嗓子漏风似的笑，“九姑娘是犯了错，但天寡之命，这楚州地界上，却独她一份。真真的天寡啊，嫁一个死一个，死一个嫁一个，嫁一个还死一个……”

墨九无语，这老婆子在拆谁的台？

如花婆并不觉得失言，拿手绢娇媚地拍拍嘴巴：“瞧我这张破嘴，总是这样实诚……小郎君是京里做大官的人，得仰天颜，见闻广阔，可有见过九姑娘这样的天寡？容听老婆子一言，这姑娘哪，与你家大郎最合适不过了。”

她试图游说，可萧乾却不耐烦地起身：“彩礼，酬金，双倍退还。”

就这样被退货了，还要赔偿损失？除了墨九自己，每个人脸上都如丧考妣。寡妇的名声本就不好了，如今雪上加霜，还能怎么办？

如花婆煮熟的鸭子飞了，不由呜呜哭起：“九姑娘是老婆子看着长大的，她爹死得早，她娘饥荒不饱地把她拉扯大，现下又染了重病，小郎君这样一逼，不是断了她们家的活路吗？”

沈来福也伏低做小：“亲家小郎，您行行好，宽容宽容。”

乌泱乌泱的一片哭声，让成了滞销货的墨九有些烦躁。但她地盘还没有熟，好多事也不知因由，并未贸然吭声。

只是她没有想到，几个人哭闹着，那姓萧的却停住脚步：“要入萧家的门，也不是不可以，但劳烦再给小姐添一份厚重的嫁妆。”

沈来福面色一变：“亲家小郎，我们家属实不宽裕……”

萧乾缓缓回头，像是笑了：“墨夫人自然拿得出。”

墨九一悚，不由抬头看向他寡淡无情的脸。这个人在鸡爪子上刮油，当真只为银子？

她眼刀子不停剜他，萧乾却不给她一丝眼风。

“盱眙驿站，萧某会等到明日申时。”

说罢他步履生风，径直离去。旺财嗷呜一声，屁颠颠地跟在他后面。

一人一狗，一个冷漠，一个热情，那半是晴天半是雨的失调画面，终于唤出了墨九深埋心底那一万头狂奔的恶魔——草泥马。

好事不出门，坏事传千里，墨九的事愉悦了盱眙人，墨家院子门口不少人或尖笑，或打闹，赶集似的往里观望。

不过，墨九向来缺乏娱乐精神。她让沈来福把墙角的破风车往院门一放，又让蓝姑姑端了一簸箕鸡屎混着糠秕倒进入料仓，自个儿牵一条细绳在转轴，往墙上一坐，风车便慢悠悠地转起来。

飘着鸡屎味的糠秕一吹，门口就安静了。

墨家在盱眙没有亲朋，也不常与邻里来往，墨九出格的举动完全继承了前身，反倒没有让人怀疑。沈来福与蓝姑姑看了，也只是叹息不语。

墨九暂时安顿了下来。

因为她还没有寻到机会离开，就被召见了。

召见她的人，正是她的便宜娘。

她娘居住的屋子，房门开得极为窄小，就墨九这样的个子还得佝着身子钻进去。不像人住的，却像一个牢房。

屋内安静、简陋，除了一张床，几乎没有旁的家什。墨九在门边定住，就着油灯忽闪忽闪的光线，看向帐子里的人，突地有些发瘆。

“九儿……过来……”

那人长长的白发，蓬松凌乱，瘦得像一根柴火棍子，脸上坑坑洼洼的皱纹，像一条条蚯蚓爬在干瘪的卤肉上，老得几乎看不出性别。

这个冲击比她误以为蓝姑姑是她娘时，还要来得魂飞魄散。怪不得宋骜看见她像赶苍蝇，怪不得那姓萧的看着她也像在吃大便。她到底有多丑？

蓝姑姑看她呆住，道："姑娘，娘子在唤你。"

哦一声，墨九慢慢地往前挪。

若换了旁人，肯定会吓得晕死过去。好在她见多了怪事，倒比常人镇定。

她唤不出口那一声"娘"，也不习惯与陌生人太接近，可在强烈的好奇心驱使下，她还是在那人呼噜呼噜的喘气声里走近，低头问她："您找我……"

啪！一个巴掌抠在脸上，不痛，却让墨九有些意外。

"千里送脸……我需要一个理由。"

她说得理所当然，可织娘的怒火本就未散，听她这么大逆不道，捂着胸口更是咳嗽不止："你个孽障，你是……你是想要气死娘吗？"

墨九有点冤，却没地方申诉，只好紧嘴静观其变。

蓝姑姑心疼地过去扶住织娘："娘子，娘子不要动气，好好和姑娘说……姑娘已经晓得错了，你看，她不是回来了吗？"

织娘气喘吁吁："跪下。"

墨九微微一愣，却没有要跪的意思。她是个没娘的孩子，受不得这样的母爱，也不懂得与母亲相处。

考虑了一瞬，墨九只好蹲在织娘榻前，硬着头皮安慰她："经常生气，老得更快——"

"混账东西！"织娘气得身子直哆嗦，抓住枕头就想揍她。可她没什么力气，被蓝姑姑一阻止，只能咳着骂："你离家时，娘是怎生与你交代的？你却做出这种事来，是想断了墨家的根儿吗？"

墨九不解："就算要我嫁人，就算我终究要守寡，好歹您也给我找一个健康的男人，可以让我多霍霍几天吧？"

"你……"织娘差点背过气去，那张干瘦古怪的脸，气得更加狰狞了几分，嘴里含糊地呻吟："你是想要气死娘啊？咳咳！"

若气死亲娘，那罪过确实大了。可墨九重诺，也从来不轻易许诺。她不想嫁萧家，便说不出嫁的话来。

"你放心，我不嫁萧家，一样可以养活你。就算我一个人养不活，还可以给你招上十个八个女婿上门……"

织娘甩开她扶在身上的手，一口腥甜之气涌上喉头："……你走，我只当从未生过你。"

墨九没有太过高尚的情操，莫名其妙得了这个身子，先被宋骜追，再被萧乾逮，接着被送回墨家，如今又摊上这么一个鬼气森森的娘，她真糊涂了。

算了，走就走吧，她好手好脚的人，去哪都不至于饿死。想来没了她，这个便宜娘还能多活些日子。若不然，早晚被她气死……

这么想着的时候，她的脚已经迈出了门槛。

砰的一声，背后传来撞柱的声音。

墨九猛地回身，跑了过去，扶住跌在床下的织娘："你这个人，怎的说撞就撞？这不是逼我吗？"

织娘无法回答墨九。原本她的身子就很虚弱了，那拼尽全力的一撞，几乎耗尽了她所有的力气，她如今连气都喘不过来。

鲜血滴落在手背上，墨九又惊又急，赶紧让沈来福请郎中过来。可她身上没有银子，家里也没有存项，不得已，只好从蓝姑姑那里支借了银钱。

织娘晕晕沉沉，似醒非醒："九儿……娘不想逼你，可墨家祖祖辈辈的希望，都在你身上了……娘也是没有法子……"

嫁给一个病痨子，能有什么希望？墨九张了张嘴巴，但面对这样一个奄奄一息的妇人，她也不想辩解了。

"你先养好身子再说吧，其他的事，来日方长。"

"娘这身子……是养不了。九儿，你答应娘。"

墨九眉头都皱成团了："沈来福没告诉你吗？便是我想嫁，萧家也不会要我。咱何苦热脸贴人的冷屁股？"

"他们会要的……"织娘气若游丝地接上话。

终于说到了墨九心里的疑惑。她轻眯下眼，唇角勾出一个了悟的笑容："他们要你添的嫁妆，是什么东西？"

织娘枯槁似的身子猛地一怔。

她像是不认识墨九似的，紧盯住她的脸，一眨不眨："九儿，你是娘的九儿吗？莫不是撞邪了？"

"……"这老人家的智商可真丰满。

不过，她总算发现自己长得比她女儿机智了吗？

墨九生怕智商被识破，让人当妖怪烧了，赶紧摇摇头："萧家不像缺银子的人，咱们家也不像有银子的人。可除了银子，我们又有什么东西可给他呢？"

织娘避开女儿锐利了不少的眼睛，像是提不上气，喘了好半天才道："娘自有办法。"

墨九仍觉古怪："可是……"

"娘累了！"织娘摆手打断她，"你回房歇着去吧，明儿还要动身去楚州。"

墨九怕引起他们对自己身份的狐疑，也就不再多问，只叮嘱她好生养着，掉头便走，边走边问："蓝姑姑，灶房在哪儿？"

蓝姑姑看她今儿一直"不正常"，怕她又做傻事，问道："姑娘要做什么？"

墨九瞪她："烧水洗澡。要卖，总得有个卖相吧？"

闻言，织娘僵着脸，蓝姑姑也哑了口。

墨九当然不会随便把自己卖了，不过初来乍到，什么事情都一知半解，她不打算做什么过激的举动。更何况，她平白占了墨九儿的身子，总不好在人家亲娘要挂的时候离开。

她住的房间不大，但被蓝姑姑收拾得很整洁。墨九尤其满意那一面半人高的铜镜。她舒舒服服地在水桶里洗了大半个时辰，把一身的老泥搓净了，也没顾上穿衣裳，光着脚丫子就湿漉漉地站在了镜前。

乍一看，她差点眼晕。

好俏的一个姑娘！黑亮亮的发，水灵灵的脸，精雕细琢的身段，像一颗刚剥了壳的鲜笋，白嫩得有着不染人间烟火的干净，偏又生有一双似含了万千风华的媚眼……

这得算天生尤物吧？只可惜……

"暴殄天物！"

她套上衣服坐在床边，对墨九儿的遭遇百思不得其解，对自己的未来也忧心忡忡。

蓝姑姑推门进来，见她发呆，拿了两张干净的巾子就为她绞头发："姑娘别再多生事端了，你娘也只是……不想你步她的后尘。"

墨九懒洋洋地瞄她："蓝姑姑，我娘多大岁数了？"

蓝姑姑道："……姑娘把这个都忘了？"

墨九说："我只好奇，她怎会老成那样……"

适时停住话，她把问题交给了蓝姑姑，可蓝姑姑却几次欲言又止："姑娘还是别问了，这事不吉利。我若说了，保不准就会倒霉……"

墨九哼笑："要是你不说，现在就会倒霉。"

蓝姑姑想到墨九干过的蠢事，迟疑再三，缓缓说道："墨家祖上也不知从哪一代老祖宗开始，就有了这怪病，个个生得花容月貌，但不到二十四岁就、就、就……"

蓝姑姑大喘气的毛病又犯了。

墨九递上茶水："叫你晚饭别吃那么多。"

蓝姑姑脸都白了，瞄着她认真的脸，继续道："你也瞧见你娘的样子了，白发鸡皮，形如老妪……其实，娘子以前是极美的，比九姑娘你更有风姿……"

"我那是还没长大。"墨九不高兴这句话，想想这身子还是十五岁的花骨朵，若真有那病，不足二十五岁就老了，她不甘心地问："那病因到底是什么？就无人可治？"

蓝姑姑哪里知道原因？

她左右看了看，低下头来，神神秘秘地和墨九咬耳朵："听人说，你家祖上是掘人坟疙瘩的，这是招了报应，祸害子孙……"

"啊！"墨九诧异，说来与她倒真是本家了。

她家祖上也干过这勾当，到她爷爷那一代，家里的古董店也有好些不干净的东西。她自己虽然不做这个，学的却是考古，多少也要与老坟疙瘩打些交道。

就在穿越之前，她还和教授在阴山一座新发现的古皇陵里做考古研究。可刚下到墓道，她却意外发现古皇陵的机关与自家祖上传下来的极为相似。她欣喜不已，却没想到在阴沟里翻了船，不仅与教授失散，还被机关所伤，再醒来就变成了这样。

此事说来蹊跷，似冥冥中便有牵扯。

仔细想想，她有些毛骨悚然。但学考古的墨家人，探究精神自然不比旁人少，几乎下意识地，她便决定留下来搞清楚个中渊源。或者说，她决定接受墨九儿这个新身份。

"说不定我就是墨九儿，墨九儿就是我。"

她说得怪里怪气，吓得蓝姑姑退后一步。

"姑娘莫要吓我，你莫不是又犯疯症了？"

墨九偏头看着她，很冷静地说道："没有。"

蓝姑姑大喜："那敢情好，趁你现在明白，先把借我的银子算一算，也免得到时候……嘿嘿。"

墨九冷冷地看她："我何曾借你银子来着？"

蓝姑姑欲哭无泪："……"

墨九不紧不慢地倒睡在床沿，把长及腰间的头发拂到外面，示意蓝姑姑继续绞干，自个儿拉上被子，美美地阖上眼睛，心里忖度，她那便宜娘打算怎么对付萧乾？

墨九这一晚睡得并不踏实。伤筋动骨地奔波下来，哪怕她心里存了事，仍是噩梦连连，睡出一身冷汗，双腿发胀、肩膀吃痛，脖子也似乎落了枕，每一个零件都在向她喊冤……

等她从昏沉中醒来，已日头高照，她看着洗得发白的旧式床帐，不知今夕何夕。

“浮生一梦已千年啦。”

她酸溜溜地呻吟一声，起了床，无头苍蝇似的转悠半天，才找到洗漱的地儿。

墨家以前的日子应当也是好过的，这才把墨九儿养得这般水嫩。比起农门小户来，虽是没落了，可洗漱用的香胰子、牙粉子都是有的。

蓝姑姑还算贴心，已经为她备好早餐，一碗热乎乎的猪肝拌饭，就放在灶头上。

她也没客气，端起碗坐下就开扒。

对于吃的，墨九从来都没有自觉性，尤其不亏待肚腹，这猪肝拌饭吃着虽有些不对味，但她也不介意饭菜粗糙。看见蓝姑姑进来，墨九还友好地冲她笑了笑：“谢谢！”

蓝姑姑差点跌倒，惊得一脸便秘样。

墨九皱眉：“怎么了？”

蓝姑姑盯着她的碗，闭紧了嘴巴。

墨九猜测：“难道这是你的早饭？”

蓝姑姑摇了摇头，墨九放下心来，友好地笑：“这猪肝拌饭少了点盐，味道也差了点儿。”想了想，她又怕蓝姑姑难过，笑道：“不过也没什么，毕竟日子不好过。但这只是暂时的，往后，你们就跟着我吃香的喝辣的好了。”

“姑娘……”蓝姑姑似是难以启齿，“这饭是给狗吃的。”

噗的一声，墨九喷了一桌子，怒而斥她：“为什么不早说？”

蓝姑姑委屈地看着她：“你反正都已经吃了。狗吃的就狗吃的吧，反正狗也吃过你的，你吃狗的也没有什么不对……”

这安慰有点不对味，墨九吸了口气才平静下来：“家里不是没狗吗？”

蓝姑姑垂下头：“萧家六郎的狗。”

啪地放下筷子，墨九心里怨气爆棚：“那厮莫不是穷得连狗都养不起了？敲诈勒索不算，想把狗粮都省了？”

蓝姑姑支吾着说不出个所以然。

墨九嚷嚷完，摸了摸胃，想到旺财憨态可掬的样子，又缓过一口气：“算了，再做一碗吧。”

蓝姑姑大惊：“姑娘还要吃一碗？”

墨九咬牙，缓缓地冲她微笑："给、狗、吃。"

堂屋里，萧乾的脚底下，旺财动了动耳朵，似是感受到煞气，顾头不顾尾地把脑袋钻入了椅子底下，只留一条大尾巴摇来摇去。

墨九突然冲进屋来，脸上带着吃了狗饭之后的余怒，语气却尖刻："我说萧大官人，缺狗粮又找上门来了？"

这不明显骂人是狗吗？旺财委屈地嗷一声，猛摇尾巴。萧乾侧过头来，眼波微微一晃，却不搭理她，只拍了拍旺财的脑袋："走。"

墨九觉得这厮除了把旺财当人看，其余人在他眼里，都不如狗。

"慢走，不送……"

最好再也不来了。

"别！"沈来福抢过话，脸上腻着一种墨九看了胃又犯抽的笑："亲家小郎能光临寒舍，又肯为鄙夫人诊脉，是我们阖家老小的福气，求都求不来呢。"说罢他冲蓝姑姑递个眼色："还不快把姑娘带出去玩？"

于是，墨九就被蓝姑姑拖了出去。直到被拖到了大街上，她还没有搞清情况。

沈来福和她娘好像刻意瞒了她什么？织娘那病，昨日她详细问过郎中，莫说治，连病由都说不明白。当然，盱眙有本事的郎中，早就请来瞧过了。若能治，也等不到今天。

"姓萧的那厮，竟会医术？"

蓝姑姑道："先头我也不晓得，昨晚方听我当家的说了一些。那萧家六郎医术了得，几年前，官家病危，便是他从鬼门关拉回来的。"

哦一声，墨九眼睛微亮："他有那么厉害？"

蓝姑姑点头："要不然，也不会有'判官六'的称呼了。"

墨九不解："判官六？"

蓝姑姑再一次点头，继续给墨九解惑："是哪，萧家郎君那可真了不得，他说哪个没了寿数，哪个人就没的活了，比阎王殿的判官还要准。可他也不肯轻易为人治病，便是皇子皇孙要死了，也没人能逼他。"

墨九眯眼："……"牛吹大了吧？

蓝姑姑忽略了她的嘲讽脸，说得津津有味："萧家这两年在南荣如日中天，也是因了这六郎。姑娘莫看他年岁不大，却掌着枢密院，动辄能调拨千军万马，威风着哩。"

后面蓝姑姑又说了一堆，墨九没太注意听。

枢密院是这个时代的最高军事行政机关，直接秉承圣意，掌兵籍、虎符，享有调发军队的权利。不过，枢密使到底有多厉害，她不太上心。因为她就没打算与萧家人有什么牵连。那个大火坑，她不准备跳。

“南荣这般繁华，咱家不该缺银子才对？”

她的注意力，已经被热闹的街市吸引了去。

盱眙此地，有一个极大的榷场。这榷场与别的贸易市场不同，是由朝廷设在边界地的互市市场。近几十年来，南荣与临近的珒、勐、西越等国不时发生摩擦，战一战，停一停，打来打去，谁也干不掉谁。于是，打完了，总得抓一抓经济，这榷场便成了各国趁着停战时期互通有无的一个重要渠道。

榷场很热闹，贩卖的物种也丰富。茶、盐、毛、皮、布样样皆有，墨九看得眼花缭乱，自动忽略了盱眙人民对她这只害虫的注目礼，兴奋得像一只采花的蜜蜂，东瞧西看，大有旅游时逛入古街古巷的稀奇。

“这朝代狗的屁（GDP）一定很高吧？”

蓝姑姑习惯了她语无伦次，却也不追问什么是“狗的屁”，只满心都是泪——这姑娘是和狗干上了啊?

逛了一个通场，墨九越走越偏，眼看就要走到临河，蓝姑姑赶紧拉住她：“姑娘，那边不安生，我们回去吧？”

墨九也不转头，只淡淡笑道：“大白天的，怕什么？”

“河对岸的泗州，是珒人治下。虽这两年没有战事，可珒人茹毛饮血，杀人不眨眼的，尤其……”看着墨九一身细皮嫩肉，蓝姑姑更紧张了，“姑娘这么俊，若被盯上就麻烦了。”

被夸漂亮总是高兴的，墨九笑眯眯地点头：“你这个人就是实在，那回吧。”

两人沿着河岸往回走，还没上大道，便听到有人哭啼：“呜，呜呜，求求你们，求求你们了……行行好，放过我吧。”

墨九循声望去，只见一棵大柳树下，两个粗壮汉子用麻绳绑了一个小姑娘，像拖牲口似的往前走。那小姑娘约莫十来岁，双手被反剪，膝盖都被磨出了血皮，可那俩混账却毫无怜悯之心，嘴里仍旧骂骂咧咧：“晦气！哭个卵啊。你再嚎一声，老子弄死你。”

说话的汉子夹着一口半生不熟的江淮官话，口音与本地人有明显差别，墨九不由多看一眼。

这俩汉子长相似乎有些特别？她眉梢扬了扬。

蓝姑姑怕她发疯，赶紧扯住她的胳膊："姑娘快走！"

墨九嗯一声，低头便走："官府在哪儿？赶紧报官！"

蓝姑姑脚都软了："我的姑奶奶，你别找事了。那小丫头一看便是卖给人家的瘦马……这年头，干这门营生的人，哪个不是衙门的堂上客，咱犯不着惹这官司。"

"瘦马？"墨九好奇，"她分明是个人，哪里是马？"

蓝姑姑发现她家姑娘逃了一圈，智商更为低了，也不解释，只一脸哀伤地拖着她快步离开："人家爹娘都不心疼，咱管不着，赶紧回去，下午你还要出嫁呢。"

又回头看一眼，墨九这才想起身上的烂摊子。她刚加快脚步，突地看见前方道旁停了一辆马车，马车帘子里有一只狗头探出来。心里一嘀咕，她倏地有了主意，在那俩汉子的打骂声里，大步掉头往回走："喂！光天化日强抢民女，你们好大的胆子！"

她的抱不平打得莫名其妙。蓝姑姑瞪大眼睛，像看着一个傻子。

两个壮汉也没反应过来，愣愣地看着她的脸。好一会，其中一个稍高个头的汉子才淫笑着，按了按腰上大刀，咧着满口大黑牙哧哧发笑："好俊的小娘们！乖乖，你若肯跟大爷走，大爷便放了她，如何？"

墨九大眼珠子一瞪："你再说一遍。"

她不慌不乱的样子让人意外，那汉子又笑道："想救她，用你来换……"

墨九眼风乱转，斜向街角："我说前一句。"

汉子一愣："小娘们……"

墨九猛一脚踹过去，正中那人裆部："你不知道我最讨厌别人叫我小娘们吗？太不尊重女性了，没文化。"

蓝姑姑捂脸。

那汉子捂裆，痛得冷汗直冒，扭曲着一张大黑脸："兀泽利，愣着干什么，快给老子抓住这娘们！嘶，疼死我了。"

墨九往后退一步："蓝姑姑，快跑！"

她喊完，发现身边已空无一人，蓝姑姑早已奔出了三丈开外。

墨九怒而大吼："哎，你个没义气的！"

蓝姑姑回头："姑娘，我去叫人——"然后她就看见了马车边的萧乾。

他正慢条斯理地走着，身边跟了一条摇头摆尾的狗，在晨初的薄雾中，颇有几分道骨仙风般的山高水远，面上的表情，也凉薄得如同冥界霜花，毫无温度。

蓝姑姑如逢大赦："郎君，快救救九姑娘哪！"

萧乾半眼都不看墨九，侧身而过，继续遛狗。

“哎！”墨九急了，先前她正是看见这厮才敢出头救人的，再怎么说他也是吃官家饭的，总不会坐视不管吧？可看他的样子，她分明搬石头砸了自己的脚！她大喊：“姓萧的！”

萧乾迎着河风徐步而行，充耳不闻。

墨九怎么也没有想到，这厮居然真的袖手旁观。

“亲，我是你大嫂啊！你不能给咱家攒点脸面？”

两个汉子面面相觑，先时还有些顾忌，可看萧乾根本不识得她的样子，不免又猖狂起来。一个人狠狠地把麻绳套在她身上，与那个还在哭啼的小丫头箍在一起，哈哈大笑：“小娘们，是你送上门来的，可怪不得老子！”

墨九痛心疾首地看着那个遛狗的背影：“这不科学！”

墨九两辈子都没有干过重体力活，哪是两个粗壮汉子的对手？眼看蓝姑姑因颜值太低还想搬救兵被打晕在地，墨九放弃了反抗，由得他们拖入一个靠近河岸的偏僻院子，和小丫头一起绑在秃头树桩上。

“这个世界的人，可真冷漠啊。”

坐在坑洼不平的地上，墨九还没有完全适应这节奏，想到姓萧的就恨得牙根发痒。她环视一圈破败的院子，瞥向不停抽泣的小丫头。

“小妹妹，你叫什么名字？”

小丫头抬起头：“我叫李心玫，我娘都唤我玫儿……”

想到娘，她泪珠子又嗒啦嗒啦往下掉，那不比巴掌更大的清丽小脸、还夹着奶气的稚气声音，成功唤起了墨九的怜悯心。

“这些人为什么要抓你？”

小丫头咬了咬下唇：“我爹把我卖给他们做瘦马。”

第二次听到这词，墨九依旧疑惑：“瘦马到底是什么东西？”

小丫头似乎也不甚懂：“养大了，让人骑的……”

墨九的脸红得像滴血，不是羞的，是气的。她对“养瘦马”这种人肉买卖交易还不太明白，却大概知道是黑心商人买了小女孩去调习，做不正当的生意。

“缺德！这种混账才该遭报应。”

这时，院门开了。抓她的汉子迎入一个五十开外的老头子，走到她面前不远，指了指，满脸的笑，说着她听不懂的语言。从他皮条客似的猥琐神色看，是在推销她与小丫头。

那老头儿捋着胡子满意地点点头，出去了。

不多一会，就有人过来提她们，手脚依然捆绑着，再次被丢上了密闭的马车，眼前黑乎乎的，耳边出奇地安静。墨九既来之，则安之，倒也冷静，玫儿却筛糠似的不停颤抖："墨九，墨九，我害怕……"

墨九蹭蹭她的身子："不要怕，有我在。"

玫儿一怔，声音略有惊喜："你有法子？"

墨九严肃道："我长得比你好看。"

玫儿："……"

墨九轻笑："便有危险，也是我先。"

"闭嘴！老实点！"

马车外面传来不悦的吆喝声，待她们安静下来，外面赶车的两个家伙却有说有笑地聊上了。墨九竖着耳朵，奈何语言障碍，一句也听不懂。

看来多学一门外语，太有必要了。

她正自嘲，胳膊被玫儿蹭了一下，斜眼瞥过去，却见小丫头似有话要说。墨九轻轻挪动身子，低下头去，玫儿果然把嘴巴凑近她的耳朵，低低地、压抑地道："他们说，要把我们送到河对岸，卖给珒人……"

墨九一愣，反咬她耳朵："你听得懂他们的话？"

玫儿点头，蚊子似的嗯一声。

玫儿一个南荣人，为何会懂珒国话？

她还没问，玫儿又道："但他们又不敢……"

墨九问："为什么？"

玫儿道："他们怀疑你脑子有病，怕伤了贵人。"

"……"

对于这种严重人身攻击的说法，墨九不能忍。她一脚踢在车厢上，以示抗议，却听见玫儿咬牙呻吟："墨九，你肘到我了。"她挨的揍比墨九多，身上多处受伤，估计痛得受不住，叫唤了出来。

车外汉子大骂："再出声，堵了你们的嘴。"

墨九与玫儿顿时噤声，两人互视，墨九小声耳语："继续听。"

这些人似乎也在顾忌什么，没有走官道，也没在盱眙过河，而是躲躲藏藏地往招信方向而去。对此，墨九有些奇怪。

若可以光明正大，又何苦这么麻烦？这么说来，他们的行为就是非法的。可若是非法的，为什么姓萧的装没看见？

她觉得个中有些问题，但手脚被缚，除了听两个家伙咿呀咿呀地鸟语，却没有法子反抗。

日落之时，马车终于停下。如此，她又一次在马车上度过了一天。

这次落脚的宅院很大，很富贵，依山傍水而建，院墙刷白碧瓦生辉，梁高院深，自有一种磅礴之势。南荣虽然富庶，但使得上这种宅子的人家，绝不普通。

墨九与玫儿被拖入一间屋子，四方镂空的雕花木格，像布置九宫格似的，分成一个个小格，每个小格之间隔了一层其实什么都遮不住的芙蓉色纱帐，上端却未封顶，有细碎的暖色光线射入，笼罩在格子中间，让她们的肤色看起来奶白而媚。

于是，外面的尖叫声更大了。

"五贯。"

"十贯！"

"那个眉心有痣的我要了。"

"为何又与我抢？"

"这个奶大！"

墨九身子一抖，这才注意到九宫格别有洞天。隔着一层纱帐的格子里，有许多姑娘，三三两两放在一起，有些像她与玫儿一样上了绑，有些却没有，老老实实地坐着被人出价认购。

像拍卖行里的吆喝似的，声音此起彼伏，各种口音交杂，墨九大抵听了个七七八八——这是一个拐卖妇女的大型中转站，她坐的地方类似于展览厅，卖家把姑娘放在中间，由着买家出价。

伴着笑声，不停有姑娘从帐子里被人提走。玫儿哆嗦着，两排牙齿打着战，紧紧靠着墨九。

墨九拿肩膀蹭蹭她："不要怕，会没事的。"

这一路上，她除了知道玫儿的阿娘是她爹从牙婆手里买来的珒国女人之外，也让玫儿从那两个二货嘴里偷听到了一些南荣"秘辛"。如此，她很有信心。

"哟，好俏的丫头。"这时，帐子撩开了，一个老鸨子踩着香风进来，打量货物似的把墨九从头到脚瞅了一遍，又在她身上胡乱地摸起。该摸的摸了，不该摸的也摸了。等她咂着嘴出去时，那兴奋的样子，像寻到了失散多年的女儿。

等老鸨子再回来时，带了一个健壮的男人。

“你，跟我走。”

墨九抬眼，撞入了一双漆黑的眼。他个子偏高、五官立体，虽眼角有一条明显的小伤疤，但颜值整体很高，尤其难得的是这个人脸上并无淫亵。若不是身在这鬼地方，墨九得为他贴上一个“好人”的标签。

墨九会看风水，看人也从没出过岔子——除了萧乾。

她默默不语，由那人拎了绳子把她拽起。老鸨子看他粗手粗脚的，似有不舍，赶紧扶住他的手，笑得人掉一身鸡皮疙瘩：“轻点，轻点！你这后生，可别把人碰坏了。我老婆子这辈子见过的美人儿，不说一万也有八千，还从未见过这般好的货色……”

“有多好？”问的人是墨九。

老鸨子被惊了一下，又笑着捏了捏她的小脸儿：“哪位爷能享用姑娘，那便下不得榻了。”她卖个关子，又把脸转向“提货”的男子：“个中妙处，尝过就晓得了，老婆子不说瞎话。”

“嗯。”那人眼皮一沉，把一块碎银放在老鸨子手里。

老鸨子点头哈腰，笑得眼睛都没了。

看她要走，墨九哼了一声：“站住！”

老鸨子回头：“姑娘唤我？”

墨九很冷静地点头：“总得告诉我，卖了多少钱吧？”

她一副要坐地分赃的样子，让老鸨子无言以对。

那男人嘴角微微抽搐一下，似是不耐烦了，拎着她就往外走。墨九手臂被勒得吃痛，嘴里怪叫：“你没听人说我是极品？怎么不懂怜香惜玉？”

她还没骂完，背后便传来玫儿嘤嘤的哭声。人与动物都需要在群体之中寻找安全感，尤其逆境之时，伙伴的互相取暖，便能带来生存的勇气。没了墨九，她的害怕可想而知。回头瞥她一眼，墨九眨眼睛：“乖娃娃别怕，我会救你。”

刷的一下，她眼前黑了，那人用一块墨布罩住了她的头。

他没有说话，却用行动告诉了她：你连自己都救不了。

被人像牵旺财似的牵着，墨九走了足有一炷香的时间，头罩方才被取了下来。她眯了眯眼，等眼睛适应了光线，差一点被眼前的画面恶心吐了。

面前是一个奢华的大房间，没有床，却处处都是床。红绡香帐，罗衾锦被，袭袭流苏，轻轻飘动，脚下绸缎似水，水中荡漾着一个个清凉的姑娘。她们牲口似的任人摆成一个个销魂的姿势，哪怕身子颤抖着，脸上却牵强地流露出一抹急切的笑容。

吸了一口气，墨九侧头看向身侧的男子："你倒是消受得起？"

那人没有回答她，突然往后转身，拱手揖礼道："谢使君。"

墨九这才发现，门口又进来一个年轻男人，手上拿一柄折扇，且走且摇。他并没有看见墨九——毕竟她穿着衣服。他的视线被不穿衣服的美人儿吸引去了，挑一下这个姑娘的下巴，搔一下那个姑娘的细腰，一双绿豆眼在群山群色中流连忘返。

"都还不错，可我却只能留下一个。"说罢他转头吩咐："辜二，让烟云楼的月娘子来领人。"

烟云楼一听就知什么所在了。左右都是侍候男人，留下来侍候一个男人，总比去那种地方侍候无数个男人要好得多。所以这些姑娘，都削尖了脑袋想被留用。

"谢使君，那这个……"姓辜的家伙突地低唤。

谢丙生视线一转，看见了屋子里唯一穿着衣服的墨九。他脚步顿一下，眉梢微动，合住折扇，伸手就扯向她的领口："脱了！"

"等等！"一截白藕似的手腕挡在面前，柔光之下，墨九微笑的面孔俏中带媚，身姿不扭而妖，"急什么？"

她的样子顿时迷了谢丙生的眼，他不由问道："你叫什么名字？为何不脱？"

"脱不得。"都说美人有三俏，声、形、味，各占一俏。墨九不仅形好、味好、声音更柔媚勾人，"我若脱了，你可就死了。"

她轻嗔浅笑，谢丙生只当她在勾引自己，轻佻地哦一声："能死在小娘子的肚皮上，倒也不枉我相女一场……终见人间绝色。"

他自认风流多情，可墨九看他伪娘似的颜，听他伪娘似的声，就像见了苍蝇似的，胃里翻腾不已："使君当真不知我是谁？"

"不是正等小娘子告知吗？"谢丙生说着便拿折扇挑她下巴。

墨九指尖轻抵扇骨，小声笑着："墨家寡妇。谢使君若不识得我，可以差人去盱眙打听打听，我墨九是一个什么样的克夫命……原本死在我手上的男人多你一个也没什么，但我胆小，一怕使君枉死，牵连家母；二怕萧家知晓，给使君惹上麻烦，只好实言相告了。"

谢丙生贵为招信军转运使，是当朝丞相谢忱的独生子，自然知道南荣第一权臣萧乾。

萧家要娶寡妇做长孙媳妇的事，他有所耳闻，可他似乎并不紧张，反倒更近一步，低头在墨九发梢一嗅："如此说来，我更不可让你离开了。惹上萧家，可不好玩。"

墨九呵呵一笑，斜瞥着他，话中暗藏机锋："谢使君，墨家寡妇不仅天寡，男人碰之丧命，而且墨家传人，向来懂相人之道，风水堪舆更是一绝，您莫非不知情？"

这个谢丙生确实不知："小娘子想说什么？"

墨九叹口气，百感交集地看着他的眉心："您上庭青浊，印堂发黑，从面相上说，乃为阴煞之兆。"

谢丙生狐疑："阴煞之兆？"

墨九点头："阴煞乃大凶之兆，轻则牢狱之灾，重则家破人亡。"

这个唬人的法子是墨九从实践中总结出来的。上辈子她有一次在街上遇到个和尚，上来搭讪就说她霉运当头，他受了某山某仙人之托前来为她化解厄运，说得玄之又玄。结果墨九只好不情不愿地花了二十块钱，从和尚手里买了一个加持的护身符。尽管她心底清楚"被销售"了，但趋利避害是人的正常心理，二十块钱花得不痛不痒，只当买一个安心。

可没有料到，谢丙生愣了一瞬，哈哈大笑着打开扇子，摇得那叫一个欢畅："好玩，真好玩！我就喜欢肯动脑子蒙我的美人儿，比那些呆木头有意思。小寡妇，今晚上，我便消受了你，看你怎么克我……只不知，你跟了恁多汉子，可有多学几招，让爷们快活？"

说罢，他折扇轻轻划过她粉嫩的嘴巴，神色一敛，低喝道："把那些庸脂俗粉丢去烟云楼，我懒得再看一眼。"等他转身望向墨九时，又换了脸色，嘻嘻笑起："来人，把我的乖乖儿扒光了……送我房里去。"

墨九面色一变："你敢！"

谢丙生哼笑："招信地界上，没有我不敢的事。我不仅扒光你，还要在玩够你之后，肢解了喂我家二黑，绝不让你这娇滴滴的身子，有一丝一毫的浪费。"

是夜月朗星疏，三更时分，深睡的宅子被一阵狗吠声惊醒。

值夜的门房发现，一只大黄狗从狗洞钻进来，正与宅中豢养的大黑狗干仗，互相撕咬、狂吠，那叫一个风云变色。

"哪来的畜生？敢咬使君的二黑？"

"快，打死它！"

"该死的，这畜生好生凶猛。"

大黄狗不仅咬狗，还咬人，几个门房骂咧着，拿着棍子追着狗跑，可那厮速度快动作还麻溜，绕了几个圈都追不上。

人狗正在大战，大门却被拍得震天地响。

门房一愣，气得正要过去骂人，却见那铁铸的大门竟生生被撞击开了。蜂拥而入的人，穿着禁军铁甲，手执兵器，簇拥着一前一后两个骑了剽悍大马的男子，不请自入。

“把谢丙生给小爷叫出来！”

喊话的人勒着缰绳，一副趾高气扬的样子，除了宋骜还会有谁？

门房不识得小王爷，却懂得察言观色，赶紧点头哈腰：“我家使君已然睡下，不知大人有何贵干？”

嗤地一笑，宋骜挑眉：“狗眼瞎了？看不出小爷是来拿人的？”

门房一愣：“敢问这位官人，我们所犯何事？”

宋骜搓了搓眼角，笑得眉眼生花：“得罪了我们枢密使的狗。”

门房怔怔地看向摇着尾巴撒欢的大黄狗，视线慢慢落到萧乾的身上。他一袭黑色织了暗金绣纹的衣袍，大半个身子都掩在火光下的阴影中，不像宋骜那般张扬，可天生的冷鸷气场，却让门房顷刻懂了——这就是枢密使萧乾。

萧乾是枢密使，谢丙生是转运使，听上去都是“使”，但个中权势地位又是大大的不同。尤其战事不断的南荣，一个萧乾便可踩死十个谢丙生。

门房懂得一些官场上的事，壮着胆子，涎着脸施礼而笑：“是小的有眼不识泰山，不知贵犬深夜光临，这厢便给萧使君赔礼道歉了。”

贵犬深夜光临？默念了一下，宋骜总觉这句话哪里不对。

嘿，这混账不是在骂他吗？宋骜冷哼一声，跳下马，轻抚旺财的狗头，笑得一脸“慈祥”，灿如阳光：“那你还不快给它跪下，叫一声狗爷爷？”

闻言，门房顿时无言以对，众禁军也颇为无语。

宋骜哼一声：“这点诚意都没有，如何赔礼道歉？”

门房郁结得脸孔青白不匀，宋骜却高兴起来，叹息着望向萧乾：“长渊有没有发现，像我这么仁慈的人，已经不多见了？”

萧乾似有不耐烦，火光里的侧脸阴寒至极：“还不即速拿人，啰唆什么？”

宋骜可怜巴巴地撇嘴：“你就忍心，让我双手沾满血腥？”

萧乾瞥向他，若有所指地笑道：“像我这么仁慈的人，也不多见了。”

“啊哈哈。”宋骜干笑着摸了摸鼻子，“小爷突然感觉，没事抓抓人，砍砍脑袋也是不错的。”

不晓得这厮有什么小辫子被萧乾捏在手里，以皇子之尊为萧乾办事，却俯首帖耳，让人不得不佩服小王爷人品“贵重”，纷纷侧目。

看到众人侧目瞄来，宋骜怒而甩鞭：“都看老子做什么？上啊！连人带狗一并拿下！”

他们带来的扈从不少，不费吹灰之力，就杀入了后宅。一路上，没有遇到抵抗，见人就抓，但谢丙生却从头到尾也没有出现过。按理来说，这么大的动静，他早该知道消息，可等宋骜气呼呼地进去拿人时，他还很悠闲自在，屋子里亮着灯，一道风情旖旎的屏风里，依稀可见一个窈窕的身影，半抱琵琶，背对而坐，像在低头抚琴。

“谢丙生，死到临头了，你还在风流快活？”

他冲在前头，可屋子里并没有谢丙生，除了低头抚琴的女子外，空无一人。宋骜微微一怔，转身欲问那抚琴的女子，却发现脚底湿黏，低头一看，大片血水从女子坐着的垫子渗出，一股股流向门口。心里一惊，他慢慢抬头，发现那女子的身子早已僵硬，面孔似被人用锋利的刀片剜过，血肉模糊不清。

“呕——玩得这么恶心。”

宋骜打个干呕，只觉阴风阵阵，脚跟钉在地上似的，动不了。

“这死的莫不是小寡妇吧？”

他自言自语，又觉得个头不像。

这时，一路跟他进来的门房，脸色突然变得惊恐，手指颤颤巍巍地指着女尸：“这、这……好像是我们家谢、谢、谢使君？”

四周诡异地安静了，血腥味刺鼻，却无人动弹。

宋骜见过死人，也杀过人，听说过凌迟、车裂、剥皮等各种各样残忍的刑罚，但他没听过这样匪夷所思的死法。这根本不是杀人，也不单单只是酷刑，而是对一个人的侮辱。人之贵重，在于品格，这是连死后的尊严都一并抹杀了。

“长渊哪！快来看。”

宋骜大喊着，突然冲了出去。几个扈从惊愕，面面相觑。

萧乾正在院中，此时山庄的人都被集中在这儿了。

他的书吏周求同正拿着一本名册在清点人数，几个扈从在帮忙把人员分类。偌大的院子里，姑娘、老鸨、谢丙生的侍从等等挤得水泄不通，吵吵嚷嚷。尤其那些小姑娘，不知道发生了什么事，哭得整个山庄乌烟瘴气。

宋骜像一只花蝴蝶似的在萧乾身边穿来穿去。

他夸张地说着谢丙生死亡的惨状，萧乾没有动静。

他问杀死谢丙生的凶手要不要追查，萧乾没有动静。

他指手画脚地说哪个姑娘好看，哪个不好看，哪个胸大哪个腿好，萧乾也没有动静。

宋骜观察半晌，突然一拍额头说："咦，小寡妇哪儿去了？"

萧乾终于有动静了，望向院中一群花花绿绿的姑娘，皱了皱眉头："搜！"

话音刚落，宋骜只觉额头一阵冰冷，他怒目："你的口水溅到我脸上了？"

萧乾显然不会回答他这么弱智的问题，只抬头望向夜空，目光像淬了毒，让宋骜由心凉到胃，顿时闭上嘴，跟着满院子不明所以的人昂着脑袋往上看。

不是下雨了，而是下酒了。

酒水从天上泼落下来，淡淡的酒香味顿时弥漫一院。而院中众人的脑袋，则随了天空掠过的一道黑影在不停转动。

那东西很怪异，在这样的光线下看不见具体样子。有点像老鹰，却无老鹰灵活，有点像风筝，却比风筝大了许多。

"那是什么怪物？"

"莫不是……鬼？"

"你们看，上面有人，还有裙子，是女鬼！"

"谢使君会不会是被这个女鬼所杀？"

院子里人人望天，议论纷纷，天空的滑翔伞上，墨九却气得不行。

"我的花雕啊，怎么洒了？啊！砸破了？"

招信军转运使谢丙生死了，不仅脸被人削了片，还穿了一身妇人的衣裳，手拿琵琶做女儿姿态，那诡异的死相在镇远山庄一经渲染，顿时掀起轩然大波，令人恐惧发怵。可到底是谁人所杀，一时却无定论。

于是，那个从天上飞过的"女鬼"就莫名顶了缸。

宅子搜遍了也没有找到墨九，却在宅后的观景山下找到了辜二。

辜二被两个禁军反剪了手带过来，也没问宅子里发生了什么事情，看到整个山庄的人都被抓起来了，也没有什么表示，只直接向萧乾请安："不知枢密使大驾……"

"人呢？"萧乾脾气不差，也不太好，让人放开了他，却没耐烦听他客套。

辜二揖礼道："不知使君找谁？"

萧乾斜睨他一瞬，慢吞吞地吐出三个字："我大嫂。"

辜二微微一怔，待听清楚前因后果，便赶紧带了他们往后山去。

一路走，他一路惊叹："贵嫂真乃神人也，不仅精通相人之术，还懂得堪舆之道。这会儿，她正在观景台上为谢使君作法改风水呢。"

萧乾脚步一顿，却没有问，倒是宋骜好奇心大起。

"这小寡妇弄神弄鬼的倒有一套，可谢丙生怎肯听她？"

辜二举着火把走在前头，把当时的情形复述了一遍。

一开始墨九说谢丙生面相不好，谢丙生自然不肯信。她一个小姑娘哪可能懂得那许多，想来就是蒙他的。所以，谢丙生当即让辜二扒她衣服送去房里侍候。

可辜二还没有动手，墨九就高深莫测地说："谢使君最近可是夜不安枕，家宅不宁？"

辜二哪晓得这是墨九从玫儿那儿听来的八卦？她们两个被送到山庄的时候，押车的两个二货一路都在用珒国的方言聊这些事。

当时谢丙生听了这话，动了些心思，却还有些摇摆不定。

墨九却又接着说了："阴煞之气已初见端倪，再不化解，就要见血光了。谢使君，我人在你宅子里，死活也是你一句话的事，我如果说假，你回头再收拾我也不难。何必拿性命赌万一？"

她说得头头是道，谢丙生终于动了心："这阴煞如何化解？"

墨九卖着关子："宅经说，屋广则多阴，谢使君的宅子连山接水，看似恢宏，实则影响气运……但如何化解，我还需再观测一下风水。"

就这样，墨九被谢丙生请去看风水了。

在宅子里外逛了一圈，她道："宅子风水不错，左有青龙，右有白虎，为阳宅中少见的青龙白虎风水之局。"

这么大的宅子，谢丙生自然是找了有名的风水先生看过才置下的。青龙白虎局也曾出自大师之口，如今听得墨九说，谢丙生脸上颇有得意，对她懂得风水，也深信不疑了。

可说到这儿，墨九却急转直下："然而，山在北，为阴；水在南，也为阴；如此便是二阴相煞。好在有青龙白虎坐镇，倒也无事。坏就坏在使君宅中女子太多。女体亦属阴，故而，三阴夺阳——此宅便形成了阴煞。"

谢丙生吓得脸都白了："那依小娘子的意思，要怎样化解？"

墨九道："这阴煞之局，为十煞之首，普通堪舆术士很难破局。得亏你遇见我，祖宗十八代和子子孙孙都得救了。不过，我需要准备一件法器。"

谢丙生这时已信了个八九不离十，自是由着她的需要找来材料。不仅如此，他还应墨九的要求让辜二去寻了两个木匠帮忙做法器，顺便把玫儿也送给了她打下手。

接着，墨九说需要花三天时间，便装了些吃食，领了两个木匠和玫儿去了后山地势最高的观景山上的观景台，并以“为免天机泄露”为由，不许任何人上去打扰。

谢丙生都依了她，不过也留了个心眼，让辜二等人守在山下。

事情就是这么一个事情。可等辜二兴致勃勃地领着萧乾等人到达观景台时，除了一地的月光和两个被酒坛敲晕的木匠，哪里还有人在？

萧乾眼中似有冷气溢出：“你的人一直守在山下？”

辜二到处张望着，也奇了：“回使君话，从未离开。”

萧乾想到先前天上飞过的黑影，眉头皱了皱，没有再问此事，而是转头盯住辜二：“谢丙生为非作歹，渎职贪墨，在招信豢养女子贿赂官员，利用转运使职务之便，在荣珒边境倒买倒卖，与珒人私相授受，你可知情？”

辜二垂下头：“属下身份低微，只听命办差。”

萧乾看他一眼，含义颇深：“自行下去吧，等候朝廷发落。”

辜二嗯一声，不辩解，不马屁，自始至终也没多看萧乾一眼，听完吩咐作个揖，便离开了。

倒是宋骜走过来，看着他的背影对萧乾说：“这个人是谢老狗专程从临安差过来给谢丙生做贴身护卫的，身手相当了得，你该不会就这样放了吧？”

萧乾捡起地上一截木头，随口应道：“他长得也不错，要不送你府上？”

宋骜呻吟般哀怨：“长渊，我是冤枉的，并没有……”

萧乾摆手阻止他，只道：“这回人赃俱获，谢丙生虽然畏罪自杀了，但谢忱那老匹夫也逃脱不了私交珒人的干系。”

畏罪自杀？宋骜很天真地瞪大了眼：“你怎么知道他是自杀的？”

萧乾一笑，皎皎月光下，他的神色淡若清辉：“不是小王爷亲眼看见的？”

说罢他掉头离去，只剩一袭黑色衣袍融在暗夜中轻轻飘动。

宋骜啊了一声，苦着脸追过去，拉住他的衣袖：“长渊，到底为什么要这样说，你好歹给我通个气吧？”

萧乾并不回头，轻甩袖子：“依你之智，不好知晓太多。”

宋骜道：“……我去。喂，长渊！”

他又追上去了，照常拉住萧乾的袖子：“这谢丙生死了也就死了吧，不，畏罪自杀了。可你那个寡妇嫂子，这生不见人，死不见尸的，难道你就不好奇哪儿去了？”

萧乾负手身后，不让他拉袖子：“这还用好奇？”

宋鹫不解，又去找他的袖子："为何不好奇？"

"小王爷少颠鸾倒凤，淫欲无度，便知情由了。"

"小爷我……"宋鹫到底没逮住他的袖子，跺脚暴怒，"老子真冤枉啊！"

当夜，他们一行人在谢丙生的大宅安顿了下来。一来等候提刑使过来查验，二来那么多的美人儿，也需要花时间处理。

这天晚上，萧乾半夜睡不着又去了一趟观景台，就着台上剩余的木料、布料等物，仔细揣摩了许久。

好端端一个人，怎么可以飞出去？他不解。

可次日太阳还未升起，他"想念"一夜的人就有了消息。

前来送信的是一个叫玫儿的小姑娘，除了两锭金元宝外，墨九还附信一封。

"彩礼酬金，双倍奉还，从此两讫，狗的拜！"

太阳高照的时候，玫儿便返回了客栈。

这家客栈在招信通往盱眙的官道边上，背靠枝叶繁茂的大树，凉爽清静，适宜避暑。当然，消费也颇贵，入店的都是有钱人。

玫儿进来时，墨九正吃着小二送来的酸梅汤，意态闲闲地躺在一张竹编椅上，丝毫不在意被"简易滑翔机"落地时擦伤的手背和胳膊，舒服得像个神仙。

玫儿松口气："可把我吓坏了。"

墨九转头笑她："吓什么？"

玫儿是个乡下丫头，没有与达官贵人们打过交道，第一次入镇远山庄是被人押进去的，第二次从大门求见，压力可想而知，但能顺利回来，令她对墨九有了信心，神色也放松许多。见墨九问，玫儿便赶紧把山庄里的事告诉了她。

听说谢丙生死了，墨九挑下眉头也只剩一叹："多行不义必自毙！谢丙生作恶多端，宅中久聚阴煞之气不散，早晚出事。如今也算应了风水之兆。"

玫儿一惊："阴煞不是你骗他的？"

墨九严肃地瞪她："你何曾见过我骗人？我是老实人。"说罢她笑眯眯地指了指为玫儿留的酸梅汤："吃吧，一会热了就不好吃了。"

阳光太烈，玫儿脚不停歇地赶路，满身都是汗，酸梅汤解暑又解渴，她自是不会客气。可刚把碗端在手上，她却发现不仅有酸梅汤，桌上还摆满了珍馐佳肴。

见状她胃一紧，吃不下了："这么多？我们怎么付账？"

她记得很清楚，墨九把从谢丙生那里要来镇宅的两锭金元宝都送去山庄了，如今身上可没多少钱。

然而墨九不在意："嘴巴是用来吃东西的，赶紧吃。"

玫儿手一抖，拿碗都小心翼翼。

墨九笑着递给她一只鸡腿："吃霸王餐也要讲究格调。乖，放松一点嘛。"

玫儿轻轻哦了一声，这个萍水相逢的墨九让她有一种遇到了神仙姐姐的感觉——不仅有本事把她从谢丙生那里要过去，还可以带她飞出宅子。

墨九说那个东西叫作"滑翔鸡"。可除了鸟，玫儿没见过人或者鸡能在天上飞的。所以，她决心好好跟着墨九，听话不多嘴。

不过玫儿到底是穷人家的孩子，觑着跑堂的小二，她仍不踏实，嚼着鸡腿，也没那么好的滋味了："我们没钱，会不会挨打？"

墨九正在与酷暑抗争，怀念着空调、风扇等现代化的东西，琢磨着改善生存环境，于是皱眉道："害怕你就先走。去吧，带上吃的。"

玫儿看她热得嫣红的双颊，俏丽美艳，却无半分紧张，也缓了情绪，啃一口鸡腿，直摇头："谢使君把玫儿给了你，从今往后，玫儿便是你的人了。"

墨九扯着衣领的手一顿："你赖上我了？"

玫儿红了脸，奶声奶气地道："我娘去年过世了，我爹吃多了酒就打我，若我回去，他还会再把我卖掉的。我不想回去了。"

墨九为人洒脱，却不喜束缚，原本救玫儿也只为善始善终，不想她小小年纪就被人糟蹋。可她却没想过要带这么一个小娃娃——那不是提前升级做娘了吗？

"玫儿，我也只是个孩子啊！"

她无耻地叹息称"小"，玫儿却扁了扁嘴巴："墨九，我什么都会做的，会烧柴做饭，会洗衣缝补，我可以照顾你的。"说到这里，她赶紧把鸡腿放在桌上，就着衣裳擦了擦手，紧张道："我只需吃很少的饭，每天一顿即可……墨九，你让我跟着你，好不好？"

瞥着玫儿瘦削的小脸，墨九摆摆手："算了，送佛送到西，回头我给你寻一个好人家寄养……没找到之前，你先跟着我好了。"

玫儿大喜，慌忙磕了个头，起身后却不再碰食物，只咽着口水乖乖地站在身边看她吃。

那小可怜的样子，倒把墨九逗笑了："为什么不吃？"

玫儿咬了咬下唇，小声说："我们身上没钱，吃了这顿，兴许就没下顿了……我是饿惯的，一顿不吃没什么，你吃饱点，剩下的一会我们打包带走。"

"叫你吃就吃，废什么话？"

墨九瞪她一眼，不耐烦地脱下外面的纱衣，想凉快一点，可她的动作却吓得玫儿白了脸，赶紧抓住她的手制止："墨九，你做什么？"

墨九眯眼睛："你没见我很热？"

玫儿涨红了脸："女子身子金贵，怎能示人？"

墨九观察了一下，这院子摆满了纳凉的桌子，男人确实很多，可就算没有这层纱衣，里面也比后世保守多了，根本就没有妨碍风化嘛。然而玫儿却固执，根本不容她反抗，就手忙脚乱地替她穿起。

也正是这时，萧乾带着一条大黄狗入了凉院。

墨九坐在角落原不显眼，可像她那样穿的人太少。不仅萧乾，整个大堂的男人都在看她。

骄阳灼照，热气罩顶，萧乾轻轻眯了眯眼，神色淡淡，却让人觉得周围都阴阴的，不是冷，却入心，不是针，却刺骨。但仔细观之，他情绪并无变化："你倒会选地方。"

墨九拍拍玫儿，稳如泰山地坐着，顺便把纱衣再往外拉了拉，露出脖子、锁骨和领下一片白生生的肌肤，毫无违和感地笑："有人付账当然要选贵的。冰镇酸梅汤，来一碗？"

她并无半分紧张，娇绿纱裙，容色皎皎，年纪不大，可那股子自在劲，落在旁人的眼里就变成了不知检点，看热闹的眼神都微妙地冲萧乾来了。

他只当未知，一把扯过隔壁的桌布，劈头盖脸地罩在墨九身上。

"谢丙生死了，你有杀人动机。"

墨九被麻布一罩，热得想骂娘，却被他的话愫了一下。

为免再次发生流血事件，她丢掉桌布整理好衣服才端坐着瞪他："你有病？"

他唇角几不可察地一扬："可以走了。"

墨九觉得，这厮先前要求双倍退还礼金，用以胁迫她娘，肯定是为了达到某种目的。可她把钱如数奉上，就断了他的念头。他不想轻易放她，或者说他不想放弃他的目的，那么最简单的法子，就是利用谢丙生的案子做妖。

念及此，她不疾不徐地喝了口水才道："急什么，这会儿正当晌午，日头烈，容易中暑。吃口茶，歇一会，我们好好说道说道，关于这个案子……"

客栈外头的扈从，等得满头大汗也不见他们出去。

宋骜憋不住，擦着汗水进来，见两个人在闲闲叙话，不由动气："这是准备吃了夜饭再走？"

墨九看见他，就跟见到老熟人似的，笑弯了眼："这提议极好，果然是小王爷，你看，就跟普通人不同嘛。你既这么友好，我有一个礼物要送给你。"

宋骜哼声坐下："你？送我礼物？"

墨九笑眯眯地点头："独一无二的。"说罢她看一眼老神在在的萧乾，让小二拿一只干净瓷碗，亲自给宋骜倒上酸梅汤，轻声道："原本要送给萧家郎君的，可你与他关系不一般，他应当与你共同享受。"

既是"享受"，自是好东西。

宋骜喝口汤，放松下来："是不是那只会飞的大鸟？"

他是皇子，什么贵重的东西都不稀罕，兴趣只在于可以载人飞翔的"大鸟"。

可墨九却摇了摇头，笑道："谢宅后面的观景山，是一个风水宝地，往后你两个死了，可修陵于此，葬于一处，必定福泽子孙，永禄后人。"

闻言，宋骜噗的一声，喷了一嘴的茶。

墨九眨眨眼："我厚道吧，以德报怨。"

宋骜气得胸口痛："小寡妇，你敢咒小爷死？"

墨九无辜地道："别狗咬吕洞宾啊！你以为那等风水地是好找的吗？"

桌子底下，旺财嗷一声，又躺枪。墨九不稀罕它主子，对它还是很喜欢的，拿一只鸡腿塞进它狗嘴里，然后指使玫儿打包，便往外走。

小二赶紧腻笑着上来："客官，还没付账呢。"

墨九瞥一眼萧乾："找他。"

玫儿看见萧乾顿时阴恻恻的脸，心惊胆战地跟在墨九身后，大气都不敢出，却见墨九出了客栈，毫不客气地钻入萧乾那一辆镇了冰的薄荷宝马香车，吓得她一个踉跄，差点摔倒："墨九……"

不仅她呆住，驾车的扈从也呆了。

萧乾付完账出来，脸色不好看："出来。"

墨九拉开车帘："干吗？你费尽心机找我，我宽宏大量不计前嫌如你所愿地坐上了你的马车，这是给你面子。当然，你也不必客气，大热天的，反正这车宽敞，我也不会嫌弃你。"

萧乾胸口有点犯堵，但依旧风姿卓然，神情淡定："你早知我会来？"

墨九冷笑："废话，你们家非我不娶，怎么可能让我跑了？"

萧乾目光微凝，一眨不眨地盯住她精致的脸，似要从中看出什么不一样来："那你为何不逃得远远的？"

墨九并不回避他的目光，语气也极尽温婉："天多热啊，走路不累吗？再说了，从这里回盱眙那么远，有顺风车不坐，我傻还是你傻？"

"哈哈哈哈哈……"

笑的人当然不是萧乾，而是旁观的宋骜。

小王爷平常被他欺负惯了，这会儿看猫捉老鼠，结果猫被老鼠调戏了，竟有一种酣畅淋漓的痛快，只觉这酷暑季节也无端端生了凉风，舒爽无比："小寡妇，我决定从今天起，喜欢你了。"

墨九把刚放下的帘子又撩起，笑弯了眼："那你和萧家说说，让我去给你做王妃呗？"审视着萧乾渐阴渐凉的脸，她越发觉得这桩姻亲没那么简单，却笑得轻松自在："只怕我小叔子舍不得哩。嗯，是吗？"

说着，她还冲萧乾抛一个媚眼。

萧乾并不理会她，转身牵马跨坐而上，动作干净利索，墨似的发绦飘荡在风中，暗金绣纹的黑袍在烈火骄阳下，似有火焰的细碎光影在流动。可他眉目淡淡，俊美的面孔，一半如君子之兰，一半如冰山上的雪莲，矛盾，却又深不可测。

墨九知道他为了避嫌，不会与自己同乘马车。于是，看他被火辣辣的太阳灼烤，她胃肠肝脾肾都舒爽了。

"哈哈哈！"宋骜挨近马车，"小寡妇，感受如何？"

墨九笑说"不错"，又扭头问他："小王爷你整天跟着这么一个不阴不阳的怪物，感受如何？"

宋骜想了想，认真答道："不寒而栗。"

墨九了然地看着他俩，暧昧地发笑。

宋骜觉得她眼神不对："你笑什么？"

墨九扯了扯帘子，严肃着脸："不含而立，我懂你。"可宋骜却不懂，只以为遇上了知音，就差与她把酒言欢号啕大哭恨不相逢未嫁时了。

墨九占了萧乾的马车，便忙不迭地检阅战利品。

虽然她常自称是墨家的不肖子孙，祖宗本事没有学到万分之一，但生在科学技术相对发达的现代，她有天赋，外加信息见闻广博，于机关巧术与机械制造方面，眼界一向很高。然而，以她挑衅的眼光，也不得不惊叹这辆马车布局之精巧，装潢之奢华。

先前她曾想过，车上是如何贮冰的，如今才发现其实看不见冰块，因为设计师巧妙地将冰嵌入了车壁，四周都是中空的，手触及车身，凉凉的，极是舒服。镂空的雕花纹路里，有薄荷清香吐出，像置身花海，让人流连忘返。

车壁左边是一个精美的书架，可巧妙地伸缩。缩时，连架带书一并合入车壁；伸时，格架上一本本书排列整齐，纤尘不染。

墨九随手抽过两本，发现都是养生类医书。有些繁体字她识不得，半猜半蒙地瞅了一会，发现了一个共同的特点——与它们主人一样，充满了禁欲气息，基本以男子当“清心寡欲，养精蓄气”为主导，称“寡言、节欲，善养生者，必宝其精”。

她是女子，无精可宝，只好笑地摇摇头，又看向右边。

右边与左边一样，是活动药架。药架上置有一排排古色古香的小瓷瓶，形状各一，花纹各一，个个精巧美观。墨九瞧了很是喜爱，却不敢摸，也不敢嗅——万一她中个媚药什么的，岂不便宜他了？

……

参观完马车，她有些累了。

昨儿神经高度紧张，大半夜“飞”出来没睡好，如今车内清香袅袅，又隔绝了暑气，无疑是一个好眠的所在。尤其车内软软的地毯，也不知什么材质，那叫一个舒坦。

她不管那许多，躺下去，捞一件外袍盖身上就阖上了眼。

袍子自然是萧乾的。

女人都喜欢说“臭男人”，因为男子一般不爱洁净。可这位简直是一个洁癖到几乎变态的家伙。柔软的衣料，味道清冽，有薄荷香，又似有花香和中药香，徐徐入鼻，舒缓神经，宛如卧榻。

太美了！

墨九不知不觉便睡过去了。

于是，萧乾枕脖子的苏绣靠垫，就被她夹在腿间，骑成了马的姿势；萧乾的衣服压在她身下，褶皱成了一团咸菜；她脚上的鞋袜也不知何时脱去了，长裙撩到膝上，两腿光裸，领口大开……

但不管她睡相多差，能称为美人者，不论哪一个部位都是极有观赏性的。墨发铺陈，琼鼻樱唇，肌若凝脂，玉足交叠，曲线与姿态无不令人血脉贲张……如果忽略掉淌在萧乾衣裳上的口水，也可称赏心悦目了。

萧乾打开帘子，见到的就是这一副“销魂”的睡相。

噗一声，他放下了帘子。

扑通一声，旺财被他丢了上去。

墨九就是这样被吻醒的。

湿嗒嗒的口水，温暖滑腻的舌头，调皮地舔舐，像情人在诱哄……

“别闹！”半梦半醒间，墨九受用地抱紧它。

然后她一惊睁开眼，正对上一双圆溜乌黑的狗眼睛。

旺财歪着脑袋，友好地看着她，见她醒来似是更兴奋了，摇着大尾巴，两条前腿搭在她的肩膀上，便伸出长长的大舌头舔向她的脸。

“你这臭狗，走开……”

马车停在驿站的空地上，天空阴沉下来。

六月天，孩儿脸，说变就变。天际乌云滚滚，似是要下雨了，但暑气未解，空气仍然沉闷燥热。

这种边陲驿站之地，平常很难接待这么大的人物，一个皇帝的小儿子，一个当权的枢密使，哪一个都得让驿丞削尖了脑袋去伺候。因此，吃的、用的，无一不精细。

可满桌的珍馐却不受人待见。

萧乾喝茶的时间，比吃菜多。

宋骜看他的时间，也比看盘子多。

在见他第三次去拿茶盏的时候，小王爷终是问了：“你今天很渴？”

萧乾嗯一声，神色凝重，也不知在想什么，并不看他，也不与他交流，白皙的手指轻抚着紫砂茶盏，像在抚摸小娘子娇嫩的肌肤，温存、缓慢、旖旎、满带风情——当然，这只是宋骜的想法。

实际上，直到周求同匆匆进来，他都静心无情，也无话。

周求同是萧乾的书吏，负责日常文书往来和一些私人琐事，为人谨慎妥帖。他看看四下无人，方才小声道：“使君，谢丙生一案的卷宗，提刑司已封档送往临安。”

萧乾点点头，示意他下去。

宋骜见他眉间淡淡，似无半分忧烦，疑惑了：“长渊，要论谢丙生犯的事，便是押到临安，也不过小惩大诫，罪不至死。若说他会畏罪自杀，委实有点牵强。”顿一下，他又语带双关道："况且，这个案子，你把未过门的大嫂都搭进去了，摆明放长线钓大鱼……谢忱可就这么一个宝贝儿子，他怎肯善罢甘休？"

自南荣朝南迁临安以来，这萧家与谢家便是死对头。

两家都是皇室外戚，萧妃生有皇子宋骜，谢妃生有皇子宋熹，两个皇子都一表人才，颇受皇帝看重，可这两个百年望族却未有亲眷之情，明里暗里斗了个死你我活。

宋熹是皇帝长子，谢忱又贵为当朝丞相，势力自然隐隐压了萧家一头。但前几年，萧家突然蹦出一个萧乾，虽非萧氏嫡子，却通经史、精兵法、懂岐黄，在涟水一战成名，从此屡战屡胜，威名震慑了珒、勐、西越几国，更加之救得今上性命，不过短短几年，便节节高升，权势滔天，可与谢家并肩。

这个案子在宋骜看来，定不会善了。但萧乾听了，只淡淡地看他："无妨，他翻不出风浪。"

宋骜迎上他的眼，锥刀似的瞪他："你为何这般肯定，万一……"

"没有万一。"萧乾冷冷地打断，"陛下不顾及我，还能不顾及你？"

宋骜顿时无语了。

被人无耻利用的小王爷正要流下两行热泪，门口就传来清脆的脚步声。

来人正是墨九。

她早就饿了，不过被旺财亲了一脸口水，还是去灶间打水洗了脸才来。

一入屋，看见桌上摆满吃食，她满意地笑了笑，也不客气，坐下来拿起筷子就开吃。

可嚼巴两口，她却发现萧乾和宋骜都不拿好眼神看她，不由奇了："看我做什么？你们两个都吃饱了？"

萧乾凉声问她："没人教过你规矩？"

他的目光有点奇怪，墨九思量一下，恍悟般咬住筷子，摊开双手在他面前晃了晃："饭前便后要洗手嘛，我洗过了的。看见没？很干净。"

萧乾紧紧抿住嘴唇，表情那叫一个生动，一张俊脸明显不好看了。

墨九不明所以，打量他身上的衣服与先前又不一样了，似乎还沐浴熏香过，又了然地摇了摇头："你说你一个大男人，跟个姑娘似的，车上香喷喷的，身上也香喷喷，非得讲究个一尘不染干什么？差点没把我鼻炎熏出来。还有你那些书，什么养精蓄气长寿的，你才多大啊，可以看一点有营养的吗？当然，那是你的爱好，也无可厚非。但你自己变态，也不能要求所有人都一样变态吧？吃个饭，哪来那么多什么规矩？"

萧乾仿佛被雷劈了，脸色铁青，却一动不动。

墨九想着吃人家的嘴短，也不好多说了。

她乖乖夹一块排骨放在他碗里："来来来，先吃东西，不说那些。"

空气诡异地凝滞了，有风吹过窗户，细细舔着油灯。

宋骛呆呆地看她，像见了鬼，呻吟道："长渊……"

萧乾眼皮有点抽搐，揉一下额，拂袖而去。

墨九看他背影，再次摇头："这孩子脾气不好，还老爱糟蹋东西，一看就没吃过苦头。"说罢她把排骨丢给了地下的旺财。

萧乾脊背一僵，脚却没停。

那狗毕竟不是人，智商有限，看到排骨在向它招手，哪管自家主子是不是已经被她气了个半死？这货没节操地半趴在墨九脚下，高撅屁股，啃着排骨，摇着松软的大尾巴，嘴里发出一阵含糊的撒娇声。

"乖。"墨九摸着狗头，"原本你那样待我，我都想把你宰了炖狗肉汤的。"

旺财还在大摇尾巴讨好，墨九却又丢一个排骨："不过想想，狗肉嘛，还是红烧好吃，你说呢？"

萧乾刚跨过门槛，脊背又是一僵，步子顿了顿，终是大步离去。

宋骛摇头失笑，把她从头到脚打量一番，道一句"这小寡妇，疯得不轻了"，也跟上他的脚步走了。

墨九奇怪他们的反应，也不好追问，只叹息好好的一顿饭，可惜了。

所以，她吃饱，还捎带了回去给玫儿。

玫儿接着觉得烫手："墨九，我已经吃过了。"

墨九哦一声："哪儿吃的？"

玫儿道："周大哥叫我去吃的。"

她说罢看着墨九，像是想起什么："你在哪儿吃的？"

墨九慢条斯理地坐在椅子上，从兜里掏出仅有的一枚铜钱把玩着，把饭桌上的怪事说给玫儿，末了还不忘评价一句："这些人主子爷做惯了，心理素质太差，脾气还臭得不行。"

玫儿惊呆了："你怎么可以和小王爷与萧使君一道用膳呢？"

墨九抬头瞅她："我为什么不能与他们一起用膳呢？"

玫儿今年不过十一岁，却机灵得很，从一些小细节就能看出，这墨九虽有些本事，但脑子似乎真有点问题的，与常人不大一样。她略带怜悯地看一眼墨九，拿了篦子慢慢为她篦头，然后教她："自古男为尊，女为卑，我娘教过我，女子不可上堂与男子同食，更何况他们不是普通男子……"

墨九翻个白眼："那我坐了，吃了，还拿了，会怎样？"

玫儿小声道："我们村有一个妇人就因冒犯堂上丈夫，被打断了双腿……"

这么凶残？墨九有些意外："可他们也没把我怎样啊？"

话音刚落，就听得窗外有妇人扯着嗓子大骂："是哪个不开眼的小蹄子，坐萧使君马车，与皇子同食，恁的大胆！是嫌膫子夹得不够，骚得慌吗？"

驿站本是个清净地，这么一骂，屋里的人想不听见都不成。

玫儿最先反应过来，她开窗看一眼，只见院内一老一少两个女人，单看衣着便知是体面人家，拿篦子的手不由一抖："墨九，可怎生是好？"

墨九考虑一瞬："你去给我找两团棉花来。"

玫儿想她是个有法子的人，真在被角处扯出两团棉花递给她，期待着与"滑翔鸡"一样的惊喜。

可墨九把棉花往耳朵一塞，便懒懒地趴在了桌上："嗯，这样篦头，想来更舒服了。"

玫儿呆住："你的法子就是堵住耳朵？"

她的思维还停留在那个冒犯了丈夫被打断双腿的血腥画面上，可墨九却懒得理会，那双眼似闭非闭的样子，似乎要睡着了："你看啊，我打不过人家，也骂不过人家，还能怎么办？所以，不听她，也就万事大吉了。"

玫儿苦着脸，虽然害怕，却只能继续为她篦头。

院中骂人的老妇姓吴，是诚王府郡主宋妍的奶妈，她们今儿赶到驿站，还未住下便听说了墨九的事。宋妍心悦萧乾举朝皆知，可堂堂郡主却连他的马车边都没沾过，心里难免犯堵。吴嬷嬷性子急，当然要替自家主子出气。于是，借了这事便小题大做，在院子里指桑骂槐，污言秽语不断。

墨九堵了耳朵倒清静，可玫儿太紧张，一不小心篦子便绞住了她的头发。

吃痛地嘶一声，墨九按了按脑袋，无奈地起身去开门。

"这好好的连人话都不会说，你们心里是有多苦啊？"

墨九原是准备睡觉的，一头浓厚的长发被玫儿打散，黑绸一样柔软地垂在腰间，身上裙绦并未系紧，松松软软地轻荡着。她嫌热，也没有穿鞋，光着白生生的脚丫子就倚在门框上，半睁半阖着眼睛，漫不经心地看向宋妍。态度慵懒，自在，却像一颗泛了柔光的珍珠，美得令人窒息，媚得令人心紧。

宋妍第一次见到墨九，就觉得这妇人是个妖精。

“难怪……”

她低声自语，意味深长，却把吴嬷嬷听急了，上前护犊子似的指着墨九：“你哪儿来的腌臜货，看见郡主，为何不跪？”

这嬷嬷是萧家的家生奴才，后来跟了萧乾他小姑姑嫁入诚王府，很得重用，向来恃强凌弱，更何况宋妍是她一手带大的，比亲闺女还亲，她哪肯让宋妍受半分委屈？

眼看这老妇绝口不提先前的谩骂，反倒指责墨九不知礼数，玫儿急得直挠心。可墨九却脸不红心不跳地倚着门，目光复杂地自言自语：“郡主？总算见着活的了。虽跋扈了些，但也算是老古董。”

“大胆！”宋妍哪知一个考古学研究生的心思？她见过的女子，无一不是端庄守礼的，何曾见过光着脚，衣冠不整倚门而望的？于是，墨九的“女汉子”形象，在她的眼里与青楼女子无异，看她的眼神，也全是嫌恶：“你这无知妇人，可晓得我是诚王的女儿，陛下亲封的紫妍郡主，萧使君的表妹，小王爷宋骜的……”

“那又如何？”墨九打断她，伸了个懒腰走到她面前，“就算你是诚王的女儿，陛下亲封的紫妍郡主，萧使君的表妹，小王爷宋骜的谁谁，就可以跑到我门口来鬼叫鬼叫的了？没礼貌！”

宋妍脸都气红了，扬手就要打：“你个混账东西……”

墨九顺势抓住她的手腕：“君子动口不动手！你到底找我做什么？”

安排住宿的时候，墨九的房间与萧乾和宋骜在一个院子，可宋妍也想住到这里，却被他以房间不够为由拒绝了。想到这宋妍就气大，倨傲地昂着头：“你这屋子，我要住！”

墨九奇了：“可我为何要让你？”

宋妍不高兴了：“因为我是诚王的女儿，陛下亲封的紫妍郡主，萧使君的表妹，小王爷宋骜的……”

“停！你唐僧啊？”墨九瞥她一眼，“不就换个房间嘛，多大点事，烦都被你烦死了。好啦，我让给你。”

大热天的，屋子里闷热得紧，去马车上睡觉，可不比这舒服？她也不多说，回屋趿上鞋子便出来，完全没有被人抢了屋、受了委屈的难受。

走到宋妍身侧时，她还摇了摇头：“有些傻瓜真奇葩，总喜欢二手货。我睡过的屋子，有那么香吗？”

宋妍自小受尽宠爱，走到哪里都有人讨好，何时被人这么奚落过？她勃然大怒，抽出防身的匕首，就架在墨九的脖子上："跪下！给本郡主掌嘴一百，我便饶你性命。"

墨九歪着脖子，侧头看她："你这人好生奇怪，你要睡我屋子，我便让给你，可我这留也有错，走也有错，难不成你想睡的其实不是屋子，而是我？"

她长了一副娇滴滴的样子，说话也是细声柔气，加上宋妍匕首的衬托，更显柔弱，风情楚楚，媚态万千，便是对她没什么好感的人，都觉得这姑娘是受欺负了。那些关起门来在窗口看热闹的脑袋，不停摇晃，觉得这紫妍郡主凶悍得紧。可她毕竟是郡主，谁敢招惹她？

萧乾紧闭的屋子里，宋骜头大如牛地走来走去："长渊，再不出去瞅瞅，你未过门的大嫂就被紫妍宰了。"

萧乾把切得精细的水果优雅地放入嘴里，动作不紧不慢："把你房间让她。"

宋骜气呼呼地瞪他："紫妍的脾气你又不是不晓得，她哪是为了房间？这从楚州追过来，说什么身子不适，要你诊脉，还不是为了见你？"

萧乾默默地吃水果，视他和院中的闹剧如无物。

宋骜哼一声，负手窗前，边看边叹："再说了，我把房间让她，我住哪里？"

萧乾道："旺财那里，还可住人。"

宋骜气得胸口发痛，不由哇哇大叫："好你个萧长渊！哼，我是不管了，反正紫妍若是伤了人，也是你萧家的媳妇儿。"

萧乾头也不抬："若真宰了，也算斩妖除魔，替天行道了。"

这话莫名其妙，宋骜听得一头雾水，小寡妇何时成了妖魔？

他正待细问，院中却突然传来墨九的大喊："萧老六，你个负心汉，你不是非我不娶吗？现在有女人杀到我门口来了，你却要做缩头乌龟？快点出来，我若是少了一根汗毛，我便一把火烧了这破地方，再与你同归于尽。"

宋骜怔了怔，哈哈大笑着，懒洋洋地哼起了曲儿："南国有佳人，轻盈绿腰舞，华筵九秋暮，飞袂拂云雨……"

萧乾终是出去了。他仍是衣冠楚楚，穿得一丝不苟，一举一动也莫不循规蹈矩，便是跟着他出来瞧热闹的小王爷宋骜，在他面前似乎也少了一分雅致。

然而他虽贵为枢密使，对调解女人争端却明显不在行。

他问了一句废话："你们在做什么？"

墨九为人本就"善良"，看见萧乾出来，心火也旺了。反正人人都当她脑子有病，她索性就一病到底——世上最难惹的人，不就是疯子吗？

她盯着萧乾，委屈地大骂：“你看这个小妖精，她抢我房间也就罢了，还非要逼我陪睡。岂有此理！六郎，我分明是你的人，怎可如此随便？”

一声“六郎”，院中花叶都在颤抖。围观的人，也都醉了一地。

宋骜觉得，萧长渊定然想一头撞死。但他的反应却出乎了众人的意料。

除了一双沉目阴鸷冷漠，他面上并无情绪，只上前轻拨宋妍的匕首：“她幼时便心智不全，患有失魂之症，你无须与她计较。”

女人争执，也只为一口气。宋妍虽然顽劣，但怎会真的杀人？有了萧乾说和，她自是乐得找个台阶：“嬷嬷怜我身子不适，方才出言不逊……表哥不要生气。”想了想，她又不情不愿地看向墨九：“我不耐潮湿，这驿站之中，就你屋子向阳，可否与我换一换？”

墨九笑眯了眼：“换！”

萧乾神色冷峻：“不行！”

两个人异口同声，把墨九气得眼珠都快瞪出来了。她又怎会不知这厮是怕她趁机捣鬼或者逃脱，这才就近监视？

可她的抗议，对萧乾来说，显然无效。万般无奈之下，她叹气看着宋妍：“你看，并非我不让你，实是小叔子盛情难却，要与我良宵共度……”

萧乾面色微微一变，却未动气，可宋妍却气得眉都竖了起来。

“你个不知廉耻的……”

她是个姑娘，不好骂下去，吴嬷嬷却接了过来：“小荡妇！”

墨九老实地点点头，伸手勒过宋妍的胳膊，求知欲极强地问她：“你家嬷嬷骂人的词，我听着很新鲜，但先头那句，我却不知其意，想问问郡主，那膫子是什么玩意？要怎生个夹法，才算夹够了？不如郡主夹一个给我看看？”

闻言，满院男子都憋笑憋得肩膀直颤抖。

萧乾脸色铁青：“笑什么，都回去睡觉。”

他不轻不重地扫了宋妍一眼，并不曾言语。可姑娘家脸皮薄，原先吴嬷嬷用粗口骂人，她就觉得不好意思，又当着心上人的面，被墨九当众质问，更觉下不来台。只见她呜咽一声，便掩面冲了出去。

小郡主身子金贵，她要推人出去，谁能拦她？就在众人干瞪眼的时候，宋妍已经抢了马奔出驿站。这姑娘性子又野又急，习得一些防身术，身子骨壮实，脚程也快，转眼便没了踪影。

吴嬷嬷追了几步没追上，红着眼睛就去踢墨九："贼婆娘可恨！你什么贱命，竟敢辱骂郡主？"

墨九对这老妇骂人的功夫，佩服得五体投地。不过她见过泼的，真没见过这般泼的，不等反应，已被这老虔婆拉住了身子。吴嬷嬷下手狠，脚也快，又扯又拽，骂咧时，一只尖脚便往她裆下招呼。

"啊！"墨九正待避开，吴嬷嬷突然下盘一歪，一个劈叉生生摔倒在地。

没人看明白她怎样摔的，可她不是一个肯吃亏的主儿，哎哟一声叫唤，便想骂人。可头才刚抬起，就看见一双黑面锦靴，一身飘逸黑袍，再往上，是萧乾带了一丝阴霾的俊美面孔。仔细观之，那流光黑眸里，似有意味不明的邪冷之气。

"本座面前，何时由你猖狂了？"

吴嬷嬷曾经抱过还在襁褓中的萧六郎，这些年虽无接触，却知六郎为人清冷，却从不苛责下人。但他这会却字字都在斥责她不懂规矩。吴嬷嬷愣一下，便吓得磕头认错。

老虔婆也聪明，懂得趋利避害。她毕竟是宋妍贴身之人，萧乾不好处罚，只吩咐人去寻找郡主，也顺道遣散院子里的人。

墨九看了一场好戏，奇怪他会好心地帮自己，闷头想一阵，凑过去问他："你莫不是真的看上我了？"

萧乾铁青着脸扫她一眼，便掉头走了。

墨九讨了个没趣，伸伸懒腰，也回屋去了。

却不知，缺少娱乐的当下，人们最喜"叔嫂通奸"这样的题材。小寡妇勾引小叔子的事，很快就被添油加醋地传了出去。

当然，那是后话。

这会儿墨九见宋妍被气跑了，也没什么感觉。若说她多讨厌那姑娘倒也不是——毕竟在她看来，宋妍只是一个十五六岁的孩子。不过，若说她对此抱有同情，也不可能——毕竟她不是宋妍她娘，操不起那心。

所以墨九没半分理亏，舒舒服服地躺在榻上。

倒是玫儿，好几次出去询问情况，可每次都灰头土脸地回来。

墨九受不住她欲言又止满脸焦灼的纠结样，恼道："你和她一不沾亲，二不带故，她便有个三长两短，也与你八竿子打不着。人家还是郡主，她吃肉的时候，你连汤都喝不着，你一个小老百姓，操的哪门子咸菜心啊？"

这货骂人的时候嘴毒，玫儿一急，眼圈都红了："我是担心你。"

墨九望着床帐子翻白眼："我有什么可担心的？"

玫儿道："小郡主身份尊贵，若她有事，你怕是要被杀头的。"

这个时代尊卑贵贱自有三六九等，阶级的划分早已深植在玫儿的心里，墨九懂她。可二十五年的现代教育，也根深蒂固地在墨九的脑子里形成了人人平等的观念，一时很难改变。看玫儿委屈地垂泪，她叹息道："好了好了，我保证没事，行了吧？"

玫儿抬头，吸着鼻子问："当真？"

这小丫头倒是真的关心自己。墨九心里一暖，扶她坐在凳子上："小小丫头，怎就不肯听老人言？"使着一个娇软软的十五岁身子，她老气横秋地教育玫儿："你没看见萧家六郎有多喜欢我吗？他岂会任人为难我？"

玫儿虽然年纪小，却也不好糊弄。她沮丧着脸道："可萧使君说，你是心智不全，有失魂之症。"

墨九拉下脸来，不高兴了："咱们做人，不能总说真话，很伤人的嘛。"

被她的黑幽默逗乐了，玫儿扑哧一笑，很快拭着泪平静下来。

墨九不关心那些人要如何寻找宋妍，她安抚好玫儿，都懒得去看一眼，只是歪着脑袋在榻上熬着，有些后悔没从萧乾的马车上拿几本书来打发时间。

一个多时辰后，天色完全黑了下来。

驿站安静了，却有萧乾身边的一个叫薛昉的少年来敲门。

这小子年岁不大，约莫十六七岁，见着屋里两个小娘子，脸皮臊得通红，递上托盘，连正眼都不敢多瞧一下，语速也极快："墨姐儿，使君让给您送点甜瓜来。"

墨九没过门，他也没把她当萧家少夫人看待，只当寻常小姑娘一般，统称为"姐儿"。对此，墨九还算满意，向他道一声谢，便懒洋洋地倚在榻上笑问玫儿："你看我没说错吧？萧六郎对我，是有情分的。"

玫儿还没回应，薛昉却是一愣，老实道："这些甜瓜是知州大人送来的，十个挑夫，足足十担，小子们都分发了。萧使君说，天气炎热，等明儿坏了也可惜，连旺财都有份，也不好少了墨姐儿的。"

玫儿轻咳一声，眼观鼻，鼻观心，憋着笑不去看墨九的脸色。可墨九并不觉得尴尬，只肘着脑袋看她，柔声软语地笑："有一种爱叫相爱相杀。你还小，不懂。"

这天晚上，驿站不太平静。

宋妍不仅是诚王的女儿，还是太后娘娘的心头肉，便是皇帝也极为喜爱她。这姑娘集万千宠爱于一身，却在众目睽睽之下被人下了脸面，策马一去，愣是没回来。派出去的人，找遍了周遭，都没有寻到人。

宋骜习惯了她的脾性，也不太担心，更懒得管她，早早睡下了。

可萧乾毕竟不同于宋骜，他命人通知了附近各州府，帮忙寻找小郡主，又是好一番折腾。

等他回房的时候，已经三更天了。

入暑的夜，空气闷热，他不耐汗湿，差人打了水入房沐浴，又吩咐薛昉在房中熏上清爽的香膏，方才遣散侍从，踏入浴桶，静静阖上眼舒缓身心……却不知，先前那一盘加了冰，放了蜜，切得精细的甜瓜，勾出了墨九的馋虫。

这货除了睡，唯二的爱好便是吃。

为了吃，她偷偷从檐下走过，猫腰绕到屋后，藏在窗户下面。当然，她并不知道这间屋子是萧乾住的。静听一会儿没有动静，她伸出一根手指头，蘸了唾沫，便学着电视剧演的那样，轻轻捅破了窗户纸，凑上眼睛往里看。

屋里的陈设却也简单，只是每一个摆件都干净得令人发指，明明与她的房间布置没有什么差别，可那一床一椅一盏孤灯就是不太一般，平白便添了一股子雅致的仙气……

等等，何来仙气？

她的目光终于落在那个雾气茫茫的浴桶上。

烟雾袅袅，热气腾腾，幽香撩人。那厮懒洋洋地阖着眼，一身湿漉漉、水淋淋，头发却丝毫不乱，与他颈间交错而过，有一些从桶沿垂落在外，像一条长长的黑色瀑布，有一些落入他身前，覆在他匀称却不缺性感的胸膛上，散发着一种罂粟般致命的光芒，比墨九见过的任何一个男子都要精致华美，让她大气也不敢喘一下。

她从没有想过，一个男人可以生得这般俊。

不仅俊美，就连沐浴，他也那样规矩。双手交叠，仪容整齐，专注得一动不动，衣架上的软缎寝衣也摆放得整整齐齐，衬着他无情疏冷的面孔，似近，却远，有着根本就不该存在于现实的风华绝代。

墨九怀疑自己脑抽了，就像受了某种蛊惑，情不自禁地往前一步。

可这时，雾气中却传来声音："薛昉，你是皮子又作痒了吗？"

萧乾凉得不带情感的声音，让墨九脚步一顿。

为什么她的自制力，这般不济？又不是没见过男人。她暗自诧异着要灰溜溜离开，冷不防头顶的瓦片嚓的一声响，接着便见一个黑影从上而下，飞快蹿入树丛阴影。她一愣，刚觉不妙，胳膊一痛，鲜血顿时从单薄的衣裳中渗了出来。

偷鸡不成蚀把米，她刚想叫人，背后的窗子就开了。

一只手碰了碰她的肩膀，力道不重，却惊得她啊地回头。

窗户里是萧乾冷峻的面孔，他冷冷的声音带着淡淡的馨香扑入她的呼吸："你为何在此？"

她没处躲，也没处逃，对上他寡淡无波的视线，莫名便有一些神思恍惚，好像突然进入了一个清醒的梦。明明一切都看得清楚，脑子却混沌。

她问："我说我是过来找甜瓜吃的，你信吗？"

他一眨不眨，阴沉的眼底隐隐有几分猜度。墨九捂了捂伤口，指向黑影逃窜的方向："我说我才刚看见有人从这里跑过去了，你信吗？"

他专注的目光幽深难懂，却刀子似的剜着她。

墨九胳膊很痛，脑子也有点晕："好吧，你都不信。那我说我小时候家里穷，洗不起澡，所以对看人家洗澡特别有兴趣，你信吗？"

萧乾紧盯住她胳膊上的血迹，久久不语。墨九被他这么看着，身子莫名有些发软，也不知是失血过多还是近距离与美男接触产生的心理不适，她的眼睛不听使唤似的不停地往他身上瞄——他没有系得太牢的衣裳下，精壮却不显夸张的肌理，似乎有一种她不敢染指却想去染指的性感，以至于她乱了呼吸，一颗心如同荡秋千，七上八下。

她心道"不好"，身子却软绵绵地往他身上倒。

人还没有沾上，领子就被一只手揪住了。

墨九小鸡仔似的，扭头看他，他却拎住她的衣领，转陀螺似的转了一圈："你有什么遗言？"

偷看一下洗澡，罪不至死吧？墨九轻拨他的手，原想使点力气，可身子却不争气，抓住他的袖口方才站稳。那衣料也不知是什么，捏在手心，却像钻入了心，比世上最柔软的丝绸还要滑腻，让她有一种踏在云端上的酥麻，神智涣散了，声音也软："遗言呀，我想想……嗯，加密、加冰的甜瓜，可不可以再来一盘？"

他皱了皱眉头，好像不太喜欢与她说话，倒真应了他书上的"寡言，清心"。

只不晓得他私生活是不是也一如书上所写"节欲，寡情"？想到这个，墨九心里一紧，觉得有一种奇怪的力量袭上心来，似乎要把她的自制力融化。那力量拉扯着她的视线，让她贪婪地流连于他湿的发、敞的肌、窄的腰，邪恶地占据了她的脑海……

"不，不对……"

四周很安静，她喃喃着，感官全都集于一处——他轮廓俊美的脸。

“萧六郎，我好像，脑子不是自己的了，好生奇怪。”

话音一落，她的身子就被他从窗口提了进去。

墨九始料不及，重重地撞在他身上。他浓墨一般的长发就像水草似的缠了上来，紧贴她敏感的胸前，湿了她单薄的衣裳，冰凉凉，滑腻腻，却让她心头仿佛着了火，血液直冲头部，一种夹杂着疼痛的酥融感，让她差一点不会呼吸，却唤醒了心底另外一种更为疯狂的渴望：“我到底怎么了？啊！”

她拼命抵抗着这种要命的想法，他却一言不发地扼住她的肩膀，力道大得几乎要掐入她的肉中。很快，他在她的伤口细细洒上药末，撕出一条三指宽的布带，捆粽子似的缠在伤处。

墨九看了看胳膊：“这点伤，不至于吧？”

他低垂着眼，一丝不苟地剪去过长的布条，将伤口裹得匀称整齐，还打了一个漂亮的结，那专注的样子，几乎迷了墨九的眼。他道：“镖上有毒，此毒遇上九蘅香，可致人失魂。”

墨九这才明白自己为什么失态，又看一眼胳膊，问：“那我现在还用交代遗言吗？”

萧乾并不回答，转身整理好衣裳，系好腰上玉带，自顾自倒了茶，一副生人勿近的冷漠模样。那姿态却让墨九心尖一麻，如同久旱之下，突见甘霖，只觉得屋里的热气与香气，都成了某种情绪的催化剂。

她脸色酡红，媚态生香，可好歹留了一丝理智：“萧六郎，这毒是不是……还会激发人的情欲？”

萧乾淡淡地看她，唇角略有嘲讽：“并无。”

“呃？！”墨九耳根烧红了。

萧乾又喝一口茶，神补了一刀：“是因你偷看我沐浴，以致神思不属，心生乱相。”

墨九是坚决不肯承认的，她恨恨地冷笑：“错了。第一，我没有故意偷看你沐浴。”

“第二，就算我偷看你沐浴，其实也什么都没有瞧见。”

“第三，就算我看见了什么，也不可能心生乱相。”

“第四，一定是你的熏香有问题，我先前就觉得不对劲……”

她喋喋不休，萧乾却淡淡扫她一眼，从柜上一只通体泛绿的小瓷瓶里倒出一粒药丸来，扣住她的肩膀，扼紧她的脖子，干脆利落地撬开了她的嘴巴。

墨九拼命咬紧牙关，奈何受了伤，又中了毒，连抗拒的过程都没有，就被他顺利灌入……一粒药丸子。那药丸很滑、很香，似乎本身就带了让人愉悦的吞食感，咕噜一声，她便咽了下去。

“你给我吃的什么？”

他在白绢上仔细擦拭着手指，答非所问：“记住，今夜之事，不许向任何人提起。”

这么窘的事，她怎么可能告诉别人？墨九想骂娘，却发现喉咙干涩，说不出半个字。

难道是毒性入体？她一惊，却听他又道：“不过，得给你一些教训。这丸子，会让你一夜无声，明早便可恢复。”

闻言，墨九的一张脸，比鬼还白。

她看着他倒映在木桶波光中的影子，心尖微微一缩。这个人太可怕了！可怕就可怕在他看上去并不可怕，偶尔还会有淡淡的微笑，但他的眼睛，从来没有暖意。

这天晚上，墨九做了一宿的噩梦。喉咙里，火灼灼的干痛，那药丸给她带来的恐惧感，就像虫子钻入了胃里，让她身上一会热，一会冷，满身大汗，可萧六郎那一张清俊冷漠的脸，却反复出现在梦中，带了一种诡异而靡丽的诱惑……

第二天醒来，她大喊一声“玫儿”，声音清脆如故。

坐在床上，她盯着帐子愣了许久，方才恢复了精神头。

看来姓萧的果然没骗她，不仅声线恢复了，胳膊的伤也好多了。

她与玫儿匆匆吃罢早饭，驿站里，便不停有军士进来禀报情况。经了一夜，宋妍仍然没有找到，但萧乾似乎急着赶路，只留下宋骜和一干侍从寻人，便套上马车准备出发。

墨九早早地占了他的马车，以示报复。

可意外的是，他并没有来抢，径直骑马出行。

温情暖男到底比冷血怪物可爱，墨九对他的恶感，少了那么一点点。

但这种感觉没有维持多久，她就觉得不对劲了。

“怎会还没到盱眙？”

墨九把脑袋挂在车棂上往外伸，可萧乾骑马在前面，连头都不回：“本座何时说过要去盱眙？”

第二章　云雨之蛊

好像他是没有说过？墨九心底大为懊恼——是她自动脑补了。

想她主动把两锭热乎乎的金子赔给萧乾，便是铁了心要与萧家划清界限的，之所以愿意与他同行，也是为了点小便宜——毕竟她与玫儿两个小姑娘从招信到盱眙，也不安全。而且，她虽然还不完全懂得这个时代，却也知道这样的姻亲关系，必得当着母亲，把媒婆找来，明明白白说清楚才能了断。

可如今，这算怎么回事？

墨九盯着萧乾的背影："这是哪里？"

他声音清和，不温不火："快到三江了。"

墨九哪里识路？她又问："三江是什么地方？"

他并不回答，还是薛昉好心告诉她："墨姐儿，过了三江，便是楚州地界。"

虽不知三江，墨九却记得萧家就在楚州。也就是说，自己被强娶了？

也不知是恼他，还是恼自己疏忽大意，她怒不可止地掀帘骂人："萧六郎，你仗势欺人！"

一路行来，萧乾绝口不提昨晚之事，对她虽然疏离，也不算慢待。便是眼下她暴跳如雷，他也不动声色，只静静等她下文。

可他越是漫不经心，墨九越是火冒三丈："我且问你几个问题。第一，你在招信收我两锭金子，没有还我，算不算默认婚事作废？第二，我说与你同往盱眙，你不反驳，算不算默认要去盱眙？第三，谢丙生的案子，我在客栈已经与你说明，我并无作案时间，你也没有反驳，算不算肯定我的意思？萧六郎，你堂堂枢密使，却不知大丈夫当一言九鼎？”

萧乾望向前方扬尘的官道，马步沉稳如初：“第一，你母亲强行赖上萧家，认定你已算萧家之妇，我只好恭敬不如从命。第二，谢丙生贪墨渎职，一应家产都得充公。那两锭金子也是赃物，我已上交。”

说着，他慢慢转头，对上墨九瞪圆的双眼：“第三，疯子的话，我何须辩驳？”

今日的萧六郎一身月白云锦，上有细致的绣纹，清爽干净，没有穿黑衣时的沉着，也没有穿蓝衣时的沧桑，却有一种飘然高远。可墨九恨到极点，无心赏美，只觉这人浑身都是槽点，恨不得吐死他：“算你有种！可我也是有原则的人。我说不嫁，那就不会嫁。”

这货是个犟的，恼羞成怒之下，也不管马车是否在前行，扯住车帘子就往下跳。

萧乾也不二话，轻哼一声，打马冲到帘前，便是一扬手。

墨九只觉鼻尖香风一扫，再看他容颜时，视线便有些模糊。

下一瞬，她身子一软，便在惯性作用之下向他扑去。

“混……账……”

一根手指头，堪堪接住了她。

萧乾修长的指，点在她的眉间，往后轻轻一按。

重重的砰声响过，墨九倒在了马车里。

短短时间之内，她第二次被他放倒。

在失去意识之前，墨九最后的想法只有一个——早知道这样就学医了。

世界清静了，众人愣愣地看着萧乾，谁也没敢吭声。

萧乾眉目清冷，也不去撩帘子看她，只嘱咐玫儿上去为她盖上一件衣裳。

这一日的行程，墨九又是在昏睡中度过的。等她再次从马车上醒来，已经到达三江驿站了。

她又一次见到了蓝姑姑，在她睁开眼睛的时候。

蓝姑姑是从盱眙赶来和她汇合的，带来了她的嫁妆和行李，还有她便宜娘的千叮万嘱：一定要好好过日子，要孝敬公婆，要友爱妯娌，要善待小叔……

墨九最不能忍的就是最后一点，她觉得疯的人根本就是她娘。这小叔子需要她善待吗？他能善待她就不错了。

墨九连续吃了两次亏，连与萧乾吵架的心思都没了。

在她心里，萧乾的形象与小说里描写的那种又俊又邪的反派没有区别，俨然一个东方不败，就连呼吸都有毒。所以，她见着他能绕着走就绕着走，实在避不开，也须得离他十尺。

好在，他似乎也懒得理她，对她回避的态度很是认同。

于是，两个人入住三江驿站后，便再无交集。

墨九的待嫁身份，在这行人眼中是被认定了，人人都拿她当萧家未来的少夫人看待，吃住伺候得都很妥帖。而且萧乾似乎也不怕她跑掉，并没有派人监视，她的身边除了蓝姑姑，便只剩下玫儿了。

可蓝姑姑与玫儿都不是能好好唠嗑的人，在这个她至今无法产生代入感的时代，她便觉有些无趣。唯一能给她带来安慰的就是——满地都有“古董”可以瞧。

除了吃和睡，古董是她唯三的爱好。

不过，古董这东西也是要看质量的，她能接触到的，也都不算什么特别好的物什。为此，她踌躇再三，终于还是没有抵挡住诱惑，偷偷潜入萧乾的房间，将他那些五花八门的瓶瓶罐罐都摸了一遍，才总算止住了心里的痒——可心不痒，手却痒了。

从萧乾的屋子回来，她手上过敏发痒，挠几下，很快红疙瘩便蹿遍了全身。

她痒得直跳脚，正喊蓝姑姑找医生，薛昉就送来了一个有着金鱼花纹的小青瓷瓶，说给姑娘擦身子用。

墨九边挠痒边疑惑：“擦什么身子？”

薛昉这小子太老实，红着脸说：“使君交代，姑娘身上痒，止痒用的。”

这样私密的事他怎会知道？除非他就是始作俑者！墨九顿时气急攻心：“告诉他，他全家都痒——”

说着，她把薛昉赶出去了，却把小瓷瓶留了下来。

为了避免药物有毒，受到第二次伤害，她下楼哄骗来了旺财兄，在它厚厚的脚掌上做了个“皮试”。仔细观察了足足一刻钟，见旺财兄并没有“狗颜残喘”，她方才放心地回屋脱了衣裳，把那清凉的药物涂在身上，同时在心里暗暗发誓，那个毒君的东西，半点都不要沾。

傍晚，萧乾领着一群人出去了，留下薛昉照看她。

墨九不晓得他们有什么急事，但她闲得发霉，不仅身上痒痒，脚丫子也有点痒——

想上街玩，也想寻机开溜。

她找了一大堆借口，可只听完第一个，薛昉就毫不考虑地笑着点头：“墨姐儿，使君交代过，您可以自由出行。”

墨九奇怪了，小声问他：“那厮不怕我跑了？”

薛昉摇头失笑：“萧使君自然不怕你跑。”

墨九眉毛挑高：“为什么？”

薛昉意味深长地看她：“你不是跑过吗？”

可结果又如何？这句话他没说，墨九却懂。这是人家给她留脸子。

然后，她就大摇大摆地上了街，只领了蓝姑姑和玫儿两个。有两个人随身伺候，她有点不自在——主要是她们管得太多。

她是个姑娘家，喜欢往热闹的地方挤，尤其吃食摊，但蓝姑姑和玫儿非得催命似的拉她走。天气闷热，汗流浃背之下，她的情绪就受了些影响，只把各种小吃都尝吃一遍，都没有心情打包。

从街口最后一间食铺店出来的时候，墨九打了个饱嗝，看着欲哭无泪的蓝姑姑和玫儿，无奈地摇了摇头：“你们两个真是没劲。人活一世，除了吃，还能有什么乐子？让你们吃就吃呗！”

玫儿咬唇不语，样子委屈。

蓝姑姑怒目而视：“你把最后一个铜板都花光了，我们吃什么？”

墨九打个哈哈，客套道：“你们太友好了，都给我吃，我都不好意思了。”

蓝姑姑看她完全没有不好意思的样子，哼了哼，又苦口婆心地规劝：“来之前娘子说了，让我管束着你。你看看你越来越傻，可怎生得了？”

墨九看怪物似的看着她，指着自己鼻子：“你觉得我傻？”

蓝姑姑苦巴巴的脸上，几乎可以拧出水来：“可不就是傻吗？哪有正经姑娘去男人屋子摸了个满身疙瘩的？哪有正经姑娘把药拿去涂狗的？哪有正经姑娘吃东西……吃你这样多的。”

墨九闭了闭眼，严肃地看着她：“最后一句，我不能忍。”

蓝姑姑不像玫儿，她不怕墨九，重重一哼：“不能忍又如何？”

墨九大怒：“我永远也想不起来借过你钱！”

说罢她大步走在前面，不去看蓝姑姑气呼呼的脸色，心里却在琢磨，这个世道的人真是奇怪。他们遵循着的价值观，与后世人相差太多。譬如蓝姑姑，她与沈来福两口子在墨家做了一辈子下人，也没能得到什么好吧？可墨家没落了，不要说给他们开工钱，便是她母女两个的生活，都得靠他们来承担，但他们不仅没有离去，反倒心甘情愿地伺候主子，省吃俭用地养着主子……

这算第一号的忠心了吧？可这么忠心的蓝姑姑，非得计较借她的银子。

原因很简单——借便是借，不是送。

墨九好笑地揉下眼角，又觉得这傻姑姑可爱得很，下意识地放慢脚步，负着手左右看着，等着她两个跟上来。

可就在这时，她却在川流不息的人群中看见了一个奇怪的男人。

所有人都在匆忙行走，他却没有。

一身整洁的青袍，极高的个头，不俗的容色，让他在人群中如同鹤立鸡群。

发现他在看她，墨九停下脚步，隔着不远不近的距离和不多不少的人群，审视地与他互望。

"九姑娘！"蓝姑姑见了鬼似的扑上来，拽住她的胳膊，"快走！"

"等一下啊，"墨九不愿意，使劲地收手腕，"那个人是谁？"

蓝姑姑是个固执的家伙，任凭她频频回头，仍是毫不迟疑地拉着她走："走快点，一会儿萧家郎君来了。"

看她紧张成这样，还拿萧六郎来吓她，墨九又好气又好笑："蓝姑姑，我是不是认识他？不，他是不是认识我？"

蓝姑姑目光闪烁，有意无意地挡住她的身体："不，不认识。"

说罢她指使着玫儿，半拖半拉地把墨九拖离了那条街。

可蓝姑姑刚松了一口气，就看见街口一角的香樟树下，那个男人等在那里，目光眨也不眨地盯住墨九。

六月的天气，闷热得没一丝凉风。

香樟树下有一条深沟，沟旁的狗尾、雀麦、田边菊等野生杂草，垂头丧气地打着蔫。可树下的男人，却眉目锐利，五官明朗，一张浅棕色的面容，看上去健康阳刚，潇洒俊气，眼神极有亲和力。

墨九眼前一亮。

当然，不是因为他长得俊。

她见过更为俊美的，像萧六郎。

但在她心里，姓萧的那厮似乎天生带了三分邪气三分冷气三分阴气，虽说美得惨绝人寰，却让人不敢多亲近一分，一脸贴满了“禁欲禁女人”的标签，说难听点，他就不像一个正派人。而这个人不同，他浑身上下都散发着大侠的气质，若换到金庸先生的武侠小说里，就是那种可上天入地携红颜知己笑傲江湖的男人。

墨九打量着他，笑眯眯地问：“你在等我？”

他笑着上前，拱手道：“是，九姑娘请跟我走。”

这一声干脆利索，惊得香樟树上偷窥的麻雀扑腾着一飞冲天。

态度恭敬有礼又长得俊的男人，很难让女人对他产生恶感。更何况，他拱手时置于掌中的血玉箫引起了墨九的注意——箫身之玉殷红如血，却又剔透玲珑，精美绝伦。若换到后世，这管箫得是无价之宝吧？

“好说好说……”墨九盯着箫不转眼，“可你总得告诉我，你是哪位吧？”

他愣了一下：“你不识得我？”

墨九对这个男人……的血玉箫很感兴趣，态度也就认真不少：“不瞒你说，我前几日不小心从驿道摔下，撞伤了头，有些事情便记不得了。听你之意，我们竟是旧识？”

虽然摔坏头的梗有点破，已经被无数穿越前辈用烂了，可墨九实在很难找到比它更没有破绽的借口。更何况，身为穿越人士，她虽一直在努力，可似乎从来没有人把她当成正常人看过，不管与谁交往，人家始终觉得她脑子有问题，言行举止都很古怪。

那她一时半会做不来古人，索性也就不辩解了。

一个疯子的形象，也可以成为挡箭牌嘛。她乐意！

那人似乎也有些意外，目光中多了审视。不过依墨九看来，他好像对她的智商也不抱什么希望，所以并未多疑，点点头，反而松了一口气：“原来如此，怪不得九姑娘与先前不大一样。”

墨九笑不可止地眯了眯眼，又瞄向他的血玉箫：“那你到底是谁？”

他眉头一蹙，却未隐瞒：“鄙人墨妄。”

跟她一个姓的？不是说她娘俩一直孤苦无依，得靠蓝姑姑两口子接济吗？她并没有听说过有哥哥或者堂哥啊？

她脑子飞快地转动着，冷不丁脱口而出：“你是……墨家人？我指大的那个墨家？”

从墨子伊始传承下来的墨家一派，源远流长，是一个结构严密，成员遍布各地的组织，以“兼爱非攻”为主张，与儒家、道家等并存于世，墨家子弟中，济世之才不胜枚举。墨九前世也是墨家后人，虽到那个时代墨家早不复往日光鲜，但她对老祖宗的东西却知晓颇多，只不过先头她娘身上除了一个怪异的“寡妇与未老先衰命”，她并没有看到半点墨家人的影子，也就没有多想。

墨妄没有反驳，沉声道：“那日我去引开追兵，待回头寻来时，你已被萧家人带走。”

原来他就是那个带墨九儿半路逃嫁的野男人？墨九想了想，觉得莫说前身墨九儿，便是她自己，遇到这样的男人，也不必考虑就跑了。哪个女人甘心嫁给一个病痨子？运气好点守寡一生，运气不好就守活寡一生。

这样一想，她大喜：“是你啊！哈哈，皇天不负有心人，终于等到你……我说，咱先别愣在这里了，你赶紧带我跑路吧？那萧六郎简直不是个东西，老贼、老毒物……再与他待在一起，我说不准什么时候就一命呜呼了。”

她那语气，好像要嫁的人是萧家六郎一样。墨妄倒没有多说什么，只把蓝姑姑吓得脸都白了，一把拽着墨九的手，死都不放：“姑奶奶，姑姑求你了，再也别逃了……等萧家郎君追来，恐又不得善了……”

“等他来，我早逍遥快活去了。”

墨九反拽住蓝姑姑的手，朝玫儿喊着，就往墨妄的身边去，可说话间，却见墨妄面色一变，目光越过她望向了她身后的长街。

墨九不明所以，转头望去，不免怨念蓝姑姑的乌鸦嘴。

长街上过来了一行排列整齐的人马。

当先一骑宝马金鞍，风姿月韵，正是萧六郎。

他被一群披甲执锐的禁军簇拥着，与往日一般高调无异。可大热的天，他里头穿了袍甲，外面还系上一件银红色的软烟罗连帽披风。暑气灼烤之下，人人都热得冒汗，他却满身清冷之气，被一群皮肤黝黑的禁军衬着，显得华贵高远，如天上来的神将，帽子下半遮半盖的脸，似有一种妖邪清凉的仙气弥散。

萧六郎的颜值，一如既往地稳定。

可墨九却觉得他那连帽是为防晒才用的，好骚包！

“你终于来了。”萧乾不看墨九，只盯着墨妄，慢悠悠地凉笑，“拿下！”

“喏。”二十来个禁军齐声说罢，便持刀过来。

墨妄也没躲，只大声一笑：“我若不来，你岂不要失望？”

看两个男人都满不在乎的样子，墨九又被浇了一头冷水，有一种做了鱼饵的错觉。当然，拴了鱼线在她身上，再把她丢在水里却手执鱼竿的人自然就是萧乾，至于他要钓的鱼——显然就是墨妄。

禁军速度很快，墨九只觉一阵热风扫过，还未看清楚，就被蓝姑姑和玫儿拉走站到路边，而墨妄却已经与禁军打成一团。他不愧是墨家人，功夫极是了得，一管血玉箫竟可变武器，只一抽，中间便是剑身，这让对机关器械之术颇有研究的墨九也叹为观止。

她对这个帅哥的兴趣自然更大了。

同属墨家一系，这个男人似乎比自己还厉害？

本来墨九不喜欢看人打架的，觉得太血腥了，但若是这架打得赏心悦目又另当别论。

墨妄箫中有剑，血红的玉箫激得衣袂翻飞，以一人之力对十名禁军，竟丝毫未落下风。那仪表、那才貌、那武艺，让墨九有一种找到金大侠笔下热血江湖的感觉，看得那叫一个津津有味。

蓝姑姑紧张地揪住她，两股战战："姑娘，可怎生是好，怎生是好呀？"

墨九盯着街中，眼睛也不眨："你别扯我，正闹热哩。"

蓝姑姑觉得这姑娘疯魔起来，她完全不懂了："你快求求使君啊！"

墨九瞪她："好好的我求他做什么，你没看我情郎占上风吗？"

这会儿萧乾仍静静地高坐于马上，一顶银红的连帽下，面色清俊冷漠，听她口称"情郎"也未着恼，只眉头微挑一下，便冷声低喝："都退下。"

那些在墨妄手里吃了亏的禁军一顿，赶紧唱喏，退了下去。

墨妄收箫，朗声道："萧使君好气魄，这是要容我自去？"

萧乾漫不经心地看他，手执剑，指向他："你杀害朝廷命官，我怎肯饶你？"

墨妄冷笑一声："姓谢那屌人，比奸人贼子尚且不如，我杀他是为民除害。"

那谢丙生居然是他杀的？墨九心里一惊。在招信之事后，她也知道了谢丙生诡异的死法，那样的残忍变态，不像墨妄这种外形光明磊落的人干得出来的。再说，就算他要残忍地杀害谢丙生，又何苦把他扮成女装？

她正怀疑，却听萧乾道："这等行径，岂非为墨家抹黑？"

墨妄道："侠之大者，为国为民，我墨家子弟向来以除暴安良为己任，能容那腌臜畜生活到今日，已是秉承祖师爷遗训，想以德训之，以理服之。是他自寻死路，想染指墨九，实怪不得我……"略顿一下，他又道："萧使君浩然正气，墨妄不想与你为难。今日，我只带走墨九。"

萧乾听了，轻声一笑，眼中却有轻视之色："你能胜我，由你带走。反之，你跟我走。"

墨妄大笑："萧使君爽快人！出招吧。"

看他两个要干上，墨九心里有些小兴奋。不都说嘛，两攻相争，必有一受，她好奇谁会胜出，也有些好奇萧乾这厮，除了会阴损的下毒之外，身手到底如何。

可她眼睛都放亮了，这男人却寡言寡语，一个字都没有，只见缰绳一抖，便勒马往前一跃，执剑跃下，那一袭银红的色泽，为闷热的空气添了不少尘土与压抑。可他让别人吃足了灰尘，自己却立于当中，依然风华绝代。

讨厌！

墨九捂着鼻子，看两人厮打。

这街巷原就在闹市之中，这边干架，那边远远便有人围观。

场中两人，气势逼人，一红一青两个影子缠在了一起。

众人指指点点，墨九也饶有兴趣，似笑非笑地看热闹。

蓝姑姑依旧比她这个正主儿还紧张："姑娘，你快点想法子阻止啊！"

墨九懒洋洋地摇头："你见过大黄狗干仗，人喊得动的？"

蓝姑姑快急疯了，她似乎也不想墨妄出事："那咱们总得做点什么吧？"

墨九敛住眉头，严肃地想了想，目光一亮："有了。"

蓝姑姑满怀希望地看着她，却听她道："你赶紧去前面那间小食铺，买一点瓜子和花生过来。若是可以，你再向店家借一条长凳。这样我们可以坐在这里，边吃边看，会不会舒服很多？"

蓝姑姑差点儿口吐白沫。

场中也只是铮的一声响，缠斗一处的两个男人，齐刷刷地看过来。

墨九笑道："咦，你们都看我做什么？"

两个人依旧看着她，目光不太友好，像看着神经病。

墨九揉下眼角，笑容更灿烂几分："哦呵呵，看人打架还剥瓜子吃花生不太厚道是吧？放心，等瓜子花生来了，我会为你们加油的！"

闻言，众人都相信，墨姐儿绝对是个疯子。

萧乾最先反应过来，长剑挽出一朵剑花便朝墨妄刺去。铮的一声，墨妄举箫相迎，一个转身，也不知触到哪儿的机关，箫中竟飞出极为细小的针箭。那漫天的针箭看上去很漂亮，花雨一般洒过去，可偏以夺命的姿态，齐齐射向萧乾。

墨九吃了一惊，只道姓萧的会避让不过，却见他帅气地扯向披风，那一道银红的色彩，便如泼墨一般扑向针箭，形成一抹靡丽的弧度，将针箭卷入其中……

"啊！"惊叫声四起。

只一个闪神间，萧乾冰冷的剑尖已指向墨妄。

这几个回合墨九看出来了，萧乾不仅占了上风，人也狡猾。原来他那个披风，不仅防晒，还可以应对密集的暗器？看来墨妄要吃亏了！

这么一想，墨九已经冲了过去，冷不丁地拦在墨妄面前：“喂，别打了……”

电光石火的刹那，萧乾生生收剑，面色铁青。

可谁也没有想到，墨九却突地回头，啪的一个巴掌抠到墨妄脸上：“混账东西，你怎么能跟萧使君动手呢？”

墨妄被他打了个结结实实，一时愣住，钉子般钉在地上，不知所措。大家都愣愣地看着墨九，她却冷不丁推了墨妄一把，凶神恶煞地看着他，劈头盖脸地怒骂：“你也不看看你这脸、这眉、这鼻子、这嘴巴、这身材，哪一点比得上萧六郎，我有那么一个大帅哥天天养着眼，怎么可能跟你跑呢？”

她说得那叫一个正经。

萧乾紧紧抿着唇，一声不吭。

墨妄似乎也不得其解，愣愣地盯着她的眼睛，大气都不好出。

墨九这时已经来不及考虑人家要怎样看她了，她生气地推着墨妄，往前一步，再进一步。直到逼着墨妄噔噔后退了几步之后，眼看离萧乾有了一段距离，她突地转身，伸开双臂挡在墨妄面前，看着萧乾突然变色的脸，低吼一声：“还不快跑！”

墨九这般混淆视听的行为，无疑是成功的。

大家都被她的疯子行径吸引了注意，再加上墨妄的功夫，想要逃跑大有胜算。可当她大义凛然地拦在面前想要掩护他时，背后却传来墨妄不争气的声音：“我不能走。”

墨九见鬼似的回头，与他对视着，一脸不解。他却坦荡荡地大笑：“我堂堂丈夫，拳头上立得人，胳膊上走得马，既然与萧使君有言在先，便不会落败而逃。”

又一次被古人的死心眼打败，墨九长了见识：“真不逃？”

墨妄轻笑摇头，那俊脸上的正气，让墨九默默为他的智商点个蜡，垂下了手。

“那你这巴掌就白挨了，可别算在我头上。”

墨妄淡淡一笑，将血玉箫系于腰间，目光略深：“我有危险你便救我，我又怎能轻易抛下你？”

时下之人的信仰与执念，墨九不懂。不过，她还真没有墨妄想的那么高尚。

她让墨妄走，无非为了“留得青山在，不怕没柴烧”，不想让姓萧的一锅端了。

可人家这样说了，她也不好意思反驳，只干笑两声：“呵呵。”

街上围观的人散了，萧乾照常高调地打马走在前面。他让人给了墨妄一匹马，却什么也没问，更没有追究墨九想要私逃和助人逃跑的责任。

夕阳余晖中，他颀长的背影，像一尊静默的雕像。可墨九步行在侧，却透心凉。

有一种人，越是沉默，越是可怕。他不会动不动就告诉你，老子今儿炸了肺了，定要让你瞧不到明天早上的太阳，但他绝对会神不觉鬼不觉地让你见不到明天早上的太阳——萧乾便是这种人。

好在，墨九并不担忧自己的性命。她知道，姓萧的还舍不得她死。萧家千里迢迢为一个病痨子娶亲，费这些周折，里面肯定有情由。而且，她这个寡妇命也寡得稀罕——墨九儿以前寡了两次。

第一次那家小郎君刚与她合了婚书，下了聘礼，还没等过门，就在家门口的臭水沟里淹死了，死相又蹊跷又难看。那家人晓得墨家寡妇的传言后，自然把账算到了她的头上。

第二次墨九儿倒是过了门，那是一个从外乡到盱眙来的毛皮贩子，可这厮娶了个如花似玉的小媳妇，洞房花烛的当夜一高兴便吃多了酒，结果醉倒在茅坑里，被大粪送了性命。

墨九寡了两次之后，她娘更加笃定墨家的寡妇命，从此不给她找婆家了。这么一耽误，墨九儿又混了一年半，脾气越发不好，为人也越发招人讨厌，便成了盱眙人人喊打的祸害。渐渐地，她脑子便有些不清不楚，连她娘都不抱希望。

萧乾为什么要娶她……哦不，为什么要帮他大哥娶她?

左思右想猜不透，墨九索性不想了，指着街边一个支着的凉棚就喊：“六郎……”

萧乾淡淡地瞟她，目中无波。

晓得他不会回答，墨九也不介意，笑得满面春风：“我渴了，想吃一杯绿豆冰。”

说那是绿豆冰，其实是绿豆熬的水，放在井底镇过，加上一丝糖，暑气重的时候，甜丝丝的也很解渴。萧乾并不多说，朝薛昉使了个眼神，便悄无声息地别过头，不再看她。

薛昉那小子是个会看脸色的，见使君同意了，掏出铜钱就为姑奶奶买来一杯绿豆冰：“墨姐儿，快些吃，吃了好赶路。”

“不必了，边走边喝更有情调。”墨九从他手里接过来，便不客气地走起。

于是，薛昉又回头多付给店家一个杯子钱。

这个时代莫说大家闺秀，便是寻常百姓的姑娘，也不可能像墨九这样一边走路一边大口吃东西。一行人纷纷直视前方，半眼都不敢看她，似乎生怕被路人发现他们其实是一道的。

蓝姑姑小声骂她：“你就不能忍着点？丢死人了！”

墨九瞪她："吃东西也丢人？"

蓝姑姑很想捂脸痛哭："很丢人！"

墨九也不生气，沿着杯沿又哧溜一吸，舒服地叹了口气，目光又是一亮。

这一回，她看上了另外一个小食摊上的枣糕。这家的枣糕松软香甜，口感极好，里面不仅有大枣，还绞了一些桂花汁进去，吃起来有桂花的幽香，嚼巴两下，舌头都恨不得吞了。先头她只吃了两块，蓝姑姑就把她拉走了，本就意犹未尽，如今有人付账，她又何须客气？

一双眼睛像长了钩子似的，她稀奇得不行。

"萧六郎，我要吃那个……那个……"她又看蓝姑姑，"叫什么枣糕来着？"

她的馋样，让蓝姑姑恨不得钻地缝："金桂枣糕。"

"对。"墨九道，"吃它，打包十盒。"

以薛昉为首的禁军，都为自家使君摊上这么一个吃货疯子在默哀，可萧乾却无半分恼意，云淡风轻地看了一眼，完全由着她作妖，只唤道："薛昉。"

将金桂枣糕拎在手里，墨九吃着，有一种报复了老毒物的快感。

算计着他的银子，试探着他的底线，她抹了抹嘴，突地靠近他的马："六郎，我有个事想问问。"

嗯一声，他似是回答了，只是声音淡淡的，又像没答。

墨九嚼着枣糕，声音含糊："你官儿这么大，平常贪墨不少吧？加上你爹、你叔、你哥、你弟、你爷爷、你祖宗……萧家一定积攒了不少家底对不对？"

萧乾脸孔有些沉。

墨九犹自好奇地唠嗑："你看我这么能吃，我怕嫁过去，你们家养不起啊。"

萧乾唇角抿得紧紧，半声都无。

周围的人，若不是必须走路，估计脚都得笑软在地上。

墨九却不笑，她严肃地想了想，伸出舌头舔一舔唇角的枣糕末，又道："还有，你家大郎到底病成什么样了，他还能活几天啊？若是他死了，我可以分得多少家产？"

"咳！咳！咳！"

人群响过几声咳嗽，而后寂静无声。

就连墨妄，也默默地低下眉头，不看她。

墨九瞥着他微抖的手，觉得这家伙肯定在偷笑。眼珠子一转，她把装枣糕的油纸袋往蓝姑姑怀里一塞，大步走到萧乾的马前，一边拽着马头，一边退着走路："哎，这个叫墨妄的家伙，你准备怎么处理啊？”

萧乾眉梢一扬，终于看向她，静听下文。

墨九似未察觉他面上的阴凉与不悦，一双眼睛亮晶晶的，带着笑：“萧六郎，若是你要杀他偿命的话……可不可以把他那个血玉箫给我？”

“咳咳咳！”

这回重重咳嗽的人，不是别人，正是墨妄。

也算墨公子修为了得，没有当场吐血而亡。

人群有些骚动，只有萧乾似笑非笑地开口：“你若喜欢，便无不可。”

墨九愣了一下，身体斜靠向马匹，又走在他侧面，一脸喜悦：“没想到你这么好哩，那往后，你便负责养我了？”

回了驿站，墨九便钻进了房间。

她听说前往楚州的官船已经停放码头，最迟明早过江，心里有些瘆得慌。

两次都没有跑成，难道她真要守一辈子活寡？萧家可不同于先前的两家——她寡了，人家懒得花钱养她，会把她退回娘家。萧家不差钱，她若嫁了，这辈子都得被拴死。

见蓝姑姑与玫儿两个兴致勃勃地在收拾嫁妆，墨九也好奇地凑过去看了一眼。可她心里有事，对“古董”也没了兴趣，磨蹭了半盏茶的工夫，就大摇大摆地出了门，想去找墨妄。

她不知萧六郎把他押到哪里去了，正寻思想个办法见上一面，商量一下逃跑的行程，便见宋骜领了一帮子人急匆匆地骑马奔入驿站。

看到她，宋骜并没有像往日那般讽刺或者挖苦，而是策马直奔萧乾的住处。

难道是宋妍出事了？

墨九好奇地跟上去，却被薛昉拦在了门口：“墨姐儿，你不能进。”

墨九伸着脖子朝里头望了一眼，原想与他理论，可“阎王好见小鬼难缠”的道理她懂。寄人篱下，若嘴都不乖，那可太容易倒霉了。她又换上一张笑脸：“薛家小郎，我有一件事想请教你。”

这货长得实在太好看，精致的脸，圆润嫣红的唇，白里透粉的肌肤，每一处都美煞了人，每一处似乎透着一种细细白白的粉嫩，哪怕她并非本意，那声音也软得勾魂，酥入骨髓，如同天宫里的琼浆玉液，便是薛昉这种还没开窍的小子，心脏也一阵猛跳。

“不、不敢当。墨姐儿请讲。”

看这小子红透了脸，墨九心底好笑："我那情郎在哪里？"

寻常女子哪敢将"情郎"二字挂在嘴边？薛昉张了张嘴，像是想说点什么劝她，可终究没有出口，只低眉垂目道："使君请了墨公子在里头谈话，并未慢待他。"

谈话，还没慢待？萧乾好不容易捉住墨妄，一不送官，二不上绑，却是关起门来，和他谈私房话？

墨九正往岔道上胡思乱想，屋里突然传来一阵哐当乒乓的声音。

听上去，像是有人碰上茶几，然后茶杯碎落在了地上，又像有人在争吵。

紧接着，就传出宋骜吃了火药一般的怒吼。

"墨小贼，你听好，要是小妍有个三长两短，我一定将你碎尸万段！"

墨九只听过"三个女人一台戏"，却不知三个男人也可以唱一出。屋里的骂声，大多来自宋骜，又拍桌子又挠墙，这二货把墨家的祖宗十八代都骂了一遍。墨妄似乎试图向他解释什么，但声音不大，她听不大清。至于萧乾，从头到尾都没有出声，很让人怀疑他的存在。

其实，墨九很难理解墨妄会与宋妍失踪之事有关。

他是个正人君子，不屑做这样的事，但宋骜也不会胡说八道……墨九有一颗八卦之心，薛昉数次暗示她赶紧离去，她依然视而不见，坚守在八卦前沿，不离不弃，直到那一扇紧闭的房门由里打开，三个男人依次出来。

薛昉收到萧乾责怪的眼神，欲哭无泪："使君，墨姐儿不走，属下也没法子。"

萧乾面色凝重，探究地看一眼墨九，却不问。

墨九身为墨家后人，心底自然向着墨妄的，她越过薛昉，三两步跑过去，站在墨妄身侧，低低地问他："他们为难你了？宋妍真的是你带走的？你为什么要带走她？可是看她花容月貌起了歹心？"

这么多个问题，让人回答哪一个？

墨妄心思显然不在这里。他摇了摇头，瞥向她的目光里，略有歉意："我有点事，要与萧使君和小王爷同去处理。"

他像是有些着急，说罢也不等墨九回答，便率先大步走在前面。走了几步，他像是回过神来，又回头看了怔怔而立的墨九一眼："等我。"

天下最重，便是承诺。

"等我"两个字，在墨九心上重重一敲。

莫不是这个人，果然是墨九儿的情郎？如此这般，她不仅接管了墨九儿的身体，还顺理成章接管她英俊的情郎，会不会有些不太仁义？

念及此，她鸡皮疙瘩掉了一地，看萧乾与宋骜也准备带人离去，她知道他们这一趟与宋妍有关……隐隐的，她也觉得与自己有关。

这种直觉没有依据，只是第六感，她却深信不疑，大声喊住他：“我也要去。”

墨妄几乎没有考虑，便摇了头：“你在驿站等着。”

墨九奇怪地直视他：“我要去。”

墨妄没有应声。

这姑娘脑子不好使，更不会与人讲道理，墨妄看到这样别扭的她，眉头都皱紧了。宋骜却翻身上马，抖着缰绳讽刺地笑：“让她去又有何不可？是怕她知道你们墨家子弟的腌臜行径，影响了左执事一世英名？”

原来墨妄是墨家的左执事？

关于墨家组织内部的等级，墨九亦是知道一些。

除了墨家巨子之外，自上而下，掌有组织重权的是两名执事。一个左执事，一个右执事。他们辅助巨子管理墨家内部事务，执事之下又有长老若干，各个分支堂口若干。虽然内部成员复杂，几乎遍布天下，但等级分工却极为明确。

墨妄身为墨家左执事，那也是很厉害了。墨九涎着脸套近乎：“大执事，带我去瞅个稀奇呗，好歹我对你也有救命之恩不是？虽然你没受，但那也是救命之恩，你可不能抵赖。”

在墨九的想法中，这个男人既然想将她带离，就不会放弃任何一个可能离开的机会。可她没有想到，在这件事上，他会这样固执，不论她说什么，他都不为所动。

墨九下意识地觉得，他不太愿意她接触墨家内部的人。

可她偏生最好奇的就是这个。所以，她求助地看向萧乾：“我要去。”

萧乾向来不多言辞，在他们几个逞口舌之能的时候，他默然而立。如今闻声，也只是不冷不热地扫了墨九一眼：“何故带你？”

墨九昂头，给他一个微笑：“有我在，若你们实力不济，好歹可以拿我换回小郡主嘛！”

这个事是她猜的。

既然宋妍在墨妄手中，拿她交换不是最好？

可萧乾唇角一扬，笑了。

墨九觉得这个男人笑的时候，真是又好看又……欠揍。

“交换？以你的身份，如何能与郡主相提并论？”他站在石阶上，比墨九高出不止一个头，看她时绝对俯视，银红披风，姿容俊绝，黑眸冷漠。

一种莫名的威压，让她情不自禁退了一步：“小叔子，我给你一次重新组织语言的机会……要不然，莫怪我对你不客气了。”

萧乾连多余的眼风都没有给她，径直错身而过，从薛昉手里接过马缰绳，冷气森森地一跃而上，似是不愿理会她，却偏生又让人把一匹枣红色的马儿交给了她。

不仅墨九，每一个都猜不透他了。

但对于旁人的质疑，他的表情从来只有一种——没有表情。

唯除对墨九多一种——嫌恶。

墨九愉快地摸了摸枣红马，嘿嘿笑着看向萧乾的背影，意态闲闲地上了马，大声喊道：“行动其实比语言更有诚意，我原谅你了。”

这次出行，是墨九第二次在人前骑马。

旁人有好奇，都没有多问，但宋骜是个闲不住的，哪怕救妹之心焦急如焚，还是好奇地问了一下，她一个小寡妇为什么会骑马，而且还能轻松驾驭了他的青骢去“私奔”？

墨九知道这很难解释，若她说穿越，只怕当场就被他们架上柴火烧死。想想，她只含糊道：“你没有听过疯子的力量是无穷的吗？人在绝望时，可激发潜能。”

宋骜不解：“潜能？就像那只大鸟一样？”

对于墨九在招信做的那一只可以在天上飞的“大鸟”，宋骜一直没有死心，只不过因为宋妍的失踪，他没机会追究。

墨九不想跟这个二货解释，却发现提到“大鸟”时，墨妄瞧她的眼神，有些不大一样。

有一个墨家人在这里，她不好糊弄。于是她道：“我小时候，有一个墨家长辈到家里做客，他曾为我做过这样的一只大风筝。我这般聪慧之人，自然记住，这有什么稀奇？”

“那不错，回头给小爷也弄一只来，老子骑到宫里，吓死他们。”

宋骜大方地吩咐着，墨九却只给了他一个白眼，便再不理会，径直骑马往墨妄的身边蹭。

那个家伙太会刨根问底，不可爱，还是墨妄让她更有兴趣……或者说，墨家的机关巧术、风水命理都是她的兴趣所在。

天色已近黄昏，驿道上荒无人烟，天边的彩霞收回了最后一缕光芒，空气低沉而闷热，渐渐地，昏暗的天色笼向了这一条长长的驿道。墨九像一只出笼的鸟儿，笑着上前与墨妄并肩而行，无视旁人异样的眼光，亲昵地让枣红马蹭了一下他的坐骑。

“哎，大执事，同我说会儿话呗？”

轻轻嗯一声，墨妄似乎刚回神，目光有一丝迷惑：“说什么？”

墨九难得正经，平静地问他：“关于墨家的事？比如，你为什么要绑架宋妍？为什么要那么残忍地杀害谢丙生？”

“没什么可说。”

墨九的直觉是对的，墨妄似乎不想说太多墨家内幕。她轻笑着上前，将一匹枣红马骑得歪歪斜斜，不时与墨妄的坐骑亲密接触，碰一下，便问一句：“谢丙生是你杀的？”

“嗯。”他声音很轻。

“可他又不是你杀的。”她语气肯定。

“嗯？”他却用了疑问的语气。

墨九也不在乎他怎么回答，接着问：“宋妍也不是你绑架的？”

墨妄看她久久，目光微有波动，却也只嗯一声。

墨九却不耐烦这种你问我答的游戏了，她凑过去，又撞一下他的马：“从前有个人，他知道很多秘密，却从来不说，你猜结果怎样？”

墨妄张了张嘴，还未问，墨九就笑道：“后来他死了。”

揉一下额头，墨妄哭笑不得地看着她：“被人杀死的？”

“不！”墨九严肃地执了马缰，在他面前转了个圈，“气死的。因为他成了哑巴，再也说不出话了。一辈子的遗憾啊，老兄。”

此时，月亮已升上半空，从墨妄的角度望去，刚好盘旋在墨九的发顶，一轮银色的清辉皎洁地晕开，似挂在她歪歪的发髻上，轻柔婉转，浮光跃金，在她娇美的小脸上投下一抹淡淡的浅影，朦胧而美好。这样的女子，这样的笑容，他难以招架。

轻轻一叹，他拣了些墨家常事与她说。

所谓“孔子之徒为儒，墨子之徒为侠”，其实墨家子弟发展至今，是一个以游侠为主的江湖组织。但是，自从上任老巨子过世以来，一直没有新任巨子上位，无人主持大义，就分化成了黑白对立的两个极端。

以左执事为首的一系弟子，遵守老祖宗规矩，兼爱非攻，推崇墨学，以“兴天下之利，除天下之害”为行为主旨。可是，以右执事为首的一系弟子，却以“墨即是墨”为由，慢慢走向与墨学相悖的另一个极端，且有愈演愈烈之势，甚至为了达目的，无视手段的残暴——宋妍如今就是落在了右执事的手上，至于谢丙生，杀他的人是墨妄，可剜掉他面部血肉，又化为女子抚琴的人，却是右系墨者。

墨九也是这时才知道，就在她与萧乾离开招信不久，就有墨者送信到驿站，要萧乾亲自前往右执事堂口接宋妍。收信的人是宋骜，他对墨家分化的事不知情，所以一到三江驿站，看到萧乾屋子里的墨妄，自然劈头盖脸一顿怒骂。

事关墨家，墨妄全身是嘴也说不清。他为人素来坦荡，只能领着他们亲自跑一趟。

听到这里，墨九隐隐觉得不对……

姓萧的设计墨妄前来救她，会不会早有想法？如此不仅可以利用左右两派的纷争，救出宋妍，而且从朝廷的立场，要杜绝一个江湖组织做大，最有效的方法就是让他们内部分裂瓦解，不费一兵一卒，就可坐收渔翁之利。

她的眼皮跳了跳，瞥一眼最前方的萧乾，又问："那你可想好怎么办了？"

墨妄眉心一紧，没有回答。

他们左系从来不与朝廷为敌，像这种绑架郡主要挟枢密使的事，自然不会做——可他虽身为左执事，却干涉不了右系的行为，眼看墨家的名声一日不如一日，他也痛心无奈。

墨九咳了一嗓子："我却有个法子。你且回答我，那个右执事功夫厉不厉害？与萧乾相比如何？还有，你们那个堂口有多少人，咱这些人去了，如果他们不放人，又有几分胜算？"

墨妄似乎对她有些顾忌，只淡淡地道："问来做什么？"

墨九一脸正气："知己知彼，百战不殆。"

墨妄考虑了一瞬，回答道："萧使君功力深厚，今日我与他交手，已拼尽全力，可他似乎有所保留，所以……"

墨九摆了摆手，仰头望月："我不关心这个。"

奇怪地看着她，墨妄皱眉："那你想问什么？"

墨九眯了眯眼，一脸单纯无害地看向前方的萧乾："等他们两家杀起来，我们可以逃掉吗？笨！"

没想到她居然是这样的打算，墨妄一怔，又叹道："这件事情，墨家已经开罪了朝廷，我是不能袖手旁观的。右系虽然与左系不和，近来也越发悖逆祖宗，但好歹同出一支……"

"得了，大执事。"墨九不想听思想教育课，"为今之计，你只有一个法子了。"

墨妄轻哦一声，面色一凛："愿闻其详。"

墨九一脸不屑地笑："多简单啊，早立下巨子，早收拾孩子，早管教孙子，重整墨家声威呗。”

她原也是随口说说，可墨妄看她的眼神，分明有一种怪异的审视。

墨九也不管他，摸了摸鼻子又问：“难道立巨子很复杂吗？你们是用投票选举的，还是比武招选？应当都可以暗箱操作或者收受贿赂吧？”

墨妄苦笑：“要有那样简单，就好了。”

为了巨子的人选，左右两派几乎快打破头了。可掐来掐去，始终势均力敌，谁也不服谁，也就是说，谁也不会尊对方的人为巨子。如此他们终于达成协议，遵祖宗遗命——找到命定巨子。

听到这儿，墨九不由大奇：“命定巨子？怎么个命定法？”

墨妄像是想到了什么久远的事，语气沉沉：“上任老巨子离世之前，便已推算出下一任巨子的命格。然而，左右两派几十年来，四处寻觅，也没有找到这个人……”

这样传奇的故事，墨九听得津津有味：“那这个巨子的命格是怎样的？我也粗通命理，说来我帮你琢磨一下？”

墨妄目光一沉，望向天边远月：“这是墨家秘辛，恕难奉告。”

不爽地嗤一声，墨九漫不经心地道：“我也姓墨。”

墨妄轻笑：“可你非墨家人。”

他说得没错，虽然墨九也姓墨，可她家与墨家组织并无接触，也没有直接受墨家领导，甚至也不遵奉墨家理论，他们家确实算不得墨家子弟。

可这货是个脸皮厚的，她笑着蹭了蹭墨妄的马：“那我即刻加入墨家，好不好？你也不用给我太大的官，随便做一个你们的分堂主就行了。嗯，要左派的堂主，毕竟我是好人。”

墨妄盯住她，像在看怪物。

“不说话就是默认了。”墨九严肃着脸，“为视尊重，我直接拜你师父为师吧？大师兄，你快讲给我听。”

这个自来熟太不要脸了，简直就是耍无赖。墨妄沉默地笑着摇头，将马速加快，不再受她纠缠，墨九却有意无意绕着他的马转悠，如此一来，两个人慢慢就落在了队伍后面。前面的一行人，听不清他们在说什么，可她一路笑语不断，欢颜如斯，很显然与墨妄相处甚欢。

“吁——停！”

萧乾突地一声沉喝，众人纷纷勒马骤停。

墨九正与墨妄说着话，完全没有防备，待反应过来，为免马儿撞上前面的马，她也赶紧勒住缰绳，可速度太快，身子也不免跟着往前一扑。于是，她收势不住滑下马去，摔了个四脚朝天。

她爬起来瞪向萧乾："官道这么窄，你要喊停，就不能先喊一声？"

换了旁人，这样骂枢密使已是僭越，人家不理会她也就罢了。可墨九不是"疯子"吗？疯子的行径总是奇葩的，她拍拍身上的泥土，走到萧乾面前，抓住他的马头，严肃地问他："你故意整我的？"

萧乾容颜凉如清月，不理会她，看向墨妄便要说话。

墨九扯住他的袖子，逼他转过头，不让他与墨妄说话："你故意整我是不是？"

于是，萧乾第二次抽出袖子，想与墨妄说话。

墨九踮着脚跳起来，继续拦在他马前："萧六郎，你故意整我的，是不是？"

一连三次，萧乾不能再当她不存在了。

他从马上低头，逼视她："问累了吗？"

"废话！"墨九昂首皱眉，"你这样高，我跳起来当然累。"

萧乾袖口一抬，也没人看清他怎么动的手，墨九便叭嗒一声坐在了地上。然后，他冷冷地道："那好好坐着，慢慢问。"

说罢他也不去看她错愕的脸，只不冷不热地对墨妄道："左执事，已入洪泽地带，你前行带路。"

墨家的执事都懂一些机关巧术，风水命理，那右执事堂口所在的地方，位于洪泽之侧，道路纵横交错，一般人不敢随便乱走，就怕误中机关。所以，对于萧乾突然强硬的要求，墨妄也没有多想，只笑着打马上前："我也好久没来这里。"

听他这样说，宋骜哼笑着，正想讥讽几句，却见墨妄抽出血玉箫，放到唇边轻轻吹奏。

那声音不像曲子，却像一种尖锐的口哨，以特殊的频率穿入苍穹，如呜咽，似召唤。

不过片刻工夫，远处一片桃林里，便有一个梳着丫头发髻的绿衣小姑娘飞快地跑出来。她约莫十三四岁，看见墨妄，一脸喜色地单膝拜倒在地："墨灵儿参见左执事。"

墨妄微微一笑，收箫抬手："带路吧。"

"喏。"墨灵儿睁着一双水汪汪的大眼睛，好奇地看着这一行人。

有高贵的皇子，有俊美的枢密使，有威风凛凛的禁军，还有一个坐在地上的女子。银霜般的月光下，那女子容色姣好，眼波带水，肌肤像上了一层白玉凝成的脂膏，嫩得几乎能掐出水来。尤其与众不同的是，她居然光裸了一截白生生的小腿，像剥了皮的玉葱似的，在男子跟前晃动也不知羞，以至于她不大的年岁，却有着小妇人才有的娇媚。

墨灵儿心口一紧，脱口轻唤："姐姐？"

小姑娘一声"姐姐"，令人始料未及。

墨九却像没事人一样，大大方方地从地上爬起来，紧紧抱住她，一副久别重逢的样子："灵儿，我的好妹妹，我可算见到你了，姐姐好想你。"

她火一样的热情，燃烧太快。墨灵儿吓了一跳，近距离看她的脸，稍稍一窘，想要推她，却被她抱得太紧，动弹不得。

可墨九还在继续："你叫我姐，那我肯定不是我娘亲生的，那么……"她抬头看着萧乾，"不好意思哦，你们娶错人了，婚约解除了。"

说罢她得意地扬了扬头。

墨灵儿却很囧："灵儿好像认错人了。"

众人一愣，都憋着笑意，只有墨九依旧严肃着脸："你再仔细认认，绝对没错的，我就是你失散多年的亲姐姐啊。"

"不，我没有亲姐姐。"墨灵儿被她死死盯着，紧张得快哭了，不由语无伦次，"灵儿是认错了，你不是姐姐，只是有点像姐姐。"

一会儿是姐姐，一会儿不是亲姐姐，一会儿又长得像姐姐，墨九恼了："你个小丫头，怎么可以对我始乱终弃？"

墨灵儿和众侍卫都被这话惊呆当场。

萧乾静静立于马上，瞥她一眼，声音凉如寒玉："走吧。"

认亲不成，解除婚约也不成，墨九返回她的小红马，拍拍屁股跳上去，抖了抖双脚踩在马蹬上，倒也不怎么生气，那悠闲的样子，就好像刚才的事情没有发生过一样。紧接着，她只望月一叹："我还是太纯洁了，太容易相信人。"

墨灵儿年纪小，便有些内疚，小心翼翼地走过去："这位姐姐……"

墨九半阖着眼："忧伤中，勿扰！"

灵儿撇了撇嘴巴："灵儿不是故意的，你是真的很像嘛。"

墨九瞅她："陪聊，要收费的。"

"哦。"墨灵儿可爱地歪了歪脑袋，想半天又小跑到前面，走在墨妄的身边，嘀咕道："左执事，她是谁啊，长得好像然姐姐。"

墨妄面色微暗，答非所问："然姐姐已经没了。"

又是哦一声，墨灵儿不敢再问。

可空气中却莫名添了一丝淡淡的涩味。一行人变得极为安静，只有墨九冷不丁地冒出一句："饿死了，也不晓得到了地方，人家管不管饭啊？"

黑夜完全笼盖了天地，众人又走了约莫一炷香的工夫，终于到达了地方，一个三面环水的山前。

月光下，山影将水分开，朦胧一片。临近的水域与淮水相连，水面上大小不一的舟船静静停泊，高低不等的桅帆扬在风中，船上夜灯点点，亮若萤火飞舞，倒映水面，交辉出一片奇特的水上夜景。好一个美妙的所在。这与先头料想的龙潭虎穴，简直南辕北辙。

"若止，掌灯。"

一道轻曼妖娆的声音传入耳朵，众人的视线也随之转向山水相连的夹道上。

一众着装鲜艳的女子缓步而来。前方最高挑的一个，云鬓高耸，媚眼如丝，在两侧渔火旖旎的光线下，妖娆入骨，风骚入髓。

她的两侧，有婢女八人。四人执红方伞，四人执牛角灯，八个丫鬟都约莫只有十五六岁的年纪，头上挽了端庄的发髻，越发把中间的女子衬得婀娜多情，那一截露在外面的细腰，如无骨的杨柳，单薄的纱裙清凉惹人。在她的胸间，缀有一道火焰似的红痕，如珠如宝，娇艳似火，如同一株开在黑夜的曼珠沙华，妖艳、性感，勾人，端的是风情万种。

"回头谁敢说我伤风败俗，我就跟谁急。"墨九小嗤一声，可谁也没有听见。

看众人的注意力都被美人儿吸引了去，墨九又隐隐不安。

难道这便是同性相斥？她嫉妒人家比她胸大？

这时，那女子又娇滴滴道："小王爷和枢密使远道而来，恕妾身未能远迎，还望见谅。"娇声像从湖水中拂波而来，酥软、熨帖，这样的女子对男人极有杀伤力。

果然，宋骜这厮是个没血性的。他哈哈一笑："算你这妇人有点眼力，快，让你们右执事把郡主交出来。"

那女子轻轻一笑，回着宋骜的话，眼神却柔媚地瞟向萧乾："妾身便是墨家右执事，姓尚，单名一个雅字。小郡主来尚贤山庄做客，非妾身故意拘着，实因郡主心火未落，若得萧使君前来才肯离开，妾身这才……"顿一下，她用更为柔美的声音说："这才不得不劳烦萧使君亲自走一趟。"

不管哪朝哪代，就没有哪个黑社会组织胆子大得敢公然与朝廷作对，绑架郡主，要挟皇子和枢密使，除非想造反——这样的解释，就通了。

墨九默默点头，胡思乱想着，那边宋骜已经熟稔地与尚雅说上话了。这厮也是个看脸的货，与美人儿说话，声音也温柔了许多：“那劳烦右执事收留舍妹，叨扰贵府这么久，也该告辞了。不知舍妹人在何处？”

尚雅抿嘴一笑，福身拜下：“殿下恕罪，妾身实在说服不了郡主出来。依我看，天色已晚，各位一路风尘仆仆，也辛苦，不如先稍作休息，兴许郡主便肯回了。”说到这处，她突地又笑看墨妄：“妾身与左执事也久不相见，正好有些帮中事务，要与他谈谈。”

墨妄目光幽深，抿唇不语。宋骜已经迈了腿：“那也好。”

这一行人里，若说谁的身份最尊贵，非宋骜莫属，便是萧乾位高权重，也只是一介臣子。小王爷被美色所惑，放九头牛来也拉不住。墨九在心底将宋骜的祖上祖下从侏罗纪时代一直问候到了二十一世纪，方才悄悄靠近墨妄：“大师兄，这妖女真是右执事？”

似乎不太想提及尚雅的事，墨妄轻嗯一声，大步往前，想想又低头：“一会入了庄，你紧随我左右，不得乱跑。”末了，他又吩咐墨灵儿：“照顾好她。”

“哦。”灵儿扑闪着一双大眼睛，对墨九很亲近：“你长得真的好像姐姐哦。”

墨九瞥她：“那你想认我做姐姐吗？”

灵儿高兴了：“好啊好啊。”

墨九却不高兴了：“原本我也想认下你，可你却不认我。我一忧伤，就改主意了。”

灵儿嘟嘴不语，墨九又问：“我与你们右执事，哪个好看？”

灵儿考虑一瞬方答：“她……”

墨九重重一哼，灵儿便补充：“不如你好看。”

这一下，墨九心里美了，可灵儿还没说完：“只不过，她比你大，就多了些风情。”

牙缝儿有点漏风，墨九低头瞪她：“你指的最好是年岁。”

灵儿很无辜地看她：“若不然指什么？”

哈哈一笑，墨九善心大发地挽住她：“就凭你这丫头实诚的性子，我也非收你做妹妹不可。”

尚贤山庄坐山靠水，风景千媚百娇，风水选得极好。入庄的平台上，携阴阳八卦，分五行术数，除了一股子天然的开阔气场，还有一种厚重的正气感。庄子的建筑虽然精致，可看上去并非时下新建，应有些年代了。

平台的中间，有一座墨子塑像。

穿草鞋，拄手杖，背行装，祖师爷一身正气，墨九不由停步。她正寻思不给祖师爷行礼就走过去，会不会遭天罚，便听见尚雅轻柔地笑道：“这位妹妹面熟得很，好像在哪儿见过？”

若没有墨灵儿先前那一出，墨九会与这姑娘探讨一下《红楼梦》，讲讲黛玉初进贾府，宝玉用这样的台词搭讪合不合适……不过如今，不需要人说，她很淡定了：“首先，我不是你姐姐。其次，如果你要认我做姐，我收费是很贵的。”

尚雅一怔，放低声音轻笑：“妹妹长得像我一个故人，可姿色略差她一些。”

墨九眼波飞横，抬高了声音：“这位大婶好不识货，用你几十年的老眼光来看我十几岁的外貌，公平吗？”一本正经地白她一眼，墨九甩袖越过她往前走：“我还是个孩子啊！”

尚雅被她一呛，窘迫地转过身道：“诸位里面请，这是鄙庄的水榭厅。”

说它是一个水榭厅，是因为它建在一片湖水的中央。时下已是六月，可水榭外的桃林还绽放着迷人的桃花清香，顺着水，随着风吹来，极是美妙。

宋骜附庸风雅地吟了几句诗，开始感叹：“本王早闻墨家执事堂构造精妙，风景宜人，今日一见，果不其然。这神仙洞府一般的所在，怪不得妍儿流连忘返……”

墨九轻啐一口，很想吐槽这厮把色狼的本质烘托得惟妙惟肖，可看在尚雅从头至尾感兴趣的人只有萧乾的分上，又不免幸灾乐祸。

其实她不懂，小王爷长得俊，还风流多情，尚雅那般风骚的女人，为何独独中意萧乾这种不解风情的木头疙瘩？一双眼落在人身上，就像狗见了骨头似的，让她鸡皮疙瘩掉一地。好在宋骜一直掉节操，萧乾没有。

他迈步水榭，清辉之下，衣袂飘动，如一尊神祇，单单一个背影，便给人一种碧海蓝天般的高远之感。那一副清心寡欲的样子，让墨九默默为他点了个赞。

转头看向宋骜，她又默默点了个蜡。

盛夏的夜，水榭凉亭，温度适宜，自是好所在，可尚雅踏上水榭台阶时，却把搭在肩上的轻薄纱衣褪掉，交给若止，然后提起裙摆，走在萧乾身后。

附近都是水，这台阶终年潮湿，打磨得极为光滑。

于是，尚雅脚下突地一滑，便收势不住，颤歪着一身红颜媚骨往萧乾倒去。

“呀！”她轻媚地叫唤，却意外没有落入那人的怀抱。

“大婶，小心点啊！”墨九抢前一步扶着她，又揉了揉自己的肩膀，粗声粗气地责怪："虽然你肉多而肥，也是会撞痛人的嘛！"

"咳，咳！"宋骜揉着鼻子憋住笑，负着双手往四处看，"右执事，舍妹人呢？"

尚雅挪开墨九的手，先招呼他们坐下，这才坐在萧乾身侧的椅子上，轻叹一声："此事有些隐情，先前在外间人多嘴杂，妾身不好细说，实在是妾身之过。"顿一下，她环视众人："小郡主入庄时，因好稀奇，误闯乾坤洞，中了妾身的离魂蛊。"

水榭安静了下来。

蛊之一说，向来令人恐惧。墨九也不免头皮发麻。

安静了一瞬，墨妄皱眉道："离魂蛊，你不是可解？"

尚雅媚眼一抛："左执事那是不知情，解蛊之法，需取男女之合，二精交畅之云水，且人选也不易。"

偌大的水榭中，牛角灯忽摇忽闪。

可她说得再艰难，也不过为了提高价码。

萧乾摩挲着椅子的棱角，单刀直入："你要什么？"

尚雅目光转柔，起身对他盈盈一拜："不敢瞒使君，妾身来自苗疆，习得巫蛊之道。紫妍郡主所中之离魂蛊，虽非妾身本意，可解蛊确需如此，男女之两体，乃阴阳之二仪……"说到这里，她妩媚一笑："听闻萧使君尝百草，修岐黄，乃四柱纯阳之体，妾身只需与使君敦伦一回，受得雨露便可为郡主解蛊。"

墨九差一点被尚雅露骨的话把魂惊掉。

可更惊魂的是，除了她自己，其余人只微微一愣，并不如她意外。

难道南荣的民风已经开放到这个程度了吗？而且，时下之人的八字，向来不外传，而且这四柱纯阳与四柱纯阴八字的人，非常之少，却克性极大，所以家人一般会选择保密，那么，萧乾的八字，尚雅又怎会知道？她百思不得其解。

众人都哑了。

萧乾缓缓抬手，在太阳穴上轻摁着，低笑出声："右执事的条件，倒也罕见。"

墨九很熟悉他这种笑声，听似温和，却与刽子手在行刑前给死囚的临终一笑没有区别。

然而，她的感受是奈何桥畔的钟声，尚雅却以为萧六郎在含情脉脉地调情。她莞尔一笑，撒娇道："妾身这小小的请求，使君允是不允？"

萧乾也笑了笑："确实要求很小。可惜本座性好洁净，不喜污秽之女。"

春风拂柳一样的清淡声，并无阴鸷，却呛得尚雅顿时变了脸。不过也只一瞬，她又温柔地笑开，仿若最为善解人意的妇人："萧使君就这般不留情面？"

萧乾往后一倚，目光平和地看着她，姿态却是高高在上的冷漠："本座若不应下，是离不开山庄了？"

"使君说笑了。"尚雅轻捋一下鬓发，柔声道，"这事说来荒唐，但妾身也是救小郡主心切，迫于无奈。离魂蛊之毒极为狠辣，不仅需男女之合，还讲究与施蛊女相合的男子，有四柱纯阳的命格，且为童子之身……当然，四柱纯阳的男子已是难得，像使君这般，尝尽百草，又清心寡欲的人更为少见，疗效更佳。不过，虽为救人，妾身也不敢强求使君。只不过，若使君不愿，小郡主的离魂蛊恐怕就……"

"无妨。"萧乾淡然打断，"把郡主交给本座就好。"

人人都以为尚雅会故作姿态再为难一番，可她却笑了笑，对身边侍女道："既然如此，去把小郡主扶到水榭来。"

她的做法与态度，俨然就是宋妍的救命恩人，哪像居心不良？

水榭里，有片刻的寂静，直到墨九突地抬头："尚大执事，我有一事不明。"

尚雅大方地问："姑娘有何事？"

墨九摸着肚皮摁了摁，扬声道："你看我们从三江匆忙过来，晚饭都没吃，虽说你没睡成萧六郎，但买卖不成仁义在，好歹来了客人，你怎么好意思不来点吃食？"

娇滴滴的小姑娘，出口就是吃，尚雅一时有点发蒙。

墨九却若无其事，手指在茶几上轻轻敲击着："尚雅上呀上呀，别愣着了。"

"妾身敢不从命？"

吃货的思维大多时候都令人捉摸不透，但尚雅最喜表一套里一套，在人前各种礼数都很周全，而墨九的问话原本只为了肚皮，但听在她的耳朵里，却等同于羞辱。

很快，她便吩咐人上了水果茶点，让大家先垫肚子。

她的东西，一般人不敢乱吃，但墨九却不客气，拎起一块奇怪的糕点，问萧乾："这是什么？"

"大耐糕。"

他声音清越，不若与尚雅说话时那般带笑，墨九不由鄙视地暗嗤一声，又问："可以吃吗？"

萧乾斜睨着她："你的口腹之欲，问我做什么？"

墨九正色道："你这小叔子好不晓事。你是医者，我当然先问你。我若吃病了，你得负责医；我若吃死了，得找你陪葬。没错吧？"

这样明显说人食物不干净的话，尚雅听了，一张芙蓉脸，颜色就不大好了："姑娘可别瞎说，我岂会干这样的事？”

哦，离魂蛊都下了，还敢说得这么大义凛然？墨九双手捂脸，笑得肩膀抽搐不止：“你们别管我，容我笑一笑。”

画面太有喜感，宋骜瞪她一眼，嘴唇也憋不住扬了扬。

萧乾见她抬头时，还在捂脸笑，深深剜她一眼：“大耐糕，非熟则损脾，熟则可食。”

墨九打了个哈哈，拎起一块糕点：“熟，怎么不熟？比熟男还熟。”

两个人“眉来眼去”地说着话，尚雅左右看了看，妖精似的笑着，又媚眼如丝地招呼：“粗食上不得台面，殿下与使君将就用些，主食一会灶上就做好。”

“哎哟！”墨九突然抱着肚子，痛苦地拧眉头，“我肚子不舒服！喂，这东西到底熟没熟啊？你们先等等，等我上完茅厕你们再吃。”

这话怎么听都有点不对味。

等她上完茅厕……别人再吃？

遇上这么一个疯子，莫说旁人无奈，便是尚雅也不知这东西究竟哪路妖怪请来的，又刁钻又古怪。人家不让吃，她要吼，吃了不到一个，她就一副食物中毒的样子，搞得她尴尬不已。

可看着她“纯真无邪的痛苦”，尚雅还不得不吩咐：“若水，带姑娘去更衣。”

墨九抱着肚皮，偷偷朝墨灵儿看一眼，那丫头便懂事地站起来：“灵儿陪姐姐去。”

墨九搭上她的手臂，嘴里高呼着“吃不消了，疼死姑娘了”就跑了出去。

这一趟茅厕她上得有些久，而且出了水榭进入尚贤山庄的院子，就一路东蹿西蹿，像一只被大灰狼追赶的野兔，四处乱拱。急得若水追在后面快哭了，才终于让她逮到墨九，与墨灵儿一起将其送入了茅厕。可墨九却不买账，把若水拦在外面，跳入茅厕就噘着嘴巴不停地发出卟卟声，气得若水一甩绢巾，捂着鼻子走远了。

灵儿也机灵：“姐姐，你想要做什么？”

她原以为墨九有什么重要的事，结果她并不解释刚才怪异的举动，只坏坏一笑，低头咬耳朵：“我刚才乱跑时，听见里院好像有不少年轻男子的声音？他们都是墨家人？”

墨灵儿霎时愣住。

“嗯？”墨九不死心地追问。

灵儿轻摇一下头，脸有些红，可怎么都不肯说。

墨九抓住她的肩膀恐吓：“你不告诉我，我就把你丢茅坑去。”

墨九行为的“不正常”，墨灵儿已经领教过了。考虑一瞬，她乖顺地从了：“灵儿偷偷告诉你，可你不兴乱说。”

墨九狠狠地点头：“与不该说的人，我一定不说。”

灵儿乖乖道：“右执事是苗疆女子，向来就不正经……我听人说，她十几岁就与上任右执事，也就是她的师父……”省略苟且两字，灵儿又道：“她习得一种媚经，可驻颜养身，却需采补……”双颊羞成红云，她咬了咬唇方道：“采补男子阳精，像萧使君那样的男子，她自是垂涎。”

这样的事，也太缺德了。所以，墨九听得兴奋不已：“这臭不要脸的，学的什么妖术？祸害那么多年轻男子，这让嫁不出去的妹子多寒心哪。作孽！”

墨九不相信这些乱七八糟的，可她本人穿越了，加上身为墨家后人，对玄学本身也有敬畏之心，觉得也许中间真有什么门道，毕竟尚雅的美貌年轻也是真的。

她的好奇心大增：“那我问你，你家右执事今年多大岁数了？”

墨灵儿面色突地一变，冲她比画了一根手指头。

墨九大惊：“一百岁？我去，不是吧？”

灵儿猛地摇头：“不是。”

墨九怒而瞪目：“不是，你给我比画一个指头？”

灵儿撇了撇嘴巴，又指了指她身后：“我是想说，若水姐姐来了。”

墨九掉转过身，茅厕门口果然站着尚雅的侍女，也不知她听了几句。她却意外地没有打听，只轻笑道：“姑娘如厕太久，若水特来看看。为免殿下等人在厅内久等，若姑娘好了，就请吧。”

一行三个姑娘，往临湖水榭而去，一路无言。

可刚到水榭门口，墨九却顿住脚步，看向灵儿：“你说一个尝百草，修岐黄，四柱纯阳之体的男人，身上的肉会不会也有免疫力，可百毒不侵？”

这货的思维飘得太远，灵儿愣住：“姐姐的意思是……”

墨九正经道：“什么精的我就不要了，我准备吃了他。”

灵儿被惊得差点儿跌倒。

“你懂什么？”墨九认真地补充，“脑髓也是大补之物。”

灵儿脚下一滑，彻底撞在了水榭的栏杆上。

等墨九笑眯眯地回到水榭堂内时，发现气氛似乎有些不同了。

牛角灯的光芒昏暗了几分，桃花的幽香也掩盖不了隐隐的中药味儿。宋妍被人扶过来了，一脸苍白地呆坐在宋骜的身侧，由侍女扶着，半阖着眼睛，像没有睡醒。见到墨九进来，宋妍呆呆地看看她，就像被鬼迷了魂似的，没有半点反应。

墨九一愣，大喜道："哈哈，从今往后，看谁好意思说我是傻子。"

"小寡妇，你闭嘴啊。"宋骜气得瞪她一眼，又望向萧乾，凝重的目光里全是疑惑，明显在问：这离魂蛊究竟有没有法子可医？

萧乾的手覆在椅角上，没有动作，清俊的面孔稍有一抹迟疑。

尚雅见状，轻笑一声，接过侍女托上来的华贵纱衣往身上一披，痴痴地盯着他的脸："使君，离魂蛊非妾身之法，不得解也……"

话刚落，水榭似乎轻晃了一下。

尚雅一惊，胸口起伏着，掉头看向门梁，似见到了什么可怕的东西。

"发生了何事？"

水榭的摇晃大家都感觉到了，墨九的动作和反应最为迅速，她瞬间移动到萧乾的身边——为了安全。然后，趁大家的注意力都转向正在闭合的水榭大门，飞快地往怀里揣大耐糕——为了肚皮。

"诸位，恕在下冒犯了。"水榭外传来一个阴柔的男声。

"乔占平？"尚雅看着大门重重合上，身子一晃，高喝："你要做什么？"

乔占平哈哈大笑："这几十年来，墨家被你们左右两系闹得鸡犬不宁，早该重立巨子，遐迩一体了。今日左右执事命丧于此，我自会辟除争端，重振墨家声威。便是祖师爷显灵，也会赞同我的。至于小王爷和萧使君，那只能怪你们命不好了。"

墨家这个组织，在巨子和左右执事之下，还有乾、坤、震、巽、坎、离、艮、兑八门长老。这个乔占平，便是乾门长老。他是尚雅的情人，偏向右系，在墨家子弟中间，极有威信，对尚雅的助益颇多。

如今他突然反水，尚雅不由破口大骂："乔占平，小王爷和萧使君在此，你怎敢胡来？"

"哈哈！"乔占平大笑，"不劳右执事费心，朝廷方面若怪罪下来，谢丞相自会处理——再说，今上向来仁厚，既然杀害小王爷和萧使君的左右执事已经伏法，又岂会牵连无辜？"

"混账东西！"

事发突然，也不过转瞬之间，墨九刚往怀里揣入第三个大耐糕，水榭便灯火全灭，摇晃加剧。

黑暗中，尚雅突地惊叫一声："萧使君小心……"

一阵香风扑来，墨九感觉地面突然下陷，飞快抓住萧乾的椅子，却跟着他连人带椅一起沉落下去。感觉像坠入了一个长长的甬道，有细碎的凉风吹入耳朵，阴飕飕的，有机括的咔咔声聒噪，如同毒蛇在吐着信子，尖锐、刺耳，令人毛骨悚然。

墨九倒吸了一口气，黑暗里，有一只胳膊伸过来，带着熟悉的薄荷香味，卷她入怀，质地上好的衣料贴合着她的脸，她安心了不少。

说意外，她也不意外。这墨家的地盘，没有机关才怪了。

可乔占平到底要对付谁？为什么下陷的地方会在萧乾的位置？

不等她想明白，一阵风声掠过，砰的一声，物体重重落地。

她听见了声音，却没有感觉到疼痛。

肉垫子很软，她被萧六郎一带，砸在了他的身上。

“萧使君，你还好吧？”大唤出声的人不是墨九，而是跟着跌落下来的尚雅。可她话音还未落下，就看见了萧乾身上的墨九，一张妖娆的芙蓉脸，顿时变成了青瓜菜：“你怎会也在这里？”

“大婶好像很失望？”墨九瞥她一眼，懒洋洋地从萧乾身上爬起来。

想了想，她又回头，拍拍他的肩膀：“算你小子有孝心。”

萧乾目光浅浅一眯，刚想说什么，她却转头四处观望。

这间密室是独立的，面积不大，燃着几盏油灯，清楚地照亮了每一个角落。与她预想中的不一样，密室整洁、干净，地面的青石打磨得光滑如镜，有桌、有椅、有柜、有摆设，墙壁上还有一幅幅堪比春宫图的浮雕，男女姿容栩栩如生，动作表情各有不同，衣衫颜色鲜艳亮丽，就连毛发也清清楚楚，带着令人血脉贲张的挑逗。

除此之外，室内正中还有一张象牙白的石雕大床，雕刻着鸳鸯并蒂的花样，摆放着柔软的丝被褥子，像极了姑娘的闺房。

墨九哦了一声，掉头看向尚雅：“我们入水榭的时候，萧六郎坐的位置，是你热情招呼他坐下去的。机关刚一启动，你便第一时间扑上来……该不会是幻想与他双双落入此间，来一个鱼水之欢吧？”

尚雅轻哼着瞪她一眼：“我懒得与你一般见识。”骂完人，她情绪恢复得很快，又柔情地看向萧乾：“使君恕罪，妾身没有想到乔占平这么大的狗胆，竟敢做出这等猪狗不如的事。”

萧乾并不理会她，敛容看着石壁，一头散开的长发轻垂于腰，绣了暗金袖纹的黑袍上，也没有半分污渍，整个人被光线笼入了一种华贵当中。闻声他转过头来，瞳仁微暗，那灯下的影子，冷峻孤傲，又有一种艳美的邪气。

“打开机关！”他凉声命令。

这里的石壁全用铜水浇铸过，外观虽然有些斑驳，但坚硬如初，若非知晓开启机关的法子，靠人力根本无法出去。

尚雅摇了摇头，扭着腰肢款款走近：“使君，此机关乃墨家先祖所设，一旦触动，不可开启，我们出不去了。”

她委屈的样子，又娇又艳，如弱柳扶风，好不媚人。

墨九却在检查那床上用品，一边翻一边道：“老祖宗也真有意思，这闺衽布置得果然精妙有趣。看这织花的云锦被面，啧啧……”她低头嗅了嗅，莞尔一笑：“还有晒过太阳的味道呢。”

尚雅面色一变，正想辩解，墨九又严肃了脸：“也是为难老祖宗了，人都死千百年，还得从坟墓里爬出来，帮不肖子孙晒喜被。”

“你个疯子，胡言乱语做什么？”尚雅极为尴尬，可遇上这么一个毒舌的货，又由她不得，“这石室通风透气，墨家机关之巧，岂是你懂的？”

墨九懒洋洋地眨个眼，坦荡荡地坐在石椅上，摸出一个大耐糕啃着，点头认真地道：“那你们开始吧？别浪费这良辰美景鸳鸯暖帐了。”

灯火烁烁中，她一双亮晶晶的眼，含波生俏，迷离带笑。

可萧乾明显不如她幽默。他已佩剑在手，指向尚雅：“开门！”

尚雅微微一怔，看着他浮上眼底的阴鸷暗芒，一步步地往后退，无辜地解释：“使君不信，妾身也无法。据我所知，机关有上下两层，如今墨妄与殿下应当被困在上一层，而我们在下一层。”说到此，她又媚态万千地苦笑：“使君想想，乔占平这个畜生，为了掌控墨家，煞费苦心，又怎会留一个我可以启开的机关？”

“这话在理。”墨九点头，“一般串通之前，都得想好逻辑。”

这呛货的嘴太损了，尚雅难得与她计较，轻轻扶住萧乾的剑身，又往他身前走一步，那小声音柔媚得几乎化成了春水：“使君，你信尚雅一次可好？”

萧乾皱着眉，剑尖往前一送，尚雅吓得慌乱后退，不巧打翻了一个放在石柜上的盒子。

精致的盒子重重落地，上壳翻开，只觉一抹金色的光芒闪过，从中飞出一大一小两只散发着金光的东西，像小蜜蜂似的，在室内展翅飞舞，又似两朵淡青色的云团被金光笼罩，又美丽，又带着一种近乎狰狞的邪异。

墨九呃一声，睁大眼看着闪金光的飞虫：“这什么鬼东西？”

“闭上嘴。”萧乾手中之剑厉风一般卷过来，衣袂飘动间，他将墨九挡在身后，提剑砍向飞舞的金虫。

他武艺出神入化，出剑极有准头，力劲也重，可金虫子却不畏刀剑，叮一声，溅出一抹金光，改变了方向，却继续在空中没头没脑地飞舞，像在寻找着什么，一双赤金色的翅膀在灯火映衬下，带着一种惊心动魄的绚丽色彩，迷人、妖艳。

难道这便是传说中的蛊虫寄体？

墨九正心惊胆战地寻思，一道金光袭来，她脖子一痛，就像被针扎了一下似的，再看时，两只飞舞的小金虫已经滑落在地上，没了生命。

“咬人，把自己咬死了？”她大惊地摸向脖子，可痛感已经消失。然后，她抬头看见萧乾修长的脖颈上也有一条血线，像开出了一朵鲜红的花，靡丽非常。

“这贱人……下蛊？”她怒而瞪视。

可尚雅的脸色比她还要难看，就像见了鬼似的。她一双瞳孔充血般猩红，哆嗦着跌坐在地，将一大一小两只金虫的尸体捡起放在掌中，如丧考妣一般自言自语：“不可能的。云雨蛊怎会选择了她……”

尚雅的喃喃声很小，墨九没有听清，萧乾似乎也不曾。

可他们不傻，脖子上的咬痕总是真的。

萧乾剑凝寒光，指向尚雅：“你做了什么？”

“使君，不关妾身的事……”

尚雅慢悠悠地起身，可不等她站稳，腿弯突地剧痛，她被墨九踹了一腿，双膝一软，就跪了个结结实实。这样小孩子气的举动，令她始料未及，不由错愕。

墨九一脸笑容：“行个大礼再说吧，免得你不老实。”

尚雅看着她脖子上鲜艳的红痕，暗自咬牙，对她恨之入骨。

原本按她的想法，掉入第二层密室的人只有她与萧乾两个。等蛊虫寄体飞出盒子，藏于寄体的一公一母两只云雨蛊便会各自寻找宿主。公虫性阳，母虫性阴，谓之阴阳，也喻之男女。公虫出了寄体定会找阳气旺盛的男体附身，母虫自然就会选择她。

可偏偏天上掉下一个女疯子，抢了她的云雨蛊。

而且尚雅想不明白，这蛊她喂养许久，怎就不选她呢？

她索性委屈地坐在地上，也不理会墨九，一双春水般的妖眸，水汪汪地睨向萧乾：“那盒子妾身先前并不曾接触过，怎知老祖宗养的什么蛊？”

“老祖宗太不容易了。”墨九多少知道些墨家的事，祖上怎么可以养蛊？她正色道："又要帮你布置闺房，又要帮你晒棉被，还要帮你养蛊害人。我看啊，八成是他老人家在地底下闲得发霉，寂寞了，想要找人陪，不如直接把你烧给他好了。一来免得他老人家劳心劳力，二来也全了你的孝心，时时惦记着让他背黑锅。"

总被这货抢白，尚雅气不起来了。她看着萧乾灯火下幽冷的脸，眼波含媚又妖娆："使君，妾身虽不知是什么蛊，但巫蛊之术，放眼天下，唯妾身一人而已。"

一句软话，却饱含威胁。

意思很明白，若她尚雅都解不了，旁人就更解不了。若想让她解蛊，萧乾便得听从她的安排。

这与先前用宋妍来要挟他们的伎俩，一模一样。

墨九站到萧乾身边，摸了摸鼻子："我也会解。"

不仅尚雅，便是萧乾也转头询问地看她。墨九蹲下身，突地出手捏住尚雅尖巧的下巴："我儿时在一本书上看过，不管什么蛊，都可以通用一种解蛊方法，那就是用下蛊人的血肉喂食。"故作高深地眯了眯眼，她又左右晃动着尚雅的脸："你长得这么美，不晓得吃起来口味如何？"

萧乾无语。

尚雅脸一白："你敢！杀了我，你们都会没命。"

墨九抬头看向萧乾："萧六郎，她说我不敢，我不服。"舔了舔嘴巴，她又一脸馋样地笑了："不如你削肉片我来烤？你看我们也不晓得要被困多久，总得准备点吃的吧？一举两得，此计甚好。"

萧乾唇角微微抽搐，没她那耐性，剑尖往前一送，便指向尚雅花容月貌的脸："本座不喜拐弯抹角，你最好说真话。"

尚雅昂头与他对视，苦笑出声："使君是明白人，妾身也不好再欺瞒下去，索性都说了吧。你们猜得没错，掉落密室是妾身故意为之，为小郡主解蛊也是妾身另有所图。可……妾身虽不是心善之人，也从无主动害人之心。"

这几句话她说得动情，没有三个字就带上一个媚调，神情的凄苦也不似伪装。

"我与乔占平是真心相爱的。"

墨九被她没头没尾的话惊了惊，罕见的没有反驳。

却又听尚雅道："你道我生性便这般淫贱吗？妾身五岁时，被家师从苗疆带到临安，辗转三四载，方才入得洪泽尚贤山庄，与乔占平同院习武，青梅竹马，两小无猜，家师也待我们恩重如山。可后来……家师性情突变，不仅教我修习媚经，还给我喂食了媚蛊……”

萧乾站在她面前，墨发黑衣，华光烁目，却清冷逼人。

“使君……”尚雅言辞恳切，“妾身只为活命，请使君救我。”

凄苦地说罢，看萧乾不为所动，尚雅只得继续解释：“就我所知，普天之下可解我媚蛊之人，只得使君一个。若使君肯用至纯至阳之精喂食一次媚蛊，它便会自体而出。从此，妾身再不用受那淫意纠缠和焚心煮骨的煎熬。”

真假尚且不论，这么一个娇滴滴的狐猸妖女，用这样软绵绵的语气和凄惨的故事来恳求男子，大多都能成事。因为男人天生自带对弱小女子的保护本能，这是自然界的雄性都不可避免的生物法则。

可萧乾凉薄寡情，却只问：“本座身上，是何蛊物？”

尚雅摇了摇头：“师父养的蛊，妾身虽喂养数年，却也不知何物。”她白皙的指头轻轻扳开萧乾的剑尖，目光带了几分恳求还有隐隐的威胁：“家师早已过世，若尚雅也活不成，一旦使君毒性发作，大罗金仙也救不得了。”

人都惜命，没有人不怕死。正常人都该骇然应从，至少不敢取她性命。

可萧乾神色漠然，只看向墨九：“身子可有不适？”

墨九从脖子摸到肚皮，认真考虑一下，专注地看着他的眼：“饿。”

萧乾眉头一皱，表情凝重地点了点头，剑花一扬，尚雅白皙的脖子上，便添了一条血痕，伤及寸许，鲜血直流——墨九总觉得这厮是个有仇必报的家伙，见不得人家的干净白脖子。

萧乾的声音，并无半分起伏：“人之生死，且有天命。眼下蛊毒并未发作，也管不得来日，右执事既不肯开启机关，也解不了蛊毒，那留你何用？不如先填了九姑娘的肚子。”

这声“九姑娘”有点别扭，但墨九以为比怪里怪气的“大嫂”中听。

为了表示严肃，她配合地点头：“嗯，烤肉若不便，生吃也成。”

三人对峙，两个神经病。尚雅脊背都麻了。

她诱萧六郎入密室，原本只为种上云雨蛊，顺理成章地与他欢好。如今云雨蛊平白被墨九得去，她留在密室也就没有了意义。可是，她却不能说出真相——因为云雨蛊休眠日久，若不主动触发，不仅不会致命，也不会令宿主情动，甚至对宿主身体也无伤害。

事到如今，她只能咬紧牙关硬撑下去了。

拼出一个比哭还难看的笑容，她道：“萧使君切莫冲动行事，妾身并非不解，只是暂时解不了。你只要为妾身解了媚蛊，妾身必当穷尽一生之力，助你解蛊。”

萧乾嘴角一扬：“很有道理。”

他出手很快，话音起落间，一剑掠去，尚雅几乎没有感受到疼痛，左手的三个指头便齐根断裂。那裂口平整如切，鲜肉汹涌而出，随着指节掉落在光滑的青石上，血污一片。

墨九一怔，默默把大耐糕塞入了怀里。

萧乾墨发轻扬，眼波里似乎带了笑意：“下一次，本座会削掉你的脑袋。”

尚雅看着他幽深带笑的眼，再也不觉得饱含挑逗和情意了。那眼笑得狭长绝艳、勾魂索命，如同冥界的催命使者，让她不敢撒娇，也不敢再怠慢。因为她彻底相信了，这个男人根本就没有半分怜悯之情，他对她的故事、她的生命、她的容貌，都没有半分兴趣。

“那蛊虫已入体，妾身暂时没有法子，真的……我发誓。”尚雅捂着受伤的左手，牙齿都在哆嗦，“可机关，机关可开。”

看萧乾不太耐烦，她惊恐地从他剑下小心地爬出来，走向墙壁上的浮雕。

浮雕一共十二块，每一块图案不同，她按照不同的顺序，在每一块浮雕上摁了一下。

萧乾漠视那些活色生香，墨九也不怎么害臊，摸着下巴认真道：“这机关真有创意，也不晓得哪一代老祖宗的奇葩杰作。”

“不、不可能，怎会打不开？”摁住最后一块浮雕，尚雅盯着石壁许久，面孔突地带着一种难以置信的惊恐，媚态万千的风仪没有了，身子像飘在冷风中的树叶，瑟瑟颤抖着，跑向最北边的角落，疯狂地拍向石壁，凄声大喊：“乔占平……乔占平……”

室内只有回音，外面却没有人回应。

她又拍又喊，嘶哑了声音，身子也渐渐软下来，泪如雨下：“乔占平，你怎么可以这样对我？乔占平……你放我出去……”

她声嘶力竭地呼喊着，一身鲜血，狼狈不堪，凄厉疯狂的样子，让墨九很难将她与那个娇若扶柳的女子相联系。

如果尚雅说的话都是真的，那么她当真可怜。被师父带入歧途，又被情夫背叛。乔占平是她唯一的温暖，那如今这个女人，还剩些什么？哦不，她还有蛊，可以控制自己和萧乾呢。

墨九又一次摸了摸脖子，再次确定身体并无异样之后，不由生出怀疑——也许世上根本就没有蛊，那两只说不定就是某种奇怪的金色蜜蜂。毕竟蛊这种东西太玄，她听过不少，却没有见过。谁能保证尚雅为了活命，不会故意虚张声势地吓唬他们？

看着那个痛哭流涕的女人，她默默退到石椅坐下。

“萧六郎，我们得靠自己了。”

“嗯。”他声音不冷不热，也无惊慌。

墨九从怀里掏出另一只大耐糕：“我吃口糕，冷静冷静。”

“你还吃得下？”萧乾罕见地说了废话。

“我为什么吃不下？”墨九瞪他一眼，再看一眼那趴在石壁上哭得死去活来的尚雅，摇了摇头：“不管死活，总得先填饱肚子。这世上，再也没有比填饱肚子更正经的事了。”

她白皙如玉的指节，握着大耐糕，花瓣似的嘴唇在一张一合，坐姿不算太雅致，好在气度舒展从容，也算娇艳可人。

被萧六郎灼人的视线盯着，墨九突然觉得不对。

她抬头认真凝视他片刻，猛地抱紧胸口：“我警告你，不要乱来啊！”

萧乾眸子微眯，收缩了细碎的金芒，可一柄还未入鞘的青峰剑，让他似乎沐浴在一层冷光之中，如冥君入世，极为冷漠：“你以为我要做什么？”

墨九眼中闪着防备的光芒：“你不是想抢我的大耐糕？”

萧乾一怔，吸气抬头看向石室顶，片刻之后，方才低头直视她：“本座让你挪开尊臀，让我坐。”

他的语气没有半分商量的余地，可墨九最讨厌被人威胁，而且……她的屁股招他惹他了？

眉头一蹙，她昂着头：“萧六郎，你不想死在这儿，就对我客气点。”

他眸中有清辉掠过：“你有办法打开机关？”

墨九摇头：“没有。”

萧乾一脸寒霜，在墨九看来，他那意思就几个字——“没有你说个卵？”

她双手搓了搓糕末：“但我可以分你一个大耐糕啊。”

“呵。”萧乾给她一个没有温度的笑容，“这机关，如何困得住我？”

“你会机关之术？”墨九一惊，声音略高。

“不会。”萧乾回答得很干脆，末了，他在石床上拿了一方细软的帕子，慢条斯理地把佩剑擦得光洁如新了，方才还剑入鞘，不屑地扫她一眼：“本座怎会这些奇技淫巧？”

她哼一声，揉着肚子打嗝：“那你凭什么说机关困不住你？”

萧乾眉头挑了挑，优雅地坐在石床上：“天机不可泄露。”

墨九阴阳怪气地笑：“难为你了。奇技淫巧不会，却学会了癞蛤蟆的手艺，这呵欠打得好。”

她介意他贬低了墨家的机关之学，话里话外都是阴损，可萧乾却懒得理她，正襟危坐，阖目养神。如此一来，墨九一个人吵也就没劲了。大耐糕她啃了两个，还留了一个没舍得啃，当然她也没有好心地拿给别人啃，她当宝似的捂好，终于想起了角落里还有一个尚雅。

好像是受伤过重，尚雅渐渐地哭不出声了，像一条死狗似的瘫在角落里，身上是血、脸上是血，断裂的手指处也没有止血，就连唇间偶尔冒出来几个骂人的字眼，也模糊不清。一副奄奄一息的样子，哪还有半分妖媚？

瞥一眼青石板上的三个带血的指头，墨九皱了皱眉，看着坐在床沿入定般的萧乾，哎了一声："你再不给她止血，她可就废了。"

萧乾眼波微闪，却无半分怜悯："与我何干？"

"对哦，跟我好像也没关系。"

墨九也懒得去管了。上辈子人人都说她冷血心硬，她从来不觉得，如今尚雅血淋淋地瘫在她面前，她似乎还真没有生出同情心，只不过觉得天道循环，报应不爽罢了。

油灯轻摇，两个人静寂般沉默。

尚雅大概失血过多，慢慢没声了。

墨九却猛地跳起来："不会死了吧？"

萧乾不言不语，双眼依旧紧阖。

她走过去，碰碰他的肩膀："喂？说话。"

萧乾慢吞吞地睁眼："说话费精气，本座却没有大耐糕。"

墨九无语地瞪他一眼，回头望了望尚雅，小声地道："她若真死了，万一我们蛊毒发作可怎么办？"

"你怕？"他问，目光有一抹幽暗的凉。

"废话，我还没有活够呢。"

蝼蚁尚且偷生，何况人乎？可萧乾似乎没有她那样的担心，淡淡地看她一眼，从怀里掏出一只浅绿色的小瓷瓶，递到她的手上，继续闭目养神。灯下颀长的俊影，墨发黑袍，面目如画，却凉如秋月。

墨九盯了他良久，把小绿瓶在手里转了又转，拔开塞子嗅嗅，冷不丁地冒出一句："在你行囊的药箱里，第三排第三格那个海棠红的瓷瓶里，装的什么药？"

这句话问得莫名，萧乾却猛地睁眼："为何这样问？"

墨九道："那日我潜入你屋里找古董，当然不会空手而回，见那瓶子长得漂亮，就把它顺走了。"咳一下，她见萧乾目光越发阴冷，不免紧张了一瞬："莫非是什么勾魂夺命的毒药？"

萧乾面孔生寒："你做了什么？"

"没做什么啊。"墨九很无辜，"先前我与灵儿去茅房的时候，遇见一口水井，我就把药丢进去了。"

萧乾不语。

墨九笑眯眯地看着他："对了，瓶上还贴着名字的，它叫快活丸来着。我瞧着不像毒药，就寻思吧，空着手来人家尚贤山庄串门，也不太好意思。独乐乐，不如众乐乐，把它丢井里，让大家都快活快活嘛。"

萧乾突然泄一口气："墨九，你真行。"

这是他第一次叫她的名字，墨九有点小兴奋，毕竟被表扬了嘛。她道："客气客气，我一向如此聪慧过人，不过比起你老贼来，好像也弱了些？你看你道貌岸然的，像一个君子，整天读什么清心寡欲的书，结果却搞出那样的药，啧啧。"

萧乾冷冷地睨着她。

墨九依旧带笑："啧啧……"

萧乾皱眉，闭眼，不再与她对视。

墨九其实也不太喜欢和这种闷驴子聊天，但这室内就他一个活人……半死的尚雅不算。他不理她，她就无聊了。拿了药瓶子，她也不急于给尚雅治伤，一个人在密室里捣鼓起来。

她问尚雅："翻找一下东西，你不会阻止我的哈？"

尚雅软在角落里，自然不会回答她。

墨九认真地想了想："不问自取，好像非君子所为？"

于是她走过去，揪住尚雅的脑袋，点了两下，然后松手。

"这样就表示你同意了。"

石床上的萧乾，嘴唇一抽，没有出声。

墨九也懒得看他，打开了那个放置蛊虫盒子的柜子。

那不是一个寻常的柜子，不仅因为它用紫檀木造成，还使用了鲁班锁的结构，整个柜子看上去是一个严丝合缝的整体，可拉开榫子，却大有乾坤。这个自然难不倒墨九，她小心翼翼地把榫子从榫眼中拉出，解开鲁班锁……然而柜子里面却空空如也。

她有点奇怪。

思考一下，她接着在内壁发现了第二层鲁班锁。

接下来，是第三层。

开鲁班锁这种事，是个精细活，她花了很长的时间，一直背对着萧乾在捣鼓，专注的样子，不似平常那般不着调，黑发蹁跹，发绦轻摇，美眸流转间，有着普通姑娘没有的睿敏。

油灯噼啪一爆，她打开了最后一层。可正中间，居然只有一个罗盘。很袖珍，很小巧，也很精细，是个三元盘，乌金的颜色，因年代久远，看不出材质。墨九大概估计了一下，约莫有上百年之久。

“乖乖，古董啊。”

她如获至宝地捧在手里，却听见背后传来一声。

“这地方也敢乱摸，你真不怕死。”

墨九头也不回：“我怕什么？你会救我的嘛。”

她说得理所当然，背后却没了声音。他自动忽略了她的话。

当然，墨九也没闲工夫理会他，她喜获“宝物”，又走过去拉住尚雅的头发，问她：“这个罗盘对你来说，肯定不稀罕，不如就送我了吧？”

尚雅头垂着，还在昏迷中。

墨九抓着她的脑袋又点了两下：“谢谢。看在你送我东西的分上，那我便把你救活好了。”把罗盘塞入怀里，她蹲下身拧开了瓷瓶的塞子。

尚雅脖子上的伤口已经凝血，墨九只把伤药洒了一些在她的断指处，撕下她巴掌宽的一块衣料来包扎好就算完事。不过，绿瓷瓶墨九有些舍不得归还，偷偷放入怀里，开始拿着罗盘在密室里走来走去。

背后，萧乾在问：“你懂风水？”

墨九道：“略知一二。”

萧乾又问：“你懂机关？”

墨九道：“略知一二。”

于是萧乾不问了，墨九走向了石壁上的浮雕。

浮雕一共有十二个，每一个都刻有一对搔首弄姿的男女，虽然姿势都不同，但每个浮雕的左下方，都镌有一个日子，如甲子年、癸亥年，十天干有同，十二地支却各不相同。

观察了片刻，墨九就发现，十二个浮雕的地支，正好代表了对应的十二生肖。如子鼠、丑牛、寅虎……莫不如是。

尚雅先前触摸的浮雕顺序，也正是十二地支的顺序。她想：这样精细的机关设计，乔占平应当也不舍得轻易毁坏才对。那么，他最大的可能，就是人为地颠倒顺序，以便将来收尸。可这个机关就像一个魔方，一环扣一环，顺序一变，里面的机括组成就完全改变了。

“王八犊子的！这得筹谋多久才行？”

她低低骂着，看向四周的铜墙铁壁，不由愤然——十二个组合排列，可以排列出无数种不同的结果，这让她怎么去解？若一个一个试下去，估计等她饿死了都没出去。

于是，墨九又去把最后一个大耐糕吃掉，再冷静了一次，等尚雅醒过来，开始正经地审问她：“你是什么属相？乔占平是什么属相？乔占平他娘、乔占平他爹、乔占平他姐姐、乔占平他爷爷、乔占平他爷爷的爹……都是什么属相？”

她想：那货为了便于记忆，完全有可能这么干。有了尊卑之分，就好找顺序了吧？可尚雅望着她，头一歪，索性又昏了过去。

墨九顿时无语了。

背后，传来萧乾的低笑。

墨九回头瞪他，看见他意态闲闲的样子，气就不打一处来。冷哼一声，她果断地走过去，一把拽住他的袖子，把他扯下来，自个儿往床上一躺，摆了摆手：“你边儿上玩去，这张床姐姐征用了。”

“姐姐？”萧乾不动，声音醇如美酒，“你不说自己是个孩子？”

墨九双手往脖子后一抱，懒洋洋地看他：“是啊，叔叔。边儿上玩去吧？”

从三人进入密室开始，已不知过去了多久，几盏灯油都一个个耗尽了灯油，唯一一盏长寿的，豆大的灯芯也快要燃到尽头，墨九睡一觉醒来，盯着昏黄的光线，终于有些害怕了。

她平白穿越而来，难道就为了这样死去？

心里有了怕，这样的场景就有些恐怖。

光线越来越弱，这个黑压压的地方，让她汗毛都竖了起来。

可萧乾坐在石椅上，却如老僧入定。

墨九看着他近乎完美的面孔，冷不丁坐起来：“不行，我不想死。”

萧乾睁眼，眸底依旧冷然若水，森冷的语调也没有商量的余地：“倒下去，继续睡。”

他想让她保存体力，可墨九却苦着脸，一阵捶床：“我去！我还没吃过楚州的蒲菜饺子、软兜长鱼，临安的西湖醋鱼、龙井虾仁、叫化童鸡、干炸响铃、蜜汁火方、百鸟朝凤、油爆大虾啊，怎么可以死？”

萧乾的表情刹那凝固。

也就在这时，秘密室顶上传来熟悉的机括转动声，像无数头耕牛拉着铁犁在石板上磨蹭，吱吱刺耳、尖锐地扎着耳膜，却比天籁还要动听。很快，在尚雅软倒的位置，缓缓露出一道石门。

墨九大喜："哈哈，是我感动了食神！"

这话一出，便是她长得娇艳生香，便是萧乾那么淡泊凉薄的性子，也实在忍不住别开头去，不想再多看她一眼。

室内古怪地静谧了一瞬，尚雅也醒转过来，狂喜般又哭又笑："乔占平，占平，我就知道你不会抛下我的，我就知道你会带我上去的。"

墨九抚额："大婶真单纯，可爱得像个孩子。"

她话音刚落，石阶上头便传来脚步声，火把的光线带着一种生存的美好照亮了台阶。但率先入得密室的却不是人，而是拼命摇着大尾巴的旺财。

紧接着，薛昉推着五花大绑的乔占平进来，往萧乾面前重重一叩："属下来迟，望使君恕罪。"

他们困于密室中的晚上，酷热了许久的天迎来了一场大雨。

出来时，雨停了，但积水却从青瓦之上顺着檐角滴下，清凉的空气与湖中升腾的雨雾混杂，白蒙蒙一片，隐约可见几枝探头的桃花，笼罩在一层烟色中，竟似人间仙境。可"仙境"已被禁军包围。里三层，外三层，围了个密密麻麻，却安静有序。

山庄入口的平台上，墨子雕像前，捆跪着一排排墨家子弟。他们似春睡未醒，一个个低垂着头，双手反剪，不论男女似乎都有些衣冠不整的模样，面上绯红，就像吃醉了酒一般，画面极有喜感。

薛昉抖了抖半湿的衣裳，把清点人数的册子捧到萧乾面前，禀报道："使君，我等拿下尚贤山庄时，并没有遇到激烈的反抗，一个个都像吃错了药似的，奇怪得紧。可怜龙卫军的兄弟们，大半夜蹚水过来，结果没费一兵一卒……只有两个人因不识水性，差点淹死。"

萧乾冷冷地看他。

薛昉咳一声，又微微埋首："另有两个身子差的，淋了夜雨，得了风寒。咳，除此之外，没有战损。"

没有战损，却有乌龙，萧乾的脸色已不大好看。

薛昉顿了顿，觉得不应当说这些不利士气的话，又正色朗声道："此一役，禁军兄弟一个个如狼奔豕突，闯入敌庄，以万夫莫敌之速生擒墨家乾门长老乔占平，鞭一百，笞一百，令其启开密室，先迎小王爷奏凯归来，再接使君……”

这马屁拍的！萧乾侧眸瞪他一眼：“好了。”

说罢他冷冷看向浑身伤痕的乔占平：“带主犯回京，其余人，放了吧。”

“属下遵命。”薛昉抱拳行个礼，走到墨子雕像前方，叉腰大声道：“尔等听好了，墨家有人不遵礼数，不重法纪，胆敢作奸犯科，阉杀朝廷命官，其罪当诛！”先使一个杀威棒，他接着又收了点声：“但小王爷宅心仁厚，枢密使慈眉善目……不，面软心慈，只押主犯，且饶尔等一命。从今往后，尔等当拳拳服膺，奉公守法，不得做藐视朝廷之事。”

薛昉说来正经，墨九却暗自吃惊。

谢丙生之死，算是大案了。可萧乾一开始只轻描淡写地让宋骛作证，说他是自杀，谢忱得到消息，自然不会善罢甘休。那么，他在朝堂上奈何不得萧乾，必定暗中使坏，如此，才有了乔占平昨日开启机关之前那“谢丞相自会处理”一说。如果乔占平当真与谢忱勾结，萧乾却反戈一击把乔占平揪成杀害谢丙生的元凶，那么，他不仅给日益壮大的墨家一个下马威，还结结实实打了谢忱一个响亮的巴掌。

“小王爷，萧使君，妾身有话！”薄雾中，被押跪在地上的尚雅，突然尖声大叫，“等等，妾身有话要说——”

尚雅跪在积水的地上，衣裳湿透，红的、黑的、污的抖索成一团，像一朵被狂风暴雨摧残过的娇花，但一双眸子却格外明亮。她重重跪在宋骛面前，砰砰砰磕了三个响头，似乎才想起这小王爷没有话语权，又赶紧跪行到萧乾面前，磕头不止。

“妾身愿为小郡主解离魂蛊，但求饶乔占平一命。”

这个时候，她却要保住乔占平，当真令人不解。宋骛在密室被困一夜，脾气不太好，张嘴就骂：“少跟小爷这儿叽歪，告诉你啊贱人，郡主身上的蛊毒，你解了便有个好死。若解不了，那老子就将你和姓乔的削了，一锅炖。”

尚雅高高昂着头，露出一截带伤狰狞的脖子，却很固执：“左右都是死，妾身不怕。若你们不肯应妾身之求，那妾身便算千刀万剐，也绝不妥协，任小郡主一世智傻也罢。”

宋骛呵一声怪笑，上去踹她一脚：“反了你了。”

萧乾眉梢一扬，出声阻止：“殿下！”

“做什么？”宋骛转头不解地瞪他，“长渊莫不是与这娘们相处了一夜，就舍不得了？”

萧乾并不解释，面无表情地道：“郡主是皇家人，性命贵重。”

宋鹜哼一声："那就任这贱人要挟，放了姓乔的？"

萧乾瞥他一眼，冷了声音："乔占平是朝廷要犯，这个决断我做不得。先将二人一并带往临安，等案情清楚了，再由官家抉择吧。"

杀人偿命是天经地义，可萧乾没有连坐，只带走墨妄、尚雅、乔占平与另外几个涉事的骨干。墨妄自始至终一言不发，气定神闲，也不等禁军来拉扯，低低吩咐了墨灵儿几句，便大步走在了前面。

乔占平却不动，高声道："谢丙生是我杀的。"

众人都望向他。

他目光漠然，阴柔的声音似灌了水，有些沙哑："谢丙生是我杀的。我剜的眼，我削的皮，我换的衣裳。他的脸上，我一共割了九九八十一刀。我割他的时候，他被墨妄捅了一剑，还没有死。"说这些话时，他并不看尚雅，只冷静地正视萧乾和宋鹜，"乔某不才，但一人做事一人当，不愿牵连无辜，请小王爷和使君明鉴，放过他人。"

尚雅愣愣地看他，呜咽着嘶吼："乔占平！"

宋鹜眸子一眯，冷笑："你倒像个爷们儿……"

"但律法不容人情。"萧乾恐这厮胡乱许诺，打断他接过话，"凶手如何定罪，谢丙生当杀不当杀，诸位是为民除害的英雄，还是草菅人命的逋寇，一切等入京再说，审刑院自有公道。"

尚雅哽咽着，双腿颤抖走不了路，也不愿走路。她望着乔占平："你为什么这样做？我们明明说好的，把萧使君困于密室，等我解去媚蛊，便与我远走高飞……"

乔占平似乎不想与她说话，不耐地道："尚雅，我不是你的附庸，更不是你招之即来，挥之则去的物什。这些年，我眼睁睁地看你与一个又一个男人荒淫无度，早已对你恨之入骨。更何况……"他顿了顿，没有说出云雨蛊，却目光阴阴地冷笑："更何况你若成事，还会随我远走高飞吗？与其惨淡收场，不如为你收尸。"

尚雅捋了捋湿软的头发，自嘲地苦笑："那你为何又要一力承担？"

乔占平目光一厉："我并非为你求情。男儿之气，敢做敢当，我乔占平输得起。谢丙生是我杀的，就是我杀的。你记好了，谢丙生是我一个人杀的。"

最后一句，他仿若在吼。

尚雅手脚并用地爬过去，抱住他的腿："不，是我杀的，我杀的，不关你的事。"

乔占平一脚踹在尚雅的胸口："滚啦！"

尚雅身子软地，怔怔地看着他，突然捂脸痛哭："我也想要干干净净的，你相信吗？乔郎，你相信吗？我也想干干净净地嫁你为妻，为你生儿育女。”她泪水顺着手缝滑落，湿了白皙的指，悲愤得像在痛斥着某种不公，宣泄着某种仇恨。

所有人都安静了下来。

檐角的雨水嘀嗒作响，格外清晰。雨后的阳光有一缕从墨子雕像的头顶洒下来，落在墨九的身上，可她的背脊却是凉凉的。她猜大多数人都与她一样，不明白这两个男女之间的感情纠葛。

墨九不动声色地看着，却见墨妄负手上前，目光凝了凝，望向了一众茫然的墨家子弟，在初升的雨过天晴中，坦荡荡地朗声高喝：“诸位兄弟姐妹，我杀谢丙生只为周济苍生，为民除害。今上深明大义，定会明辨是非，放我归来。你们不必慌张，好生守着祖师爷遗训，弘扬墨学，务必把墨家精神发扬光大。”

“弟子谨记左执事教诲。”

墨妄又道：“我已修书一封，让灵儿带去神农山总院。坤门长老不日便会前来，为尔等主事。”

“弟子必当遵从训示。”

一个个口号响亮，让墨九不禁猜想，若没有她投入井中的药物，禁军想要轻易拿下这些人，会不会没那么容易？可想到这里，她又庆幸自己丢了药。要不然，血流成河的结果，墨家一样干不过朝廷禁军，反倒生生被当成匪患剿灭，才当真可怜。

“老祖宗，我这么大的功劳，这罗盘就当奖我的了。”

她心安理得地摸了摸怀里的罗盘，一低头，发现脚边的旺财不见了。

这狗就是认主人，不过眨眼工夫，它就跑到了萧乾的身边，嘿哧嘿哧地吐舌头摇尾巴卖萌打滚讨好主人，压根儿就不理会她了。

墨九不满地走过去，正想把旺财讨来玩一会，却听见萧乾吩咐薛昉：“此去楚州，你切莫大意。”

“喏。”薛昉低头执礼。

萧乾看见过来的墨九，顿了顿，似懒得理会她，又吩咐：“大哥的婚期是下月十八，我尽量赶在月初回楚州。”

“喏……”薛昉这一声拖得有些长。因为他有些奇怪。换往常，他家枢密使才没有这般好的心情向他这个下属交代清楚的行程。这句话，分明就不该对他说的嘛。

天亮开了，雨后初晴，天空似被蒙上了一片云彩。

禁军们排成两行，笔直地往外行进，禁军旗幡飘荡，马蹄声声。初阳映照在兵阵的铁器上，反射出一缕缕绚丽的光芒，引得两侧河道中停泊的舟楫都热闹起来。人们纷纷钻出船舱，看队伍穿过碧波涟涟的湖桥，嘴里议论有声。

萧乾一马当先走在前面，散开的头发，依旧没有束上，黑衣、黑发、黑色皂靴，脸上似凉、似邪、似有戾气，一张脸俊美犹如谪仙下凡，却又分明写着“除了狗，生人勿近”。

墨九看着远去的队伍，突然发生了一种诡异的想法——萧乾来替他大哥娶亲，其实才是“顺道”的事吧？说到底，他的正事分明就是搞姓谢的。

“汪汪汪！”

突然，一迭声的狗吠，旺财摇着大尾巴冲她飞奔过来。墨九笑眯眯地蹲身摸它的头，窃喜地以为旺财的真爱是她。而它也确实热情地舔着她的手，可她正想抱住它，那狗却从她腋下滑过，跑远了，只留给她一个耀武扬威的背影。

被狗调戏了？

“下回逮到你就红烧！”

墨九翻个白眼，突地一口气卡在了喉咙。

他们都走了，她身上的蛊可怎么办？

第三章　倒打一耙

萧乾一行走得影子都没了，墨九才摸着脖子转头，看向墨子雕像前的平台。她想：对大墨家来说，这是一场浩劫，但也是一次机会，“不破则不立”，这是千古不变的法则。

虽然这个朝代并非她所知的历史朝代，却像极了一个平行空间，而此时的大墨家，正处于历史上从鼎盛走向衰败的时代。后来儒、道、法流传千载，墨学却渐渐没落，其实也是她的遗憾。所以，她欣喜于这样的浩劫，希望它能让墨家走向一个与历史不同的方向。

在她思考的时候，薛昉催了几次，说萧家接亲的人已然等在对岸。可墨九肚子饿，非得吃了早饭再走。她也不管人家这会儿有没有心情做饭，直接去找墨灵儿，半点不脸红。

她的身份在尚贤山庄是一个谜。但人人都看得出来，她与萧乾和墨妄的关系都不错。而且，萧乾身边的薛昉又跟前跟后地陪着，他们自然也不敢怠慢，甚至为免此次事件动摇墨家的根基，还得小心翼翼地讨好她。

为此，他们特地差灵儿伺候她沐浴更衣再吃饭。

于是沐浴的时候，墨九顺理成章地避开薛昉，与灵儿说起了体己话：“小丫头，你可晓得右执事在密室养了什么蛊？”

墨灵儿这小丫头目光很纯洁明亮，经了一番变故，性子也没多大改变，就是一双眼睛有些红肿。灵儿是墨妄的贴身婢女，功夫不错，人也机灵，很得墨妄重用，可说起蛊来，却一问三不知："右执事的事，灵儿晓得的不多。"

问不出结果，墨九便闭上了嘴。

这一点，她与萧乾心有灵犀，两个人都不愿向旁人说起密室的遭遇。

舒服地泡了一会，她又打探起墨家别的事来。

不为旁的，她想回去。

穿越这事说来稀奇好玩，可身为现代人，她又怎会不想念现代文明?

她暗自寻思过了，穿越之前的阴山皇陵，是刚发现的一座帝王陵寝，规模庞大，设计精巧，她随教授过去之时，还无法确定是哪个帝王的陵墓。但文物部门要求保护性发掘，所以他们费时半月，也没能入得主陵。不过，她误中机关之时，却很确定与墨家机关术有雷同。那么，若要回去，会不会线索也在墨家身上?

她把身子往后一倚，又问灵儿："墨家巨子是怎样的命格？"

灵儿不答，拿柔软的巾子往她背上掬了水，那水珠子便一串串珍珠似的从她光滑白嫩的脊背滚落，晶莹剔透，珠光点点，似玉露含羞……灵儿便笑嘻嘻地感慨："姐姐真美，和然姐姐一样美。"

墨九不晓得谁是然姐姐，却晓得这丫头在转移话题。她瞪过去："话虽中听，时机却不大对。说吧，寻找新巨子的事，也不是什么大秘密。"

"可灵儿不能告诉外人。"

灵儿一嘟嘴，墨九就不高兴了。她掬一把水泼在灵儿身上："我是你家主子的师妹，也就是你主子师父的徒弟，是外人吗？"

灵儿歪着头打量她，一脸懵懂："你晓得曲善真人？"

墨九一愣："曲鳝蒸人，好吃吗？"

灵儿哼哼地扁嘴："曲善真人便是左执事的师父，他原先是墨家的左执事，后来出家做了道士……姐姐根本不知情，都是哄人的。"

墨九打个哈哈，又严肃着脸："那是你不了解我。"

"了解什么？"

"你若了解我，就晓得我从不哄人。"

"灵儿才不信你。"

"不信？"墨九挑高眉，"信不信我拆了你熬大骨汤？"

"姐姐，灵儿不能说的。"灵儿委屈地看着她，咬着唇不说话。

"好吧。"墨九对古人的固执服气了，"我们不熬汤，做粉蒸肉。"

怎么都套不出话，她只好在旁事上折磨墨灵儿。于是这一餐早饭，花样翻新，她也享了好一阵福。可吃饱了，她却觉着尚贤山庄厨子好，愣不舍得走，非得再吃午饭。

时下之人，一般仅用早晚两餐。可她习惯了三餐，墨灵儿又“欠了她”，无不尽心尽力地服侍，她俨然提前过上了姑奶奶的生活。

吃饱了，墨九也没闲着，拿着罗盘就在尚贤山庄四处转悠，寻龙点穴，最后除了发现风水好，并没找到与她穿越有关的东西。

她不信邪，还想再住两日。

可薛昉实在耗不起，崩溃得都跟她跪下了。

于是墨九良心发现，一行人终于启程。他们没回三江，直接在此处的渡口上船，前往楚州，与三江的送亲队伍和楚州来的迎亲队伍在对岸接头。姑奶奶愿意挪脚，薛昉喜得嘴巴都合不上，领着十来个侍卫前头开路，一双脚就跟生了风似的，麻溜地快。

一路无言，上了渡口的桨轮船，一行人逆着河风往楚州而去。

墨九懒洋洋地坐着，难得沉默。薛昉瞟了她好几次，低声道：“姐儿耽搁了行程，萧府接亲之人等久，一会见着，难免会使些冤枉气，姐儿不必辩白，听着便是。”

赫赫有名的萧家娶一个没钱没势的寡妇，恐怕不只接亲时使些冤枉气吧？墨九盯了这小子一眼，嘿嘿笑着装傻，并不多说，只侧头眺向烟波浩渺的水面。对未来，她略有些犹豫。入不入萧家，也都是两难。不入萧家怕蛊毒，一入萧家深似海。

不过她也好奇，萧家大郎到底什么病，连萧六郎都治不好？

快到对岸的时候，天色已近黄昏。水面上的船只很密，渡口往来也很繁忙。

墨九静静观察着不一样的世风，不经意发现离渡口不远的岸边停泊着一种与众不同的船只。这些船不大，帆篷也不华丽，却偏生挂红搭绿，早早就点上了灯笼，灯火倒映在水面上，泛着一丝水烟色的光芒，在水面上摇摇摆摆，添了一种说不出的脂粉气。

她有些好奇：“薛小郎，那些船好像不太一样啊？”

薛昉年纪小，但随着萧乾走南闯北，比普通小子见识多。他只瞄一眼，目光闪烁着支吾，说不出口。边上几个汉子憋不住低笑：“薛侍统小小年纪，哪会知晓这个？”

“呸！”薛昉涨红了脸，“哪个说我不晓得，不就是野娼？”

几个汉子异口同声地大笑，意指他是未经人事的稚儿，薛昉红着脸急了：“墨姐儿跟前，不得放肆！仔细使君回头剥了你们的皮。”

一听萧乾的名字，几个汉子都住了嘴。

可墨九却明白那些小船是什么营生了。她们不像青楼那么正式，有鸨儿带着，习得琴棋书画，会歌舞伎巧，接待达官贵人，她们只是一些日子不好过的妇人，使了自家的船出来，暗地做皮肉营生，赚一些活命钱。当然，价格肯定也低廉，估计接待的都是渡口两岸来往的力气汉子。

她虽是女子，却不如薛昉那般不自在，心底无所谓，但说不得也要“害羞”一下。于是，她把帷帽往下按了按，背过身去，将袖珍罗盘掏出来把玩。这个罗盘她极是喜爱，上面一层锈色已被擦掉，显了些光亮出来，更显莹秀。

不多一会，桨轮船慢慢地靠近了渡口。上方有一支披红挂彩的队伍，站在高高的台阶上，正往这边看过来。在队伍的前方，停有一个缀了金银色的大红喜轿。

墨九轻瞄一眼，继续垂头擦罗盘。

她是个镇定的人，手很稳，可罗盘上的指针却突然转而不止。

“转针？”她低喃。

转针乃罗盘奇针八法之一，又叫欺针，是指针头往同一个方向不停旋转，久不停止。一般风水师用罗盘查探风水时见到转针，都会认为此地不祥，有衔冤滋生，居则伤人。所谓风水在于一个“气”字，也就是气场，冤气怨气也是一种气，罗盘在配了八卦、阴阳、五行之后，可以灵敏地感知这种气场的存在。尤其在古代，没有现代化机械、工业、磁场等干扰，认知感会更强。可渡口怎会有这般大的冤气？

她正思考，船工已经将缆绳固于码头。

蓝姑姑和玫儿跑得最快，跳上船上伸手扶她：“姑娘，仔细些。”

墨九踏上岸，不经意侧目，就看见一个熟悉的身影。那人约莫二十来岁，个头高颀，五官分明，眉角那条小小的疤痕也格外醒目。尽管他唇上留了一抹浅浅的胡楂，但在招信的经历太特殊，墨九还是一眼就认出了他，正是谢丙生手下的辜二。

辜二也看见了墨九，不知是心虚害臊，还是天气太热，他黑脸上倏地一红，额头上隐隐有些汗水：“萧家大嫂，你也在这儿？”

这个称呼墨九不高兴：“请叫我九姑娘。”

辜二呆了一下方道：“哦。”

墨九看这个人还如初见一般，脸上无淫渎之气，人也老实巴交，实在不明白为什么会上花船找野娼。而且，她听说南荣的国家公务员薪俸都挺高，他就算有需求，也应当找个好地方嘛。

她歪着头瞅辜二：“你上那船，干什么去了？”

这样问其实是她真的疑惑，可薛昉却以为她不懂，不免尴尬地咳嗽起来。辜二更尴尬，他红着脸支吾一下，恨不得马上找地缝溜走，一双眼睛左顾四盼："回九姑娘，辜某有些急事。"

墨九了解地点头："看来是很急。"

多看了他一眼，她拎着裙裾走了。不几步，她想了想又回头，语重心长地叹道："你们这些年轻人啊！"

辜二和薛昉齐齐讶然无语。

渡口有一段十几级的台阶，昨夜下过大雨，台阶有些滑，接亲的人都没有下来，只蓝姑姑和玫儿一左一右扶着墨九往上面停轿的地方走。

可还没踏上最后一级，一个尖酸刻薄的声音就来了："淫贱胚子，临上花轿，还扯着汉子勾勾搭搭，一步三回头，恁大的骚性，与那花船上的野娼有何不同？"

这般骂人的婆子，墨九就认识一个——宋妍的奶娘吴嬷嬷。宋妍被萧乾和宋骜带去了京师临安，吴嬷嬷却从三江驿站跟着蓝姑姑他们一道过来，自然不晓得情况。当然，依她的身份，也不会有人专程告知。

墨九挨了骂，也不生气。她像近视眼似的，走近瞧半天才恍然大悟："哦，老虔婆，你还没死呢？"末了，她又严肃着脸："这就是你的不对了。你说你也是喂奶的，人家也是喂奶的，都靠身体活命，怎的人家就卑贱，你就尊贵？莫非你的奶好些？"

吴嬷嬷在诚王府颇受诚王妃待见，宋妍也尊她重她，出了王府便顶着乌龟壳装王八，这一急不得了，指着她的脸就跳着脚地骂："贱蹄子也不知是哪个腌子半路屙出来的野杂种，没爹教没娘管，老婆子今儿便撕烂你的嘴，教化你做人……"

"吴嬷嬷！"打断她的人不是墨九，是一个顶着云髻的妇人，面颊白皙，略有肉气，显得很福态，看上去也就三十多岁，着装大方得体，笑容也端庄，"墨姐儿是萧家娶来的长房长媳，嬷嬷你看，这也不是诚王府，萧家在楚州也有些脸面，若你在这里打了墨姐儿的脸，回头月娥也不好向老夫人回禀。"

这妇人话里软中带硬，吴嬷嬷尴尬地笑笑，瞪了墨九一眼，就退在了她身侧。

"还是二夫人这种簪缨世家出来的贵人会说话。"蓝姑姑适时踩了吴嬷嬷一脚，又笑着扯了扯墨九："姑娘，快叫二婶娘。"

萧家人丁不算兴旺，萧六郎他爹共有兄弟三人，他爷爷萧老国公死后，他爹萧运长便当了家，但这位二夫人袁氏是临安望族袁家的嫡女，娘家有人，出了名的厉害，二房从来不比大房弱。

墨九低眉顺目："二婶娘大老远来接九儿，劳心了。"

看她乖巧，袁氏也笑得慈爱：“不碍事，婶娘早听说大郎媳妇儿生得俊，这不巴巴向老夫人讨了吉利，先来得个眼缘吗？果真这小模样儿，比我家二郎媳妇福分多了。”

萧家孙辈的排行是三房人排在一起的。所以，萧大郎其实就一个同父的弟弟，便是萧六郎。不过萧六郎是外室生的，因他命格四柱纯阳，乃大煞大克，不巧他出生那一日刚好大郎发了猛病，他父亲便不许他娘俩回本家，一直养在外面，从来不怎么过问。说来，外室子比庶子地位更低，若非萧六郎如今飞黄腾达了，大郎的病又没有起色，恐他也落不到回归本家的命。

墨九见这袁氏并不待见自家儿媳，也不多说，只咧嘴笑道：“婶娘真瞅着九儿好吗？”

袁氏一愣，自是笑着点头：“好好好，怎么不好？水做的人，云画的骨，这眉，这眼，这小嘴儿，便是九天仙女下得凡来，也不过如此。”

墨九猛地凑近她：“那挑子里的果子可以给我吃吗？”

众人都风化了。挑子里的果子是喜果，过礼用的。他们从来没见哪个新嫁娘馋成这样，路上便闹着吃喜果的。

被人当猴子似的瞅着，墨九也“害臊”了。她垂下长长的睫毛，小扇似的扑闪着：“我饿嘛。”

她娇软的声音很讨喜，袁氏轻笑着拍她的手，看来真把她当成进化不完全的傻子了：“傻东西，喜果不能吃的。姐儿先忍着，前边有个镇子，一会婶儿让轿夫歇个脚，给你弄些吃的。”

“哦，婶娘人真好。”墨九眼巴巴瞅着那红红的果子，上了喜轿。

旁人倒没什么，只薛昉有些纳闷。他备的吃食墨姐儿也没吃完，怎就看上喜果了？他当然不晓得墨九在扮猪吃老虎，为免一出场就被人宅斗得三集阵亡，先讨得袁氏的好。

“起轿！”

一行人各就各位，准备抬轿离开。

可吴嬷嬷却突地捂着脸，杀猪般哎哟了一嗓子，引来了众人的瞩目。

袁氏客气地笑问：“嬷嬷怎么了？”

吴嬷嬷左右看看，肥胖的左脸上像被什么重物打过，青紫一团，却偏生没有寻着人，便恨恨地尖骂：“哪个不开眼的小崽子掷我？让我老婆子逮到，非得扒了他……”

啪！一颗铁丸子砸在她后脑勺上。

这一次力道更重，顿时冒出一块血包。

她痛呼着恨恨地掉头，看向花轿，正巧墨九也笑看她，还朝她耸了耸眉头。

吴嬷嬷大怒："贱蹄子，是你干的？"

等袁氏循声回头时，墨九已经放下了轿帘，只有几个轿夫在笑。吴嬷嬷吃了暗亏，哇地跺脚，就要去揪墨九。

袁氏也是个有威仪的妇人，目光顿时就阴了："嬷嬷，墨姐儿那么老实，怎会干这等事？恐是哪个顽童的玩笑，您大人大量，就莫计较了吧？要不然误了时辰，耽搁了大郎的病，老夫人数落下来，月娥就担不起了。"

吴嬷嬷气极，又无奈，抚着脑袋离喜轿远了一点。

轿子里，墨九轻抚着一个从尚贤山庄顺来的小弹弓，笑得弯了眼睛。这不是一只普通的弹弓，墨家出品，质量有保证，加了弹簧，加了小机轴，用铁丸射击，威力颇大。若非她手下留情，非得当场溅血不可。

"老虔婆，再惹姑奶奶，打成筛子做烂肉豇豆。"

六月的楚州，一派晴好之景。路上草长莺飞，垂柳夕阳，画般美好。

可由于墨九的逗留，等他们一行人到达国公府时，已经亥时过了。

国公府那一片飞檐斗拱，青瓦高墙，朱漆大门，全都沉寂在黑暗中，只有一片影影绰绰的影子。侧门的一对大红灯笼下，有一个小妇人领了两个丫鬟在静静等候。她单薄憔悴的身影与背后气势恢宏的国公府一映衬，这接亲的画面便有了凄清的意思。

看见喜轿过来，那女子款款走近，先向袁氏福了身："娘，府里的人都已睡下，老夫人特令静姝在此候着新嫂嫂……"

清脆冷静的声音，让墨九打了帘子一角看去。

"静姝见过嫂嫂。"相视一瞬，静姝先招呼。

墨九反正"寡傻"嘛，只哦一声，也没有太热络。

静姝温氏便是袁氏嘴里的二郎媳妇，看上去性子有些软，微光下的侧影瘦得抽条似的，瓜子脸也清秀耐看，鼻挺唇小，但看样子出身不太好，在袁氏这种世家婆婆的面前，也就一个受气的怂包。

"你这个锯嘴葫芦，今日还晓得道一声好，原想说你有长进了，却不晓得开门迎人吗？"袁氏又是一阵抻掇。

温静姝低着眉，神色不变，也会说话："嫂嫂长得天仙似的，静姝一时岔了眼，忘了礼数，这便前头带路。娘路上受累，早些回屋歇着吧，静姝领嫂嫂去安顿便是。"

袁氏哼一声，不耐烦地甩甩手帕："就你？整日端着个青瓜脸，什么时候干得了体面事？"

静姝似乎习惯了袁氏的讥讽，不吭声，也不生气，只默默带着丫头走在前面。袁氏虽然烦她，可这几十里地过来，她确实也疲乏，入了院子便吩咐静姝好生照拂墨九，自个儿领丫头回去了。

墨九是从侧门入的萧家。

那一扇庄重的正大门，并没有为她开启。

她不懂时下风俗，可这点区别也能感受出来。夜深了，府邸静得没有声音，一路过去，也只有几个值夜的丫头小厮过来打点。静姝沉默寡言，但做事却妥当，过回廊走小道，会提醒墨九仔细脚下。可看着她风都吹得跑的背影，分明能感觉到她的不快活。

墨九初来乍到，也不好与人套近乎。没有遇到小说中那种上来便烧三把火的恶毒女配，她已经很满意了。所以，对于静姝是个什么样的人，她没多大兴趣。再者，这样的深宅大院里，有几个妇人能过得蜜里调油的？又有几个能得到夫婿疼爱的？一个可怜人罢了。

路越走越偏，终于在一个偏角的小院停下。静姝回头："嫂嫂先歇着，静姝明早再来领你去拜见老夫人与大夫人。"

借着微弱的火光，墨九发现这小妇人眼中有些亮："你哭了？"

静姝连忙抹下眼睛，笑道："静姝没哭，想是夜间水雾迷了眼。"

墨九撇撇嘴，也不多说，只站在檐下打量小院。

从国公府大门过来，途经之处莫不是雕梁画栋，屋舍连新，可这个新媳妇儿居住的地方，却简陋得没半分喜气。而且凭她多年的风水经验，不必探察，也知道这个小院光照较少，阴气也重，肯定是宅子里最为偏僻的地方。不仅如此，小院边上有一道土夯的围墙，那边似乎养了鸡鸭猪羊等牲畜，时不时飘过来一股子怪异的屎味，简直不能忍。

静姝身子单薄，带着病气，可眼神却好，她看墨九皱眉，解释道："嫂嫂莫要见怪，你与大哥婚期在下月十八，现下入不得大哥的南山院。萧家人多，一时腾不出空屋，嫂嫂先安置着，也就大半月的工夫，熬一熬就过去了。"

墨九嗯一声，拎了丫头的灯笼走入屋子。

屋内摆设很陈旧，却归置得干净，她心里头稍稍好受了点。左右不必伺候男人，暂时住下稳一稳，等萧乾从临安回来，把蛊的事搞明白了，她便寻个机会开溜。她记得萧乾与薛昉说下月初就回府，也不过七八天而已。

她回头看静姝："辛苦了。"

静姝瘦小的瓜子脸平板似的，也没什么情绪："那静姝便不扰嫂嫂休息了。"

"慢着。"墨九见她要转身，却笑开了，"妹儿的，好歹弄点吃的填肚皮吧？"

一句"妹儿的"，静姝听上去像是热络话，也没有多说，把两个小丫鬟留下照顾墨九衣食，就安静地离开了。

俩小丫头一个叫夏青，一个叫冬梅。夏青爱笑，伶俐活泼，像夏季的阳光，冬梅青水脸，安静得几乎没有存在感，与她主子静姝倒有几分相似。夏青是萧府的家生奴才，在府里头熟得很，很快便为墨九打水洗脸，蓝姑姑又从她嫁妆里挑了一身轻薄的衣裳为她换上，等她往椅子上一坐，冬梅已将吃食摆了上来。

衣来伸手，饭来张口，她又舒坦了一些。

可她没有想到，一整晚都被噩梦纠缠。

在梦里，她的床变成了一口棺材，屋子也成了一个坟墓，空气里弥漫着难闻的尸臭味。她试图挣扎醒来，却口不能言，手不能动。意识到被魇着了，她努力睁开眼，面前只有黑茫茫一片，什么也看不清，一团浮动的光晕中间，有一个像蚂蟥似的蛊虫蜷缩在里面，看上去恶心至极。

"嫂嫂……醒醒！"

一道声音从黑暗中传来，将她繁杂的梦境打破。

墨九睁开眼，油灯昏暗的光线下，静姝苍白的脸，让她有一种见鬼的错觉。

"五更天了，嫂嫂该起了，老夫人等着哩。"

墨九愣愣地看她片刻，起身从嫁妆里找出一盒胭脂，递给她："不用谢。"

温静姝的脸比昨晚上见着还要苍白，想来也是一夜没有睡好，可被她塞上一盒胭脂，多少还是有些尴尬。她没有拒绝，谢过墨九，把胭脂交给丫头放好，又叫夏青过来为墨九梳洗打扮。

墨九打着呵欠洗漱完出来，看月亮还在天上挂着，不由恼从心来。

她暗自决定，一定要想法子省了这个程序。

要不然，等不到萧乾回来，她就累死了。

老夫人住在西边的仙椿院，从她住的屋子过去，得走好长一段路。

时下的人起得都挺早，鸡鸣狗吠，铺席端茶，好一番繁忙的景象。

墨九入得仙椿院客堂，就被一群"合家欢乐"的拥挤画面搞晕了头。堂中居上的老夫人有六七十岁了，满头银发，精气神却不错，末位陪坐的是她三个儿媳——大夫人董氏（大郎母亲）、二夫人袁氏、三夫人张氏，其余的就是二郎媳妇、三郎媳妇、四郎媳妇，还有三房各自的闺女、小子、孙儿挤满了一堂，依长幼尊卑坐着，齐刷刷地朝她看。

在墨九眼里，这一片姹紫嫣红都长得差不多。跟着静姝走了一圈，静姝喊什么她喊什么，头一直晕晕的。到二夫人袁氏时，她竟也跟着静姝喊了一声“娘”，闹了满堂的笑话，却把大夫人董氏气得脸都黑了。袁氏倒喜不自胜地解释，说墨姐儿如何老实憨直，没有心眼子，为她圆了过去，这让墨九很庆幸昨日一下船就与她建立了邦交关系。

不过第一回合，她就把未来婆婆得罪了。

好在她也不想真嫁，若不然日子就难熬了。

萧家老国公早已经过世，萧氏一族承他爵位的人是大郎他爹萧运长。原来这爵位也非世袭，恰逢西越来犯，他领兵出战负了重伤，今上看他萧家一门忠烈，加上他妹妹萧贤妃（宋骜的亲娘）在宫里颇得宠爱，这才继了萧家的尊荣。

可那一战，萧运长伤及肺腑，多年未愈，便做不得朝事，始终在家休养，唯一的嫡子萧长嗣（大郎）又经年卧病，长房一脉便人丁凋零，有点后续无力。萧家百年世族，家大业大，二房和三房见状，自然有些蠢蠢欲动。不过老国公夫人还在，有她坐镇，子孙们倒也能安生共处。

大郎病重，这两年一直靠六郎的药才得以续命，六郎又早有吩咐，不能让他轻易见人，恐瘟症传染，也受不得风，怕气散神殒。上个月，楚州城有名的算命先生孔阴阳跑到萧家来说，盱眙墨家女，天寡之命，可配大郎。

萧家听了一顿忽悠，便承了这门亲，差上人盱眙找了如花婆说媒。然而孔阴阳算的吉日在下月十八，萧家又迫不及待地把墨九娶了回来，想早日“克”去大郎的瘟症，又想遵从吉兆完婚。于是，墨九入了萧府，名义上成了萧家长媳，却未与大郎拜堂。

这样一来，墨九心安了不少。

至少她是安全的，那萧大郎不能见人也不能受风，基本上碍不着她的事。她做她的夫人，吃香的，喝辣的，还不用履行妻子的义务，这简直就是天上掉下来的馅饼。

客堂里热热闹闹地议论婚事，大夫人也把宴请单子给老夫人过目，几个要好的夫人小姐凑在一起，私下窃窃地对墨九评头论足。小孩子们也喜欢热闹，快活地在人群中打来闹去，只温静姝安静地立在二夫人身侧，像一株去了枝丫的白玉兰，与旁人格格不入。

墨九也像一个局外人，除了吃早膳的时候。

这日早膳是共餐的，一张大长桌子，围满了人。女眷们都有婢女侍候，吃相斯文。

墨九原本也想斯文，可萧家高门大户，早餐比五星级酒店更让墨九惊艳。她一时没忍住，就多伸了几次爪子，然后，一桌子夫人小姐就都看着她一个人吃。

她也不客气，边吃边点头："你们都吃好了？"

问一句，也不等人回答，她一股脑把盘子往自己面前端，然后回头吩咐蓝姑姑与玫儿："等下吃不完的，记得打包回去，莫要浪费了。"

蓝姑姑恨不得钻地缝，脸都涨红了："姑娘。"

她悄悄扯墨九，可墨九却不领情："为人民服务，不必感谢我。"

从老夫人到小丫头，一个个看怪物似的盯着她，没人吭声。墨九也看着她们，嘴里塞得满满的："你们胃口真小，怪不得个个长得麻秆儿似的。"

一顿饭，不欢而散，老夫人揉着太阳穴早早被人扶下去了，看她的样子，若再多坐一会儿恐怕会被惊得倒地不起，到时候府里喜事还没办，就得办丧事了。夫人小姐们也都笑着下去了，私下里也有议论，都不晓得这孔阴阳怎么就认为她能"克"住大郎君的癔症。

这个妇人，除了长得好看，吃得多，也没什么了不得。

不过"长得好看"也是嚼舌的由头。萧六郎在接亲途中与她的一些琐事，因有接亲的下人晓得，也就添了一些闲言碎语。只是如今的萧六郎并非当日连本家都入不了的外室子，谁也不敢在台面上说这些话。

墨九出了仙椿院，就往回走。

这时候天已大亮，霞光初升，国公府的华堂广厦便入了眼。走走停停，她不免咋舌。露亭台，飞檐宇，烟茫及碧草，绿树又红花，瀑布响，青石滑，松涛阵阵过，又有竹林家，景色宜人似仙境，各山各水各不同……如此对照，她住的地方也未免太寒酸了。

这么一想，她又念及昨夜的噩梦，决定一会儿回去得拿罗盘看一看风水。

不过观之，这国公府应当是一块好地才是。

她四处张望着，一个不察，就在亭子转角处与人撞了个满怀。

"这姐儿好生俊俏！"一个年轻男子满嘴酒气地歪着头看看她，嬉笑一声，张臂就抱了过来，"怀香楼何时来了这样嫩生的姐儿？来，乖乖儿，让二爷疼一疼你。"

墨九带了蓝姑姑和玫儿两个人，那自称"二爷"的家伙身边也有两个小厮，光天化日之下，若说他真能占便宜也不可能。但墨九噔噔退往亭里，紧张地揪紧领口："你、你做什么？不要乱来。"

这货双眸水灵，皮肤细白，琼鼻、樱唇，嫩草儿似的腰，娇滴滴后退的可怜劲，躲闪时晶亮的目光，愣生生有一种令人恨不得掐上一把的柔媚。那男人喉结动了动，嘻嘻笑着，又凑上前去："乖乖儿，别怕嘛。让二爷抱抱……"

他越逼越近，墨九站在亭栏边上，不能忍他满嘴的酒气，避开头问："你吃醉了？"

那人笑道："二爷没醉。"

墨九歪头："那你晓得我要做什么吗？"

他醉得都糊涂了，哪晓得她在说什么？又是一声怪笑，他再次往前扑来。

可墨九却低哼一声："我想帮你醒酒。"说罢，她凄厉地尖叫着"不要啊"，身子侧闪而过，脚下不经意一绊，那厮就一个前空翻，往亭栏外面的池塘栽下去，咕咚一声入了水。

墨九目光带笑，嘴里却大喊："快来人啊，救命啊。"

两个小厮原本想看热闹，一看二爷落水，赶紧跳下去。

这一片池塘挖得很深，栽种了一些荷花，夏季荷叶青翠，水下却全是淤泥。落水的家伙正是萧家二郎，名叫萧长誉，吃喝嫖赌五毒俱全，却偏生不识水性。这吃醉了掉下去，就跟秤砣落水似的，两个小厮捞他起来，踩着淤泥，也很费了一番周折。

等落汤鸡上得岸，墨九的影子都没了。萧二郎经这一激，酒也醒了，不由大发雷霆，可他们都不认识墨九，府里头那些下人修炼得人精儿似的，便有瞧见的，也不蹚这浑水，只张罗着把萧二郎抬回了屋。

温静姝正在里屋抄经，看他湿漉漉的被人抬进来，皱了皱眉头，便找了换洗衣服过去，却被气头上的萧二郎一个窝心脚踹了老远。

"看着你这张脸就晦气。去，唤玉娘来伺候。"

抬头看他一眼，温静姝爬起来，默默放下衣裳，出去了。

从前到尾，她一句话也没有。

萧二郎这一激，酒也醒了大半，冲她背影啐一口："不会下蛋的母鸡。"说罢捋了捋头发，又看向床边小厮，色迷迷地舔了舔嘴："鸳鸯亭那小娘子真俏得紧，媚得紧，那小嘴，那小腰，那脆脆的小声，都挠到二爷我心尖子上了。"

小厮点头哈腰："二爷说得是。"

"你懂个屁！"萧二郎阴着脸，"成贵，去，给爷查查，哪房的小娘子。"

小院里，墨九正拿着铁锹在院子的四个角落挖泥。

遇到桂花挖桂花，遇到木兰挖木兰，她看着罗盘的方向，根本不辨地上有没有种着东西，把一个好好的院子挖得土坯翻天。从蓝姑姑、玫儿到夏青、冬梅，没有一个人知道她在挖什么……

从鸳鸯亭回来，蓝姑姑为她揪着心，她却把她的法器（罗盘）拿出来，满院子走，一会望天，一会探地，就像根本不知道把萧二郎踹下水会摊上事儿似的，就像她好像真的懂风水似的。

蓝姑姑怒其不争，几次要揪她，都被玫儿阻止了。

“姑娘做事，自有她的想法，姑姑莫要扰到姑娘。”

坐过墨九制作的“大鸟”，玫儿对墨九奉若神灵，从不质疑她的行为。

蓝姑姑却满脸哀伤：“你也傻了？”

玫儿绞着手绢子，垂头嘟嘴：“玫儿才不傻，姑娘更是聪慧，世间少有。”

瞅着玫儿天真的脸，蓝姑姑快哭了：“她是我从小看着长大的，有几斤几两我未必不晓得？”

墨九干的是体力活，这铁锹原是府里花匠用的，她使着也很不得力，累得满头大汗。约莫挖了大半个时辰，她终于拭了拭额头的汗水，坐在青石垒成的花台上，冲几个丫头招手：“过来。”

几个人赶紧过去，墨九把住铁锹问她们：“知道我在做什么吗？”

蓝姑姑生无可恋地翻白眼：“做什么，发疯呗。”

玫儿兴奋得双眼亮晶晶的，满是憧憬：“姑娘是不是在找机关？”

轻轻一哼，墨九把铁锹递给蓝姑姑，拍拍玫儿的肩膀：“我在减肥。运动是最科学的减肥方法，可以消耗掉多余的脂肪，促进新陈代谢。若不然，我在仙椿院吃得那样多，岂不堆一身的肉滚子？”

“天哪，疯了，真疯了！”蓝姑姑欲哭无泪地瞅玫儿，“可看明白了？”

刚才为她据理力争的玫儿也大失所望，苦哈哈地看着她，抿紧了嘴巴。

墨九只当未见，又笑眯眯地揽过夏青，低着声音道：“青丫头，可以给我搞一个铲子吗？”

夏青还摸不透她的脾气，细声细气地问：“姑娘要什么铲子？”

“有一点像这个铁锹……”墨九比画着“洛阳铲”的样子，想了想才反应过来，洛阳铲是二十世纪的产物，又赶紧换了话题：“和它差不多大的锅铲……等有了大锅铲，我们可以在院子里挖一些蚂蚁，砌一个锅台，没事的时候，煮点蚂蚁粥如何？要是运气好挖到蚯蚓，就格外加餐。蚯蚓又肥又鲜还多汁，高蛋白还可美容养颜。”

夏青当场吐着出去了。

蓝姑姑扛着铁锹，看墨九没心没肺的样子，心都操碎了："姑娘，先头你推下水的人，是府里头的二爷，你就不能坐下来好好想想法子应对？"

墨九抚着额头，若有所思："对，我是该好好想想。"

蓝姑姑松了一口气，刚觉得孺子可教，墨九却冥思苦想道："我到底要怎样才能搞到一把洛阳铲呢？还有，他们家中午不开饭，我肚子饿了可怎么办？"

蓝姑姑手上的铁锹当的一声落地，捂脸往屋里跑："娘子啊，老奴对不住您哪。"

"唉！还是年纪太小啊，经不住事！"墨九看着她的背影，摇着头继续拿着风水罗盘东瞅西看。

按理萧家建这样大的宅子，一定会选上好的宅基地。在这样的风水地里，便是这小院的角落，也不该有这样重的阴气才对。可昨晚上的噩梦让她不太踏实，用罗盘又没有查出什么来，她这才找了一把铁锹挖地。结果几个方位都挖遍了，依旧没有什么发现。

难道只是她胡思乱想？

萧二郎病了，在池子里受了凉，病得很厉害。

整整一天，萧府上下都在为这事忙碌。下午，老夫人亲自去了一趟他的院子，带着大夫人和三夫人，还有几个萧家小姐，巴巴过去瞧他。

萧二郎为什么变成这样的混世魔王，自有道理。萧大郎从小有病，后来被萧六郎一治，又几乎被隔离了。如此一来，萧二郎自然而然成了老太太的心头宝。不是长孙，却顶了长孙的缺，在他娘（二夫人袁氏）有心的撺掇下，这家伙总在老夫人跟前晃悠，油嘴滑舌地把老夫人哄得团团转。

这不，看到老夫人拄着拐杖一入屋，他便抢着起床请安。

可不等撑好，他就一个骨碌摔到床下，嘴里还念叨哩。

"奶奶，孙儿……孙儿给您请安了。"

这小戏唱得，老夫人当即慌了神，心肝宝贝地唤着他，便吼着下人把他扶上了榻："长誉啊，奶的乖孙，这是作的什么孽哦。"

萧二郎瞟着他奶奶红了眼，也哭丧着脸道："奶奶啊，这府里也怕是没孙儿的容身之处了，便是一个妇人，也敢欺你孙儿我哇……我堂堂丈夫，竟被一个妇人看轻，这可怎么有脸活。"

老夫人一急，啐他一口："这说的什么话？哪个不开眼的敢欺奶奶的乖孙，看奶奶不剥了她的皮。”说罢，老夫人若有似无地扫了一眼侍立的温静姝，一脸威仪。

温静姝默默垂首，一言不发。

老夫人哼一声，又回头来哄萧二郎，他却哭得更厉害：“奶奶，那个狐媚子勾引我在先，把我踢下水在后，孙儿的脸都丢尽了。”

老夫人才晓得萧二郎嘴里的狐媚子是墨九：“反了她了！”刚过门的大嫂胆敢勾引二爷，还把他推入水里，这样败坏家风的事，不管教那还得了？老夫人恨恨哼声，手里的龙头拐杖往地上狠狠一锤：“来人，把小妖精给我拎过来！”

老夫人屋里的罗嬷嬷过来拎人的时候，墨九兴高采烈地过去了。

看她像去领赏似的兴奋劲，蓝姑姑愁得把手心都掐红了。她与玫儿一路都在想着对策，墨九却似根本不知情，兴冲冲地入了萧二郎的屋子，冲夫人小姐们做了一个男子的揖礼，便自来熟地坐在杌子上。

“原是小事一桩，老夫人又何必亲自道谢？”

众人都很纳闷，她祸在当前，为何还眉飞色舞。她却咂咂嘴，很中肯地点头：“当然啦，老夫人赏罚分明，也是好事。可我素来不贪心，您便是要谢我救命之恩，也莫赏金银财宝，不如简单粗暴一点，来一桌早上那蜜调的点心和梅花汤饼就好。”

“你还想着吃？”老夫人差点顺不过气来，拐杖重重一杵：“跪下！”

墨九奇怪地瞟她：“有凳子不坐，跪下做什么？”

与墨九说话若没点气量，很容易一命呜呼。老夫人稳了稳心神，拐杖一指就把气撒在了仆妇身上：“你们都是死人吗？还不给老身动手。”

几个丫头婆子连忙上前把墨九从凳子上拽起来，使劲地摁住她的身子，要她下跪。

墨九哪里肯依？她大吼道：“跪不得，跪不得！跪了就要出事了。”

罗嬷嬷恨恨地摁住她的头：“老夫人面前，有你跪不得的？”

“一看你就不晓事。”墨九瞪她一眼，“那孔阴阳没有告诉你们吗？天寡之命的妇人，其实是玉皇大帝的亲生闺女。因为她偷吃了一颗还未成熟的蟠桃，导致消化不良，上吐下泻，不得不下凡历劫。可玉帝觉得女儿是他上辈子的小情人，所以不能让凡间男子轻易染指，这才有了所谓的天寡……”

墨家姐儿的天寡本就有些玄乎，她一嚷嚷，嬷嬷丫头手便松了。

墨九喟叹一声，把罗嬷嬷的手挪开，语重心长道：“你们也不想想，玉帝的闺女如何跪得？一不小心折了老夫人的寿，哪个担待得起？”

“一派胡言！”老夫人气到极点，拐杖杵得啪啪响，“打，给老身打这个疯子。”

一句“疯子”，众人恍然大悟，这才反应过来墨姐儿脑子原就有问题的，她说的话哪里能信？紧张的情绪一松，几个仆妇又扑过来要拉她。

墨九看这老太婆不太好哄，不由皱眉：“可以不打脸吗？”

她一本正经说话的样子，很让人崩溃，老夫人也快被她搞疯了：“拖下去！不给这无知妇人立立规矩，她便不懂得长幼尊卑。”

“奶奶……”看老夫人动了真格，病得“起不来榻”的萧二郎就噌噌地爬了起来，一把拉住老夫人的袖子，嘻嘻笑道：“我这小嫂子细皮嫩肉的，哪经得住板子？奶奶训斥她一番就行了，何苦计较？”

这小子唱的什么戏，老夫人不明白了：“放手。”

萧二郎拉住她：“不放。”

对这个孙子，老夫人向来没脾气，不由一叹：“小祖宗，你到底唱的哪一出？”

萧二郎四下里看看，见屋子里人多，把嘴凑到老夫人的耳根上，也不晓得说了什么，把个老夫人气得脸都红了，抬手就拍在他的肩膀：“臭小子好不晓事！躺下去，奶奶自有决断。”

“不成，那奶奶便由着孙儿去死好了。”

“孽障！”老夫人看着他，目光炯炯有神，“岂能由着你？”

这一回也不晓得萧二郎触到了她哪片逆鳞，却是不依他了，非要把墨九叉出去打。

眼看事情到了这个地步，蓝姑姑和玫儿都慌了神，跪地求情不止，可老夫人早些年跟着老国公上过战场，也是有些威仪的妇人，一头白发了，还说一不二。

“吵死我了，都闭嘴！”墨九终于烦躁了，甩开几个婆子，把凳子一踹，环视着众人，老气横秋地教训：“讲点道理不好吗？你们是讲究人，我也是讲究人，萧二郎这厮缠着我要亲亲，我没让他亲，但他栽到水里，我却喊人救了他，这就是救命之恩嘛。恩将仇报会有报应的，你们懂不懂？”

“亲亲”这种事，哪个小姑娘说得出口？偏生她是个不知羞的，大言不惭地指着萧二郎又道：“你起来，别在那儿哭哭啼啼，像个姑娘似的。告诉你奶奶，是不是你想亲亲我，抱抱我的？”

“你休得胡言乱语！”萧二郎脸都涨红了，“分明是你这个不要脸的贱人勾引我。”

“贱人是不要脸。”墨九瞪他一眼，仿佛想起什么似的，哦一声，突地侧头盯住温静姝：“喏喏喏，我可有证人的，二郎媳妇你亲眼看见的，对不对？”

温静姝与她对视一眼，慢吞吞地走到堂中跪了下来。她衣着朴素，一件半新不旧的裙子穿在身上，看上去更为单薄，但吐词却清晰镇定：“老夫人，今日之事……是二爷吃多了酒，错把大嫂当成妾身，方才有了轻薄的举动。”

“贱蹄子，你敢诬蔑我？”不等她说完，萧二郎的窝心脚又到了。

温静姝受不住，身子往后一倒，捂着胸口顿了片刻，又跪直身子，冲老夫人磕头道：“静姝亲眼所见，若有一句假话，不得好死。”说罢她双手着地趴下去，头垂得更低：“老夫人，大爷如今是病着，可他好歹也是萧家长孙，若回头有人到南山院去嚼几句舌根子，让他晓得有人欺负了他的妻室，恐会损及他的身子呀。”

不轻不重的一句话，却敲在了老夫人心上。

想到病中的长孙，她叹口气，道一声“罢了”，又凉凉地看向墨九。事到如今，就算大事化小，她也得找一个台阶，方才无损她的威仪：“墨氏，便是二爷吃多了酒，那大白天光的，他也不能真就难为你。你大可走开便是，为何狠心推他下水？”

墨九一怔：“我没推他啊。我是用脚踢他的。”

众人：“……”

老夫人瞪住她，咽下喉头的腥甜，冷冷道：“他是府上的二爷，你怎可踢他？”

墨九不高兴了，横着她：“可他吃醉了啊，不用醒酒吗？”

“你还敢狡辩？”与墨九这性子的人说话，很容易被歪带，老夫人气血上涌，有理也说不清，便有些不耐烦。然而，有温静姝作证，府里上上下下又这么多眼睛，她想偏袒反会坏了萧二郎名声，只好随便找一个台阶了事：“滚回去好好反省，禁食一日。禁足……到下月十八，不许出院子。”

“哦，好。”墨九笑得一脸荡漾，还行了个礼：“多谢老夫人赏。”

她活蹦乱跳地出了院子，好像不是被禁食禁足，而是得了天大的恩赐。

“哈哈，如愿以偿！姐从此不用早起请安。爽！”

看她美得嗷嗷乱叫，蓝姑姑完全不懂她的心思，只想到先前那一番惊险，脸色发白：“姑娘，你就不能晓点事？得罪了二爷，得罪了老夫人，还把二少夫人拖下水做什么？”

墨九不阴不阳地道：“哪是我拖她下水，她本就在水里。”

蓝姑姑气得额头都绷紧了：“你说你这里外不是人，往后怎么活？”

墨九回头看她：“哪有什么活不得的？”不待蓝姑姑奓毛，她又虎着脸道：“回头找萧乾拿一罐儿药丢到井里，一家几百口全都药死，我不就活得好好的了？还能平白得一笔家产哩。”

蓝姑姑怔怔，哭笑不得。

这姑娘的心就像没长在腔子里似的，让她一脸忧伤："可眼前怎么办？你最经不得饿的，老夫人让你禁食，你吃什么？"

墨九咦一声，奇怪地瞅她："老太婆禁我的食，又没禁你们的食。你们吃什么，我就吃什么啊！莫非你准备给我弄一份单锅小炒，再配上二两花雕……嗯，这样也可，就是别弄太多，免得浪费了。"

她说得好有道理，蓝姑姑竟然无言以对。

自古以来长幼尊卑都有秩序，一个妇道人家被长辈责罚了，哪个敢公然违抗？说禁食，那便得滴水不沾，就算食物摆在面前，也没人敢忤逆。可被墨九一洗脑，虽然她们隐隐觉得哪里不对，还是照做了。

于是，禁食成了一个笑话。

墨九不仅吃了，还吃得很饱。

不过，下人的饭菜到底少了一些油荤，吃到第二天中午，墨九已经不能忍受了，五脏六腑都在向她提出抗议。仔细一琢磨，为长久计，她倒也不着急，在院里拆了一个花台，砌出一个锅台，对外声称"连日噩梦，生一些烟火好辟邪"，可实际上她却搭了一个梯子大半夜爬墙摸了隔壁一只大公鸡过来，扒干净毛生生做成了一只叫化鸡。

当然，墨九也厚道。

她没有白拿，在人家的鸡棚里留了一张字条。

"坐阴背阳，此宅大凶！近日尔家宅不宁，献上公鸡一只，以祭凶煞，驱尔大祸哉——食神"

隔壁那户人家一开始以为进了贼，可看到字条却被唬住了。因为墨九说的事都是真的，他家这些日子确实家宅不宁，两个小妾争宠，吵得不可开交，正妻原想贤惠一次，却被小妾合伙揍得满头大包，闹得那叫一个乌烟瘴气。

于是，他们便不当是贼了——试想，哪个贼只偷一只鸡？

食神来了，一只公鸡哪够孝敬他老人家？第二天，这家男主人又宰了一只鸡，洗得干干净净放在后院的漆案上，还烧着三炷香进献给"食神"。

如此一来，墨九倒也方便，觉得禁足的日子真不错。

她收集了鸡血，也不知哪根筋又抽了，吩咐夏青出去搞了好多黄纸缯来，又找了一支朱砂笔，一个人窝在梨树下，画起了黄符。就像一个正经道士似的，画一张，她还念一下咒语，神态庄重，目光炯炯，搞得每个人走路都小心翼翼，生怕触及了什么"生灵"。

只有玫儿不怕，她认真地看墨九画，好奇得很："姑娘，这图案是什么意思？"

墨九头也不抬："你想知道？"

玫儿眼睛亮晶晶的："嗯。"

墨九继续歪歪斜斜地勾上一笔："我也不晓得什么意思。"

玫儿愣住："那你画它做什么？"

墨九哼哼，回答得理所当然："用来吓人啊。"

玫儿："……"

不多久，一张张"驱鬼的黄符"就贴满了小院的各个角落。

这还不够，墨九在门楣上用朱砂混鸡血写了两个字——"冥界"。

身为墨家传人，考古专业的研究生，她毛笔字从小练的，写得很有风骨，可这小院"外面竖冥界，里面贴黄符"，愣是搞得阴气森森，鬼里鬼气。不过两三日工夫，若非得了主子的差事，整个府里上上下下，再不肯踏入小院一步。

整个萧府都在传，墨氏的脑子病得不轻。

正常人都对她退避三舍，她却有了更多的自由，换着法子地吃鸡。

不过吃到第五日，这货就吃腻了，半夜去拿鸡时又留下一张字条。

"鸡血已足够破煞，换一只老鸭即可。"

这些日子，楚州天气炎热，萧府也因为大郎的婚礼热闹起来。除了墨氏在"冥界"发疯的事之外，最让人不解的是，以前成日宿花眠柳不落屋的萧二郎，罕见地收了心，花街柳巷不去了，反倒忙前忙后地帮大郎筹备亲事。而且，听说老太太还特地允了他，下月十八，由他替病中的大郎行拜堂礼。

大宅底下，鸡毛蒜皮的事都会传开。那一日的鸳鸯亭一事，尽管温静姝用一个蹩脚的借口替萧二郎下了台，可府里的人都晓得萧二郎什么德行，人人都在私下窃窃，大郎媳妇儿长成那俏生生的妖精样，他不肖想便不是二郎了。

这些话，也有传入墨九的小院。

她没什么动静，蓝姑姑和玫儿却替她焦心起来。

日子过得很快，眼看七月初十都过了，离十八的婚期只剩八天，若萧二郎真有歹意，她们不得不防。

于是这天晚上，墨九正吃着酸萝卜炖的老鸭汤，蓝姑姑又开始碎碎念了："萧使君为何还不回楚州？不是说月初就回的吗？"

玫儿也低声附和："有使君在就好了，想二爷再大胆，也不敢乱来。"

咬着鸭骨头瞪她们一眼，墨九真的服气了。她与她们不一样，这么多天了，蛊毒根本就没有发作，她几乎已经忘了这事，对萧乾的“想念”自然也就淡了。看她两个一唱一和又为萧乾念经，她摇摇头，懒洋洋地打个饱嗝，光着脚丫子踩在杌子上，漫不经心地问：“到底哪个地方让你们觉得萧六郎是好人了？”

蓝姑姑道：“就凭他瞧不上你。”

墨九：“……”岂有此理！

蓝姑姑却不似玩笑：“姑娘打小就水灵，人人见了都说狐狸精投胎。虽说没长什么脑子，只凭这脸蛋、这身子，走到哪里不被男子多看一眼？偏生萧使君没有。我看他瞅你，就和瞅一块木头疙瘩差不多。”

“我去！”墨九不高兴了，“你到底在夸我，还是在损我？他那是瞧不上我吗？他那是闷骚，是喜欢装……叉！唉，说了你们也不明白姑娘的魅力所在。总之，我才是你们的主子，靠着我，不比靠着他强啊？一个个的，都长的什么心？哼！”

“靠着姑娘？”蓝姑姑眉头挑得老高。

“嗯。靠着我啊。”墨九很严肃地点头。

“那我不如拜菩萨去。”

看蓝姑姑果真转身，对着堂中的菩萨拜个不停，墨九不由叹气：“没见识，我懒得理你！玫儿，上机关，睡觉。”

为了安全起见，墨九这些天做了一些简单的防贼“机关”，不过白天常有丫头往来，她也不用。天黑之后，这个院子是绝对不会有正常人敢来的，所以她准备歇下的时候，就把“机关”请出来。

可不承想，亥时许，却有人敲院门：“大嫂，是我，静姝。”

墨九正在里屋画符纸，闻言丢下笔，便出了门：“静姝啊，推门进来便是。”

温静姝应了一声，刚把院门推开，便有一股子腥臭浓稠的东西从头上泼下来，淋了她一头一脸，还顺着脖子窝便往衣服里钻，又黏又臭。她拼命闭上眼，连续呸了好几声，方才问：“大嫂这是做什么？”

她不开口还好，这嘴巴张开，那水样的臭东西就往她嘴里流，瘆得她毛骨悚然，进也不是，退也不是，急得想要跳脚。

墨九站在屋檐下，哈哈大笑：“静姝不怕，那是鸡血，避邪用的。若不然，一入‘冥界’，你可就有来无回了。”

温静姝不知该哭还是该笑，擦拭一阵，她叹口气：“嫂嫂，静姝过来，有要事相告。”

看她说着就走过来，墨九捂着口鼻大吼："站着莫动，你就在那儿说。"

被她嫌弃了，温静姝拎了拎衣裳，眉头微拧："此事，静姝不便说与外人。"

哦一声，墨九也不客气，唤了蓝姑姑："你去听听吧。"

蓝姑姑悻悻地靠近满身腥臭的温静姝，一脸难看。

可等她送走温静姝回来，脸色就不是难看了，而是僵硬："这二少夫人是个没坏心眼子的人，过来说话也是为了姑娘，你怎好意思祸害人家？"

墨九翻个白眼："因为我是恶人呗，专整好人。"

蓝姑姑一叹，像要教育她，又像有更紧迫的事来不及教育，把头低下来凑到墨九的耳边："二少夫人说，二爷对姑娘没有死心，甚至连老夫人都默许了，就等着姑娘与大爷成婚哩。我就寻思这几日府里不大对劲，眼皮老跳吧，果然有事。这老夫人也太宠二爷了，简直无法无天，姑娘要防备着些……"

墨九撑着额头想了想："好阴险，我喜欢。"

见她又犯傻病，蓝姑姑被吓了个真切："姑娘，你可不要乱来啊。玫儿丫头说得对，不如我们托薛侍统带个话，找一下萧使君。"

"不，我有法子。"墨九睨着她，勾了勾手指，"过来。"

蓝姑姑竖着耳朵凑近，只见墨九目光烁烁："等今晚夜深人静，我们一起翻墙去偷鸡。"

低抽一口气，蓝姑姑内伤不已："这都什么时候了，你还偷鸡？"

一声冷笑，墨九道："不偷鸡，怎好上路？"

墨九想离开这鬼地方也不是一天两天了。自打住进这小院儿开始，她做的噩梦比两辈子加起来还要多。每天晚上换着剧情地折腾，若整理一下都可以写出一部惊悚的恐怖小说了。

先前她不走，一来有对蛊毒的顾虑，想等一下萧乾；二来萧府吃食太精美，又有人孝敬，她想多吃一阵。如今萧乾久久不归，火又快要掉到脚背上了，她也顾不上那许多了。

"蓝姑姑，备水——我要沐浴熏香。"

天气太热，这一番折腾汗水早就湿了背，她痛痛快快地洗了个澡，换上一身轻便的衣服，在幽香阵阵间，把夏青唤到了床前。

这丫头很机灵，这些日子受温静姝的交代在这里伺候墨九，非常会来事。可这会儿被她叫来，这丫头似乎却紧张："姑娘找奴婢有事？"

墨九眼皮一抬，双手掐着诀，双腿盘坐在床上，头上盘了个道姑髻，穿得也素净，一副宝相庄重的样子："夏青，你看我像什么？"

“哦。”夏青上下打量她，不由打愣，“像个道姑。”

墨九老练地点点头：“我在修炼道家辟谷术。”

辟谷是道家的一种养生法子，夏青一个十五六岁的小丫头，哪里懂得什么意思？只一愣一愣地瞅着她，言语不来。

墨九轻轻地纳气，又慢慢地吐气，再闭眼，重复三次，慢悠悠地睁开眼睛，一派道骨仙风的姿态，“慈祥”地看着夏青，轻声软气地道：“痴儿，凡人食五谷杂粮，难免产生秽气，落入生老病死的循环。小仙位列仙班，下凡历劫已十余载，如今想要重返天庭，须不食凡物，勤习辟谷才行。”

夏青瞄一眼她床头案几上的果盘，想着她吃东西的德行，哦一声，半信半疑。

墨九清清嗓子，又饱经沧桑地一叹：“自我辟谷之日起，不出房门，不受干扰，故不必你伺候了。且这院中阴秽之气甚重，不宜你久居，夏青，你自去吧。”

其实夏青也不愿意待在这儿。小院到处都贴着黄符，各种碰不得的机关，大白天都阴森森的，也让她害怕。而且墨九的脑子原就与常人不同，她几乎每天都过得提心吊胆，如今被墨九“撵”走，她也只客套几句，便乐颠颠地回去禀明了温静姝。

夏青一走，小院子便只剩下墨九、蓝姑姑和玫儿三人，原就清静的小院，这大晚上的更是静得落针可闻，有夜风拂过树梢，那股子清凉劲，若寻常人走上一趟，非被吓得去地下见祖宗不可。

“好玩好玩，好玩不过把人玩！”墨九笑嘻嘻地从案几上抓了一颗梨子啃个干净，补充了水分又小眯一会儿美容觉，等夜深人静，果然领着蓝姑姑再一次“光临”了隔壁。

蓝姑姑原以为她要趁机逃跑。

可她偷了一只鸡回来，打个呵欠又继续倒下睡了。

这让正准备打包行李的蓝姑姑弄不明白了。她与玫儿两个焦急地左一个右一个叹息，一宿没有睡好，轮流守在墨九的床前，生怕她被萧二郎的人劫去，可墨九却罕见地睡了一个好觉。

次日醒来，墨九看着蓝姑姑和玫儿的黑眼圈，神清气爽地笑道：“原来这样可以治噩梦？那晚上你俩继续守夜。”

“啊！”蓝姑姑耷眼皮。

“哦！”玫儿缩下巴。

“呃！”

墨九接上一个叹词，也不解释，只吩咐她俩去补眠，自己动手做了一只香喷喷的盐焗鸡。虽小院里少了一些佐料，但备不住她手艺好，味道也还差强人意。

墨九意态闲闲地搬一张椅子坐在梨树下，扯着鲜嫩的鸡肉，看满院的黄符飘飘，感慨道："好一番冥界美景啊！"

不多一会儿，温静姝就差了夏青过来，送了一些吃的。听着东坡肉的名，墨九咽了咽口水，没让夏青进院子，只把吃得油漉漉的嘴巴一擦，语重心长地道："凡珍馐美味，皆是祸源，不食五谷，方得长生，尔等休要诱我也。"

南荣是一个物产富庶的国家，楚州萧家更是吃货的天堂，每天都有各种各样的美食，墨九也每天都换着法地吃。萧府上下，人人皆知她好吃懒做，可她如今突然就辟谷了，反倒令人称奇。

第三日，袁氏也差一个丫头过来送吃食，可这一回不仅墨九没接招，便是连蓝姑姑与玫儿都跟着她修习辟谷了。于是，袁氏的丫头在院门口被泼了一身鸡血，灰溜溜地哭着回去了。

墨氏发疯也非一日两日，正常人若与疯子计较，也很心累。

三日后，好奇心一过，便再没有人来小院打望了。

看着天上火红的太阳，墨九掐指一算，今儿已是七月十四。

"明天便是鬼节，本仙姑也该辟谷升天了。"

她长吁短叹着要成仙得道，从此消失得无影无踪。虽然不敢收拾衣裳引人注目，却很"留恋人间"地让蓝姑姑带了不少吃食，然后大白天的就搭梯子翻到隔壁，大摇大摆地入了人家的院子。

"姑娘……"蓝姑姑拉着她，紧张得手心冒汗，"你疯了？不等晚上？"

墨九瞪她一眼："我不偷不抢，为何要晚上？"

看着陌生的院子，蓝姑姑恨不得哭死算了——这登堂入室，分明比偷和抢更严重好吗？

反正九姑娘歪理多，她又拧不过，只得亦步亦趋地跟着，大气都不敢出。可结果出乎她的意料之外，往常喧闹的邻家后院连个人影子都没有，一家人就好像凭空消失了一般。

"九姑娘，这怎么都没声了？"

墨九顺着墙根往外走，正准备从后门出去，看蓝姑姑左右四顾，差一点撞到墙，赶紧拉她一把："你这年纪轻轻的，不仅耳朵不好使，连眼神也不好使啊？"

蓝姑姑哭丧着脸，一脸不解。

墨九摇了摇头，老气横秋地道："三日前去偷鸡，我给他家留了一张字条，说七月十五是鬼节，宅中阴气大盛，有大祸临头，让他们于七月十四举家老小外出避难，多晒太阳，补足阳气，待七月十五之后回来，从此可高枕无忧。"

"啊？"蓝姑姑看着她，像见鬼似的。

"玫儿就说咱家姑娘聪慧多智吧，姑姑却是不信。"玫儿年纪小，对墨九的观感都来源于盱眙救她伊始，几乎完全被墨九洗脑了，一双乌溜溜的大眼珠子里，除了水汪汪的美，写满了对墨九的崇拜。

可蓝姑姑看着墨九长大，先入为主，虽觉得她像变了个人似的，但……

她感叹："疯子嘛，总归与众不同。"

晓得这家没有人在，三个人的胆子都大了。玫儿手舞足蹈地比画着墨九的好，蓝姑姑唾沫横飞地小声批判着她的疯，墨九则沉默地走在最前面，小心绕过院墙处的竹林。可没想到，在她以为畅通无阻的后门处，却静静停着一个人——辜二。

他长得原就高大强壮，又穿了一身南荣武士的公服，画风很是干净利索。不过他似乎也是翻墙而入，正用力拍打着袍服上的灰渍。

"呵呵，十处打锣九处都有你，可千万莫说正巧路过。"墨九懒洋洋地抱臂看着他，冷冷道，"说吧，你到底为什么跟踪我？"

辜二微微一愣，黑脸就窘了："九姑娘，我叫辜二。"

这人什么智商？墨九横他一眼，侧目看向蓝姑姑："从他身上，可有找到自信心？"

蓝姑姑整个人都不好了，直挺挺地僵在那里，紧张得几乎落泪："姑娘啊，这都什么当前了，是论这个的时候吗？"

辜二确实像极了他的名，又无辜又二，他似乎没有听出蓝姑姑的弦外之音，两条眉毛都快要拧成麻花了："九姑娘在这院里，莫非不知主人姓辜？"

"哦。"墨九很淡定地审问："那与你何干？"

"难怪九姑娘误会。"辜二的智商似乎比她以为的更让人着急，完全忘了主客之分，不好意思地解释起来，"平常我在外办差，很少回家，明日中元节了，特地回来陪老娘，可家里老小都不在，我只好翻墙而入。"

说到这里，他好像终于意识到了什么不对，咦了一声："我家分明没人，九姑娘为何却在？"

"啊哈哈，这个嘛……"墨九握拳到唇边咳嗽了两声，一本正经地抬头望天，"今日天气尚好，你家人都到郊外踏青去了。我也是听说今晚上城门要放河灯，过节嘛，准备出去逛逛，逛逛……回见啊。”

她朝蓝姑姑和玫儿招了招手，大步往后门走。

辜二也没拦她，只皱眉道：“九姑娘出门为何不走萧家，却走我家？”

墨九大拉开门闩，回头朝他眨个眼：“做人嘛，低调一点更安生。我长得美，不方便。”

“嗯？”辜二听得一头雾水。

可不过一瞬，她们三个已经闪出了后门。

俗话说“中元将至，鬼门大开”，在民间中元节是一个颇受看重的祭祀大节，不论贫贱富贵的人家，都要祭祖。

萧家也不例外。

七月十四晌午，用于祭祀的鸡、鸭、猪、羊等牲畜与时鲜水果都已备妥，冥纸也捆成一扎一扎地摆在堂中。萧氏百年望族，要受香火的祖宗多，单单祭祀用品，便摆了好几个挑子。

灶上正在备酒菜，老夫人的院子也很热闹。萧二郎好些日子没出去倚翠偎红了，整日把老夫人讨好。院里头欢声笑语，萧二郎正给老夫捶着背，他屋里的小厮鲁成贵便进来，凑到他耳边低语了几句。

萧二郎面色一变，忙不迭地从矮炕下来，冲老夫人道：“奶奶，事情有些蹊跷……”

原来这厮担心到嘴的鸭子飞走，从墨九把夏青遣走在屋头“辟谷”开始，他便让鲁成贵差人日夜盯着。那个观望的人也机灵，小院今日大半天没动静，他心下不安，赶紧过来回禀。

“长誉，你速去探个究竟。”老夫人晓得墨九在来楚州的路上逃过两次，自然也有些心焦。

萧二郎得了老祖宗的指令，就不怕人嚼舌根了，亲自领几个小厮往墨九的小院走。

还在院子外头，他就碰见了温静姝。

这夫妻二人，原就没有生出感情与信任，萧二郎这些年花天酒地，见识过坊间妇人的风情万种，对木头疙瘩似的温静姝更没了兴致，看见她只冷哼一声，拂袖而过，径直往墨九小院去。

温静姝看他去推院门，张了张嘴：“夫君……”

“滚回去！”萧二郎懒得理她，低斥一声。温静姝阻止的手，默默收回来，一言不发地看萧二郎被头顶上不明来历的污秽之水泼了个满头。

“呸呸呸！”萧二郎怒不可遏，“成贵，你们几个还不进去看看！”

“哎，好嘞。”鲁成贵打头阵进去，很快又出来了。看着萧二郎一头一脸的秽物，紧张得脸都白了：“二爷，没、没有了。”

萧二郎擦拭着脸上的污渍：“什么没了？”

鲁成贵不太敢正视他的脸：“墨家姐儿没有了。”

这么大个活人，难不成从天上飞了？萧二郎恨恨一斥，咬牙踹他一脚，突地回头看向温静姝：“你这毒妇，就那般不想二爷好？”

温静姝双手交叠在腹部，态度恭敬，神色却冷漠：“妾身不知夫君何出此言？但嫂嫂言行素来与旁人不同，这几日修习道术辟谷，莫非真的得道成仙，白日飞升了？”

“好、好一个二少夫人！”萧二郎冷笑着抹了抹发上的黏湿，凑到鼻头嗅嗅，又嫌弃地皱皱眉头，走向温静姝，眸中透出几分阴凉：“你安的什么心？嗯？”说罢见她久不回答，他恼羞成怒地扼住她的下巴：“那日晚间，你一个人鬼鬼祟祟到这儿来，与她说了什么？”

温静姝一怔，锁着眉头看他，却也无惧。

萧二郎指上力道加大，死死扣住她下巴往上一扳：“贱人，打从你入得我门，从未有一日实心跟过我，你真以为二爷好糊弄哩？”他低头，盯住温静姝苍白的唇，“你看看你，不足三年，就变成了什么样子？啧啧，这脸青眼黑的丑样，实在难以看出你曾是名满楚州的温静姝哩。”

温静姝紧紧抿唇，念及往昔，微微失神。

萧二郎呵呵地冷笑，重重拍她的脸，一下一下，打得啪啪作响：“给二爷听好喽，不管你想着谁，惦着谁，这辈子生是我萧长誉的人，死是我萧长誉的鬼。你若想有个好活路，趁如今还是我妻，早早为我诞下一子半女，我或可容你。否则，等哪日我恼了，将你打发出府，你猜猜……他会不会收留你？”

由头至尾，温静姝都不发一言。

只听到那个“他”，她麻木的眼底有微微的波澜浮动。

大抵痛骂她出了口恶气，萧二郎神色恢复自然，又想起正事来，转头瞪向鲁成贵：“都愣着等死吗？还不给我找！”

墨九并没有走远。

一来中元节太热闹，而有些热闹又只有楚州这样的大镇方能瞧见；二来楚州是个人杰地灵的地方，美食太多，她舍不得走；三来最危险的地方，也许最为安全。于是，她领着蓝姑姑和玫儿在郊外一个偏僻的农户家住下，把三个人的外貌都捯饬了一番，包上一张大头巾便愉快地入了城。

穿越到这个陌生的时代，她除了对墨家和墨家寡妇的事情有兴趣，并没有太多明确的目标——哦，还有吃。可她当下并没有银子，不具备做吃货的条件。

她们三个人身上的钱加一块儿不足一两银子，付房钱给农妇，又换了些衣裳，除了陪嫁的首饰，手上所剩无几。

在村口搭了农人的牛车入城，一路上玫儿都欢声笑语。她对墨九太有信心了，根本就不管明日如何填饱肚皮，只管开心地跟着她便成。但蓝姑姑不同，她就像丢了魂似的，一路长吁短叹自己命不好，跟着这么一个不靠谱的主子，小时候她打架或被人打，她在后面捡漏子，如今长大了她逃跑或被人追，她也得跟着哭。

“我这是作了什么孽哦。”

墨九穿了一身农家妇人的薄衫子，有些宽大，可小风一吹，照样显出她玲珑的身段来，奶白的肌肤，天生丽质的小脸，加上她精神好，怎么瞧都不像普通农户家的小丫头，反倒有一些与年龄不相衬的老气横秋。

“说你年轻不经事，你还不肯受。跟上，我这便带你去吃香的喝辣的。”

蓝姑姑捂着胸口：“姑奶奶，吃香喝辣我就不想了，不被你活生生吓死就好。”

墨九挺胸顿步，突然一个掉头，撞了蓝姑姑一个趔趄：“你对我就这般没有信心？”

蓝姑姑四下看看，压低声音：“你说哩？你有见过去古董店典当的？”

这事说来也好笑，墨九从嫁妆里找了一块玉佩，想去换些钱，可她却不去典当行，偏生向人打听楚州城最大的古董店，然后就大摇大摆地去了。蓝姑姑左右拦不住，可不焦躁吗？

墨九不以为意：“孺子不可教也，古董店怎就不可典当了？”

蓝姑姑气得脸都红了：“你那又不是古董，去古董店做什么？”

墨九负着双手，严肃着脸教育她：“因为古董店的价格比典当行高嘛。”

蓝姑姑快疯了：“可你那不是古董，价格高又有何用？”

墨九却很冷静：“价格高就可以了，我管它是不是古董？那是古董店老板该操心的事，你替他操哪门子心？这么浅显的道理，怎么就与你说不明白哩？”

“天老爷啊，救救我！”蓝姑姑再一次生无可恋地望天。

玫儿却拍手叫好："我家姑娘好生聪慧。"

"乖，回头赚了钱，给你买糖。"墨九摸摸玫儿的头，胸有成竹地大步往前。

可蓝姑姑想着一会儿被人打出来的惨状，好想痛哭："难不成疯的人，真是我？"

七月十五是鬼节，城中一些店铺早早就关了门，街道上摆着不少香案，卖冥器和祭祀物品的店家生意却格外好。这一番景象与墨九在后世所见不同，她就有些稀奇，东看西看，几步收不住脚。

那家古董店名叫"食古斋"，位于楚州城上风上水的西边，正当街头。但凡风水之道，都讲究个气运，此处坐北朝南，形成一个狮头之势，墨九一眼就可看出，是行家选的地。

店门的楹联大气有度，匾额上的字俊逸鎏金。

入内的通道上，挂有一个帘子，珠子串成的，仔细一看，竟是顶级南红。珠子一颗一颗垂着，像水滴似的，雕工极是精细。

高格调的地方，墨九喜欢。她没有撩帘入内，只隔着帘子望向里面，只见紫檀木的大柜台后面，有一个内室。门没有关上，不太隔音，隐隐约约有两个人的声音。

"此物你从哪里得来？"

"嘿嘿，赵集渡。特地拿来给东家掌眼。"

"嗯，是好东西。"

"东家可看出年份？"

说到此，大抵察觉有人进店，两个人的对话戛然而止。可墨九站在帘子外面，却微微一顿。赵集渡正是她初入楚州时下船的地方。她记得，当时她的罗盘出现了异常转针……

墨九顿时生出了兴趣，不待店家招呼，便大步入内："掌柜的，出货。"

掌柜是一个六十出头的老头，胡子都花白了一半，腰板却挺得笔直。他有些不痛快墨九的不请自入，但伸手不打笑脸人——尤其还是笑脸的漂亮妇人，撸一把胡子便道："小娘子卖什么货？"

"一块玉。"墨九说着，目光却瞥向他柜台上的一个仕女玉雕。

玉雕的美人儿尖下巴、鹅蛋脸，身着长袖襦装，芙蓉色帔帛，头梳仕女髻，不仅面目灵动，珠钗栩栩如生，便是衣裳纹路与线条也惟妙惟肖，服饰的外观与唐代无二，且从制作工艺来看，应是唐初的东西。

"这姐姐生得俏。"墨九眼睛一亮，不客气地上了手，捧着仕女玉雕，道："得有好几百年了吧？”说罢她目光又慢慢滑开，似不经意地看向卖货的干瘦男子：“老坟疙瘩里刨来的？”

盗墓在任何时代都是一个令人不那么光鲜的职业，尤其在当下传统的宗法社会，坟墓更是代表一种祖宗的精神权威，历史上的大多朝代，都对“发冢”之人有明确的刑律处罚。

所以，听她一说，那干瘦男子便涨红了脸，生气道：“你个小娘子好生不讲理，无凭无据，怎可平白辱人清白？”

墨九摆手：“非也非也，我这人向来老实。小郎足上的泥土与普通泥土不同，湿滑，性黏，隐隐泛着一种淡绿色……便是这个仕女玉雕的身上，也有这样的淡绿色，分明来自墓基。”

在她说话的时候，白胡子掌柜的目光已从惊疑变成了赏识。古玩这个行业，会纸上谈兵的大有人在，可只凭一双肉眼，便可分辨物品年份，还能如此细致入微地观察来源，就得靠一定的经验了。他没有想到这小娘子小小年纪，会有如此见识，不由又捋一把胡子，静听下文。

当然，墨九原就为给他看的。她继续问干瘦男子：“摸金之事，损阴德折阳寿，你不仅无丝毫敬畏之心，还敢如此大摇大摆拿到这里来卖？你信不信，我回头便告官把你抓了去？”

那人一听，急眼了：“在下只是二道贩子，与东家合作多年，他最清楚在下为人，岂会做那些鸡鸣狗盗之事？”

墨九斜眼瞪他：“盗墓贼脸上又没写一个盗字！凭什么信你？”

那人冷哼一声，着急解释：“这几日洪泽湖大雨成灾，赵集渡水位上涨，河岸庄稼都受了祸害，大水冲开地头毁了地基，这尊仕女玉雕，是一个农人在自家毁塌的地里刨出的，我从他手上花了十两银子买来……”

“停！”墨九转头问掌柜：“他问你要多少银子？”

那人一愣，马上红了脸，掌柜却面带微笑：“他要一千两。”

墨九又转回头，看那人：“你觉得卖多少合适？”

时下男子皆以大丈夫自居，无人肯与女子计较，那人平白无故损失了一笔银子，虽然不太高兴，但看掌柜也没亏他太多，给了二百两报酬，也没再多言便感恩戴德地径直离去了。

掌柜这才回头来问墨九：“不知小娘子要卖何物？”

墨九把手上的玉佩递上去："这是我祖传之物，掌柜的看着给个价。"

掌柜是个行家，把玉佩托于掌中，只观一眼，就放在柜台上，摇头笑道："小娘子目若朗星，洞若观火，就不要戏耍老朽了，这块玉琢之不足五载，玉质也不算上乘，小娘子应拿去当铺，或可换二两银子。"

墨九一脸不解的样子，老实至极："不是古董？"

掌柜眉头都在笑："不是古董。"

墨九哦一声，又把玉拿回来，反复地看："可我祖宗昨晚上才托梦于我，说这是先秦时代的和田玉，都传祖宗十八代了，怎会不是古董哩？"

"这……"掌柜哑口无言。

蓝姑姑丢不起这人了，她一把抓住墨九的手，连同玉一起拿了，点头哈腰地给掌柜告歉，想把墨九拉走。可墨九人小力却大，丢开她，又跑到掌柜面前，趴在柜上道："掌柜别不信，你再瞧一眼，真是我祖宗托梦告诉我的。"

迎上她晶亮的眸子，掌柜考虑一瞬，突道："敢问姑娘祖宗是谁？"

蓝姑姑："……"

莫非疯病会传染？连这掌柜的也染上了？

墨九笑着拿张凳子坐到掌柜的面前，一本正经地回他："墨子啊。"

听到"墨子"之名，掌柜明显一怔，再凝目看她片刻，竟从她的手上把玉接了过去："姑娘想换多少钱？"

"嗬！谈钱太俗气了，其实我是有个事想与掌柜商量。"墨九苦哈哈地看着他，一把将蓝姑姑扯过来："您看，我上有七十岁的老母。"把蓝姑姑挪开，她又把玫儿扯过来："下还有十二岁的幼妹。"吸一下鼻子，她道："所以，我想在墨家堂口混口饭吃。"

掌柜意外地微笑道："小娘子如何看出来的？"

墨九盯着他大拇指上的扳指："玉坎扳指，自当姓墨。"

这些墨家内部的事，都是墨九那一日从墨灵儿嘴里撬出来的。可掌柜哪里知晓？他惊疑一瞬，随即哈哈大笑："小娘子好眼力，实不相瞒，老朽正是墨家坎门长老申时茂。"

他顿了顿，像是想到什么，又有些唏嘘："依小娘子的本事，想在墨家堂口掌事也不难。只我墨家近日平白招了祸端，如今族中无人主事，几个长老都去了临安，老朽又不管事。"

"懂！"墨九点点头，干脆地道："那长老对赵集渡的事，也不感兴趣？"

申时茂问："赵集渡有何事？"

墨九慢慢地从怀里掏出罗盘，在申时茂突然凝重的目光下，慢声道：“那一日我途经赵集渡口，罗盘以转针示之，针转而不止，强且有力，必集大冤。墨家子弟以兼济苍生为己任，如今且不说那墓葬现世，古董遍地，就说连日大雨成灾，乃冤怨之气影响风水致祸，洪涝之灾伤及众民，长老也不管吗？”

“你待如何？”申时茂还在看她手上的罗盘，目光时明时灭。

墨九露出一笑，大言不惭道：“赵集渡的事，你用得着我。”

坎门长老与大墨家其他长老不同，他闲事不太管，就醉心古玩，这些年在墨家一直管着与之相关的堂口事务，座下徒弟倒也多，还真没有一个像墨九这般机灵的。

沉吟一瞬，他道：“莫非小娘子想拜老朽为师？”

“不。”墨九笑道，“我想收你为徒。”

申时茂一把花白的胡子顿时僵硬了。

这句话实在猖狂，且不论其他本事，便是他的年纪也可以做墨九的爷爷了。

气氛僵持着，蓝姑姑与玫儿也有些尴尬，墨九却不在意，收回罗盘起了身：“刚才那句玩笑的，长老不必介意。”

申时茂面色一缓，正想寻着台阶下来，却听墨九又道：“依你这般资质，又如何做得我徒儿？”

几个人再一次愣住，蓝姑姑都想大喊从来不认识她了，墨九却笑眯眯地上前，捏住申时茂的手，重重握了握：“期待与长老合作，你考虑一下，三日后我会再来。”

完全不知自己的行为有多么惊世骇俗，她意态闲闲地转身，瞪向蓝姑姑与玫儿。

“在发什么呆哩？走了！留下来，这老头也不会请咱吃饭。”

申时茂蹙紧眉头。她走出内室，绕过柜台，撩起南红珠帘，微微一顿，又疾步回来，走到他面前不客气地摊开手：“差点忘了，我家祖传的玉你收了，还没给银子哩？”

她那玉最多值二两银子，可申时茂是一个慈爱的长者，她都“上有老下有小”了，他又怎好意思只给二两？于是他问：“你要多少？”

墨九竖起两根手指。

申时茂笑道：“虽非古董，也是缘分，二两太少，老朽给小娘子二十两。”

墨九把指头在他眼前一晃：“我是说二百两。这是我家祖宗托梦告诉我的，我祖宗可从来不说假话的哦！”说到此处，她两根指头变成一根，指向申时茂的脸：“你不肯出二百两，难道是认为我祖宗会说假话？”

从食古斋出来，蓝姑姑拎着诓来的二百两银子，手有些发软。墨九却毫无压力地负着双手，领着她们在楚州城里大吃大喝了一顿，一直逛到夜幕降临，方才往河边走。

中元节放河灯，是传统。今儿是七月十四，河岸上已隐隐有道士的“祭鬼歌”，怪里怪气的腔调似捏着脖子从喉咙里憋出来的，很有惊悚的效果，可墨九听来十分新鲜。她以前考古，对这些知识并不陌生，可实地感受，又另有不同。

七月流火，夜晚河堤上的风，入袖已凉。

吹着河风，望向夜空，听着祭鬼歌，墨九竟有些恍惚。

跨越了时空，她如今穿了另一个人的身子，到底是人，还是魂？

同一个苍穹下，茫茫的宇宙中，是否真有平行空间？

前世的她在阴山皇陵，是死了，还是怎样了？

她没了之后，她家的古董店，可怎么办？

最痛苦的是，她费了好大工夫从四川弄来的腊肉腊肠还晾晒在阳台上，没有来得及吃。

“姑娘，这世上真有鬼吗？”玫儿是个好奇宝宝，整天各种问题，显然把墨九当成了《十万个为什么》。

换往常，墨九会逗她两句，可大抵鬼节到了，月亮太圆，人们迫不及待放入河中的一盏盏荷花灯又惹了她的眼，她轻轻一叹，难得正经道：“你认为有，就有。你认为没有，就没有。”

她越正经，玫儿越不当她正经。唔一声，玫儿嘟嘴道：“姑娘又玩笑，玫儿都不懂。”

墨九翻白眼：“意思是，人心里住了鬼，就有鬼。”

玫儿更糊涂了，瞥着她严肃的脸，哦一声，换了话题：“那姑娘怕不怕鬼？”

墨九摇头：“鬼有什么可怕？”

玫儿咋舌：“那姑娘说，什么最可怕？”

墨九沉默了一瞬，才回答她：“人心。”

玫儿太小，显然不太懂，但一张尖巧的瓜子脸上却写满了崇拜，抓住墨九的衣袖，满满依赖地靠着她道：“我娘还活着的时候，常给我讲鬼故事。她说鬼会在夜深人静的时候来抓娃娃吃，玫儿便怕得紧，不敢走夜路，不敢睡在灯火照不见的地方……姑娘，你有没有听过鬼故事？”

墨九笑眯眯的：“没，你给讲一个？”

鬼节讲鬼故事有些刺激，也极富挑战，玫儿还没有讲便紧张起来，抓住她的袖子，左右四顾着很害怕。

墨九笑了笑，把她带到河堤的一块凸石上坐下：“石头坚硬，阳气最重，鬼便过不来了。讲吧。”

“哦。”玫儿挨她紧紧的，“从前有一个秀才，他赴京赶考，为了省些盘缠，便夜宿荒山，靠在了一座孤坟上头……”

河灯照亮了水面，为夜色中的波光添了几分神秘的色彩，伴着玫儿的鬼故事，冥纸的味道弥散在了空气里。可讲着讲着，远处的人群却突然嘈杂起来。

“不好，有人掉河了。”

墨九是来“旅游”的，对什么事儿都感兴趣。她曾说辜二是一个十处打锣九处都在的人，其实她自己才是。听见喊声，她招呼着蓝姑姑和玫儿，便往人多的地方挤去。河水里，有一个男子在拼命地“扑腾”，一些会水的人正跳下去施救，其余的好事者，则围在河堤上窃窃私语。

墨九伸长脑袋看着，突听耳侧传来一句：“成贵哥，快看，大少夫人在那里！”

“哈，二爷的法子果然奏效。你们几个过去，请大少夫人回府——”

看着一群人朝自己走过来，墨九恨不得把脑袋缩回肚子里。看来萧二郎人品不怎么好，脑子却还够用，不仅探得了她在这里，还用了这样缺德的法子引她出来。

“姑娘，怎么办？”蓝姑姑紧张得声音都颤了。

“王八蛋！”墨九低咒一声，“事不宜迟，我们分头跑，回头农庄碰头。”

这货胆儿大，倒也不紧张，撒开脚丫子就跑，转瞬就消失在人群中，没了影子。

可她这么一走，蓝姑姑和玫儿却着急了。

“农庄在哪儿？”

“……不知。”

“呜，你往哪边跑？”

“我……这边。你……那边。”

河灯像一盏盏悬挂在河上的灯火，照亮了墨九逃跑的路。她跑得很快，可从一开始便成了人家的目标，所以追赶的人，她也一直没法甩掉。好在今晚河岸上人多，她个子又小，在人群中钻来挤去，一时半会儿那些人也追不上。

墨九气喘吁吁地挤过一条河湾，发现前方的岸边泊了一艘桨轮船，甲板上有一把梯子挂着，直入岸边，似乎为了方便上下船之用。她回头一瞅，下意识地爬上悬梯，跳上甲板，抽回梯子，等那一群人跑过去，她才松了一口气。

可这时，背后却传来辜二的声音：“九姑娘，我们又见面了。”

一回是巧，二回是巧，三回又见到辜二，墨九很难相信是巧合了。

但他好歹是旧识，在逃跑的路上碰见他，墨九并不排斥。她拨了拨头上的布巾子，向他端正地行了个礼：“又打扰了，还请辜家公子原谅则个。”

辜二疑惑道：“九姑娘为何在此？”

“哦哦哦，我路过。”路过也不能“路”到人家船上来呀，墨九无法自圆其说，四处张望一下，技术性地岔开话：“你家相好的，今儿不在？”

看她把这艘桨轮船也当成花船，辜二脸色有些窘迫：“九姑娘玩笑了，这船是家里的，平常在河两岸往来，贩些货物。今儿大哥和家人都没在，我这不过来寻人吗？”

“哦哦哦，也是。”墨九盯着远处的河灯，“你家好像很有钱？”

“勉强可度日。”辜二谦虚地微笑。

“那我就没负疚感了。”墨九想到了辜大供给“食神”的鸡鸭。

“此话何解？”辜二却分明不懂。

“呵呵呵。”墨九笑吟吟地看着他，“我是说，你既然有钱，那这样的良辰美景，不摆上一桌，吃点小酒，岂不是负了河岸风光？”

船上居然有现成的酒食，辜二很快便摆了上来。墨九也不客气，拿过酒杯，便热情地为他斟酒：“来来来，我们相识有缘，先干一杯！”

辜二盘腿坐在她对面，却不碰杯子。

墨九眼一瞪：“怎的，瞧不上我，请你吃却不吃？”

辜二面露难色，没好意思说这些东西原就是他的，只低了声音道：“九姑娘请吃喝，辜某怎觉得，像极了……鸿门宴？”

墨九把他面前的酒杯端过来，一饮而尽：“怕我下毒不成？你不喝我喝。”

她原本确实想把这厮灌醉，问一问为什么老是恰好出现在她面前，可人家有了警惕心，她也就没机会了。一边愉快地吃喝，她一边东张西望地睨着船下河岸的动静，突地看见一个熟悉的人影慌里慌张地跑过来，四处打量着，就差大声喊她的名字了——那不是蓝姑姑又是谁？

墨九扒了扒酒杯，拿出弹弓，往船下一弹，铁弹丸正好落在蓝姑姑的脚边。

蓝姑姑吓了一跳，猛地抬头看来，见到墨九，顿时大喜：“姑娘，原来你在这儿，让我好找。”

这一刻，墨九也觉得自己心都操碎了：“不是说分头回农庄吗？你寻我做什么？”

蓝姑姑拿袖子拭着额头的汗水：“可我找不到农庄。”

墨九无奈地叹口气：“你能活到今日，老天爷真是慈爱。”她正待让辜二放悬梯把蓝姑姑弄上来，突地又想起一件事："玫儿呢？"

蓝姑姑哭丧着脸："我正想告诉姑娘，我跑过来的时候，听见玫儿在哭。她好像被抓住了，还挨了打……"

墨九问："她为什么也没跑？"

蓝姑姑哇的一声哭了："她也找不到农庄。"

揉一下额头，墨九已经没有力气感谢老天爷的慈爱了，她目光烁烁地转头看向辜二："可不可以……"

"不可以。"辜二皱眉道，"九姑娘，辜某不便插手，毕竟这是萧家的家事。"

墨九瞪他："放心好了，我摆得平。我只想告诉你——"她指了指漆桌上的酒食："这个酱爆鸭爪不错，可不可以给我留着？"

一脸豪气地说完，墨九上岸往回走。本来盘腿而坐的辜二绷紧嘴角，也顺着悬梯下来，走在她的后面，不远不近，也就距离十来步的样子。

墨九心念一转，掉头看去："不是说不想插手吗？"

辜二道："辜某看热闹。"

墨九："……"

一个这样子的人会喜欢看热闹？墨九当然不信。她一直记得宋骜和萧乾说过，这辜二功夫了得，是当朝丞相谢忱派到谢丙生身边的，那么，他应当算谢忱的人。可他老在她面前转晃，到底为了什么？

墨九疑心他，可河岸不是她家的，人家要跟着她无法，只好心建议道："你不如把漆桌搬过去，拎两壶美酒，拿上酱爆鸭爪，边看边吃。"

闻言，辜二石化。

忧心着玫儿，墨九与蓝姑姑脚步很快。再回到先前的河堤时，发现比她逃跑时，更加热闹了。一片璀璨的河灯与行人拎着的牛角灯交相辉映，把一团拥堵的地方照得亮如白昼。人群都在往前挤，骚乱不堪，却又自动围成了一个圈。

"贱蹄子，说是不说？"玫儿被一个家丁模样的粗壮汉子抓在手上，强跪于地。很显然她已挨过暴揍，粉嫩的小脸高高肿起，变了形状，衣衫与头发也凌乱不堪。

"啊……我不晓得，我真不晓得。啊……啊……"玫儿的惨叫声凄厉、尖锐，像被人活活撕开了血肉，听之心惊肉跳。

那些家丁却不怜香惜玉，揪住她的头发，强迫她把头仰起，又一巴掌抠在她脸上。

萧二郎早已闻讯赶来，对准玫儿的心窝就踹上一脚："臭丫头，不想活命了？快说，你把大少夫人拐哪里去了？”

玫儿蜷缩着身子，嘴里痛苦地唔唔着，拼命摇头，试图挣扎。可时下的男人都崇尚武力，几乎都会点儿拳脚，更何况她不过十二岁的年纪，哪里拧得过孔武有力的家丁？便是双手双脚和嘴巴都用上，也不过徒增他们的戾气。

“臭丫头，敢咬我？”

一群壮汉像野狼撕扯绵羊似的，一个扯住她的头发，另一个人掐住她的喉管，用一种几近令人窒息的力道迫着她：“说不说？”

不知是不是咬破了舌头，一缕鲜血顺着玫儿的唇角流下，染红了她的衣领，在胸前滴下点点血花。

“这小丫头也太倔了。”

“少夫人的事与她何干，说出来，不就免了皮肉之苦吗？”

“丫头，快说吧！”

“说吧！”

有同情心的人，都忍不住劝起来。玫儿的脸已经不成人样，但她哭泣着，紧紧咬住牙齿，发出一种动物似的悲切痛呼：“玫儿不晓得姑娘在哪儿，不晓得……呜……不要问我了……玫儿不晓得……”

墨九匆匆赶到，听见玫儿的哭喊，急不可耐地钻入人群，只见萧二郎把脚踩在玫儿的头上，把她本来漂亮的小脸儿压在河沙上碾磨，脸上带着一种残忍的，没有人性的漠然，不由恼从中来。

“他娘的……”

蓝姑姑站在墨九身后，看这画面也被吓了一跳。但她顾不得那许多，她此时只想保护墨九，一双颤抖的手拖着墨九，几乎使尽了力气往回拽，拼命摇着头，示意她不要出去。可墨九冷不丁回头瞪她一眼。

这一眼，很冷厉。

是蓝姑姑认识她十几年都没有见过的冷。

她的手，慢慢就松了。

墨九不再多说，把弹弓拿在手里，装上一颗铁弹丸，指向萧二郎的脑袋，哼声道：“萧家二爷果然好本事，这么多人欺负一个小丫头，威风哪。”

她冷冷的视线看过来，映着河灯，照着皎月，肌肤的柔美、青葱，生气让她的样子更为灵动，小仙女似的，艳美得不可思议。萧二郎抬头一看，满眼都是星星：“嫂嫂终于舍得出现了？”

墨九下巴一抬：“你不是在找我？放了她。”

萧二郎笑着，踩住玫儿的脑袋碾了碾：“只要嫂嫂随我回府，我自会放了这丫头。”

墨九将弹弓压低，指向他的眼：“你觉得我心眼好？”

萧二郎白净的脸上，有一抹得意的光：“你心眼自然好。”

说罢他奸笑着摆了摆手，那两个扼住玫儿的家伙收到眼神，便去扒玫儿的衣裳，两双大爪子放在她纤细的小身子上，毫不客气，扯得玫儿生生挣扎叫唤：“姑娘……快走……莫管玫儿……”

墨九的目光微微阴冷。

她心眼确实不算很好，若面前的小丫头不是整天跟她腻在一块的玫儿，不是把她当神一样崇拜的玫儿，不是宁愿被萧二郎毒打也不供出她的玫儿，她不会为之失去自由。

慢慢地，墨九收回弹弓：“你赢了。”

萧二郎干笑两声：“心甘情愿？”

墨九点头：“心甘情愿。”

萧二郎又问：“不跑了？”

墨九再点头：“不跑了。”下一次她用走的。

萧二郎转动着手上的一串碧玉珠子，笑容柔和了几分：“嫂嫂想通就好。你我好歹一家人，不必伤了和气。回去之后，我自会在奶奶面前替你美言，嫂嫂也不必害怕受罚……”

墨九哦一声：“听上去你好像蛮厚道。”

萧二郎暧昧地一笑：“待嫂嫂嘛，我自然厚道些。”

轻轻笑着，他的脚离开了玫儿的头。两个家丁拎鸡仔似的把玫儿拎起来，丢在河沙上，像丢一个破布娃娃似的，没有丝毫怜惜。

墨九静静地看着这一切，不声不响地走到萧二郎的面前站定，又看向他身侧的家丁：“借你棍子一用。”

说罢不待人家反应，她抢过短棍，二话不说便朝萧二郎当头砸下。

一记闷棍，砰的一声响，世界安静下来。

谁也没有想到她会突然打人，而且还打得这么狠。

萧二郎也没有想到，抚着额头，鲜血就从他的指缝流下，那场面比玫儿流血的样子还要狰狞恐怖：“你居然敢打我？”

“嗯。我打你了。”墨九诚实地点点头，又把棍子塞回家丁手上，淡然地把玫儿扶起来，交到蓝姑姑手上，轻轻拍了拍她的背，让蓝姑姑带着她离远点，然后直视萧二郎："二爷破了相，怕是不好替你大哥行拜堂礼了吧？"

"你个臭娘们！"萧二郎挨了打，又被她一激，彻底爆发了。他抹一把脑门上的鲜血，指着墨九道："来人，把她给二爷绑回去。"

啪的一声，随着他的话落，又一道闷声响起，那家丁的棍子直接敲在了墨九的后颈上。愣了愣，看萧二郎愤怒地瞪他，家丁无辜地道："这样她便乖顺了，可不由着二爷？"

萧二郎一怔，像反应过来，抿抿唇，阴阴地走向墨九："好主意。"

墨九挨了一记闷棍，脑子发晕，只觉面前的人影扭曲了，河灯也像一颗颗闪耀的星星，昏天黑地……可在敌人面前暴露虚弱，就是找死。她很清楚不可晕倒在萧二郎面前，所以就算把眼皮子撑破，她也决计不能倒下。

"萧二郎！"她镇定地喊他，"你可晓得我是谁的人？"

萧二郎阴阴一笑："入了萧家，你自然是我萧家的人。"

墨九一哼："糊涂！难道你没听人说过，我其实是……萧六郎的人？"

后面几个字，她把声音压得很低。

旁人听不见，独独入了萧二郎的耳。

他虽是国公府的公子，可萧六郎却是当朝枢密使，由不得他不忌惮。然而，只一愣神，他就冷笑起来："你若说旁人，二爷也就信了，若说六郎……"他脸上露出一抹怪异的表情："就算你美若天仙，他也未必肯多看你一眼。"

萧二郎两束似笑非笑的目光，像嗖嗖的利箭，直入墨九渐渐模糊的瞳孔。他毫不掩饰的猥琐之意，有一种盯上猎物的掠夺感，让墨九汗毛一竖，紧了紧手上的弹弓，后退一步："你要不要脸了？我是你嫂嫂。"

"你自然是嫂嫂。我奉老祖宗之命，特地接嫂嫂回去。嫂嫂若撑不住了，就老实跟我回吧……"看着她摇晃的身子，萧二郎风流地舔下舌头，慢慢逼近她，用极低的声音道："今儿晚上，我会好好照顾嫂嫂的……"

"哦。"墨九咽口唾沫，与他周旋，"那就麻烦你，先来一顶软轿吧。我累了，走不动路……"

她认为河堤上人山人海，只要她不离开这里，萧二郎便不会太过分。

可她显然高看了这厮的人品。

众目睽睽之下，他低下头来，一把拽住她的肩膀："我背嫂嫂——"

被他爪子一碰，墨九浑身鸡皮疙瘩，可想要甩开他，身子却无力。心里焦躁得有些发毛，她正寻思怎么应对，不想，一道不温不火的声音，便从嘈杂的人群外传入耳来。

“二哥请人的方式，让为弟大开眼界了！”

有一种人，天生便有这样的气场。他不必多做什么，多说什么，就可以让人心生敬畏，从骨头缝儿里感到害怕。萧六郎便是这样的人。

萧二郎心脏一抽，和众人一起，齐刷刷望去。

拥堵的人群，自动让开一条道，萧六郎从中走出，一袭月白的轻薄锦袍，衣染香，面带笑，似踏着月色与河灯而来，颀长的身影沉稳挺拔，被一团暖色的微光包裹着，似妖邪又似仙道，分明纤尘不染，却又冷漠寡情，凉薄得令人不敢正视。

“不倒不倒我不能倒。”墨九默默念着，觉得也不能在萧六郎面前示弱。

于是，她使出吃奶的力气站直身子，一派云淡风轻的样子，脸上还带了一抹笑意……

可突地一声“嗷呜”狗叫，一只黄毛大狗闪电般朝她冲过来：“汪！”

这狗就是狗，它看不清形势，久别重逢自然高兴地扑上去亲热墨九。于是，它两只爪子往前一扑，墨九本就站立不稳的身子便扑通一声，重重栽倒在地。

“死狗，我宰了你红烧！”四仰八叉地倒在地上，墨九形象全毁，看着面前吐舌头摇尾巴，歪着狗脑袋要亲她脸的旺财，脖子一偏，晕了过去。

墨九是在马车上醒来的。

那家丁敲在她后颈上那一记，并没有下太狠的手，这一路颠簸摇晃，她渐渐有了意识，觉得有一根毛茸茸的东西在自己脸上刷过来，又刷过去，想半晌终于睁开眼，看见一只狗屁股……

“死狗！”她骂一句，喉咙干得缺水。

“嗷嗷！”旺财愉快地扑过来。

墨九悲痛地偏开头：“不要把口水弄我脸上……信不信我把你宰了，先熬汤，再吃肉。”

“姑娘醒了？”蓝姑姑也在马车上照料她，速度却比旺财慢了半拍。看见她又能骂人了……不，骂狗了，觉得整个天都亮了，一把鼻涕一把泪的，全都擦在墨九的衣服上：“可吓死我了，你要有个三长两短，我可怎么向娘子交代啊？”

墨九嫌弃地看着她的手：“把手拿开！”又嫌弃地看一眼旺财的爪子：“把爪子拿开。”

旺财放开爪子，在她身边趴下来，把长嘴巴支在她腿上，闭上眼睛装乖。蓝姑姑却又抹一把眼泪，在她身上擦了擦："姑娘想吃点什么？使君车上有好多吃的……"

相处久的人，果然了解品性。蓝姑姑也聪明了，墨九一听见"吃的"，立马精神了。她摸了摸钝痛的后颈子，顺着蓝姑姑所指看了过去。

嘿！莫说萧六郎还真奇葩了，墨九坐过两次他的马车，以前除了药品和书，并无其他杂物，极为干净整洁。如今那架子上，放了一个晶莹的琉璃瓶盏，瓶盏里装了糖、蜜枣、果脯等各种小吃，地上还有一篮他不知哪里打劫来的咸鸭蛋。

扒开凑过来想分一杯羹的旺财，墨九打帘子望向车外骑马的萧乾："喂，看不出来你还挺够意思的嘛。从临安回来，特地给我带这么多好吃的，谢了啊。"

萧六郎淡淡瞥她一眼，并不回答。

墨九却晓得他那一眼的意思，无非是："别不要脸了，谁给你带吃的？捡到吃的你就吃吧，吃都堵不上你的嘴吗……"

不过她不介意，至少萧六郎今儿晚上帮了他。于是，她一边剥咸鸭蛋，一边嫌弃："其实我不太喜欢吃咸鸭蛋，下回你要买，就买松花蛋好了，我好久没吃过，怪想念的。"

"松花蛋？"蓝姑姑看着她，"那是什么蛋？"

墨九愣了愣，这才想到或许这个时代没有松花蛋，不由眼前一亮，哈哈大笑道："那可是人间美味，想来六郎也没有吃过吧？嗯，回头我做一些，送你两颗……"

咦，这句话好像有哪里不对？她住了嘴，看萧六郎并没有多余的表情，似乎也没有察觉到有何猥琐，又放了心，边啃咸鸭蛋边道："不过做松花蛋需要一些时间，我若离开了萧家，你也就吃不上了。"

萧六郎目光一凛："你还想离开萧家？"

墨九点点头，吃着东西含糊道："你把我从萧二郎手里救下，肯定就是想放我离开嘛，要不然，又何必多此一举，对不对？我就知道，你是个好人，不忍心看我嫁给你体弱多病不能人道的大哥守一辈子活寡……噫……"

她话还没有说完，马车已经停了下来。

抬眼一瞄，就看见面前夜幕下巨兽似的萧府，墨九抽搐了下嘴角。

萧六郎也慢慢转头，视线定在她脸上："还有三天便大婚了，嫂嫂收收心。下回再跑出去，就未必有这样的好运了。"

墨九一瞬不瞬地看他："你没开玩笑吧？"

萧六郎不理会她，只对出门迎接的管家仲伯道："把大少夫人送回去。"

看着那一扇铁铸铜钉的侧门，墨九生无可恋了。

众人鱼贯入府，远远的花间小径上，温静姝拎着羊角灯款款走过来。

大抵在萧二郎那里触了霉头，她一脸的死灰色，但看见墨九与萧乾，却微微一笑，眉目间添了几分春色："六郎把嫂嫂接回来了？"

萧乾嗯一声，把马缰绳交给薛昉，从温静姝身边走过，径直离开了。

温静姝怔了一瞬，走过来扶墨九："嫂嫂受委屈了。刚才老祖母说，让静姝先送嫂嫂回去休息，明日再去仙椿院……赔礼。"

墨九哦一声："老太婆还没死哩？"

温静姝一愣，撇着笑的唇角，怪异地扭曲了："嫂嫂仔细脚下。"

又一次回到"冥界"，墨九再也撑不住疲软的身子了，倒在床上看着帐顶眯了一会，方才想起来，又大声喊蓝姑姑："玫儿哩，为何我没有看见她？"

这没心没肺的，这才想起？

蓝姑姑瞪她一眼："你晕过去后，萧使君便让薛侍统差人把她送去医馆了。她伤得不轻，今夜恐怕回不来，姑娘先歇着吧，不必惦念了。"说罢为墨九掖了掖被子，蓝姑姑又道："使君还吩咐，姑娘脑子若有不适，可去乾元小筑唤他。"

乾元小筑想必是萧六郎的住所了。可墨九对他有气，一手拂开被子，瞪视道："我看他全家都脑子不适！哼，他医术那么高明，为何不为玫儿开点药，为何不给玫儿治疗？还假惺惺地送什么医馆，我看他与萧二郎，也是一丘之貉。"

"姑娘……"蓝姑姑惊讶地看着她，"你是真傻还是假傻？"

墨九道："真傻。"

蓝姑姑哦一声："那就对了。"

若不是真傻，又怎会不知以萧六郎的身份，能够派人把玫儿送去医馆已是仁至义尽？莫说玫儿，便是多少王侯公卿想让六郎一诊，也得看他心情……这姑娘得了一个"脑子不适，可随时找他"的好处，竟然骂他，那果然真傻了。

"唉，可怜的。"蓝姑姑放下帐子，"睡吧。"

墨九哼哼着，半晌没了声音。

可半夜里，她又做噩梦，扯着嗓子喊蓝姑姑。蓝姑姑就睡在外间，赶紧披衣过来，看她大汗淋漓，赶紧绞了温毛巾，为她擦脸，给她顺着后背："这是怎么了？怎么又做梦了？"

“做梦了，无事。”墨九接过毛巾抹了把脖子上的汗，远远丢入面盆，看水花从盆中溅出，突地压低声音：“姑姑，我想去做一件事。”

闻言，蓝姑姑头皮都麻了。这九姑娘要做的事，准没好事。

果然，不待她问，墨九便道：“我想去看看我那个病痨夫君，到底是个怎样的人？终身大事哪，姑娘总不能做睁眼瞎，平白无故把自己嫁了吧？”

月黑风高正是干坏事的好时候。若再下点雨，那更是锦上添花。

墨九的小院，只有她与蓝姑姑两个，那“鸡血与冥界”的故事，余温未消，至今无人敢来。但萧二郎的监视给了墨九警惕心，她仍然没从门口出去，找了一件蓑衣披上，戴上一个大斗笠，她再次搭梯子爬上了院墙，想从辜家的墙上爬过院子，再溜去萧大郎的南山院。

辜家的人还在外面“辟邪”，没有回来。

可墨九想到见死不救的辜二，捡起一片碎瓦，就砸辜家的房子……

她对萧家不熟，但前几日听夏青说过，因萧大郎生着病，一直居住在最南边向阳的院子，所以往南边走，就绝对不会错了。

夜深人已静，又下着雨，她们几乎没有遇到人，就看见了“南山院”三个刚劲有力的大字。但蓑衣和斗笠不太遮雨，两个人头发和裙摆都湿透了，站在雨夜下，看着孤寂的院子，听着风的沙沙声，有一种阴森的感觉。

蓝姑姑缩了缩肩膀：“姑娘，我们进不去的，回吧。”

南山院的围墙格外高，她们没有梯子，又不能飞檐走壁，如何进得去？蓝姑姑揩了一把汗，心道这下可以打道回府了。

可墨九却想也不想，直接上前拉住门环就敲：“喂！有人在吗？开门。”

“……这傻子。”蓝姑姑被雨迷了眼，哭不出来了。

跟着这么一个主子，她每天都提心吊胆，担心时日无多。可没有想到，门环的咚咚声里，门却开了。探出头的人，撑了一把油纸伞，是个熟面孔。

墨九没动，蓝姑姑却失声惊唤：“薛侍统？”

薛昉似乎也有些惊疑：“墨姐儿果然来了？”

“这话问得稀奇。”墨九探头往里一望，小狗似的嗅了嗅，“莫非你早就晓得我要来？”

薛昉也不多话，只摊手道：“里面请。”

一个陌生的地方，总会让人心生不安。蓝姑姑每走一步都小心翼翼，就像生怕踩到什么东西，或者半道上突然冒出一只大怪兽把她叼了去。

可墨九上辈子的考古生涯，让她习惯了黑暗与安静，哪怕只有羊角风灯弱弱的微光，她也走得自在踏实。

三个人谁也没有说话。

院子静谧得好像不曾有人居住一般。

湿润的衣料在走动的摩擦间，被微风吹出窸窣的怪异声，让人心生诡奇之感，蓝姑姑突然有些冷，不由又跟紧了墨九……连她自己也没有发现，不知从什么时候开始，那个需要她保护的小姑娘，疯是疯一点，却让她有了依赖心。

“多大个院子，走这么久？”墨九突然顿步，目光亮晶晶地盯住薛昉，“薛小郎，莫非在逗我玩？”

她是个现代人，不像蓝姑姑那么呆萌痴傻，在院子里来回绕了小半个时辰了，还没有走到地方，怎么可能？便是南山院再大，能大得过萧府去吗？

薛昉一听，停下脚步，恭敬地道：“萧使君交代，大郎君喜静，不耐喧杂。墨姐儿的脚步何时轻了，走路也有风仪了，便何时领你去见大郎君。”

墨九心头血涌上喉咙：“所以，你在带我遛弯？”

薛昉不好意思地垂下头：“也许遛得不好，让墨姐儿见笑了。但平常我遛旺财也是这般，它跑得可欢畅呢。”

“好小子！”墨九呵呵干笑，朝薛昉竖了竖拇指，“遛得好。”

她从不做无谓的口角之争，因为她深知，当一个人没有争辩的能力时，说什么都是多余。她脱下蓑衣斗笠，想着温静姝走路的样子，放缓脚步，扭动腰肢，那裙裾飘飘迎丝雨的样子，真就有了几分古代女子轻移莲步的美妙……可这货又哪肯放过薛昉，她纤手一抬，就把掌心搭在薛昉的肩膀上，露出一抹似笑非笑的羞态：“薛小郎，这样走可好？”

美人儿一笑可倾城，墨九倒没有倾城，只把薛昉唬得脊背一僵，冷汗直往下落，连动作都僵硬起来，再不敢带她遛弯了，飞快地把她领入竹林深处一排用巨龙竹搭建的小竹楼。

“墨姐儿自去，先沐浴熏香，方可得入大郎君住处。”

这么多规矩？见他的面还得沐浴，多大派头？

萧大郎，萧长嗣……墨九念叨着这个名，慢慢抬步。

“太萌了，我还没见哪个人装逼装得这般超凡脱俗！”

薛昉不知她所云何意，挺胸抬头做死状，不吭声。

蓝姑姑却拖住她的袖子：“姑娘，不妥。大婚前相见，本就不吉。更何况，你一个姑娘在这儿沐浴……”她看一眼风影摇摆的竹林，身子一个激灵，“我觉得这地方阴森森的，有些恐怖。”

“你的直觉总这么调皮。”墨九瞪她，“你见过比我墨九还恐怖的人？见过比我墨家小寡妇还不吉利的事？”

墨九想把蓝姑姑留在外面，可她非跟不可。墨九也懒得理会，不客气地推门而入，发现里面居然有一个四四方方的小天井，天井的中间有一眼白玉石砌成的浴池，像是早就为她准备好似的，池汤冒着热气，檐下放着干净的衣服，很是喜人。

“咦，还可以泡温泉？酸爽啊！”

她让蓝姑姑把门关好，却不敢用这不明物质的水来洗澡，只象征性地打湿了头发与手，衣服也没换，又在池边坐了一会，理顺了心情，方才出门，大声喊薛昉。

薛昉站在雨下，身子已被淋得湿透。

“墨姐儿，跟我来。”他撑着油纸伞把墨九迎出来，拐入一个檐角，再次站在另一座更高大的竹楼前，躬身道：“墨姐儿，大郎君就在里面，您请。”

竹楼的大门是开着的，被风吹得有些摇晃，一盏油灯，也忽闪忽闪晃个不停，带了一种压抑的凉意。

蓝姑姑被薛昉拦在外面，不由紧张：“姑娘……”

墨九回头，冲她摆摆手，一个人慢慢走进去。

屋子的地面干净如镜，几乎可以倒映出她的样子，绕过一张描着翠竹的屏风，一幅轻薄的黧黑色帐幔从顶落下，拦在了面前，很干净、很整洁，直垂于地，将里外隔成了两个世界。

透过轻薄的帐幔，墨九看见里面有一个男人。

他坐在一张类似于轮椅的木质大椅上，并没有动，里面也没有灯火，只帐外的微光透入，将他瘦削颀长的剪影倒映在帐幔上，像她小时候看过的皮影戏。不过也看得出来，他个头很高，五官很有轮廓，但若想再看仔细点，却发现什么都看不分明——这个度掌握得恰到好处。

墨九道：“你就是萧大郎？”

帐幔里的人咳嗽一声：“我是。你来了？”

一声很熟稔很平常的问候，用他沙哑低沉的声音道出，少了一些活力，只一听便知是一个身体有恙的病人。

墨九是个有道德操守的人，她觉得伤害一个病人，或者对病人说一些过分的话，不太厚道。

于是，她好心问：“你还活着呢？”

帐幔中人又一阵咳嗽，像被呛住了：“没死。”

回答还有力，证明短时间死不了。也就是说，她想做寡妇似乎也不太容易，可活寡妇分明就比寡妇难熬嘛。

为了不伤害病人的身心健康，墨九又问："你大概还能活多久？"

帐幔中的男子，这一回沉默许久。

不过他没恼，似乎还笑了一下："六郎说，我可能会活很久。你是不是很失望？"

失望倒没有，毕竟墨九与他不熟，也没有希望他死去的恶毒心思，她只问："既然你一时半会死不了，也就不需要什么天寡治病，那可不可以麻烦你告诉你家里人，强扭的瓜不甜？"

帐幔微微一动，没有声音。

墨九上前一步，立在了油灯的光影里："我不想嫁给你。"

"我知道。"那人的声音更哑了，"可你必须嫁给我。"

墨九"去"了一声，打消了病人打扰不得的"好心"，二话不说便大步过去撩他的帐幔，想与他面对面说话。

可不待她把帐幔拉开，另外一侧就出来一个人……墨发垂腰，白衣似雪，一张俊朗清适的脸，凉薄且冷漠："嫂嫂，可回了。"

"萧六郎？"墨九看看他，又看看帐幔里那一抹瘦削的人影，只恨油灯的光线不如电灯，什么也瞅不明白，语气不由重了："我来看我夫婿，你凭什么阻止？"

"我是大夫。"

萧六郎慢慢走近她。他个子太高，站在墨九面前，她不过刚及他的肩膀。于是，他的姿态便成了居高临下的俯视："大哥的病，受不得风，更受不得寒。如今了你一愿，已是破例。"

了我一愿？墨九眉梢一挑，打量他的衣服。洁白、干净，一尘不染，细嗅还有淡淡的中药味，就像在医院里嗅到消毒水，看见严肃的医生一般，一时间，她竟说不出反驳的话。

捋了捋头发，她也不强求，只介意他先前的行为。

"既然不让我见，那你让我沐浴熏香做什么？"

萧六郎清俊的脸上，并无表情："出洁。"

没想到萧神医已是懂得"消毒"，墨九表示理解一些传染疾病不宜见人，遂点了点头："那你让薛昉带我遛弯又是什么意思？"

萧六郎顿了片刻，才轻吐两字："好玩。"

墨九很想一个老拳打在他的脸上。

可不待她出手，帐幔里便传来萧大郎沙哑的声音。

“六郎，我乏了，先歇去。”

说罢他头一偏，似乎看向墨九：“大婚在即，姑娘莫要再来了。”

“呵呵。”墨九倚靠在一个竹制的书柜上，抱臂看向萧六郎，目光一眨不眨，话却是对萧大郎说的：“我一定会再来的。你好生歇着，若死不成，就对家里吭一声，不要祸害我一辈子。”

帐幔里又是一声伴着咳嗽的浅笑，但萧大郎没有再回答，很快便有两个小厮模样的人进去，把他的椅子推着，从里面的侧门离开了。

墨九看他的样子，似乎走不了路——毕竟会走的人，是不愿意做废人的。

没有看到萧长嗣的样子，墨九有些失望。

但这只在早晚，他的健康状况比她想象的好，这就够了。

于是，她问及了墨妄：“萧六郎，我那情郎去了临安，结果怎样了？”

公然在夫婿的小楼里谈及“情郎”，这姑娘的脑子奇葩得惊天地泣鬼神。可萧乾不以为意，或者说习惯了，他淡淡地瞥她一眼，看向她后颈上高高的红肿：“我以为你应当先关心自己。”

墨九揉了揉颈子，痛嘶一声：“难道墨妄出事了？”

萧六郎没有回答，只云淡风轻地看她一眼，示意她跟上，就转身走向楼道。

墨九脚挪动了，眼珠子却没动，瞅着他的后脑勺，恨不得剜他一个洞。

两人一前一后上了竹楼的二楼。

萧六郎应是长期在这里为萧大郎配药，屋子似一间药庐，摆满了各种药材、药罐，除了淡淡的中药味，房里还熏着一种清幽的香，很暖，很柔，让她周身舒坦。

墨九看萧六郎调制药膏，歪着头问：“你让我上来，不会就为给我治脖子吧？你看我们孤男寡女的，你大哥会不会怀疑有苟且？”

没有人回答她。

一室静谧，暖而舒适。

萧六郎调好药，指了指窗口的软榻：“躺上去，趴好。”

墨九哦一声，走到榻前回头瞅他：“要脱衣服吗？”

萧六郎：“……”

于是，墨九大咧咧地趴在软榻上，头埋在枕头里，把受伤的脖子露在外面，就像上女子会所做 SPA 一样，静待萧六郎伺候。

可等了半晌，身后却没有动静，她又睁眼回望：“来啊。”

萧六郎绷着脸，问得莫名：“你确定？”

墨九点头：“对啊，你不是大夫吗？计较这么多干什么？”

"好。"萧六郎向来惜字如金，不声不响地走近，一只手落在她脖子的伤处上，力道很大。

墨九原本就挨了一棍，再被这样揉捏几乎疼得钻心，她受不了地尖叫："不要啊。我自己来，我自己来！"

"晚了。"萧六郎挖了一块绿油油的药膏，继续往她脖子上摁。

"啊！"墨九又叫，"不要啊，不要碰我……"

竹楼下的院子里，蓝姑姑抬头望着窗户的灯火，捂了捂脸，不停地来回跺脚："作孽哦作孽，这可怎生是好？怎生得了啊？"

薛昉不解地看她："姑姑怕什么？墨姐儿不会有事。"

蓝姑姑瞪他一眼："你个毛都没齐的小子懂什么？"

薛昉搔了搔头："我怎就不懂了？"

摇曳的火光里，墨九的叫声渐渐弱了。不得不说萧六郎确实是"神医"，神经够粗犷，折腾也够狠，但她脖子上的肿胀真的好了不少。他身上的薄荷味，混合着屋里的熏香，似一种馥郁的花香浅浅地包裹着她，就像睡眠神经被人松开了，慢慢地，她不仅再也感觉不到疼痛，反倒舒服得似睡非睡。

"萧六郎，好舒服！"

她昏昏欲睡的声音，像一首自弹的催眠曲，酥入骨髓，在如豆的微光里，有一种暖洋洋的暧昧，随着她慵懒的姿势，半湿的襦裙也一点点滑下榻沿，柔软的曲线上，一头长发凌乱地松落在枕上，绘出一幅疑似画中人的妖娆。

萧六郎背光而坐，似乎并未受美人儿的感染，独有一种医者的清冷与高贵。

"萧六郎……"她又喃喃。

他嗯一声，音调软得像一片轻薄的羽毛，从她的伤处拂到脚心，竟有一种耳鬓厮磨般的温柔。

她幽叹："怪不得人家说，女人嫁医生，幸福有保障。"

萧六郎黑发微垂，遮在脸侧，看不出表情。

墨九并没有察觉自己的啾啾声，比情人的絮语还要柔软，只知颈子上的疼痛没了，身上有一种舒服的眩晕感，恨不得就这样陷入梦中，语声也更为絮聒："萧六郎，我们认识这般久了，好歹也算半个朋友，你怎就忍心让我守活寡哩？"

萧乾的手微微一顿，清冷的脸上，意味不明。

可墨九看不见，她头歪在枕上，已然睡了过去。

萧乾静静地看她一眼，拉过薄被盖在她身上，出了竹楼，对众人道："大少夫人困了，今夜就睡在南山院。"

第四章　冰室香盈袖

待墨九次日醒来时，她夜入南山院，并且睡在萧大郎屋里的事，就传遍了萧府。

看着蓝姑姑欲哭无泪的脸，她有些发懵："我怎么睡过去了？"

蓝姑姑叹口气："姑娘，你就认命嘛。"

墨九瞪她："我说我是被萧六郎迷奸了，有人信吗？"

蓝姑姑吓了一跳，赶紧捂住她的嘴："你疯了？"

墨九拍拍她的肩膀，摇了摇脖子，感觉不到疼痛，不由就想到昨夜失去意识的事。好多记忆都模糊了，唯独那一只手格外清晰，温柔的、温暖的、修长的，放在她的痛处……她相信任何专业的按摩师都不如他。

"若再来一回就爽了。"

"我的祖宗啊！"蓝姑姑显然误解了，恨不得去撞墙，"你知不知羞的？"

"这有什么可羞的？"墨九与蓝姑姑鸡同鸭讲，"若让他做我的专用按摩师，不晓得要收多少银子？"

蓝姑姑哭不出来了，她掌心在墨九眼前晃了晃："姑娘脑子还好吗？"

"我好得很。"墨九拍开她的手，回院洗漱。

昨晚是她入萧府以来睡得最好的一晚，没有噩梦，没有担忧，整晚都被香甜的味包围，滋味极是美妙。不行，回头她得问萧六郎要熏香。

"大少夫人！"这时，夏草急匆匆入屋，"老夫人让您去仙椿院。"

逃婚加上夜入南山院两件事撞到一处，墨九不奇怪老夫人会找她。跟着夏草，她目不斜视越过仙椿院的门楣，里头果然是一番热闹的景象。大夫人、二夫人、三夫人、小姐，就连萧运长和萧乾都在……唯独令墨九没有想到的，是萧二郎正委屈地跪在地上。

这厮不是要找老夫人告状吗？怎会反成了被告？

大夫人董氏哭哭啼啼："这二郎平常在外面怎样荒唐都由他了。可眼下竟不顾大郎尚在病中，对嫂嫂起这样的歹心，实在不该。"

老夫人冷哼一声："好好说话！堂堂国公夫人，怎可学丫头婆子嚼舌？"

看老娘还是护着二郎，萧运长脸色有些暗沉，却也不好冲他老娘开火，只看了董氏一眼。

董氏不敢招惹老夫人，但丈夫的眼色她懂了，又撒泼似的哭闹起来，要为大儿子要个公道。

屋子里一团乌烟瘴气。

二夫人袁氏是个会说话的，堪堪跪在萧二郎的身边，苦着脸对老夫人道："娘，大嫂的话句句都在诛我与运序的心哩。二郎是我们唯一的儿子，我一个妇道人家，教不好小子，一直都让娘代为管教。二郎虽说不如六郎出息，但头上也冠了个萧字，嫂嫂逃了婚，丢的也是萧家的人，他受了老祖母的叮嘱，这才尽心尽力去寻墨姐儿。大嫂一句句斥他伤风败俗，莫说二郎，便是我与运序今后也没脸见人了哩。"

高门大户出来的妇人最懂得分寸。一番话拿捏了老夫人的七寸，又拿捏了萧运长与董氏的七寸。这兄弟妯娌之间，平常争个三长两短本是常事，可萧运长身为家主，儿媳妇跑了本不光彩，若真断定二郎觊觎大嫂，丢的又何止是萧二郎的脸面，也是他家老大萧长嗣的脸。

他想要小事化无，却听萧乾道："父亲若不秉公处置，怎为家主？"

萧二郎一听，急眼了："六郎莫要血口喷人！分明是你与墨姐儿苟且，秽乱家宅，反来咬我一口。"说罢他回头直指墨九的脸："昨日是不是你亲口与我说，你是萧六郎的人？"

大庭广众之下，普通姑娘早就脸红反驳了。

墨九却毫不迟疑地点头："是啊，怎么了？"

当！有茶盖落地。

屋子里短暂的沉寂后，有人隐隐抽气。萧乾紧抿嘴唇，目光不深不浅地看一眼她，没有辩白。萧二郎却像捡到宝贝，双眼放光，手足并用地爬过去抱住老夫人的腿："老祖母，嫂嫂都承认了，您要为孙儿做主啊。”

老夫人慈爱地拍拍他的头，拐杖重重一杵，却不骂萧乾，只横眼瞪墨九：“还不照实说来？”

墨九天真地看她：“你问得好生稀奇，你们常说我是萧家的人，那萧六郎也是萧家的人，不就等于我是他的人？我不仅是他的人，还是老太太你的人，你们萧家祖宗的人哩！”

“咳！咳……”萧运长被呛住。

有人低笑，有人叹息，都觉得墨姐儿智障。

墨九犹然不觉，又认真地指向萧二郎：“这个二郎好有意思，他昨儿说背我回去，晚上要好生伺候我。我原本也相信了，可你们看，我站半天了，他一不给我拿凳，二不为我端水，哪会伺候人？所以，我看他是个大大的骗子，老太太莫要信他的花言巧语，他才不会在房里好好侍候你呢。”

老夫人老脸一黑，屋中的小辈们赶紧垂下头。

墨氏脑子不正常可能不懂，可他们怎会不懂萧二郎话里的意思？这番官司众人都清楚了，老夫人就更清楚。她想打圆场，可萧六郎却不依，非要家法处置萧二郎。

老太太拿萧乾没办法，只能咬墨九：“墨氏痴癫，她的话哪里信得？”

“哇！”墨九瞪她，“老太太你欺人太甚，不是每个疯子都像我这样高智商的。”

众人：“……”

“老祖母，这事好办。”萧乾脸上不染尘俗之气，正襟危坐的模样如高山远水，语气亦一本正经，“鲁成贵！”

外面跪候的鲁成贵，战战兢兢进来了。他是萧二郎的忠仆，可他跪在厅中，却把萧二郎如何派他监视墨九，如何想趁机把她弄到房里淫亵之事道了出来。

老夫人心知此事是真，但先前还可包庇，如今愣是下不得台了：“一派胡言！来人，把这奴才打出去。”

“慢！”萧乾抬手，“祖母可还要证人证物？”

挖得越深，只会让萧二郎越难堪。老夫人又怎会不知这个理？她揉着头一顿伤心：“罢了罢了，你们若不想气死我这个老太婆，此事就到此为止。外头有多少嘴碎的丫头婆子，说出去是我老太婆脸上有光，还是你们脸上有光？”

老夫人很少发火，这一生气，连萧运长都只得跪下请罪，萧乾却静坐不动。无奈之下，她只得唉声叹气地对儿子道：“反正你当家，你儿子威风也大，要如何处罚二郎，你看着办。娘老了，管不得那许多。”

萧运长递给了萧乾一个眼神，叹口气道：“母亲说的什么话？二郎失了分寸，儿子也有责任。此番先让二郎去祠堂领罚，儿子定会好生教导他。不过此事，各院回去得堵了下人的嘴，不许在外面胡嚼舌根。”

说罢他嫌弃地看向墨九，似乎气不打一处来：“墨氏回去，也好生闭门思过。”

墨九瞪他一眼：“我何过之有？你也太天真了。”

敢对未来公爹这个态度说话，也就是墨九了。可谁让她是个“疯子”哩？

萧运长尴尬地一僵，不想多生事端，也懒得理她，只揉着太阳穴，吩咐大家散去吃早膳。

墨九原以为今儿会有一番好斗，结果让萧乾解决了，又顿觉无味。她那个病痨夫君的事，她原想趁吃早膳的机会打听打听，但涉及萧大郎，府里人都讳莫如深，谁也所知不多。

唯一知晓的人，只剩萧六郎了。

于是，她抢了三郎家的小儿子一兜爆米花，等在萧六郎回乾元小筑的湖边。

此时，萧六郎还在老夫人正屋与萧运长说话。

父子两个向来不对眼，气氛便有些尴尬。董氏也不是萧乾的亲生母亲，对这个外室子虽有不满，可自家儿子病成那样，长房唯一的靠山，就剩萧乾，她也只能静候在侧。

萧运长道：“此次回楚州，要住多久？”

萧乾并不抬眼看他，袖口轻轻拂过桌几，端起茶盏，不紧不慢地拂着水面的茶叶：“楚州地界连日大雨，洪涝成灾，儿子受官家托付，协助谢丞相治理水患，要好些日子。”

萧运长皱眉：“谢忱也来楚州了？”

萧乾淡淡地看他一眼：“想来他会过府，喝大哥的喜酒。”

谢家与萧家百十年来的明争暗斗没完没了，近年萧运长身体不适，虽未老，却还乡颐养，萧运序与萧运成两兄弟虽然为官，却并非官场中的料子，掀不起什么风浪。孙子一辈更是陨落，除了一个萧乾，旁人似是没指望了。这也是老夫人都不敢过多指责萧乾的原因。当然，也是墨九逃婚之事可以一带而过的原因。

萧运长想叮嘱儿子一些与谢忱打交道的细节，可又觉得这个儿子似乎不需要，只得把话咽了回去，转问道：“谢丙生的案子如何了结的？”

萧乾考虑一瞬：“平手。”

这个回答有些含糊，可临安发生的事太复杂，也不是一两句可以说明白的。萧乾只道谢丙生罪行昭昭，证据确凿，今上并未包庇，但谢忱当庭请罪，谢妃的儿子宜王宋熹也在殿前下跪，皇帝没有追责谢家，墨家也未受株连，只主犯乔占平一人伏法，在狱中自杀谢罪。其余墨家人，笞二十，悉数放了。

乔占平自杀，那他与谢家勾结一事，就此了了。

至于他是“主动自杀”，还是“被动自杀”，也无从追究。

萧运长咳嗽道：“官家年岁大了，心思也越发难猜。”

萧乾眉峰微皱：“一山压一山，平衡而已。”

帝王之术自古讲究平衡，如今皇帝老矣，皇子得力的又不多，唯宜王宋熹与安王宋骜而已，这两个皇子，分别出自谢妃与萧妃，如今朝中对峙之局日益浓厚……就说这一次，皇帝派谢丞相治理楚州水患，对谢忱那把老骨头来说，也有一种“小惩大诫”的警告。

可老皇帝又让萧乾协助，说到底各打五十大板。谢丙生是谢忱的独子，谢丙生之死虽是墨家所为，但说萧乾没有插手，连皇帝都不信，又何况谢忱？

“此事谢家肯定不会善了，我儿要小心为上。”

萧运长叮嘱了几句，又向萧乾商量举家搬去临安的事。楚州位于荣珒两国的边陲要塞，说不准哪一日就有兵燹之祸，且临安富庶，萧家在那边有土地有产业，搬个家虽不是小事，若为长久计，也得早早纳入日程。

“待大郎婚事毕，就着手准备吧。”

萧运长是家主，他的意见萧乾并不反驳，只不甚感兴趣地点头起身，拂拂袍袖，便要告退。

看儿子疏淡的神色，萧运长皱眉又道：“六郎今年已二十有一，是时候考虑婚配了。楚州的闺女你瞧不上，来日去了临安，让你母亲好好为你选一房良配。”

董氏赶紧低头，假笑道：“我们家六郎一表人才，只放出话去，门槛还不被媒婆子踩烂？老爷放心，此事交由妾身来办。”

这讨好的话，换十几年前，萧乾和他亲娘听了，不知得多感恩。可时过境迁，也不过换他一声冷笑：“大夫人好好操办大哥的婚事。六郎无须旁人过问。”

照理他该唤董氏一声母亲，可他从来不叫。当然，年幼时的萧长渊曾经唤过，却换来了董氏一个耳光，说外室子入不得宗祠，哪来的身份唤她母亲？如今她只是旁人罢了。

萧家院子很大，湖边绿树成荫，柳叶垂条，远山近水的花叶一片茂盛之景，阴凉而隐蔽。萧乾带着薛昉刚从湖畔走过，一座奇形怪状的假山石后便钻出一个人来——正是鲁成贵。

他躬着身子，夹紧双腿，像抓住了救命稻草似的，点头哈腰地苦苦哀求："使君，小的按您的吩咐都交代了。求您，把解药赐给小的吧？"

萧乾冷眉轻挑："并无解药。"

鲁成贵嘴巴轻轻嚅动，不解看他。

萧乾却道："玩笑而已。"

看着他飘然而去，鲁成贵面如死灰，几乎站立不稳。他出卖了主子，在萧家是待不下去了。这个世道要找个事做不难，可一个出卖主子的人，却很难再受人重用。

湖水的另一侧有棵双人合抱的大垂柳。

垂柳下有一块光滑的石头。

石头上坐了一个白嫩嫩的墨九。

萧乾从美人蕉的花丛穿过去，就看见她吃着爆米花，笑眯眯地掷过来一颗："萧六郎，这儿，看这儿……"

萧乾眉头不经意一皱："有事？"

墨九从石头上滑下来，轻摇慢摆地踱到他的面前："你这人也太歹毒了嘛，这不毁了鲁成贵一辈子吗？"

她可不是这样好心的人。萧乾不答，静待下文。

果然，她丢一颗爆米花在嘴里："说吧，准备怎样堵我的嘴？"

萧乾懒洋洋的视线落在她嚅动的嘴上，也不知懂了没有，面瘫似的表情，让墨九很没有成就感。于是，她又拿了一颗爆米花，耐心地解释："鲁成贵的话，我都听见了。你不准备拿东西封我的嘴？"

他不吭声。

"还不懂？"墨九道，"如果我把这件事添油加醋地说出去，说你挑唆鲁成贵串供，祸害萧二郎，你说老夫人那般护他，会不会对你心生嫌隙？"

他不吭声。

墨九扫他一眼："萧六郎，你带耳朵没有？"

他不吭声。

"咦？"墨九在他身边绕圈，"真的不想堵我的嘴吗？"

"好。"萧六郎慢慢地低头，那一双有着碎金色暗波的眸子，如有漩涡般深邃，吸引着墨九的视线。看他的头越来越低，她下意识产生了某种不好的“堵嘴”试想，刚想后退一步喊非礼，却听他平静地问：“上次那药如何？堵一夜若是不够，我可堵你一生。”

这一回，墨九那张吃都堵不住的嘴沉默了。说不出话的经历记忆犹新，她可不想再尝试一次。恨恨瞪着萧乾，她正思考到底骂他一顿再打还是打他一顿再骂，就听萧乾低喝：“薛昉。”

薛昉应声“喏”，从怀里掏出了两颗核桃，递给墨九。

这核桃与墨九在后世常见的不太一样，个头大，皮也薄。吃货本能发作，她当即愉快地接过：“这个堵嘴的法子，也不错……懂得贿赂我，你小子也算长了眼力。”

她低头捡一块鹅卵石，就在平整的大石头上把核桃砸破，然后剥去坚硬的外壳，把核桃仁的表皮都捋去。可她正想把果肉送入嘴里，核桃就落入了一只干净修长的手中。

慢吞吞地塞了一片入嘴，萧乾吃东西很斯文。

可斯文完，他头也不回地绕过墨九就往前走。

墨九第一次被人赤裸裸地忽悠了，很抓狂。

她知道，他根本就不怕她把事情捅出去，或者说在这个府里谁也制不住他，可她能吃这个哑巴亏吗？

几乎没有多想，她飞快地跑过去，张开双臂挡在他的面前：“萧六郎，你站住！”

“嗯？”他云淡风轻，就像不曾发生过什么一样，“还有何事？”

墨九阴恻恻地瞪他，可伸手打不了俊脸人，想骂的话又说不出口，莫名就道了一句：“核桃给我一个。”

蓝姑姑：“……”这个不争气的啊。

薛昉：“……”这到底有多想吃？

萧乾最为淡定，他慢慢地将掌心摊开，露出两片墨九剥好的核桃果肉。墨九伸手去拿，他却把它丢入湖中，看墨九气得面色铁青，他道：“不能控制己欲，早晚死在上头。”

“你说得好有道理。”墨九干笑两声，压下被他调戏的怒火，盯住他潋滟的眸子，继续绕指柔的攻略：“可萧使君会担心我乱吃东西丧命，为什么却不看看我过的什么日子？小小年纪，身世凋零，误入深宅大院，姥姥不疼，舅舅不爱，老夫人欺负，萧二郎猥亵，大郎又不能为我出头，这地方人心险恶，想我单纯如斯，善良如斯……”

“说正事。”萧乾打断她。

“好吧，我想出府看看玫儿。”墨九答得利索。

“还有两日大婚，你歇了心思吧。”

满怀希望被人泼了一瓢冷水不说，冷水里头还加了盐，墨九瞪了他好半晌都没有说话。

萧乾看她一眼，从怀里掏出一个翠绿色的瓷瓶递给她："燃一些在香炉，有安神之效。"

"看不出来啊，你还是暖男？"墨九怒气未消，"可你怎知我睡不好？"

萧乾不温不火："眼苔厚得快砸到脚背了。"

这话太缺德太阴损了。墨九是一个有骨气的人，所以她只拿了安神药，一句话也没和萧六郎说，就领着蓝姑姑回了自家小院，在他听不见的地方，把萧家祖宗十八代都捋出来好好地问候了一遍。

她想去看玫儿是借口，想出府找"食古斋"的申时茂才是真。

她与申时茂约好见面的日子，不巧是她的大婚之日。事到如今，她还能和他一起去赵集渡的法子只有一个——继续逃婚。

她逃了几次，有些疲了。但她不想妥协，生命是自己的，没人可以替她决定如何过活。办法用尽了，还可以继续想。若心里妥协了，人就毁了。如果她的穿越注定是一场逃婚之旅，那么，她总有一次会逃得漂亮。

这么一想，墨九趴在墙上思考了许久。

蓝姑姑几次过来，想哄她下去，可她一直"在忧伤"。后来蓝姑姑忍不住也从梯子爬到墙上，趴在她的身边，劝慰道："姑娘，莫要再难过了，不就两颗核桃吗？下回我们再买啊。"

"为了核桃？"墨九回头看她，"你也太小看我了。"

蓝姑姑抿嘴不语，墨九却把她拉过来，借着她的肩膀擦了擦被雨雾湿润的脸，幽幽地逗她："我是在想，食神要不要再次光临辜家。他们如今也不上供了，这一日两餐的日子，我可怎么活？"

蓝姑姑："……"

晌午后，墨九才下了围墙。

可在院子里转来转去，她还是想去一趟食古斋。

不仅为了赵集渡的古墓，还为了墨妄。

去了食古斋，就可以通过申时茂晓得墨妄的消息。

有了墨妄，她出逃的成功率就高了。

于是，带着一罐盐焗鸡，墨九去了乾元小筑。

萧乾是个怪人，不喜与萧家人接触，这乾元小筑便建在国公府的东南角，外面清一色的芭蕉、竹林，外围还有一道五米左右的蓄水鸿沟，将小筑与萧府隔离，显得幽静且冷寂。

对于墨九的到来，萧乾似乎并不意外，他派了薛昉在小筑外的石桥边拦住她，说叔嫂之间授受不亲，不便总与她见面，有事可告诉薛昉。

“事可大了。”墨九也不乐意见他，愁眉苦脸道，“我那日逃出去，把我家老祖宗传下来的玉给卖了。刚才我午睡时，老祖宗托梦给我，说再不把它赎回来，他就一把火把萧家烧了……”

薛昉进去禀报，很快就出来了。

他手里拿了一块玉，递给她：“使君说，玉已替你赎回。”

墨九看着那块玉，有一种想吐血的冲动：“他怎会知道？”

薛昉道：“若非如此，我们又怎会在河堤上找到你？”说到此，薛昉似乎有些不好意思，垂低头才道：“使君还说，他不是你祖宗，你莫要乱认。”

墨九瞪眼：“此话怎讲？”

薛昉很老实：“这玉是使君过的礼，充了墨姐儿的嫁妆。”

“我就说嘛，也就值二两银子，太符合你家使君抠门的风格了。”墨九也不觉得被人识破有多尴尬，她顾左右而言他地东张西望着，突地伸长脖子喊：“旺财兄，快出来。”

这天烟雨蒙蒙的，旺财原本在檐下打盹，听见墨九唤它，很快就嗷嗷叫唤着摇了大尾巴冲出来，在她身边撒着欢，快活地跑前跑后。

墨九愉快地塞一块盐焗鸡在它嘴里：“真乖，还是我财哥最有爱。”

“嗷！”这狗是个没智商的，吃了东西，被墨九逗来逗去，就兴奋地满地打滚。

薛昉头痛地看着它一身的泥泞，哭丧了脸：“才刚洗过的啊，祖宗……”

墨九又塞一块盐焗鸡给旺财，笑得眉眼生花：“薛侍统，我闲着也是闲着，不如我去帮你家祖宗洗澡吧？”

薛昉：“……”

这一日，楚州大雨，檐前雨滴如珠帘，乾元小筑旺财专用的洗浴房中，欢声笑语不断。

大约半壶茶的工夫后，一个送水的小厮默默地睡在了狗榻上，墨九穿了他的衣服，把蓝姑姑留下，偷偷地从旺财的专用通道——狗洞里钻出小筑，从而出了萧府。

小筑后院，一个挂着“紫气东来”鎏金牌匾的避雨亭中，萧乾合拢一卷书，目光透出薄薄的雨雾，望向墨九不太合身的青衫……久久未动。

“使君。”薛昉在他背后，轻声问：“为何让她离去？”

萧乾长身立于亭中，目光淌了一汪雨雾。

“一擒一纵，谓之‘捉’，二擒二纵，谓之‘逗’，三擒三纵，方能‘服’。”

食古斋的情况比墨九的猜测要好，依旧在照常营业，也就是说，萧乾从这里晓得了她的去向，又换回玉，并没有动过它。也可以理解成在谢丙生一案中，墨家没有受到太大的牵连。那么，墨妄应当也不会有事。

可他没事，为什么不来找自己哩？

她皱着眉头进去，申时茂却不在铺子上。只一个十七八岁的少年郎，拿着鸡毛掸子在掸灰，见她入门，迎了上来。

“这位小……小郎有何事？”

墨九道：“找你们申掌柜。”

小二皱眉：“不知小郎怎样称呼？”

墨九漫不经心地瞄他一眼，把那块价值二两银子的玉，塞入小二手中，严肃地道：“就说九爷找他。”

小二哥办事很利索，入了后堂很快就出来了。墨九没想到，申时茂会走到她前面，热情地迎接她：“九爷，里面请！”

一声“九爷”喊得扎扎实实，墨九分明看见他身子微躬，恭敬的态度与上次俨然不同。

就她所知，时下之人极重风骨，像申时茂这种迂腐的老头子，绝不可能晓得她是萧家的大少夫人就被吓软。不明所以，她挽了挽过长的青衫袖口，自言自语：“难道我又长帅了？”

申时茂是个风雅之士，他在食古斋后院的小天井中摆放了一张桌子，一个棋盘，还有一桌子小菜，一壶贴着红签的杏花酒……桌子边上，还有一个与他差不多年纪的老头子。

“老孔，这位是九爷。”申时茂把九爷唤得很顺口，“九爷，这位是老孔，孔阴阳。”

等那老头看过来，墨九才发现，他双眼空洞，视线没有焦点，眼珠也不会转动，看着她的方向，又似根本不曾看见。

“老孔的眼睛……”申时茂叹一口气。

墨九点头：“我知，一定是被妖怪借走了。”

申时茂无言以对。

不客气地坐下来，墨九略有歉色地看向瞎眼孔老头：“小子有些话想与申掌柜单独谈谈，不知老丈可否行个方便？”

“哈哈。”老头捋着胡子笑起，“好说好说，我孔瞎子最喜与人方便……”他与申时茂道了别，便起身一瘸一拐地走了出去，小二哥赶紧上来扶他。

墨九这才发现，他不仅瞎，还瘸。

“这妖怪也真不容易，借了眼，还要借腿。”

她轻叹着，回头看见申时茂正在收拾桌上的一张八字帖，突地反应过来，“孔阴阳”三个字有点耳熟——可不就是告诉萧家需要一个天寡之命的女人婚配大郎的家伙？

那一瞬间，她想冲出去，让他重新算过。可想想来食古斋的目的，觉得这样一个又老又瞎又瘸的老头，不过混口饭吃，她实在不必计较。

申时茂看她盯住孔阴阳，咳一声，抬手为她倒上一杯茶水：“离约期尚有两日，小娘子怎会提前来了？”

墨九斜眼：“怎不叫九爷了？”

申时茂笑：“人前叫九爷，是给小娘子留脸面嘛。你既不以女儿身示人，我又何苦揭人之短？”

这老头如此上道，墨九对他又添几分好感。于是，她自来熟地拿过碟子里的油皮花生吃着，严肃道：“你家左执事可有消息？”

申时茂没想到她会直接问起墨妄，皱了皱眉。可他再一次出乎墨九意料之外地直接回应了：“不瞒小娘子，老朽今日刚收到左执事的信函，他前些天去了神农山总院，这两日便会赶到楚州。”

墨九挑眉：“申老就不怀疑我的居心？”

申时茂像是有些难以启齿，考虑了一会儿方道：“左执事信中有谈及小娘子，还有那一日小娘子来食古斋时手上的罗盘，老朽认出乃墨家之物。”

原来墨妄来了信。这样一来，申时茂的反常就说得通了。墨九点点头，心情也跟着松快了：“申老果然好眼力。既如此，明人不说暗话，我便直说了，今日前来，是有事相求。”

申时茂略略低头：“小娘子但讲无妨，老朽敢不遵从。”

墨九四下一望，与他低语了几句，见他面不改色，暗自放下心来：“申老且放心。此事一成，我必不亏你。”

“哦？有何好处？”申时茂有兴趣了。

墨九严肃着脸：“收你为徒。”

申时茂一怔，哈哈大笑：“若小娘子肯指导一二，是老朽之幸。”顿了顿，他又道：“小娘子在招信制的木鸢，老夫听说之后，大为吃惊。想我墨家祖师爷当年做木鸢，也未能带人上天，姑娘的木鸢，比之祖师爷的更为精湛，若能得一见，老朽死而无憾也。”

“墨子为木鸢，三年而成，飞一日而败”的典故，墨九听说过，可她没办法向申时茂解释滑翔机与墨家木鸢的区别，三言两语也说不清，只敷衍着告辞离去。

回去的路上，她想到滑翔机，不免哀怨。若它不需借助山坡俯冲之势，不需靠空气的升力起飞就好了，那她从小院原地飞翔，直升机似的升空，不得吓死姓萧的一家人？

墨九是从原路返回的，她十五岁的身子还未长开，个头娇小，速度却快，人也利索，朝着旺财净房的方位走近，推门就进去了。

“财哥，我回来……”

话未落，她目光一凝，脑子就当了机。

屋子是一间净房没错，却不是旺财兄的。一只精雕细刻的大木桶，带着热气熏蒸的暖气，几乎占据了房屋的一半。萧六郎衣衫尽褪，正准备迈入木桶。

两两相望，墨九石化在那儿，也不知何故，竟瞥了一眼原本不该看的雄伟景观，直到扑通一声水响，方才回神。

萧六郎沉入水底，声音如发上的湿气，带了一点清透的冷意：“下次再敢乱闯，剜了你的眼。”

“上次我可什么都没瞧见。”墨九说完又觉得这话有歧义，慢慢走近木桶，准备解释一下自己的纯洁：“不过萧六郎，依我观察，你若去做小倌，必定大红大紫，引无数富家娘子竞折腰！”

“啊！”这时，门口传来薛昉的惊叫，“墨、墨姐儿？”

墨九咳一声，轻轻转身，不紧不慢地与拿着衣服赶来的薛昉擦肩而过，还拍了拍他的肩膀：“小伙子，下次不能这样疏忽大意了。幸好是我，若坏人闯进来玷辱了你家使君，可就惹大麻烦了。”

在薛昉见鬼似的目光注视下，她踱出净房，飘过那一座石桥，才飞快地加紧脚步，疯狂地奔跑一阵，弯下腰，抱着树干狂笑不止。

乾元小筑，也有人在大笑。宋骜来楚州参加大郎的婚礼，因与萧乾要好，就住进了乾元小筑。听见这边的动静，他入了净房，笑睨着木桶里的萧乾：“长渊哪，你二当家的被人看去了？”

萧乾阖着眼：“出去。”

宋骜哈哈大笑，趴在桶边意态闲闲地泼他的水：“先前我就说要为你护浴，你还不从，结果让小寡妇看光了……”说到这里，他像是突地想起什么，不再觉得这事风花雪月了，受惊般啊地大叫：“完了。”

萧乾睁眼，看怪物似的瞟他。

宋骜的视线定在他脸上，眼睛瞪得老大：“她是长嗣的妻室，也就是你的大嫂，你个小叔子，被大嫂看去二当家的，可如何是好？”

“出去。”

“哎哟哟，伤风败俗哦伤风败俗。”宋骜压声干笑，又去瞅他，“我先看看，你脸红了没？”

“滚出去！”萧乾拔高声音，舀一瓢温水从宋骜的头上淋下来，把他活活浇成了一只落汤鸡。

“我呸呸呸！”宋骜吐着水，抖着湿漉漉的衣服，大步走出去，站在一棵大槐树下，低头看了看自己，纳闷道：“长渊这厮居然长得那样牲口，比小爷还壮观？”沉默一下，他又摇头：“算了，谁让他长得不如我英俊哩？总得在一些地方找补回尊严嘛。”

墨九回到小院还在发笑。想到萧六郎那一瞬的表情，她觉得这些日子受的委屈都值了，一时笑趴在床上，半天直不起腰。

“姑娘，这是出什么事了？”蓝姑姑比她先一步回来，担心着她，想问个究竟，可走了几个来回，墨九也没断了痴相，不由哀叹：“难不成中邪了？”

“你家姑娘一身煞气，邪气如何近得身？”墨九揉了揉笑得酸疼的太阳穴，“我这心里哟，就是舒坦。”

“我都快急死了，你还舒坦？你就不想，我们该怎么办才好？”

“跑呗！不然留下来做一辈子寡妇？”

瞧着她一脸轻松的样子，蓝姑姑目有怜惜之色。

一个妇道人家，跑又能跑到哪里去哩？这天下再大，也是男子的世道。

她其实并不理解墨九为什么要一再反抗命运。但她心疼墨九从小没了爹，失了管束，娘又生病，以致心性失常，所以，就算拼着老命不要，她也总纵着墨九，跟着她发疯。

但她知道，萧家不会轻易让墨九离开：“姑娘可有想过，再被萧使君逮回，怎生是好？”

“那有什么？玩呗。”墨九淡淡地瞥她，“我就不信了，他能管得住我一辈子。今日跑不了，还有来日，一辈子时间还长，姑姑安心。”

“我是怕你吃亏。”蓝姑姑提醒她，“萧使君可不是个好脾气的……”

“我的脾气也不好。”

墨九一瞪，蓝姑姑就闭上嘴，叹息着出去了。

墨九打个呵欠，继续趴在床上睡大觉。

这一觉她点了萧六郎给的安神香，极是好眠，一直睡到申时府里开饭，她才半眯着眼睛起来吃些东西，又接着睡。

一夜无梦，次日就是七月十六。天晴了，雨后的天空有一种莫名的温柔。萧府比往常更加热闹，陆续有东西送入墨九的小院。她挑挑拣拣地收下，静静等着今天晚上——她与申时茂约好的时辰。她希望可以顺利地离去。

可不到晌午，夏青又来传话，大夫人董氏召唤她过去。

董氏算是墨九的正经婆婆，第一次与墨九单独见面，她很是慎重地打扮一番，在上首坐了，对墨九好一顿敲打，生怕她在婚仪上丢人现眼。可正事说完，墨九却发现董氏在言谈之间，有意无意想刺探她与萧六郎的关系，分明很介意、想警告，又似乎不好意思点破，遮遮掩掩，让大家尴尬。

“六郎的年纪不小了，大郎成婚之后，也该轮到他了。可这孩子性子冷，不肯近人，你这个做嫂嫂的，既然与他有些交情，就该多劝着些。”

墨九盯着董氏肘边的果盘，眨也不眨地垂涎着里头的雪梨和香蕉，“懵懂无知”地点头称是：“大夫人说得对，六郎很好的。”

董氏当她傻瓜，试探道：“哦？六郎哪里好？”

墨九想了一阵：“他很大。”

董氏狐疑地打量她：“什么很大？”

墨九从果盘里扯出一根香蕉，又捡两颗雪梨，在桌上摆出一个造型，认真指了指：“这个大，好好吃。”

于是这天中午，墨九没有吃成董氏屋子里的雪梨和香蕉，就被董氏气急败坏地撵了出去。相比她的淡定，董氏整个人都不好了，几欲吐血地猜测着这疯子的话是真是假，头痛得抄了三十遍佛经还没能稳住心神。

墨九懒洋洋地走在湖边时，太阳已升到了半空。

“真是个好天气啊！”

墨九伸个懒腰，突地瞥到美人蕉丛里的温静姝。她一袭素色襦裙，在姿态万千的花丛之中，于粼粼的湖水波光之前，颇有一种绝缘于尘寰的冰清玉洁。这个女人在墨九心里，像一个矛盾的结合体，她在萧府地位不高，看似逆来顺受，不常与人交心，但骨子里却孤傲，并不怎么瞧得上别人。

墨九打个哈哈，上前施了个礼：“二少夫人脸色不太好，想必是担心二爷受罚，吃不香，睡不着哩？”

萧二郎在祠堂里，让萧运长抽了十五大鞭，然后在祖宗灵前罚跪三日，这会儿还没有出来。为了这事，老夫人和二夫人袁氏几次去找萧运长，想问他“说好的细心教导”呢？可都碰了软钉子——萧运长借故陪萧家来客，避而不见。

萧大郎婚期临近，各地来客和贺礼都陆续到达楚州，王侯公卿们的家臣，也需招呼，萧运长忙不过来。在这节骨眼上，老夫人也不好多生事端，萧二郎便只好在祠堂跪下去了。

但温静姝显然不关心这个，她抿抿嘴：“静姝有几句话想与嫂嫂说，可否借一步？”

“好啊。”墨九向来豁达开朗，从不拒绝别人。于是，她笑问：“可借一步，静姝什么时候还我呀？”

温静姝跟不上她的思维，微微一怔。

墨九皱眉：“既不知如何还，不如我明码实价地卖一步给你？”

这样的说辞，对温静姝来说很新鲜，她并不是一个喜欢玩笑的人，怔半晌也不知墨九是认真的还是玩笑的，直到墨九轻轻吐出一句：“静姝头上的蝶尾钗不错，我很喜欢，想来你不会舍不得吧？”

一个木头的钗子而已，确实不该吝啬。可温静姝却拒绝了，她把腕上一个玉镯取下，递给墨九：“蝶尾钗不值钱，静姝不敢在嫂嫂面前献丑，这玉镯是静姝的陪嫁，嫂嫂且拿着吧。”

墨九干笑：“静姝陪嫁的东西，我怎么好意思拿？”她一边拒绝，一边很好意思地将玉镯戴在腕上，与温静姝慢慢走在湖边的美人蕉夹道上。

两侧湖波微拂，鸟语花香，很是幽静。墨九赏心悦目地观着风景，等温静姝拉开话匣子。

“嫂嫂昨日从六郎屋里出来，好多人瞧见，老夫人还特地问过静姝……”她瞥一眼墨九意态闲闲的面孔，压低声音：“嫂嫂恐不知，你与六郎的流言蜚语被人传得不堪，若再不警醒，恐会污了名声。于你，于六郎都不好。”

“名声是什么鬼？”墨九把玩着腕上的玉镯，看向垂落湖上的柳枝，似笑非笑道：“我一个寡妇，若旁人说什么我都介意，早就一头撞死了。至于萧六郎的名声嘛……与我何干？”

温静姝被噎住，面色微变。但她不惯与人争辩，只垂了头，陷入沉默。

可就在这时，墨九背后的美人蕉花丛里，突地传来一声娇斥：“你个贱妇，果然不要脸了。”

墨九不必回头，就知道是小郡主宋妍。可这煞星也在府里？是尚雅良心发现，为她解去离魂蛊，还是萧乾接受了尚雅的某种交易，宋妍才得以病愈的？

墨九疑惑地回头，却见宋妍气呼呼地过来，指着她就破口大骂："小贱人，你马上发誓，再也不招惹我表哥，否则，本郡主要你好看。"

"好可怕，吓死我了。"墨九拍拍胸口，做紧张状，"可我不会发誓，小郡主先发一个给我听听，我学着些？"

"听好了。"宋妍哼一声，"从今往后，我若再觊觎萧长渊，必遭天打五雷轰，千刀万剐，不得好死！"

"好精彩！"墨九眉开眼笑地拍手，一本正经地道："这可是小郡主自己说的，天地皆闻，我与静姝也都听见了，万万反悔不得。"

"你——贱蹄子敢耍我？"宋妍脑子简单，着了她的道，不由恼羞成怒，居然从腰上拔出一把尖利的匕首，"你个妖精，坏我表哥名声，辱我表哥清誉，看我今日不戳烂你这张脸……"

这宋妍不若平常姑娘，她会一些拳脚功夫，性子也张狂跋扈，哪怕在尚贤山庄吃了大亏，也没见收敛多少，急火攻心之下，举着匕首就扎向墨九。

女人妒火中烧的时候是很可怕的，小郡主又是一个长期娇惯的主，旁人或许忌惮，她却是浑不怕，一把刀子舞得寒光四射。

"废物！脑子长屁股上的？"墨九退后两步，便想开跑。可温静姝惊呼一声"嫂嫂小心"，却张臂拦在她的面前。

宋妍看她堵了路，收势不住，匕首不偏不倚便刺入了她的胸口。鲜血顿时汩汩，染红了她素色的衣衫，那颜色，格外狰狞、恐怖。

"啊！"宋妍吓得尖叫。

"……嫂嫂，快走。"温静姝站立不稳，却慌乱地推开墨九。这个位置临近湖岸，墨九如果闪开，温静姝必然会掉入湖水。可她如果不闪，就会被温静姝慌乱之下的一推，推入湖里。于是，扑通一声，她成了落水的鸭子。

温静姝捂着胸口，苍白的脸上已无半分血色，她指了指宋妍，想要蹲下身子，可脚下一软，也堪堪往湖水里倒去。

突如其来的事，变化太快。墨九识得水性，扑腾过来，伸手想接住她。可眼前白影闪过，温静姝还未入水，就被一个男人拽了回去。

墨九定睛一看："萧六郎？"

他速度太快，像从天而降，墨九始料未及，却也稍稍松了心，抹了一把脸，一边往岸上游，一边大声道："你快看看，静姝被刺伤了胸口——"

可萧六郎分明没有听见她的话，或说根本没有注意到她。等墨九湿漉漉的爬上去时，他已经快速把温静姝平放在地上，一只手掐紧她的人中穴，另一只手熟练地从怀里掏出一个瓷瓶，倒了一粒药丸子塞入她的嘴里，那反应快得令墨九咋舌。

"果然神医啊，名不虚传。"

萧乾看她一眼，还未回答，温静姝就睁开了眼，白如纸片的脸上，有一抹怪异的红润，乌紫的嘴唇嚅动着，沙哑地轻喊："六郎？"

墨九搔搔头上的水，觉得这画风好像有点不对？

可不待她细想，宋妍便紧张地解释起来："表哥，不关我的事，我不是故意的……我只想吓吓那个贱蹄子，我没想伤人的。我真的没想到，是她，是她……"她很快就找到了替罪羊，猛地指向墨九，"是她故意激我的，真的，你相信我……信我……"

萧乾猛地抬头，瞪向宋妍："滚回去。"

宋妍一愣，哇的一声哭了。

这些年从来没有人用这样的语气与她说过话，萧乾对她这个表妹也爱护有加，平常他待人虽然不够亲厚，却也很少说重话。可为了那样一个女人，他竟生了这样大的气。

"贱蹄子，我不会放过你的。"宋妍泪眼蒙眬地瞪一下墨九，哭着捂脸走了。

墨九觉得自己很无辜。宋妍这脑子怎么长的？难道没有看出来，萧乾担心的人分明是温静姝吗？

不过她也不怎么在意，抿唇问道："萧六郎，需要我帮忙吗？"

"不必。"萧乾看她一眼。

墨九清了清嗓子："静姝为我受的伤，我若走了，好像有点不近人情？"

萧乾安静地检查着温静姝的伤。她的样子很不好，嘴唇发紫，身子哆嗦，苍白的脸上有一种垂危似的死气。

这看得墨九也焦心得很："我来帮你吧。"她看萧乾似乎顾及着男女之防，对温静姝胸前的伤口颇有不便，蹲身道："我曾学过一些紧急救助知识，要怎么做，你告诉我……"

"嫂嫂。"萧乾打断她，一袭月白的衣袍上像沾染了水雾，让他俊美的面孔更显清冷寡情，"这个节骨眼上，嫂嫂不该惹是生非。"

说罢他吩咐薛昉准备把人抬去乾元小筑，又吩咐准备药材与药具，听他那口气，是要亲自动手为温静姝治伤了。

墨九懒得解释，抖了抖贴在身上的衣服，看丫头小厮们迅速围拢过来，觉得湿透的衣衫实在不雅，默默转了身。

晚上她还有更重要的逃跑活动，不宜在这儿抛头露面，引人围观。可走了几步，她也不知想到什么，又慢慢地走到萧乾身边，抱着双臂，认真地瞥着他道：“哎，我做棺材做得不错。设计新颖，线条流畅，尤其二人棺极有美感，保证住进去的人，千百年都无人冒犯。你回头若用得上，只管招呼一声，价格好商量。”

萧乾脸颊抽搐，没抬眼。

旁人听见，也只当这货在发疯癫，神叨叨说些不吉利的。比起她的“冥界”来，这也小巫见大巫，并没有人太过关注。

大家的注意力都集中在温静姝身上，只蓝姑姑从人群里钻过来，拎住她就往回拖，恨不得拿针线缝了她的嘴。

回到小院，墨九唤蓝姑姑打水洗澡，换了一身干净的衣裳躺在床上，还熏了香，没有什么异样。蓝姑姑见状，也没有多问湖边的事。

但整整一天，墨九都很安静。

半夜里，她醒过来扒了几口饭，又翻墙去了一趟隔壁。这次，她从辜二家摸了一只芦花大母鸡回来，用红绸为它扎了一朵漂亮的小红花戴在头上，又扯一条绸带挂在它的脖子上，还写了一行字。

“此鸡乃天寡之命，可堪匹配萧大郎。”

折腾完这些，她捆了母鸡的腿脚，绑在床头，像个理发师似的，耐心为它修剪鸡毛。

她的行为向来怪异，蓝姑姑也不觉反常，一边收拾细软，一边与她说话。可她能拿的都拿了，能带的都带了，该收拾的也都收拾好了，墨九却还在捣鼓那只母鸡。

“我的姑奶奶——”蓝姑姑急得直跺脚，“二少夫人受伤，萧使君为她诊疗，这会儿肯定没心思理会咱们，机会正好。再不走，等什么？”

“嗯。”墨九放下剪刀，把罗盘塞入怀里，推开窗子看了看还未亮开的天，嘴角微微一翘：“今儿萧府肯定热闹。”

“可不，过了夜就十七了。”蓝姑姑道，“你看府里都在杀猪宰羊，筹备酒席了。”

“是哦。”墨九自言自语道，“婚宴酒席也不知会做什么好吃的。”顿一下，她侧头盯住蓝姑姑，眼里像长了钩子，突地大放光芒：“要不然，我们吃完婚宴再走？”

蓝姑姑瘫软在椅子上，生无可恋地盯住她。

墨九揉着鼻子，哈哈一笑。

"咯咯咯——"公鸡打鸣了。

寂静的夜空中，鸡鸣狗吠，声音传出好远。

兴许是逃跑次数太多，墨九已经过了紧张期，她淡定地拉着蓝姑姑，照常从辜二家的院墙爬出去，绕到辜家院子外面的小树林。

晨雾白茫茫一片，笼罩着幽静的树林。几丈之外，视线便有些模糊。

雾中，申时茂牵了两匹马，候在那里。

缥缈如烟的世界中，还有一个令她意外的人——风尘仆仆的墨妄，骑在高大的黑驹之上，唇上的笑在雾中散开，眸间烁烁似有星光。

有一种男人，会让女人不自觉地忽略他的容颜，只记住他的表情与气度。在墨九心里，墨妄便是一个这样的男人。

"大师兄，你也来了？"墨九很惊喜。

不可否认，再一次见到墨妄，她心情很愉悦。那感觉就像一个受尽欺负的出嫁姑娘，见到娘家人一般，自然温暖。若非她知道世风不同，肯定会过去给他一个大大的拥抱。

"嗯，九姑娘可好？"墨妄微微一笑。

他与萧乾的孤冷不同，阳光般的笑容，洒脱的气度，明朗的五官，和煦温暖的声音，让人如沐春风。虽没有萧六郎那样让人一见惊艳，却百看不厌，越看越顺眼。

"好，我一向好得很。就是有些想我帅绝人寰的大师兄了。"墨九不喜欢把感谢的话放在嘴上，但该乖巧的时候绝不含糊。她翻身上马，回首望向夜幕下萧家的高屋檐脊，低声喃喃："萧六郎，这回你若再找到我，我一定管你爷爷叫声爹。"

紧接着，马蹄踏入白雾，碾碎了黎明前的寂静。

今儿是一个好天气，连日的大雨歇了，等雾气散尽，一会定是阳光万里。墨九骑马走在树林边的小径上，深吸一口气，像出笼的鸟，很是雀跃，恨不得扬开双臂来拥抱自由的世界。

可往前跑了几步，她左右一望，却突地勒马："申老，玫儿呢？"

去食古斋找申时茂时，她有托付他从医馆把玫儿接出来。那小丫头跟她有些日子了，是她在这个世道为数不多的"熟人"之一。若她逃了，单单留下玫儿，她心里不踏实。

不知出于什么，申时茂远远地掉在后头，闻言刚想上前说话，墨妄便接过话茬："九姑娘不必担心，申老已有安排。玫儿姑娘病体未愈，不宜奔波，先留在医馆最好。"

“有道理。”墨九感激地一瞥。

一行人拎了一盏牛角风灯，绕着树林走了不足半里路，墨妄便喊住急切的墨九，往树林一望，翻身下马，熟稔且自然地带了带她的衣袖：“九姑娘稍等，我去林中方便一下。”

其实墨妄这样的人，没走几步就要“方便”，墨九觉得有些怪异。可男人方便她不宜多问，只低头看他一眼，却听墨妄用极小的声音道：“你说，你也去。”

“我也去。”

墨妄不是随便乱开玩笑的人，既然他这样说，自有他的道理。连反驳与犹豫都没有，墨九就依他的意思，领着蓝姑姑随他进入树林。

林子里面，雾气更重。几个人一前一后踩着被露气染湿的青草小径往里走，能见度不过丈余。

一直走入密林深处，墨妄才停下：“到了。”

茂盛的树林中，光线很暗，黑影森森。墨九不明白墨妄把她叫到这里来做什么，不由侧目望向他：“大师兄要做什么？”

墨妄并没有马上回答，他摆手让跟在后面的随从退回去守在外面，又指了指前方：“过去。”

墨九顺着他指的方向走去。慢慢地，视线里隐隐出现一座坟丘。不知什么年代的墓地了，坟包垒得不太高，周围的坟基被长长的青草覆盖，若非前方竖有一块足够高大的残旧石碑，在夜幕下几乎瞧不出这是一座坟。她静静地立着，不问。夜幕下看不清颜色的裙摆被风吹起，一静一动间，她神色格外淡定。

墨妄见她如此，目光深了深，走到石碑前，鞠躬施一礼，双手慢慢摸上石碑的刻痕。

哐的一声，石碑开了，中间露出一个三尺见方的洞穴。

墨九微微一惊，依旧没有问。

这时，黑漆漆的洞口钻出一个人。她穿了一身黑衣短打，束得腰身纤细娇小，小脸上却眉开眼笑，正是墨九在尚贤山庄见过的灵儿。见着墨九，墨灵儿很高兴，冲过来就拥抱她，脆声低喊：“姐姐，灵儿等你好久哇。嘿，见到灵儿，姐姐有没有很惊喜？”

墨九点点头，正经道：“下回你戴一张面具，穿一身白衣，打散一头长发，吐着舌头跳出来，我会更惊喜的。”

“脱衣服，换给灵儿。”墨妄打断她俩不合时宜的叙旧，背转过身，面对苍茫的夜色，沉着嗓子道：“萧乾心思缜密，眼线众多，你数次离开都被他找到，这一次我不得不防。”

墨九大概明白了。虽然她不认为萧乾目前会有时间来找她，还是不愿意赌万一，轻声应下。然后，她一边在蓝姑姑的帮忙下与墨灵儿互换衣服，一边疑惑地探头去看向碑中洞口："真墓假墓？"

大热天的有两个小姑娘在背后换衣服，墨妄虽是坦荡荡的君子，但身姿依旧僵硬，连半丝眼风都不敢往这边扫："真的。"

墨九好奇了："你什么时候发现的墓？"

墨妄顿了片刻，回答有些含糊："萧家建宅之时找孔阴阳看的风水，孔阴阳那个时候便发现了这个墓……主墓室位于萧家宅邸的东北角，这里，便是墓门。"

萧家宅下有古墓？墨九身上的汗毛竖起："怪不得！"

萧宅东北角的位置，不正是她居住的小院吗？原来她整晚做噩梦的原因，是因为睡在了人家的坟墓上头？

匆匆拉好腰间的丝绦，她绕到墨妄的面前，似笑非笑道："莫非你让我躲在坟墓里，避开萧乾？"

墨妄点了点头："你不必害怕，里头只剩墓室，棺椁等物早已搬空。这个秘密知道的人不多，只因孔阴阳与申老有故旧，我们才知道。我已让灵儿备了水和食物，你好好睡上一觉，我便回来了。"

"呵呵。"墨九回他一记干笑。

哪个正常人能在墓室里好好睡一觉？

这墨家人……果然与她有相似之处，怪物！

但她知道，若萧乾有眼线，那她的行踪，很容易暴露。这会儿她趁着"方便"溜号，周围一定是最安全的，毕竟没人敢在这时盯梢，神不知鬼不觉地与墨灵儿换了，确实是一个掩人耳目的好法子。

"可我有一言，不知当问不当问。"墨九瞄一眼墨妄轻皱的眉，又笑道："我虽叫你师兄，可关系不那么靠谱。你如今为我得罪萧家，必会惹上一堆麻烦，而我们之间的关系，远远够不上为此冒险的程度……师兄到底为什么？"

墨九性子野，但心思却细腻。不仅申时茂，就是墨妄，对她的态度也与上一次不同。这之间微妙的差别，她感受得到。

墨妄静静地盯住她，没有说话，墨灵儿却嘻嘻一笑，挽住她的胳膊："因为姐姐长得像我然姐姐啊。"

墨九顿时受到一万点伤害——替身什么的，最讨厌了。

她正想瞪眼，却听墨妄道：“萧乾也并非一手遮天。我墨家之大，留个人，还是留得起的。”他不惊不变，没带一个愁字，可墨灵儿提到了然姐姐，他的语气还是流露出一股子怪异的涩气。

“呵呵。”墨九又是一笑。

这世间，似乎每个人都有关心的人，也被人关心着，如温静姝之于萧乾，如然姐姐之于墨妄。似乎只有她自己，一抹游魂而已，是墨九，却又不是墨九，就连蓝姑姑的关爱，其实也并非对她。

来了这么久，她仍然对这个世道没有归属感。也许，上天安排她穿越就为了来看古董、吃美食、钻坟墓的?

几乎没有再犹豫，她迅速躬身进入墓道。黑黢黢的洞口，泛有一丝鬼火似的荧光，墨妄静立一瞬，再次蹲身触及石碑，将洞口关闭，然后急匆匆地领了墨灵儿离开。

一行人马蹄声声，很快消失在小树林。

谁也没有发现，在他们离开之后，一道黑影从浓雾弥漫的黑夜中，慢慢靠近了林中石碑……

在这个墓穴上方睡了那么多天，墨九想想有些晦气。可她原就是考古的人，对古墓这东西有着浓厚的兴趣，也就对这个意外的“惊喜感受”忽略不计了。

从洞口下去，有一个阶梯墓道。墓道从上而下，倾斜延伸，有数百级之长。想来墨妄早有准备，阶梯墓道两侧的铜兽灯台上，燃有十来盏油灯，光线不太亮，却足可照明。

独自探古墓，对墨九来说是第一次。借着油灯昏暗的光线，她紧张地下到阶梯墓道的最后一级，抬头看向那一扇贴了兽皮的巨大石门。

石门打开着，里面也亮着油灯。她慢慢地走进去，空气里有一股子杏花醉的酒香，浅浅弥漫，遮盖了墓中经年不受阳光而产生的秽气。看来墨妄为了安置她，费了些心思。不过仔细一想，她又觉得，这样大的地方，这样干净的收拾，应当不会是专程为了请她来“睡一觉”。

或者，这里以前就是墨家的据点?

绕着石室走了一圈，她基本断定了这个猜测。

这并不是一个大墓，只有内室和外室两间，加在一起也不足八十平，像一个地下储存室。但古人把坟墓当成死后在阴间的居处，因此大多墓室结构都与墓葬时的房屋类同。除了那一扇石门之外，室内有石床、窗户、顶梁、柱头，一应物什都很齐全，石壁上面也与大多古墓相同，雕刻有精细的花纹与图案。

墨九断定，墓主人未必是很有钱的人，但一定是生活很有小资情调的人。她随手从石床上拿了一只洗好的苹果啃着，四周踱着步，观看壁画，只觉建造工艺极为精湛，让她又想推翻先前的论断——不止小资，墓主即使不是王侯公卿，也应当出身极为富贵的人家。

这时，她余光一扫，发现在背光的一处角落里，有一条低矮狭窄的甬道，大小只能容得一人弯腰而过。滞了滞，她慢慢走近。黑黢黢的洞内，一眼望不穿。难道里面还有一个大墓？

墨九来了兴趣，把苹果咬在嘴里，迅速掏出怀里的罗盘，平摊在手上。这一次，与她在小院中的观测截然不同，罗盘指针往左右摆动着，不归中线，久久不停。

是搪针。

墨九心跳快了。

一瞬后，指针不再乱摆，而是分布在罗盘的“巽、巳、丙”三个位置，依旧摇而不定。按奇针八法的寓意，搪针处的地下，定有古器……不过，若在搪针位于“巽、巳、丙”的宅基居住，易出酒色女子或孤寡贫困之人。

“有意思。”她不免寻思，是哪个高人让她在萧家时居住那个小院的？不过，她为它取名为“冥界”，倒也名副其实了。

小心放好罗盘，她看向低矮的甬道。这里也有一个开启的石门，不过接合部有新摩擦出来的痕迹。由此可见，这里尘封许久，于不久前才开启。

墨九并不是莽撞之人，手无器具又无人手，她不会贸然钻进去探险。于是，带着疑惑起身，她继续在石室找线索。

不多一会，她就感觉背后有一丝凉气。就像大热天站在冰箱门口，凉气打在脊背上，让她忍不住激灵一下。她纳闷地转身，很快就找到凉气的来源——正是那一道低矮狭窄的甬道口。

石室很闷，凉气刚蹿入时，很舒适。可渐渐地，感觉就变了。冷气越来越强，遍布她所在的石室，整个空间就像突然被空调制冷，由凉爽进入酷寒，前后也不过半盏茶的工夫。

墨九穿得很少，这样的凉气之下，不被冻死就有鬼了。她察觉不对，却来不及细想，只打个冷战，便往来时的道路跑去。可阶梯墓道的入口，石门紧紧闭合着。前方出不去，后面冷气大量涌入，寒流似的裹住她。抱紧双臂，她哆嗦了一下，头微垂不动。

从来到这个世界的第一天，她就在逃命，过了这么久，她还在逃命。在逃命的过程中，她认识的人不多，但墨妄却是她最为信任的一个，这也是她毫不犹豫听他安排的原因。

如今看来，她天生自带倒霉系统，不仅穿越硬件很差，连软件也不太好，人际关系一团糟糕，实在不逗人喜欢。可如果连墨妄都有可能会害她，还有谁值得信任?

不到卯时，天已大亮。久涝放晴的碧空，万里无云。

萧氏百年望族，远近亲戚遍布各地，朝中数得上名号的臣公，或派子侄亲赴楚州，或遣家臣备礼贺喜，都纷纷赶到萧府，以致萧府两座雄狮把守的大门口，迎来送往的宾客络绎不绝，管事的收礼都收得手软。

楚州最大的盛事，便是萧家大郎娶亲，街头巷尾都在议论。一个病痨，一个寡妇，听上去天生绝配，会配出一桩什么姻缘?

国公府门外的长街上，前来讨喜气的百姓挤得水泄不通。萧大郎明儿办婚礼，打今儿起，萧家盛装打扮的漂亮丫头，会挎着篮子在门口派送喜糖，见者有份。这个传统已经有好些年了，也不知萧家哪一代祖宗发迹时留下的规矩。

南荣富饶，糖果本不稀罕，可萧家做出来的糖果，比楚州王记铺子的味道还好，若不是遇上这等喜事，普通百姓又哪里吃得上？大人小孩挤在一起，嘻嘻哈哈。馋嘴的小孩们，吃完还舔着嘴又来，惹得追赶打闹，也为萧府添了热闹与喜气。

大红的喜事，艳丽的骄阳，府外热闹，府里也一样。湖边的小径上，一群丫头在两个喜婆的带领下，托着凤冠霞帔，璎珞垂旒，玉带绣鞋，往墨九的小院行去。

大媒人如花婆也从盱眙赶过来了。今儿她戴了一朵娇艳的大红花，嘴上依旧红得滴血，脸上好像擦了十斤面粉，怀里还揣着几张墨九她娘让带来的烙饼。

她喜气洋洋地等着见墨九，可两个喜婆是萧家请来的，来自楚州城的大户，看不惯如花婆那种小地方来的人一副没见过世面的猥琐德行，不让她进墨九的小院，只颐指气使地让她候在外面，自个儿进去了。

“老鸡贼！”如花婆啐一口，“等墨姐儿做了大少夫人，能短了我这媒婆的好?看老娘到时候怎么拾掇你们。”

她正悻悻地骂咧，试图从口头上找回尊严，一个喜婆便抱着一只芦花母鸡，屁滚尿滚地出来了：“不好了，新娘子变成了芦花鸡！”

“大少夫人不见了！”

“大少夫人变成了母鸡！”

“大少夫人得道升天了。”

“大少夫人坏事做尽，轮回了畜生道。”

墨九不见踪影，床上只留下一只芦花母鸡的消息不胫而走，很快传遍了萧府上下。丫头婆子们嚼着舌根，小厮奴才们奔走相告，各种各样的猜测铺天盖地，把一个张灯结彩迎新喜的国公府，闹得沸沸扬扬。

西边的誉心院，是萧二郎的院子。他还在祠堂里领罚，温静姝又受了伤，几个小妾都不敢明目张胆地闹腾，院落便显得很安静，与外间的嘈杂格格不入，似两个世界。

一缕阳光落在贴了花纸的窗户上，照出一圈光晕，温静姝静静地躺在床上，一眨不眨地盯着那一团艳丽出神。夏青端着盛了汤药的托盘，低眉顺目地进来：“二少夫人，该吃药了。”

温静姝伤势未愈，憔悴的脸苍白如纸，瘦得下巴都尖了，还起不得床。她叹口气，由着夏青托她的背，一点一点喂入苦涩的药汁。好不容易才进了小半碗，她偏头不要了：“端下去倒掉。”

夏青不解：“二少夫人，六爷交代，一日服三小碗，都要喝完的。您不喝伤口就好得慢，要受些苦处了。”

温静姝有些走神：“六爷昨日几时走的？”

大宅下的男女之事很敏感，她幽幽的语气很容易令人生疑，也很容易产生暧昧。温静姝想着自己的事，浑然不觉失态。夏青却是个伶俐的丫头，偷偷瞄她一眼，嘴唇抿了抿，细声细气地道：“六爷为二少夫人开了药方子，就离去了。”

温静姝猛地侧头，却扯到伤口，吃痛地嘶一声：“你撒谎！”

她性子偏冷，却从不激烈，也很少厉色地吼人，夏青吓得赶紧跪下，一张小脸憋得通红：“奴婢没有撒谎，二少夫人若不信，可唤冬梅来问。”顿了顿，她似乎意识到温静姝想听什么，又低着头道：“六爷还特地叮嘱冬梅煎药的火候，还再三告诉奴婢，要好生看护二少夫人，说二少夫人身子骨弱，此番若不好好调理，恐会落下病根。”

温静姝意识到失态，松一口气，双手抓紧被角：“我晓得了，你下去吧。”

夏青赶紧叩头，温静姝看她诚惶诚恐的样子，不由皱眉：“你怕我？”

夏青扁着嘴巴，紧张地攥了手，拼命摇头，想想，又拼命点头，急得都快哭了。

温静姝叹息着笑开：“你伺候大少夫人不过几日，为何性子都变了？”

“奴婢没有。”

“你以前不怕我的。”

“奴婢不敢。”

“不敢，还是不怕？”

今日的温静姝不若平时，似乎不太好说话，夏青小心翼翼地观察着她的脸色，不知所措地绞了绞手指，突地想到一件事，机灵地转了个话题。

“回禀二少夫人，奴婢是紧张了。今儿一早喜婆去给大少夫人送衣裳配饰，发现大少夫人不见了，房里多了一只母鸡，就抱着母鸡嚷嚷开了。这会儿阖府上下都晓得了这事，老夫人和大夫人很生气，怕要寻喜婆的霉头，我那时也在院子，怕受牵连打骂……”

温静姝微微一怔：“六爷可晓得了？”

夏青不知该怎样说才不会挨她的骂，犹豫道：“大抵……大抵还不晓得吧？六爷向来不管这些家宅琐事。”

“呵。”温静姝嘴角微微上翘，像是笑了一下，又像憋了一口气上不来：“青儿你去乾元小筑找六爷，便说我吃了药不大好，疼得缓不过气，早上还呕血，麻烦他来看看。”

“是，二少夫人。”说着，夏青瞥一眼案头的药碗，默默地出去了。

喜婆抱着母鸡跑到乾元小筑的时候，萧乾正从净房沐浴出来，换了一身轻软干净的衣裳，懒洋洋地倚在雕了丹凤朝阳的花梨木大椅上，看手上的八字庚帖——萧大郎与墨九合婚的庚帖，上面有他们两个的八字。

“使君，老夫人说大爷的事让我来找你想法子……”喜婆挨了一顿臭骂，急得快要跳脚了，“大少夫人不见了。这、这可怎生是好？”

萧乾捏着庚帖，没有抬头，淡淡地道：“去回老夫人，我已知晓。”

喜婆哦一声，心想墨姐儿都没了，这祖孙俩似乎还在互相推诿，也不知是个什么意思？她有疑惑却不敢问，只悻悻地退出去。

“站住。”萧乾喊住她。

喜婆回头：“使君有何吩咐？”

萧乾放下八字庚帖，低头看一眼地上拼命挣扎的芦花鸡，不经意地扫到红绸上墨九留下的字，脸颊抽搐一下：“把新娘子一起抱走。”

若对面的人不是萧乾，喜婆可能会顺着笑几声。可他是萧乾，她只觉见了鬼——萧六郎从来不是一个会开玩笑的人。

“是，是，这就抱走。”

她紧张地抱着母鸡就要开溜，然而才刚掉头，就被气呼呼赶来的大夫人董氏撞了个满怀。母鸡咯咯咯满屋乱飞，拍打在董氏的头上。

董氏今儿一早起来，原本打扮得光鲜亮丽，想在来参加婚礼的娘家人面前显摆一下，可墨九跑了，她先被萧运长的两个小妾一唱一和地调侃了一番，再又被母鸡抓了头，一时气急败坏。

“还不把鸡抱下去，等着熬汤喝啊？”

喜婆吓得一声不敢吭，逃命般去了。

董氏回头盯着萧乾，火气没法咽下，直冲冲地问道：“六郎，墨氏哪儿去了？”

萧乾也急着去找墨九，被董氏一问，俊脸上便露出一丝不耐：“大夫人在兴师问罪？”

董氏不喜欢萧六郎，但她娘家势弱，儿子又指望不上，从来不敢与他对着干。可这会儿，她面子里子都丢尽，气急了眼，语气也横起来：“六郎怎么对母亲说话的？莫非不懂尊卑？”

她上来就论孝道，可萧乾并不在意，也不认为对董氏这个“母亲”应当怀有什么敬意。他冷冷地瞥她一眼，系着薛昉递上的披风，漠然道：“大夫人若无事，回去歇了吧。我急着去替你找儿媳。”

“哼！一口一个大夫人，好有教养。”董氏气得面红耳赤，“难不成你姨娘没有教过你，什么是孝道？”

脚步一顿，萧乾斜目看她：“我娘若会教儿子，大夫人恐怕早已下堂。”说罢他头也不回地侧身而过。

董氏被奚落，急火攻心，上前拦住他，低声道：“六郎莫要欺人太甚。”

萧乾眉梢一挑，睥睨着她，并不回答。董氏又道：“大郎视你为兄弟，你却淫他妻室，更在婚期之前助她私逃，置大郎于被众人羞辱的境地而不顾，六郎到底有无人性？”

屋中除了薛昉，并无外人。可董氏声音不小，萧乾不由皱眉。

“大夫人莫非染上墨九的疯症？”

“疯症？你不要以为做得隐蔽，就能瞒住所有人。”董氏冷笑一声，“你须记好了，若要人不知，除非己莫为。你萧六郎懂得掩人耳目，可墨氏却是个没脑子的蠢货。你与她做下的事，她都告诉我了。”

萧乾静静地看她，不走，不动。

墨氏说了什么，他还真有点兴趣。

可董氏身为国公夫人，那“香蕉与鸭梨”的典故，自然不可能在萧乾跟前细说，只讽刺道：“我母子势孤力薄，不敢与萧使君为难，可你与她既然已有苟且，为何还要如此歹毒，是要生生逼死我们母子二人吗？”

董氏心性狭窄，为人善妒心眼小，可事关萧大郎的名声，她不会随便拿来责骂。而且她垂垂落泪的样子，也不似做假。然而萧乾不明白，苟且一说怎么来的？更不明白，墨九一介妇人，到底与她说了什么过分的话。

逮到就知道了。

这样一想，他瞥着董氏怨毒的脸，大步走了。

董氏望着他孤冷的背影，泪眼模糊，气得更为哀怨……若她的大郎也像六郎一般，昂藏七尺，建功立业，为她争口气，她又怎会被袁氏与王氏之流欺负了去？

小王爷宋骜是个厚道人，听说墨九又跑了，赶紧出来把萧乾堵在路口，死活陪同他一道去寻人。萧乾自然拒绝，可宋骜皱着眉头，像被鬼追着似的，苦巴巴地道：“长渊你就行行好，带上我吧。你是不晓得，小妍那丫头疯了似的找我哭闹，我一个头两个大……”

“她还好意思闹？”萧乾眉目发凉。

宋骜又嘿嘿地笑：“好了，你也别生气，这丫头的性子你是清楚的，就那么一头倔驴种，也不会真生出杀人的心思。我看这事，八成是小寡妇故意激她生气，等出了事，再趁机逃跑……啧啧，这样周密的计划，太了不得了。”

萧乾走在前面，懒得理他。但宋骜这厮脸皮巨厚，也不置气，笑吟吟地跟在他后头，完全看戏一般，心情愉快：“不过长渊哪，我去找小寡妇，还有一事。”

萧乾并不回头：“何事？”

宋骜笑得爽朗：“若没了小寡妇，小爷又怎能看你一次又一次被她气成这副德行？不可错过，不可错过的栋梁之才也。”

夏青正走到乾元小筑门外，看萧乾与宋骜过来，赶紧跪下：“奴婢给六爷请安。”

萧乾急着去寻人，面有不悦：“何事？”

夏青不敢乱带话，只把温静姝的交代一字不漏地说来。不过她还是个半大的孩子，明知温静姝没有呕血，撒谎便不那么顺溜：“六爷跟奴婢过去瞧瞧二少夫人吧。”

萧乾瞧着伏在面前连头都不敢抬的小丫头，默了一瞬，答非所问：“你之前在大少夫人屋里侍候的？”

夏青愕然抬头：“回六爷话，大少夫人初入府时，奴婢得二少夫人的差使，是在‘冥界’伺候着。”

“冥界”两个字，让萧乾脸颊微抽。目光烁了烁，他似是想问什么又不好问，淡淡地道：“回去告诉二少夫人，药方里田七与当归的量加至十八钱，喝上一日再看。”

看主子要走，夏青原是不敢多言的，可想到回去复命温静姝那张难看的青水脸，她一咬牙，又大着胆子喊住萧乾："二少夫人疼得厉害，请六爷去看看吧。"

萧乾接过薛昉递来的马鞭："我还有事。"

夏青急急地道："那六爷给奴婢一点止痛药，奴婢回去带给二少夫人？"她想有一样东西带回去，至少可以安抚一下温静姝，若不然她生病时发脾气，不喝药又好不了，她与冬梅做奴婢的，日子就难过了。

萧乾有些不耐烦，但还是回头嘱了薛昉，回他药房寻一瓶止痛的药丸交给夏青，再行快马跟上他们。

事情的演变，像进入一个同样的轮回。烈日下的官道，萧乾与宋骜打头，一行人策马飞奔。马蹄过处，路上的积水四处飞溅。

寻找墨九，不是第一次。但墨九的每一次出逃，都会给人一种不同的新奇感。

至少在宋骜的心里，她的本事，一次次出乎了意料，以致逮她成了一件极有趣的事情。

第一次逃跑，她还是一个除了美貌的外表一无是处的蠢货，正儿八经的疯癫。第二次逃跑，她居然就能捣鼓出一个可载人飞翔的木鸢。而这一回，她在他的眼皮子底下，掌握主动，联系上申时茂，并说服那个油盐不进的老狐狸帮她，更长了几分本事。

踏过泥泞不堪的驿道，等萧乾一行十余人策马赶到楚州城外几十里外的东怀镇时，马蹄已裹满了一层厚厚的泥土。

东怀镇的街口，一个头戴方巾的高个大汉，铁塔似的昂首迎了上来，儒雅的文人穿着，武夫似的拱手动作，声如洪钟的语气，显得极不搭调："回禀使君，小王爷，大少夫人在悦来客栈。"

萧乾点头："带路。"

一行人打马从街中穿过，直入街尾的悦来客栈，引得行人纷纷侧目，指指点点。萧乾视而不见，迈入客堂便寻一个靠窗的位置，慢条斯理地坐下，吩咐薛昉："上去请。"

悦来是一间大客栈，住客不少，他们一行人虽着便装，但气势与普通商旅自有不同，不管是萧乾还是宋骜，从外到内的气质都有着无法掩饰的尊贵。掌柜是一个有眼力见儿的，赶紧差小二上茶，便火速清理客堂，把地方腾出来，为他们行方便。

薛昉噔噔地上楼，很快又噔噔地从楼上下来，紧张地道："使君，不见墨姐儿。"

萧乾转头看向铁塔大汉："迟重，怎么回事？"

迟重一惊，搓了搓双手，奇怪地咦了一声："不可能啊，属下的人，从楚州一路跟来，不曾跟丢。因使君有令，只跟不捉，我们才没有打草惊蛇，先前还在上面，怎会不见？"说罢他又瞪圆眼睛看薛昉："你走错没？天字二号房？"

薛昉摊手，那意思是"我怎么可能走错"。

迟重吹胡子，那意思是"我怎么不太相信你的眼睛"。

萧乾看他两个打肚皮官司，揉了揉额头："墨妄人哪？"

"萧使君找墨某有事？"说曹操曹操就到，墨妄从楼道下来，一袭青衫，笑容爽朗，一派大侠风范。很常见的开场白，客套有礼，却也生疏。

萧乾朝薛昉与迟重摆了摆手，他们两个便领着一群侍从退了下去。

萧乾很直接："把墨九交给我。"

墨妄一笑，回得也直接："不行。"

他并没有佯装不知，墨家左执事在江湖上有好名声，是一个响当当的大丈夫，只要他做下的事，就不会不承认。所以，他自始至终也没想过要否认。

萧乾没有意外，看他一眼，语气凉薄："本座很欣赏左执事的为人，可谢丙生一事，墨家已元气大伤，左执事执意与我为难，可有想过后果？"

墨妄也不含糊，爽朗地笑道："墨九不过一介妇孺，手无缚鸡之力，萧使君非逼她嫁入萧府，岂非君子所为？"

不轻不重地瞟他一眼，萧乾轻轻端起茶盏喝一口，淡然地笑道："君子称谓，只适于左执事。本座言不畏声名，行不讲正义，但求随心，何谈君子？"

这是一个大丈夫为了天下公义敢于亮剑的时代，风骨之于男人，如骨髓之于血肉之躯。尤其像墨妄这种行走江湖之人，靠的便是名声与品行。

他没有料到萧乾会矢口否决大丈夫之间约定俗成的公义，不免稍稍一愣："那若是墨某不从，使君当如何？"

萧乾一板一眼地回答："你若与我为敌，墨家必血流成河。"

临安一事，墨妄与萧乾二人多有合作，方能在谢忱的手下全身而退。那时，乔占平虽一死以谢罪，成为谢丙生一案的主犯，但谢丙生身上的第一刀毕竟是墨妄捅的，谢忱自然不肯轻易放过他。所以，他与萧乾，算是利益共同体，守望相助。在墨妄看来，萧乾绝非为一己之私痛下杀手的人。

"萧使君素来刚直不阿，岂会枉顾律法？"

"那是左执事不了解我啊。"萧乾又是一笑，可眸底清寒，如毒蛇吐信，"给你一个时辰。我若不见人，你必将见尸。”

墨妄提醒道：“使君不开玩笑？”

萧乾面色淡然：“本座从不玩笑。”

宋骜被茶水呛住，认真地接嘴：“本王可以作证，萧长渊从小到大就没有开过玩笑，包括扬言烧了我的王府，在我饭里投毒，在我榻上撒药……”

三个人中只有一个二货，可以忽略。

墨妄与萧乾对视一眼，任由宋骜说得口沫横飞，他只朗声道：“大丈夫一人做事一人当。带走萧家之妇，是墨某不义，既然萧使君不肯谅解，那墨某由你处置。至于墨家……墨某即刻辞去左执事之位，与墨家再无干系。”

“迟了。”萧乾不温不火，“一个时辰，我在这儿等。”

禁军是南荣朝廷最为悍勇的一支队伍，行动很快，执行力也很强。迟重领的骁骑军属于近卫，尤其勇猛。不过转眼，已包围了悦来客栈。很快，又有将校前来禀告，副都指挥使已领人包围楚州两个墨家堂口，只待萧乾一声令下，便将如他所言，血溅百步。

墨妄脊背有些凉。他一生没做过怂事，也见不得不平，看萧乾如此狠辣，终是着恼，一把抽过血玉箫，冷声道：“萧使君逼人太甚，莫非以为墨某怕你？”

依他的本事，想要全身而退并不难。可萧乾只自在轻松地喝一口茶，点头道：“不怕最好。”转头，他又冷声道：“迟重，把人押上来，为左执事压压惊。”

被押上来的人，一个个五花大绑，有申时茂，有墨灵儿，还有蓝姑姑和墨妄的几个随从。萧乾的视线从他们脸上一一扫过，目光不变，笑容也淡：“从现在开始，每隔一盏茶的时间，便杀一个。本座想看看，左执事的嘴有多硬。”他顿了一瞬，又补充一句：“情有多深。”

最后四个字听上去不伦不类，大多人都听不懂，只宋骜撇了撇嘴，把嘴里的一口茶咕噜咽下，又一次差点被呛着。

墨妄也懂，但他不喜解释，也来不及解释，只坦荡荡地看着萧乾：“萧使君乃朝廷命官，怎可私设公堂，伤及无辜？”

萧乾侧头，眸中只有一抹凉：“我说不无辜，哪一个敢无辜？”

这是什么歪理？申时茂被气得花白胡子一阵抖动，但他颇有侠气，尤其要保护的对象还是墨九，更是义不容辞，冷冷一哼，大无畏地瞪向萧乾：“我老头子一大把岁数，早活腻歪了。萧使君要杀人泄愤，便往我脖子上砍。不过，让我们交人……休想。”

墨灵儿苦着小脸，垂头丧气，有些紧张，却也咬着嘴唇不吭声。

这让冷眼旁观的人，不免奇怪。虽然墨家之人向来迂腐，为了天道公义确实可以不畏死，但墨九仅是一个寡妇，就算与墨妄有些交情，也只是他二人之间的私事，申时茂与墨灵儿以及一众墨家子弟也甘愿为她赴死，就很难解释了。

宋骜摸着鼻子："小寡妇还有点本事哩？"

萧乾笑了笑："你总算对了一次。"

宋骜哼一声，笑得奸险："小爷哪次不对？"

"小王爷，萧使君……"蓝姑姑看他二人在笑，扑通一声跪了，叩头道："你们大人大量，饶了九姑娘吧。她从小没有父亲，少于管教，顽劣不堪，实在做不得萧家的大少夫人……"

其实这席话，她自己也晓得牵强。自古婚配便是父母之命，媒妁之言，墨九既然已经许了萧家，便是萧家的人，且婚期在即，她这样撂挑子一走，让萧家如何下台？换了谁，找上门来讨说法，都不为过。

于是，她把牙一咬，豁出去了："若使君要杀，便先杀了我吧，只求饶过我们家姑娘……她若不走，那性子在萧家，也早晚是个死，我也会跟着死。早死晚死既然都是死，不如早死了事，省得被她活活气死。"

蓝姑姑平素是个胆小的人，这里的侍卫好多都还记得她第一次领着墨九逃离被萧乾找回来时那一副面若死灰的样子。才过了这么短短一段时间，她居然不怕死了。好多人面面相觑，不敢相信。

萧乾却严肃地信了："来人，成全她。"

两个禁军侍卫喏一声上前，蓝姑姑傻眼了。她没想到心里奉若神祇的萧六郎杀个人跟拧死一只鸡似的，不由紧张地大喊："等一下。"

萧乾清冷而视，等她下文。

大抵和墨九相处久了，蓝姑姑受了感染，性子也古怪了些。她吓得颤着双腿，小声打着商量："回使、使君话。我、我有点尿急，可不可以……可不可以先尿尿，再死。"

宋骜噗的一声笑了："人都要死了，尿哪儿不是尿？"他笑着看向萧乾："长渊哪，杀人这种事，我可以代劳，这个丑妇有点意思，不如交给我吧。"

"啊！"蓝姑姑大叫，"不要。"

"嗯？怕了吧？"宋骜挑眉，"只要你交代小寡妇的去向，小爷便做主饶了你。"

蓝姑姑哇的一声，掩面大哭："那小王爷还是杀了我吧。"

"还很忠心？好，第一个就拿你开刀了。"

宋骜一拍桌子，蓝姑姑就嘶声尖叫，那恐惧的声音突破云霄，哪像是一心求死的样子？

看她怕成这样，也不出卖墨九，墨妄感慨地上前一步："萧使君，莫伤无辜。"他薄剑一挽，将尖利的刃口置于身上，把剑柄递给萧乾："使君定要用鲜血洗去萧家的耻辱，那墨某愿一死谢罪。"

萧乾目光一沉，抬手接剑。

"不要！"墨灵儿尖叫出声，挣扎着大喊："我说，我说……我晓得九姐姐在哪里。"

萧乾松开手，唇一掀："说。"

墨妄低喝："灵儿，不得胡说！"

墨灵儿咽一口唾沫，泪光楚楚地望向墨妄："左执事，灵儿虽不晓事，但个中轻重缓急却也拎得清。"

墨妄有些动恼："你给我闭嘴！"

"灵儿不要闭嘴。"墨灵儿倔强地昂着头，"左执事，九姐姐不是然姐姐，她是萧家的媳妇，就算萧使君捉她回去，也不会要她的命……九姐姐若知道，也不会怪灵儿的。她怎肯你为她赴死？"

有了墨灵儿的"招供"，事情很快便水落石出了，被骁骑军包围的悦来客栈也就恢复了正常秩序。萧乾带着一行人骑马奔回萧府。薛昉年纪不大，心地却善良。他为墨灵儿松绑时，好心安慰她："小姑娘莫要害怕，其实我们家使君……不会随便乱杀人的。他只是吓唬你们，让你们交代墨姐儿的去向罢了。"

于是，墨灵儿被安慰得气血上涌，泣不成声地大喊着，差一点没有哭晕过去："左执事，九姐姐……灵儿对不住你们。"

辜二家的小树林，迎来了它的春天。在辜二的有生之年，它都从来没有像今日这般热闹过。这时薄雾已散，阳光碎金般洒入树林，让那些持刀披甲围在外面的禁军更显威风。

他们三五步一岗，隔离着不明真相的围观者。

树林深处，萧乾立于孤坟前："开！"

墨灵儿慢吞吞地上前，噘着嘴巴，有些不服气："不开。我不会开。"

萧乾眸子一沉，墨灵儿赶紧瞥一眼薛昉："那家伙说的，使君不会乱杀人。灵儿不怕了，就不打开。"

薛昉一怔，有一种想撞墙的冲动。迎着萧乾看来的厉眸，他扁了扁嘴巴，也很无辜："属下只想为使君正名。"

墨灵儿水汪汪的大眼睛一瞪："那你说的是真的吗？"

薛昉哼一声："当然是真的，我们家使君最好了。"

萧乾揉一下额头，不耐烦了："那你有没有告诉她，本座不杀人，却会用毒？再不打开，小姑娘如花似玉的脸，可就毁了。"

事情发展到如今，矫情忸怩已无意义。墨灵儿孩子气，非要斗嘴，墨妄却不是。他叹一口气，慢慢地走到石碑前，十指搭上去，按机关手法开启墓门。

可转了一圈，石碑毫无动静。他怔了怔，又重新试一遍，石碑依旧处于静止状态，就好像根本就不存在任何机关与墓门一般。

"怎么会？"他低喃一声，额角有湿意，点头道："机关竟然被复位了。"

宋骜对机关之术向来半信半疑，闻声以为他在耍花枪，一声冷笑："这不就一个石碑，哪来那么多古怪？小爷我警告你，别故弄玄虚，赶紧把小寡妇交出来。"

对这个浑不吝的货，墨妄只能苦笑："小王爷有所不知，这个墓室设计极为巧妙……"

"长渊！"不待墨妄说完，宋骜突然变了脸色。

只见原本好端端的萧乾，面色发白，眼睫发颤，似身体有恙一般，扶着石碑，难受地捂紧了胸口，发际下的额间浮上一层细密的冷汗。

墨妄眉一皱，上前扶一把："萧使君不舒服？"

"你走开。"宋骜拨开他，紧紧抓住萧乾的胳膊，"长渊你怎么了？"

他这一喊，现场顿时乱起来。人人皆知萧乾乃当世名医，有医界的"判官六"之称，且他素来着重养身之道，莫说像这样突然发病，就是头痛脑热也很少有之。如此一来，众人不免对墓冢有了畏惧之心，人群里甚至有人低喊是不是中邪……

"我无事。"萧乾摆手，避免扩大事态。

实际上，他并无疼痛，只心跳骤然加快，有一种不受控制的悸动，让他一向平和的情绪，猛地激烈起来，像慌乱，似紧张，只能感受着情绪从体内滋生出来，不由他反抗……念及此，他摸向脖子，想起了尚贤山庄的密室里，那两只飞舞的金虫……

墓室里，墨九踩到水渍，滑了一跤，重重摔在地上，痛得龇牙咧嘴，捂了捂胸口，觉得呼吸愈发困难了。几个时辰过去，墓穴里的空气越来越稀薄，那个低矮狭窄的甬道里，有冰水汩汩往外溢出，带来窒息一般的寒冷。

这个机关很精妙，但世上并无真正完美的东西，只要是人为之物，就会有破绽。

除非设计者良心泯灭，要不然都会给机关留下一个“生门”，给误闯之人留下活路。

这个生门，也曾被她戏称为万能补救术。

她想出去，就得找到破绽与生门。

石室内温度越来越低，寒气入体，她维持生存的热量也越来越少，一边拼着劲地跳动，她一边观察。

甬道出来的水，流速很慢，流量也很小。她判断里面不是积水，而是积冰。原本有大量的积冰囤在里间，中间隔了一道石门与甬道，但石门被人为打开，遇到外间的热气，里面的冰体开始融化，渗水。但石室不大，热气有限，化冰的速度不会很快，几个时辰才这一点，所以，她短时间内不可能被淹死——只会冷死或饿死。

油灯的光线越来越弱，她也基本摸清了墓穴的环境。石壁上的浮雕排行整齐，但图案全是动物，有朱雀瑞兽，也有狮子老虎，只有石室椭圆的拱顶之上，有一幅人物浮雕。

浮雕是一幅仕女图，雕刻细节栩栩如生，仕女长袖襦装，身系帔帛，髻上珠钗清晰。墨九很快认出，这与她在食古斋看见的仕女玉雕极为神似。可以肯定，仕女就算不是墓主，也与墓主有渊源。那么，从设计者的选择动机出发，机关布局与其相关的可能性极大。

然而她得出这个结论，并没有什么用。因为拱顶足有两米多高，以她的身材，在没有工具的情况下，根本就触不到。

“这设计太不人性化了。”

她冷得发颤，却立下宏愿，将来一定要设计出前无古人，后无来者的万年大坑。

“而且我不会像这些人渣那么狠，定会给人留下生路的——”

一边许愿，一边跑步，她终于累得瘫软了。瞥一眼石床，她咬牙：“累死不如睡死。”

干考古这一行的人，都有敬畏之心。她爬上石床，站在浮雕下方的位置，双手合十，抬头仰望：“神仙姐姐，我本无心扰你，只生死之间……”顿了一下，她又觉得与浮雕说话有点脑残，换了画风：“你若肯借我一件衣服就好了。”说罢她踮着脚在石床上拼命蹦跶，继续产生热量，与生命赛跑，直到石床传来砰响。

天上太阳，火球一般炙烤着大地，小树林有绿荫遮掩，却阴飕飕冒着凉气。萧乾心悸一阵，慢慢恢复过来，下意识地觉得那种感官不受主宰的感觉，与蛊虫有关。

于是，他听完墨妄对机关的描述，脸色越发难看：“也就是说，机关被人复位，无法再开启？”

墨妄沉思一下："大概可以这样说。"

萧乾脸色沉沉："那挖开它。"

墨妄瞥他一眼："这个墓室有数百年了，并非时下常用的砖壁结构，而是石壁结构。周围的巨石足有三尺厚，墓道深且长，一时半会凿不开……"

萧乾拔高声音低喝："凿不开，也得凿。掘地三尺，也要把人给我挖出来。"

虽然知道墓道的方位，但全靠人力挖掘，速度很慢。尤其这一个并非普通墓葬，里面的石壁与泥土极为坚硬，外侧还有铜水浇灌，进展极是缓慢……不过，好在墨妄知道墓道的方向，对里面的机关也都熟悉，也算事半功倍。

小树林外再次成为围观热点，有人说发现宝藏，有人说官兵摸金掘墓，也有人说发生了人命案子。

萧乾直接调动楚州屯驻的地方军队参与挖掘，声势极是浩大。挖掘历时几个时辰，直到月上树梢，方才开启了墓道门。那重重的石门被破坏，倒在地上，露出一条黑漆漆的通道。

扑面而来的冷气，让墨妄与萧乾都是一怔。二人互望一眼，举着火把走在前面。下方石室的地面，黏湿一片，浮土黏在鞋底，走路极是不便。

然而，等他们进入墓室，里面却空荡荡的，根本就没有人。

"姐姐……"墨灵儿快哭了。

"姑娘……"蓝姑姑已经哭了。

"墨姐儿……"薛昉很想哭。

墨妄观察着机关位置，一言不发，面色凝重。宋骜则像一个赶集的，稀奇地走来走去寻宝，只萧乾一个人慢慢走向角落闭拢的低矮石门，冷冷地道："这里，凿！"

"使君好眼力。不过，不可凿！"墨妄瞅了一眼，心生钦仰。那一道开启过的石门，似乎与石壁合为一体，但仔细观之，接缝处的青苔与绿痕，都有过被摩擦的痕迹。

"为何不可凿？"萧乾问。

"这墓穴被发现之前，里面的机关极是凶险，石室部分的机关已被我们拆除，但我们的人，从未发现有这样一道石门，而且机关复位之事也蹊跷，我并不知里面有什么，若贸然开启，恐会伤及……"

"凿！"萧乾打断他，目光幽凉，却带了笑："左执事不怕墨九憋死在里面，本座却怕萧家没有新娘拜堂。"

墨妄一愣，严肃地道："给我半个时辰。"

“你要做什么？”

“开机关。”

“本座凭什么再信你？”

墨安眉头蹙起，一字一顿：“我心悦之，断无害她之心。”

萧乾深深看他一眼，慢慢扬手，阻止了工匠。

半个时辰不长，也不短，墨妄在石室走来走去，冥思苦想。萧乾也没有闲着，他差人去楚州城，火速把孔阴阳拎了进来。

石室不太宽敞，人一多，就显得狭窄。萧乾把孔阴阳唤到石室的一角，冷声问他：“孔老可以交代了。”

孔阴阳是见过大风大浪的人，还算镇定：“使君此言，小老儿不懂。”

萧乾问：“萧宅的风水是你看的？”

孔阴阳鼻子眉头几乎皱成一团，他思考一阵，拱手朝萧乾告饶不止：“使君明鉴，风水是小老儿看的，墓道也是小老儿发现的，可这机关之术，小老儿却一窍不通啊。”

“好，我信你。”萧乾沉笑一下，目光落在他空洞的双眼上，锐利不少，“那你为何把萧家的宅基地选在墓穴之上？”

孔阴阳一怔，急急解释道：“此处乃双生地，阴宅大吉，阳宅更是大吉。使君想想，这些年，萧家可不蒸蒸日上？尤其使君您已是国之柱石，可不全凭了小老儿选的这宅邸风水吗？”

“一派胡言！”萧乾低斥，“萧家上下竟被你耍得团团转。”

“使君息怒，小老儿只是、只是混口饭吃，对风水……其实也不太通。”

“不通风水，那你可通命理？”萧乾掏出怀里那一张八字庚帖，想想孔阴阳是瞎子，又塞回去，沉声道：“墨九不仅是阴年阴月阴日阴时出生之女，四柱纯阴之命，还是墨家的命定巨子，是也不是？”

闻言，孔阴阳吓得哆嗦，差点没跌倒。

原来他不是旁人，而是墨家上一代巨子在世时的坎门长老，也是申时茂的师兄。他因触犯墨家的家规，被老巨子挑断一只脚筋，又残了双眼清理出户，这才在楚州混迹。然而墨家老巨子推演出的下一任巨子人选和新巨子的八字，除了墨家核心之人，便是墨家子弟也不得而知，萧乾这个局外人，为什么会知道？

看他发愣，萧乾冷冷一哼：“孔老不打算说明白，为何要把巨子偷偷嫁入萧家？”

孔阴阳额上已有冷汗：“使君饶命，小老儿早已卸任，真不知新巨子的八字命格。

这般机密，时茂也不敢告诉老儿。若不然，打死小老儿也不敢啊……”

他声音刚落，外面便传来一阵喧嚣。紧接着，书吏周求同举着火把进来，站在石门外道：“启禀使君，谢丞相来了。”看萧乾转头时面色有异，他又赶紧垂头：“大批禁军围了树林，引得外间议论不止，谢丞相今儿过府送礼，得了消息，硬要闯进来……”

“拦住他。”萧乾道，“就说萧家在挖冰窖，家宅之事，不劳丞相费心。”

周求同点点头，晓得谢忱这样的不速之客，自然是不能放进来的。但丞相人都来了，他怎么也得来禀报一声——不过想到那老匹夫，他头有些痛。

萧乾看了宋骜一眼：“你出去帮我应付谢忱。”

宋骜正看壁画入迷，闻言眯了眯眼：“为何每次都是我？”

萧乾古怪地瞥他一眼，沉声道：“你不是说，比我长得英俊？”

没想到那日之事，居然被他晓得，宋骜磨着牙齿瞪一眼薛昉。看那小子不好意思地红着脸低头，他又理顺衣领，气宇轩昂地走出去：“为了英俊，我付出的太多了。”

看着他的背影，萧乾摇了摇头，回头准备继续追问孔阴阳。可被这一打岔，萧乾分了心，孔阴阳瘸着脚腿瞎着眼睛，却突地利索不少，整个人一弹，便往石床蹿去。

萧乾眸色一寒，疾步上前，拔剑刺他。可石床受力，突地一个翻转，在机括的轰轰声中，孔阴阳就已消失不见。

墨妄回头一看，惊惧地喊一声“小心”，但已经迟了。在机括的带动，萧乾脚下的石板顿时抽空，他的身子也直直往下落。

“使君——”薛昉扑过去。

可石板已经合拢，再无一丝缝隙。

机关的力量是极为惊人的，在工业技术还不发达的时代，它本身就像一个庞大的机械运转器，属于时代的超前产物，是一种利用机械原理驾临在人力之上的力量。

萧乾落入石室，冷气便排山倒海般袭来，冷风灌入耳朵，周围是无边无际的黑暗，他屏气凝神，落地的瞬间，便拔出长剑，护住身体。剑身在黑暗中反射不了光芒，却带来响动。

在他背后，有人冷笑：“别幼稚了，机关之力，岂是你的剑可以抵挡的？”

这个声音带了一些颤意与沙哑，却半点不饶人，也熟悉得惊人。萧乾收剑回头：“你没事吧？”

这话问得自然，带了一丝关心，墨九也因此晓得了掉下来的人是何方神圣。她咳嗽了几声，等缓过那股子劲，哑着嗓子问：“萧六郎，你爷爷还活着吗？”

萧乾不明白她的意思，又往前走了一步："为何这样问？"

墨九冷得哆嗦不止，边说边敲牙："我在想，也许我天生注定该喊他一声亲爹！"

这样占人便宜，太缺德。但萧乾这会儿显然不想与她计较，站了一会儿，他仍然没有适应，里面黑乎乎一片，他看不见她，只能辨着声音继续往她走："墨九？"

她嗯一声。

声音就在面前，可萧乾摸索一阵，却没有人。

他问："你在哪里？"

"你祖宗的！"一个虚弱的声音颤抖着从他脚下传来，"你踩在我的裙子上，还问我在哪儿？你怎么不踩死我算了？"

萧乾哑然："你为何睡在地上？"

这还用问吗？墨九冷得牙齿都快敲碎了："你把衣服脱了，我、我就告诉你。"

萧乾没把这话当成调戏，他摸索着脱下外面裹着的披风，弯腰披在她身上："可有好些？"

"不好。"墨九欲哭无泪，"简直天妒英才，我居然被困在这里。"

萧乾蹲在她的身边，静默了一瞬："你方便吗？"

墨九冷得哆嗦着，不太利索地回答："我刚方便过了，就在你蹲的那里。"

萧乾哭笑不得："我是问，我若点燃火折子，你方便吗？"

"有火折子你不早说？"墨九这会儿想到火光，比想到古董还要精神，"快、快点啊。冷死我了。"

萧乾摸到她滑嫩嫩的手臂，还有湿透的衣衫，不敢贸然点火，听她催得急，不再犹豫，很快掏出火折子，试了好几次才点燃。

微弱的火光中，墨九裹着他的披风，像一只小狗似的撅在角落里，嘴唇乌青，面孔雪白，但两只眸子却水灵灵的带着笑："萧六郎，你还可以再脱一件吗？"

萧乾微微一怔。

有些人天性异常，譬如墨九。她这时的样子极是狼狈，头发都快结成冰块了，身上的衣衫也早已湿透，除了眼睛瞪得老大，身子僵硬得像个冰碴子似的，任谁都知道她在里头经历了一些什么变故。可天塌了，也改不了她疯癫般大条的神经。

一个人视别人的生命如草芥不难，但连自己的生命都可漠视和调侃的，只有两种。一种是疯傻，另一种是超然于世的神仙。虽然都说墨九有疯癫之症，可萧乾早已不认为她是傻子或疯子。可她不疯不傻，为什么在生死面前，这般淡然？

墨九看他不动，嘴皮都被冻得打架了："脱啊，还能不能脱了？"

萧乾默然。

外面的天是夏季，他也穿得少，再脱一件里面就没了。扬了扬眉，他替她紧了紧披风，细心地系好脖间的带子，又把手上微弱的火光凑近她，声音也带了一丝令人怦然心动的魅惑："我扶你起来活络一下筋骨，暖暖身子？"

墨九颤着唇："可我冷。"

萧乾抿唇，还未想好法子，她已经扯开披风带子，抖着身子道："里头湿的，这样穿也没用，你看。"

她的衣服本就单薄，湿透又经冰冻之后，全都紧巴巴地贴在身上，将她发育完好的少女身子，玲珑有致地紧紧勒成一抹凹凸勾人的曲线，娇美中添了一种血脉贲张的诱惑……

灯火如豆，暗淡的光线中，萧乾目光微微一闪，抿着嘴，没有出声。墨九却得寸进尺地拉住他的衣袖："萧六郎，你把衣服脱给我好不？"

同样从上方石室掉落，墨九就狼狈得很，他却依旧整洁尊贵，一袭月白色的府绸轻袍，薄而柔软，袖口的刺绣针脚精致，身上的薄荷香经久不散，有一种令人想靠近的温暖。于是，她更是惦记他干爽的衣服，继续不要脸："反正这里没人，你也不冷，何不做做好事？"

"你几岁了？"萧乾莫名地问一句，声音微凉。

这个问题，墨九觉得很难回答。若说到她上辈子倒是二十好几岁，似乎比萧六郎还要大；可这辈子嘛，正当豆蔻年华，不装装嫩都对不住穿越大神。她道："大抵十五六岁吧。"

萧乾眼底跳跃着火光："不像。"

墨九瞪他："哪里不像？"

被她水汪汪的眼珠子瞪视着，萧乾也不多言，只淡定地用暗示性的眼神，将视线慢慢从她的脸滑落在胸前，不轻不重的声音，如同在阐述一件事实："哪里都不像。"

墨九低头一看，该凹的凹，该凸的凸，曲线玲珑，整一朵带着露水的花骨朵嘛。她竖起眉头："就这样的姿色，你还敢嫌弃？"

萧乾不再看她，眼观鼻，鼻观心，语气淡淡地道："你想多了，本座从不重欲。"

"呵呵。"墨九气血上涌，"你以为我在勾引你？"

萧乾面色凝重，没有回答。

可他那眼神分明写着“难道不是？”

墨九虽不是有意撩他，但对这身子的姿色还是有自信的。若上辈子她有这脸这身段，学校最高最帅打篮球最厉害的那棵校草早就拜倒在她的石榴裙下，没那校花什么事了……难道古人的审美标准不同，或是萧六郎的性取向有问题？

她身子僵了，只转着眼珠子道：“萧六郎，你的眼睛长在头顶上的？平白无故辱人清白，凭什么说我勾引你？”

萧乾很淡然：“旺财每次看见骨头，就你这德行。”

墨九扑哧一声，忍俊不禁之下产生的“巨大气流”，直接把萧乾举在手上的火折子喷灭了。四周再次陷入黑暗，寒冷便重了几分。她嘴里咝咝有声，牙齿冻得咯咯敲击，可嘴却没停下：“救人一命胜造七级浮屠，趁现在黑灯瞎火的，萧六郎，你就脱了吧。”

说罢，好半晌没有听见他的声音，她又解释：“你放心，我对你的身子没兴趣，就对衣服感兴趣……你要是觉着不公平，把我的衣服换给你穿好了。”

他仍是没有说话，墨九想摸一摸他还在不在，但冻僵的身子移动困难。她惊了惊，又喊一声“萧六郎”，觉得舌头都快僵掉时，一股熟悉的薄荷香闯入鼻端，他强健的双臂揽过来，将她圈在自己与石壁之间，一言不发。

墨九很意外，敲牙不语。

他动作很迟疑，仿佛在挣扎，态度很规矩，并无猥亵之心。墨九甚至觉得，他这轻轻一拥，像一个医者在怜悯病号，又似仙者在渡化世人，绝无一丝一毫男人对女人的浊气，清冷且疏离。

霎时，墨九有一种被神仙宠幸了的感觉。

眼睛看不见，心就格外敏感。于是，墨九脑补了“萧大神”清心寡欲修炼，飞升成仙的无数种镜头。

她正叹息世上真有坐怀不乱的男人时，他却突地放开了她，再一次将火折子点燃，目光专注地看着她，像她家教授在做学术研究。

“刚才心绪浮躁，心悸难耐，可有？”

墨九点头：“嗯。”

他更认真了：“我试了一下，应是蛊虫所致。”

墨九的脸顿时成了冰雕，一身好不容易活络的血液再次凝固了——敢情她以为他在好心为她取暖，都是自行脑补，他只是在试验蛊毒？

尚贤山庄密室里的事，墨九没有向任何人提过。萧乾也是。

那一对在暗室飞舞的金色小虫，那划破二人脖子的血线，成了两个人之间最为隐晦的一个共同秘密。墨九不想告诉别人，一来希望那只是一场不太真切的梦境，二来有一种难言的尴尬与……丢人。

似是急于了解蛊毒的种类及解法，萧乾又追问："你可有不适？"

不冷不热地嗯一声，墨九嘴唇发干："先前是有点不愉快，胸口闷，心跳快，可你来了之后，就没有了。"

萧乾凑近观察她的脸："在我来之前，你有没有受伤？"

他温和的语调，低沉轻缓，尾音处有浓浓的上扬弧度，是那一种墨九非常喜欢的男音。但她却不太习惯他的温柔，只眨巴一下眼睛，不太严肃地笑："在上头摔了一跤，膝盖擦破了皮。从石室落下来时，手肘又被刮了一点轻伤，没大事。"

萧乾点点头，似是心中已有计较，目光从她脸上挪开，审视着漆黑一片的冰室，没再继续这个话题："你可以走吗？"

墨九冻得跟傻子似的，一身结满冰碴子，却也不服输："可以试一下。"

她手指动了动，想去扶石壁站起，可冻僵的腿脚受不得力，只一站又瞬间跌回，幸亏萧乾眼疾手快地拉住她，才没有再一次摔倒。他皱眉不语，她却哈哈大笑："你看，女人最怕男人的温柔。你这一柔情似水，我就软了。"

这货说话没轻没重也经不住推敲，萧乾像没有听见，将火折子交到她手上，从怀里掏出一个小瓷瓶递过去："吃一粒，舒筋活血。"

"吃不了，爪子冻僵了。"墨九张开嘴，颤着声音，没好气地斜眼瞪他，"你不会喂？什么医生嘛。"

像真的把她当成病人，萧乾倒出一粒药在掌心，便要喂她。可墨九却抿紧嘴巴，只是看着他。他低头沉声："张嘴。"

墨九脑袋后仰一点，牙齿冷得咯咯作响："你不觉得我应该想想，这药吃不吃得？你可不是什么好心肠的……唔……"

话未说完，咕噜一声，药丸就下去了。萧乾不是个浪费时间的人，趁她说话的工夫，把药直接灌入了她的嘴。

墨九梗了梗脖子，瞪大眼睛横他。萧乾却不看她，像嫌弃她的唾沫，在披风上擦了擦手，淡淡地道："吃不得也吃了。"

"好吧，那你可得对我负责。"墨九又冷又饿，脑子都快冻成一团糨糊了，实在无力地靠近他的身体，软绵绵地道："萧六郎，你行行好，把我背出去吧。"

这货长得娇美，虽目前处境困难了些，但披风垂地，长发及腰，五官精致，一双沾了冰碴子的睫毛一眨一眨，苍白的肌肤没有血色，却有一种莫名的病态美，像一朵被风霜摧残的白玉兰般，干净，俏媚，惹人怜惜，尤其软软的语气，但凡是个正常的男人，心都会化成水。

萧乾却半晌没动，化成水的是石壁顶上的冰。

好半晌，有一滴调皮的冰水沿着石钟乳般的冰棱子滴下来，滚入萧乾的脖子，他才一惊。怔了怔，他方道：“嗯。”

墨九松口气：“乖。”

他再怔：“……”

墨九盯着他轮廓分明的脸，一本正经地保证：“放心，天涯何处无芳草，我可不吃窝边草，你是安全的。”

他瞥她一眼，扶稳她：“现下你得自己走一走。若不然，腿脚就废了。”

这一点是基本常识，墨九相信。如果她这样久不运动，等肌肉被冻得坏死，那就没治了，想走也走不了。

拽着他的臂弯，她勉强站稳，迈出第一步。脚很吃力，很艰难，可摇摇欲坠一下，终是迈了出去。她吸一口气：“这样得走到何年何月？”

他不紧不慢：“墨妄就在上面的石室，你对他应有信心。你坚持一会儿，他便可开启机关下来。”

听见墨妄的名字，墨九身子微微一僵，停顿片刻方才笑道：“机关祖爷师就在你面前，你却想靠别人？傻缺不？”她并未刻意，但对墨妄的看法，明显有了距离。

人都是敏感的，萧乾察觉到了，但只瞥她一眼，什么也没问，把她托在臂弯里：“好。你说，我来做。”

在这之前，墨九与萧乾之间其实并不友好，一直都是猫与老鼠的关系，萧乾嫌弃她，她也对这种老奸巨猾的家伙能远就远——玩毒的，她惹不起。可命运的神奇，就在于契机。在这个地下深处的黑暗冰窖里，她只能依靠在他身上，汲取他的体温，正巧他也不知发什么神经，“好心”地没有拒绝。

如此一来，两个似是“亲密”了几分。

走了几步，墨九冻僵的肌肉慢慢舒展，也恢复了一丝力气，手脚似乎也灵便了许多，就着荧光般的弱光，她看着他的脸：“萧六郎。”

“嗯。”他答。

“出去了，你还让我嫁大郎吗？”

“嗯。”他又答。

“可我不愿意。”她问：“为什么一定要逼我嫁？”

他没有回答，在幽冷的黑暗中，颀长挺拔的身姿被她依靠着，像一个拥有无穷力量的谪仙，有着令人惊艳的俊美与坚毅。虽然这会儿是紧急情况，生死面前无性别，但墨九大半个身子被他揽在怀里，想到古代人的“男女授受不亲”，不免好笑。

“你不觉得……我嫁你大哥很违和吗？”

他低头看她，想了想，不答反问：“你与大夫人说了什么？”

“有吗？”墨九装蒙，“我不过想吃她家的香蕉与鸭梨，她就气急败坏地把我撵了出来，小气得很。”

董氏的话，萧乾不好复述，只应一声“嗯”，半扶住她继续往前走，身体很靠近，动作却依旧保持着规矩的距离。

冰室太暗，能见度太低，走了一会儿，也不知是冻的，还是踢到了东西，他脚下突然一晃，似乎有些站立不稳。

墨九感觉到了，反手抓住他：“怎么了？你也受伤了？”

“无事。”他声音很淡，并无痛楚。

墨九心思不在他身上，打量一下他镇定的神色，也没多问，便倚靠在他的手臂上，辨别着方位往前走，寻找机关开启的法子。

石室很安静，除了偶尔的滴水声，似乎只剩他二人的呼吸与心跳声。墨九其实从来没有被男人这样抱过，如今与萧乾相依相偎虽是不得已，但除了有一丝感官上的怪异，耳根也多少有点儿发烧。

这一间冰室比上面的石室大了许多，四周都被冰封了似的，里面没有任何生物存在，只有雕刻精美的各类冰雕。每隔一段距离，有一个冰雕的仕女，她们表情各一，动作各一。或笑、或坐、或躺，或抱琵琶、或弹琴弦、或吹箫笛，身姿美妙且生动，在她们的身侧，有冰雕的椅子或其他器具，各有两名冰雕的丫鬟伺候，简直像一个声势浩大的冰雕世界。

若不是火折子光线太暗，墨九真想好好欣赏。

可室内的温度越来越低，她只能靠他越来越近。

几次三番之后，她发现一个问题，在这冰冷的世界里，她每离他远一些，就会有心悸的感觉，靠在他的身上，就会有一种不由心支配的安稳感……很诡异！

看着一座座美丽的冰雕掠过眼前，她莫名有一种汗毛倒竖的感觉——难道真是蛊虫作祟？若果然是蛊虫，她猜测它们的生理可能受温度的影响。在冰冷的环境下，蛊虫可能也会感觉到寒冷，也就格外活跃，格外不踏实。然而，当两只蛊虫靠在一起时，它们彼此有了依靠，就不那么紧张了。

她乱七八糟地猜测，瞄了萧乾一眼。

他也正巧看来，不知是否与她想法一样，对视时的一眼，彼此眼中的情绪都有些怪异。但他们都没有多说，也没有推开对方，像一对结伴探险走在旅途的驴友，彼此依扶着，在巨大的“冰雕展览大厅”行行走走。

墨九突然想到一个严重的问题。若她出去了蛊虫还这般发作，她不得随时需要找萧乾救急啊？而且这一次是冰，下一次谁知道两只虫子又怕什么，又想什么？这不就是养了一只祖宗在身上？

她顿住脚步：“萧六郎，你就没想过怎么除去蛊毒？”

萧六郎想了想：“你我暂时应当无性命之忧。这事急不得，我找人去了苗疆，相信很快会有消息。”

墨九不知原来他已经有了行动，默默点下头，又反应过来：若一直解不了，她不是永远都离不开萧府了吗？她清了清嗓子：“我有一个很简单的法子，可以对付它，且一劳永逸。”

萧六郎低头凝视她：“何法？”

墨九很严肃地说：“把你杀了，再把我自己杀了，虫子不就死了吗？”

萧乾：“……”

墨九不像玩笑，摸了摸身侧的冰柱，还微微一叹：“只是，我也不晓得把自己杀了，还能不能活着回去。”她这句话完全是有感而发，可萧乾听了，却想推翻先前的论断了——她不是疯癫，而是病得不轻。

“停一下！”墨九突地指着一个抚琴的仕女冰雕，“萧六郎，你有没有想过，这个坟墓里有这样多的冰雕，不会只是为了好看吧？这中间一定有深藏的秘密。”

这完全是废话。萧乾没回答。

墨九轻声对他说：“我发现仕女冰雕共有八座，是按乾、坤、震、巽、坎、离、艮、兑的八卦方位进行排列的。八个方位上，每个方位有一组不同的图案，但冰雕的数量却基本相同。唯一不同的是坎位，多出一个丫头。此为冰室，冰为水，坎的寓意也是水。我认为，机关会设在坎位。”

萧乾读过《周易》，虽不专业却能听懂她的意思，点点头，却听墨九又道："萧六郎，把我怀里的罗盘拿出来……"她是带着纯洁的革命友谊说的，因为她举着火折子不方便动手。可说完半晌没见萧乾动作，这才反应过来，抱歉地道："不好意思啊，我没有把你当男人。"

萧乾突然低下头，长发落在了她的肩膀。

"咳，走那边。"墨九托着罗盘，指了指坎位。

萧乾唇一掀，托着她走了几步，看向她手上的火折子："先灭了吧，省着用。"

墨九大抵明白他的意思："可看不见怎么走？"

他犹豫一下，伸手把她身上披风的斗篷拉下来，盖住她大半脸边，从额头到眼睛都遮住了，然后拿过火折子灭掉，淡声道："跟着我。"

四周再一次陷入黑暗。这样的走法，墨九有些紧张。因为人的方向感，主要靠参照物来识别，平常可以用眼睛的时候不觉得困难，但若无参照物，却一定会走错方向。她很好奇萧乾靠什么法子摸黑走的，但他确实走得很稳。

这时，他突地停下，放开她的胳膊："站好。"

墨九一怔："萧六郎？"

他没有回应，她不敢迈步，只原地等待，突然觉得有什么东西低下来，耷在她肩膀上，冰冰的，凉凉的，慢慢地贴近她的脸——因为里面太冷，萧六郎也是冰冰的，而这个地方只有他们两个人，墨九下意识就觉得是他。

可他凑近她的脸是什么鬼？

难道这闷骚是想偷偷亲她，欲行不轨？

是抵死不从，还是被迫就范？这是一个很严肃的问题。

墨九还没有考虑好，隔了一层斗篷的布料，那脑袋就摩擦在了她的脸上。

"做什么？"她耳根一红，正想骂一声登徒子，却见火光一闪，萧乾再次点燃火折子。

有了光线，墨九不由瞪大眼睛。这是离坎位最近的离位，有一座仕女冰雕似乎被人为挪动过，又或者受了热气，头颅软软地耷下来，就靠在她的肩膀上。

她以为的"亲热"，只是这东西作怪。

"难道冰室里还有旁人？"墨九奇怪地说完，伸手去推靠在肩膀上的那只脑袋，却突然觉得不对，冰怎么会软？

慢吞吞地转过头，她瞪大眼睛，发现它缺了口子的地方，冰块正在迅速瓦解掉落，露出一截修长雪白的脖子。再转瞬，一个女人的身子就显现了大半。

墨九心跳停了一拍，冰雕里居然是女尸？

她正要丢开手，冰尸却猛地睁眼。

“啊！”

她听见了自己的尖叫声。与一个死尸四目对视是什么感觉？那一刹那，她心脏都几乎停止了跳动。考古数年，她下过大大小小的古墓无数，已腐未腐的尸体也见过不少，却从来没有像今儿这样恐惧过。

冰雕不是冰，而是人。但也不可能是活人，只能是尸体。

萧乾先前撞上冰雕，感触有些不对，想到孔阴阳有可能也在这里，方才走了过去，却也没想到冰雕里会是死人。看墨九目瞪口呆，像是被吓住，他揽住她，再顺势一推，那冰尸就重重倒在了地上，身上的冰块全部碎裂，露出里面鲜活的身子来……玲珑美好的肌肤，雪一样白，五官清晰，容颜美好，未着寸缕，却有着倾世之美。

这具冰雕是受了震动，方才碎裂的。

若萧乾没有料错，应是孔阴阳用她逃生了。

久久，两个人都没有说话，各自想着事。

地上的冰尸也无声无息。除破冰那一瞬，再也没有睁开过她美丽的眼睛。他们不知是谁设计的这座坟墓，为什么要用这样的方式来埋葬红颜，更不知道剩下的七个仕女冰雕，还有那些陪葬丫头，会不会也是冰尸做成的？

萧乾看着冰尸的眼睛，沉声道：“她为什么会死而复生？为什么又生而复死？”

墨九冷得嘴唇直颤抖，却已从被和冰尸“亲热”的恐惧中回了神，她极有灵异感地盯住萧乾，鬼气森森地问：“六郎，你信这世上有鬼吗？”

萧乾皱眉：“子不语，怪力乱神。”

这个人太无趣了。墨九捋着头发，轻轻一叹：“她这是撑着一口阳气不灭啊。”

萧乾对她的说法，似是有些兴趣，敛眉而视。

墨九急着出去，也不再逗他了，解释道：“她并非死而复生，只是尸体被冰封之前应该还活着，体内憋有一股气，那个睁眼的动作，属于神经反应。”

“神、经、反、应？”他是一字一字问的，似乎在琢磨什么意思。

墨九觉得这样科学的东西给一个古人讲会比较坑爹，于是简单道：“你听过殡葬的时候，有些人明明死了，却会突地从棺材中坐起诈尸的事吧，这是类似的原理。”

萧乾久久没有回答。

看他神色不对，墨九偏头：“这样看我做什么？”

他问："你为何懂这些？"

嗯一声，墨九严肃着脸："你们把我丢在那小院，我每天晚上都做噩梦，这些事，都是我家老祖宗在梦里告诉我的。"

万试万灵的老祖宗又一次被她搬了出来，萧乾也不知信了没有，只抿紧嘴唇，指了指不远处坎位上的一座仕女冰雕："你要找的可是她？"

之前以为冰雕是冰的时候，墨九是坦然的。可这会儿，看着远近不同，大小不一的冰雕，她已经没法子再去直视了——可不管她们是冰还是人，她都得过去。

接过萧乾手上的火折子，她暗自试了试腿脚，发现恢复了许多，慢慢松开他的扶持，自行站稳，微微笑道："我已经好多了，你刚才拖着我受了累，就站在这里休息吧，我来开机关便好。"

他轻嗯一声，并不反对，只静静站在丈许外，看她一手拿火折子，一手在坎位的仕女冰雕身上四处摩挲。

墨九偶尔回头看他一眼，发现他专注时的俊美容色，比仕女美艳了不知多少，而且在这样冷的地方，他居然可以长久保持尊贵的气度，而不像她一样抖抖索索，实在不易。

"萧六郎。"墨九突然喊。

"嗯。"他声音很淡，唇线也抿得很紧。

墨九神情自若地呵口气，又甩了甩冰冷的手，再次回头冲他微笑："你冷不冷啊？冷的话，就走一走，跳一跳，跑一跑嘛，运动可以让你产生热量的。"

"嗯。"他语气不冷不热，也不动。

"唉，你为什么就不肯配合哩？"墨九轻松地说着，一只手抚在仕女冰雕的手指上，慢慢挪动她掌心的玉笛，突然哈哈一笑："萧六郎，我有一个好消息要告诉你。我找到了开启机关的窍门了，其实就在八卦方位的八个仕女弹奏不同乐曲的指法上。"

这时，那个仕女冰雕像突然活过来一般，纤美的身姿抖个不停，激得一身的冰碴子直往下落，有明显的机括运动。萧乾看着她，上前一步。

"不要过来，危险！"墨九嗓子一颤，认真地道，"我有一个坏消息要告诉你。不好意思，我不想嫁人，先走一步了。"说罢她一个闪身，蹿入仕女冰雕的身后，在机括极快的运动中，继续道："你按我说的，运动运动，很快墨妄就下来救你了，拜拜。"

当的一声，冰雕机关合拢。

萧乾目光一暗，面前的世界黑暗了。

没有了火折子，当然也没有了墨九。他天生有极强的方位感，就着黑暗疾步过去，一手劈在冰雕上。可那座冰雕却纹丝不动。他五内俱焚，觉得墨九这东西，就没有一句靠得住的话。

玩鹰的人，居然被鹰啄了。

心悸心慌的感觉，再次袭上心头。他胸口气血上涌，喉咙腥甜，唇角突地溢出一丝鲜血。他晓得发生了什么事，更晓得……与自己无关，只是蛊毒作怪。经了这一次冰室之行，他以前的疑惑得到了证实，他与墨九确实有蛊宿体，而且还是一公一母。蛊毒从以前的默默无感，似乎有了复苏的意识。

他正思忖，只听得轰的巨响，不远处再一次传来机括运转的声音。

紧接着，他听见薛昉大喊："使君，使君你在哪儿？"

火把从开启的石壁涌出，照亮了黑乎乎的甬道，他得救了。

可若是火把和兵士们贸然闯入，这些冰雕遇热恐会毁于一旦，这冰室里设计精美的一切，也都将消失。他想起墨九说的"艺术品"，也不知是出于保护还是等着探秘的心情，压住心底不适，低声命令。

"退出去，我马上过来。"

墨九当然没有吐血。

机括载着她缓缓上升，在离开冰室之后，她心悸的感觉就好转了，又恢复到没有下墓穴时的正常状态。机括停止运转后，她发现自己趴在一个狭窄逼仄的空间里。四四方方，有点霉味。

她慢慢往外爬，不过几步，就有刺眼的光线照入，她下意识地闭上眼睛。从黑暗到光阴，太强的光线容易灼伤眼。来不及多看，她闭上眼睛，只觉暖融融的热气洒在身上，非常舒服。过了一会儿，她再次睁眼，从逼仄的空间爬出去，可看了一眼，她就石化般僵住，不知该哭还是该笑。

她又回到了萧家。

机括的出口居然在她的卧室。

她被送出墓室的小空间，就在她的床下。

"大少夫人回来了？"夏青过来收拾东西，一踏入卧房就看见穿着萧乾的披风，满脸呆滞的墨九。惊讶地沉默了一瞬，她惊喜地又大喊了一声："大少夫人回来了！"

墨九欲哭无泪。

若非从冰室出来时，她顺手牵羊从仕女冰雕的底座上掳走一尊与食古斋那个类似的仕女玉雕，她一定怀疑自己做了一场梦。把栩栩如生，还带着凉气的玉雕托在掌中，她纳闷："我这算不算自投罗网？"

墨九从天而降的消息，很快就传遍了萧府。

正如没有人看见她出门一样，也没人看见她进门。从此，由于她太过娇艳俏丽的长相，在一些好事者的嘴里，便成了鬼怪妖精般的存在。一会儿羽化飞升变成母鸡，一会儿“腾云驾雾”再次出现。

不管别人说什么，墨九也没有再逃，因为她饿了。在夏青的服侍下，她洗了个澡，换了身衣裳，把萧六郎的披风塞在床底下，就兴高采烈地去了灶上。

厨娘们对她很热情，三个菜一个汤，还有一些零嘴，妥妥地放在灶间的小桌上。然后，墨九坐在上位，一群厨房的丫头婆子围在边上。

墨九边吃边道:“昨日是王母娘娘的蟠桃会，我这个做女儿的，必须要去尽一番孝道。于是半夜里，我便上了天庭。在南天门逗了一会儿二郎神的旺财，又去太上老君那里吃了粒仙丹，然后与观音姐姐一道去了蟠桃院，遇到一只偷桃的猴子……”

厨娘听得兴致勃勃：“然后哩？”

夏青也问：“怎样了？”

墨九一脸严肃：“那蟠桃很大，很硬，很好吃。猴子很喜欢，吃了之后，就变成了一只美猴王，统领了天下所有的猴子。”

“啊！”几个老婆子凑过来，“蟠桃吃了就变美？”

墨九夹了个鸡腿啃着，嗯一声：“蟠桃与别的桃子却是不同。因为它不是桃形的，而是圆柱形……”听了她的描述，没有嫁人的丫头们瞪大眼睛，满是稀罕，嫁过人的大嫂婆子仔细想想，却觉得哪里不对。

这时，外面有人喊：“墨姐儿可在里面？”

墨姐听见是薛昉的声音，缩了缩脖子，原想溜走，可灶房就一道门，萧府也就这么大，躲是躲不了的，她索性大咧咧地走出去，打个哈哈：“薛侍统，好久不见，好久不见。”

薛昉微笑道：“墨姐儿回来就好。”

看他的意思，似乎不知道她在冰室里见过萧乾？难道是他们还没有把他救出来吗？墨九咀嚼的嘴巴一顿：“萧六郎找到没有？”

薛昉奇怪地点了点头。

墨九又问：“死了没有？”

薛昉闪她一眼，无奈地抿了抿唇：“萧使君误入机关，身子受了损伤，不过并无大碍。既然墨姐儿没事，那我回去复命了。”

薛昉是萧乾的贴身之人，若他晓得她半道撇下他家使君逃走了，一定不会用这般“和睦友爱”的眼光看她。因此，墨九几乎可以肯定，萧乾没有告诉别人他与她在冰室中共处过一段时间的事。

于是，她试探地问：“萧六郎中什么机关了？”

薛昉得了命令不许把事情往外说，只笑道：“就是普通的陷阱。墨姐儿不必问了，使君说，姐儿回来就好生歇着，不要再到处乱跑。毕竟明日婚仪也是一件繁杂的事情。”

哦，明日。墨九顿时觉得鸡腿索然无味。

不过又想一想，嫁人而已，反正她已经寡了两次了，也不介意多寡一次。尤其她对床下的冰室和墓葬非常有兴趣，加上对蛊毒的疑惑，若让她这会儿离去，也许心底反倒不踏实。既然命中注定要嫁，那就嫁吧。

做了这个决定，她挥别薛昉，愉快地回到厨房，像什么事都没有发生过一般，坐在桌旁，继续道：“有的蟠桃是三千年一熟，有的是五千年一熟……我偷吃那一颗万年一熟的蟠桃，原是王母娘娘给我爹玉帝吃的。于是，一怒之下，又把我打下凡来，这一回，不知又要历劫多久了……”

“吁！”好曲折离奇的《天庭游记》……

府中婚事一切照常备着，墨九到处凑着热闹，像个旁观者似的，看什么都稀罕，见到吃的就往里钻。

蓝姑姑刚回府，就去找如花婆叙旧去了。等晚些时候她回来一说，墨九才晓得萧乾其实伤得不轻，似乎还是传说中的“内伤”。

想到丢他一个人在冰室，她咳嗽一声：“你说我要不要去看看他？”

蓝姑姑道：“姑娘明日便嫁人了，此时去见使君，却有不妥。”

“有道理。”墨九也不太想去，想了想，拿着蓝姑姑从如花婆那里带回的烙饼，翻来覆去地瞅着，突地拍案而起：“姑姑，我们去找大夫人。”

蓝姑姑吓一跳：“做什么？”

墨九拍拍她的肩膀：“不要怕，我只找她要个说法。”

每次她发疯，蓝姑姑就头大：“姑奶奶，又怎么了？”

墨九半眯着眼，像有什么不能忍受之痛，捂着胸口道：“到底是我结婚，还是她们结婚？凭什么连府里的下人都发喜糖，却没人给我吃？是可忍，孰不可忍。”

蓝姑姑呆呆地看着她，喃喃地道：“不气，不气，不气，不气……”

墨九安慰道：“嗯，我已经不气了。”

蓝姑姑悻悻地摇头：“我在劝自己，不要被你气死。”

墨九：“……”

第五章　不知六郎是暖男

为了不气死蓝姑姑，墨九终究没去找大夫人要喜糖。

明日便是婚礼，府里张灯结彩，喜气洋洋。如花婆与几个喜娘都在萧长嗣的南山院里“铺床”（婚前俗礼），那边热闹得很，墨九很想过去，蓝姑姑生拉死拽地阻止了她，然后良心建议她应当去誉心院看望温静姝。

那一日温静姝救她的情形，在古墓时墨九曾反复回想过多次。虽然墨九认为自己当时可以自救，也不需要温静姝以命搭救，但总归是被救了，就欠下她一份人情。

墨九不喜欢欠人情。人情债包袱似的背在身上，人便洒脱不了。所以对于温静姝，她潜意识想远离，却又不得不过去。

路上，蓝姑姑不断为她灌输“受人滴水之恩，当涌泉相报”的人生哲学，墨九点着头，看似老实地倾听，实际上，一句话都没有入耳。没穿之前，她是一个“研究僧”，老爹老娘在她大四那年双双挂了，独留她一人，过着僧侣般孤独的生活，整天四处流窜，再找不到家的归属感。一个人生活久了，她便习惯了与人保持安全距离。

父母留下一个古董店给她，足以维持生计。她整天与古董古墓打交道，相熟的人也都是同行，时间长了，对人际交往这种费心费力的事，更是敬而远之，习惯了随心所欲，也越发讨厌世俗之礼的约束。

温静姝救了她，她却宁愿她没救。

无端欠上一笔债，她心里犯堵。

誉心院很安静，墨九走到院门外，正听蓝姑姑说温静姝如何不容易，如何被萧二郎虐待，如何被二郎的小妾欺负，如何与人为善的时候，去祠堂“受罚”的萧二郎就回来了。

他坐着一个二人抬的肩辇，二大爷似的由两名小厮抬着，身侧还跟了一个丰乳肥臀、看人下巴朝天的美貌侍妾。那悠闲自在的样子，半点没有做错事之后的收敛，行为很是高调。

蓝姑姑拉着她退至路旁，福身行礼，又小声告诉她：“她就是二爷的侍妾秋菊，原是二少夫人的婢女，爬上了二爷的床，就不把二少夫人放在眼里了……今儿在如花婆那里，我还听人嚼舌，好像秋菊刚怀上二爷的种，老夫人和二夫人宝贝得不行。她往常都欺负二少夫人，如今恐怕要雪上加霜。”

“哼！”看见墨九与蓝姑姑候在门口，秋菊的脸色就不好看。

一来萧二郎受罚的事因墨九而起，二来她讨厌墨九长成那个妖精样，勾她的男人。尤其想到二郎都这般了心里还惦念着要把她弄上床，秋菊仗着怀了身子，便装起了大尾巴狼，低声吼着小厮：“睁大眼睛看好，不要什么狗都往里放，没的沾了一身骚气。”

说罢她扶着萧二郎下辇，就往里走。

萧二郎瞟墨九一眼，别开头，似乎满脸不屑，也没有斥责秋菊的意思。

不都说男人是下半身动物吗？墨九不明白萧二郎这货怎就突然换了性子。难道真就痛改前非，要立地成佛了？

她想检验一下他受教育的成果，轻笑问：“二爷身子骨可还好？”

男人的禀性，很奇怪。萧二郎对她爱理不理的，其实是因为在她那里吃了大亏，心里火气落不下，但并不代表他就对墨九就有了免疫力。听了她的声音，他没舍得走，转过头来冲她说了几句火冲冲的气话，看墨九依旧笑眯眯的，他做爷的快感又上来了，哼一声，一副“大人不计小人过”的高姿态，问她：“你来誉心院做什么？有事？”

墨九低眉顺目：“听说二爷回来了，特地过来看看。”

她的温顺，让萧二郎有些意外。但他自诩风流倜傥，勾得了街头的张寡女，迷得了巷尾的酒西施，既然大郎不能人事，六郎又不近女色，墨九看上他也合情合理。

这样一想，他脸色好看了几分，瞥向秋菊道：“还不快请大少夫人里屋坐？”

墨九怏怏不乐地瞥一眼秋菊：“二爷家的门槛高，我可不敢随便迈进去。万一不小心被人当成什么狗啊猫啊的打出来，那可就掉脸子了。”

秋菊讽她的话，萧二郎都听见了。她这会儿不爽地回敬，他自然心领神会。

清了清嗓子，他负手望向秋菊，冷声道："怀着身子就回屋待着去，没事东游西荡，像什么话？"

秋菊委屈得脸都白了，捏着嗓子道："二爷……"

萧二郎对于睡过的女人，本就兴趣不大，若非为了秋菊肚子里那块肉，他都懒得再多看她一眼。尤其在墨九的面前，秋菊更什么都不是，他可不愿意为了她得罪自家垂涎的小美人儿。

于是，他脸一黑，大声吼着，就差上脚踹了："滚！主子面前，哪有你说话的份儿？"

一个"滚"字，道尽了男子的无情。

墨九看着秋菊可怜巴巴一步三回头的委屈样……并无同情。

她被萧二郎请入院门，转头就道："二爷赶紧去歇，我去瞅瞅二少夫人。"

萧二郎不悦地道："你不说来看我的？"

墨九点头："是啊，我都看完了啊，二爷这身子骨，不都好着呢吗？"她上上下下打量着萧二郎，又恍然大悟道："莫非二爷还有哪个地方不舒坦？可……我又不是兽医，也治不了哇。"

摆了萧二郎一道，把他气得半死，墨九飞快地闪身入了内室。想到温静姝重伤在床，她稍稍收敛一下愉快的表情，换上忧伤："静姝啊，你怎么样了？"

温静姝看见她突然出现，明显一怔："嫂嫂来了。"她只知墨九逃离萧家，却不知她已经回来。不轻不重地瞥一眼屋里伺候的夏青和冬梅，她咳嗽着，让人扶她坐起。

"来来来，我来扶我来扶。"墨九殷勤地拿一个苏绣软枕垫在温静姝的后背，在夏青的帮忙下将她挪到床头躺好，看着她憔悴清瘦的脸，轻声问："静姝脸色不好，可有找萧六郎来瞧瞧？"

"劳嫂嫂挂念。吃了六郎的药，已经好了许多。"温静姝的脸一片苍白，没有半分血色。时下正值七月中旬，天气不冷不热，穿一身襦裙刚刚好，可她像是怕冷，披一件罩甲，还把被子裹得严严实实。

即便这样，她的手也很冰。

墨九见蓝姑姑一直冲她眨眼睛，正搜肠刮肚想说几句感谢救命之恩的话，温静姝就有气无力地道："昨儿听夏青那嘴碎的丫头说嫂嫂失踪了，静姝还惦念着，嫂嫂一个妇道人家，在这楚州人生地不熟的，遇上歹人可怎生是好？现在嫂嫂回来，静姝也就放心了。"

"不打紧，我这人命硬，从来只有我害人，还无人能害我。"墨九碰了碰帐子上垂下的流苏，又默默地听温静姝叮嘱了一遍往后在府中的生存之道，终于换了一个话题："静姝与萧二郎成亲几年了？"

温静姝抿唇："三年。"

哦一声，墨九的视线落在她肚子上："那你为何没给他生个娃？"

哪壶不开提哪壶，她惯常做这事。可温静姝的脸上并没有无法怀孕的妇人该有的酸涩与难过，她清冷的脸上很安静，模棱两可地道："我一个深宅妇人，也不懂得这些事。再说生孩儿也得看夫君的，由不得我。"

墨九恍然大悟。这意思大概是萧二郎宠妾灭妻，很少与她配种，以至于怀不上？

墨九想到秋菊怀着孩子春风得意的样子，觉得要还温静姝一个人情，此事便是好机会。她一脸认真地教温静姝："静姝这性子得改改，太过淡泊。男人喜欢温顺的，柔媚的，你长得这样好，但凡肯放下脸哄哄他，哪有借不到种的？"

蓝姑姑咳嗽不止，脸憋得通红，差点儿呕血。

哪个小娘会把怀孕称为"借种"的？她这姑娘到底什么病啊？

温静姝的脸色更白了："嫂嫂说笑了，静姝哪是能取悦男子的人。"

墨九不知道以色相取悦男人在时人看来是下贱淫亵的事，只有勾栏妇人才会那般。她一门心思想帮温静姝夺回萧二郎的宠爱，生下贵子，从此走上人生的巅峰，也就不欠她人情了，又道："静姝，我有好法子。"

温静姝对怀孕之事，并无兴趣，却捺着性子听。

墨九让夏青和冬梅两个小丫头退后一些，低低伏耳道："萧六郎那里有一种药，叫快活丸，食之，可令男女情不自禁……我上次在尚贤山庄，用过它。"

这话一出，温静姝原就疼痛的胸口，抽搐了。

她静静看着墨九，眉目暗淡："嫂嫂，静姝有些乏了，想睡一会，你也回去歇了吧。"

好心好意为人出谋划策，却被嫌弃了，墨九从誉心院里出来，对温静姝这个人，还百思不得其解。时下妇人，大多嫁人就是一辈子，温静姝就算与萧六郎相好，但与他可能性也不大。既然如此，她不调教自家男人，也不管教小妾，甚至对生育之事都不大上心，这分明就在得过且过，那就是还想着萧六郎……可就算为了得到萧六郎，她也不该这样颓废吧？

"哎哟我这脾气，人家配不配种，与我何干？"

她说服自己不背人情债，就把温静姝的事丢到了脑后，兴致勃勃地和蓝姑姑在府中游荡。

她先去老太太那里问了个安，顺了一包喜糖，被撵了出来，又去大夫人董氏那儿道了个吉祥，顺了一根甘蔗，再次把看见柱形物就头晕的大夫人气得倒在了榻上，然后才愉快地躲入女客们居住的院外大树上，啃着甘蔗听了半个时辰自己的八卦，夜幕终于沉了。

回去的路上，刚走过湖畔荷池，她就撵蓝姑姑："姑姑，你先回吧，我想自个儿走走。"

"不行。"蓝姑姑当定了跟屁虫，"留你一个人，我不踏实。"

"可你踏实了，我就踏实不了。"墨九瞪她，"我要过单身 party。"

"啪什么啪？"蓝姑姑脸上的褶皱又多了。

墨九望天，用忧伤的语气叹道："明日我就要嫁为人妇，今晚是做姑娘的最后一天，我想单独走走，思考一下人生和理想。"

蓝姑姑："……"

她不愿意，可最终还是拗不过墨九。

墨九为人其实很随和，虽然疯魔了一点，却是一个很好伺候的主子，不会随便发火，更不会打骂人，比蓝姑姑见过的所有主子都好……可就有一点不好，她决定的事，九头牛都拉不回来。

蓝姑姑走了，墨九一个人走在笼罩了一层薄雾的湖畔，感觉着入了秋的凉夜，看夜下张灯结彩的萧府，别有一番滋味。

当然，她不是来忧郁的，而是先前发现荷池中飘了一叶古怪的蓬舟，就靠在荷池岸边不远的四角凉亭下，随波光涟漪。

当然，她也不是来看风景的，而是舟里有馥郁的酒香与肉香飘出，勾了她的馋虫。

为了不气死蓝姑姑，墨九这才做了这个伟大的决定——把她支开。

"喂，船上偷吃的人下来，我已经发现你了。"墨九站在凉亭上，探头朝舟上低吼，目光落在了舟头那人的身上。

他背对着她，看不清容貌，一头长及腰间的头发绸缎似的，披散在身后，白衣翩跹，像一只月下的鬼魅，带着一种奇诡般的色彩，让墨九深吸一口气："是男是女？"

那人慢条斯理，抬袖饮一口，慢慢回头："姑娘在喊我？"

墨九看清楚了，是一个男人。他约莫二十七八的年纪，身量挺拔颀长。也许基于此处美轮美奂的景致，她虽然看不清楚他的五官，却从他回头一瞥中感受到一种与众不同的威仪。那是一种长期居于高位养成的行为习惯，似乎天生自带的尊贵，哪怕她在亭子上，他在水中央，却如同他在俯视她。

国公府里什么时候有这样一号人？墨九看看天边远月，又看看薄雾蓬舟："你是人是鬼？"

他静了一瞬，划着木桨将蓬舟靠岸："是人是鬼，皆是有缘，姑娘可要同饮一杯？"

墨九开始以为是府里下人偷藏了东西，躲在这里吃独食，这才想分一杯羹，却没想到会是一个陌生男人。她戒备地退一步，半眯着眼观察他整洁华贵的衣裳，觉得他不像鸡鸣狗盗之辈，放心地吸了吸鼻子："你吃的什么酒？"

他一字一顿，声音低沉道："梨觞。"

这个酒名有点格调，但墨九没有听过。她又问："你吃的什么肉？好香。"

他轻轻一笑："桂花肉。"

这个菜名墨九倒有听过，但从来没有吃过。她点点头，吸一口香气："先说清楚，我吃了你的，可不会嘴短。"

他一愣，遂又笑道："以食会友，乃人间美事，何来嘴短一说？"

"以食会友，说得好。"墨九是个彻头彻尾的吃货，对吃有一种天生的执念，几乎把吃当成了身为人类可以享受的至高快感。可大晚上和一个陌生男人喝酒吃肉，好像也不妥当？

她在犹豫，可那人却道："桂花肉是临安名菜，楚州可吃不到这样正宗的。梨觞还有一个名字，叫萧氏家酿，寻常人也吃不到。"

墨九承认被诱惑了。可她又不傻，哼一声："楚州吃不到，你怎么有吃？萧氏有家酿，我怎会不知？"

她回敬的话很顺口，那小脆声儿顺着夜风荡开，竟有一丝娇憨的味。那男子笑了笑："因为我带了临安的水，临安的肉，这才做得成正宗的临安桂花肉。"

"你做的？"墨九瞪大眼，看怪物似的看他。所谓"君子远庖厨"，时下有身份的男人，可不会下厨。难道她看错了他，或者这个是旧时代的好男人？

不管为什么，她对会做饭菜的人，都有好感："不错，真君子也。"

他不以为意地拂了拂袖口，又回答了她第二个问题："萧家在百余年前，曾是酿酒世家。如今萧氏也有酿酒，但所产的酒或叫萧氏家酿，或叫梨花醉，都不再是'梨觞'。只有一百年前陈酿在大梨树下的那一窖，方叫'梨觞'。百年变迁，梨觞已不多，每一坛都贵若黄金，普通人自然不知。"

墨九呵呵一声："你这个牛皮吹得真精彩，差点就骗住我了。既然这样名贵，堪比黄金，萧家又不缺银子，为何独独给你吃？你以为你是谁啊？"

他中途并不插话，等她质问完，才道："萧家的远亲，过来贺喜的。"

这个回答很有水平，偏了，又像没偏。墨九知道萧家的三姑六婆远近亲戚很多，她入府这些日子，就没有把他们记全过。或许他真是萧家哪个比较得脸的亲戚，这才讨得了酒也未定？

这样一想，她咽口唾沫，暗自决定为了吃，先放下智商好了："既然你盛情相邀，那我就勉为其难。"

她也不怕在萧家真会遇到什么歹人，不再犹豫地踏上蓬舟。那人很有风度地一手挑灯，一手虚扶住她："请坐。"

望着面前的男子，墨九心里叹息着，不由想：若说萧六郎是一个禁欲系仙气冲天疏冷偏执的坏男人，那这个家伙就是一个温和系沉稳端方温润如玉的好男人——当然，这个好与坏的界定，对她来说很简单，因为萧六郎并没有告诉她萧家有这样的好酒。

墨九盘腿坐在船的这一头，那人坐在船的那一头，中间放了一张小木桌。桌上摆了用荷叶裹好的桂花肉，还有两三个其他的下酒菜，两只碧绿的杯子盛满了梨觞，在皎洁的月光下显得晶莹剔透，格外勾人。

"姑娘姓甚名谁？为何独自在此？"那人为她斟一杯，问道。

"不好意思，我只是来吃喝的。"墨九很淡定，"说了不嘴短。"

他错愕一瞬，轻笑着摇了摇头，也不勉强，只细心为她夹菜斟酒。

大抵这就是美人儿的福利，可以引无数优秀的男子竞折腰。

月下薄雾，湖上泛舟，墨九吃喝得很舒服。池中的荷花谢了，一些残梗上挂着枯萎的花蕾垂下头，碧绿碧绿的叶子在暗夜下像一张张黑褐色的绸布，亭子上大红的灯笼，与府里的喜气融为一体，水舟之间，波光浅浅，荡漾涟漪，风情怡人。

她不时点头，很专心很认真地在吃，不知他是谁，也不问他是谁，这样的感觉很放松："这梨觞果然香醇，是我吃过最好的酒。只可惜……"她晃了晃酒坛，再叹一声："见底了。"

"你还想喝？"他轻声问。

墨九舔了舔嘴角，洒脱自在的样子，清纯如稚子，又艳丽如妖狐，眼眸亮晶晶的像含了两汪水波，带着一种摧枯拉朽的风情看人，自己却全然不知，只压着嗓子追问："可有法子再搞一坛？"

"有。"他答。

"那敢情好啊。"墨九惊喜道。

他拨开空掉的酒坛，望一眼湖面上的月下水波：“你这样大的胆子，就不怕我是坏人？”

“没事啊。”墨九严肃着脸，“刚好我也坑蒙拐骗，无恶不作。”

墨九虽然会坑蒙拐骗，却从来没有想到这样尊贵雍容的男子，也会学人家去偷。

两人悄悄下了船，沿着湖边走到一个种满梨树的院落，偷偷潜了进去。

这个时节梨花早谢，梨子未熟，一颗颗青涩的果子挂在树上，带着一种清爽的果香。院中梨树枝繁叶茂，把院子衬得很是幽静。一片梨树之中有一条铺了青台的小径，通往院落的最中间，垒有一个像祭台似的青石圆坛，坛中生长着一棵三人合抱的巨大梨树，非常壮观。

墨九站在树下抬头望：“我还从未见过这样大的梨树，这得长多少年？”

他也看着梨树，却答非所问：“天下梨树，唯它第一。”

转头一瞥，墨九嘿嘿地笑：“别矫情了，酒在哪里？”

他指了指面前的梨树：“这便是梨觞的酒窖。每一年梨花开放的时候，萧家人就会把新鲜的梨花采撷下来，风干后带入酒窖，用以储酒，增加梨觞的香醇。这梨觞已经陈了一百年，也享用了一百年的梨花相侍，故而，它叫梨觞。”

一百年……墨九叹为观止。

这样的东西，莫说偷，便是用抢的，她也要搞一坛。

然而梨院里很安静，一个人也没有。其实墨九有些怀疑，比黄金还贵的梨觞，居然没有人在看守。

但人活着有时候得乐观一些，今日有吃的，她从不操明日的心。下到酒窖，一人抱了一缸梨觞出来，又回到凉亭下的蓬舟，对坐而饮。

所谓好友得共同干些坏事方能提升友谊，墨九对此深以为然。

有了这一趟偷酒之行，两人的关系明显进步了许多。

淡淡的酒香，伴着湖上的波光。微风吹来，树叶簌簌地响。

这是她吃得最开心的一回，酒过三巡已微醺，她不由仰起脸看他月光下的脸：“你说萧家若发现百年家酿没了？会怎样？”

他喝口酒，神色迷离：“恐会痛哭一场？”

墨九眯眯眼，打了个酒嗝，点头道：“好花需要好人摘，好酒需要好人抬，咱们喝他们的酒，这叫……缘分，是看得起他们家祖宗……的手艺，他们有什么可哭的？来，干一杯。”

他静静与她碰杯，各自饮下，又谈起临安的美食，还有他吃过的珍馐佳肴，把墨九馋得把唾沫一次次往肚子里咽，直喊终于找到了知音，又愉快地干了三杯。

“吃货多，知音少，谁吃盘中餐，粒粒皆是宝。来，为了替萧家排忧解难，干掉百年家酿，干！”

他笑道：“民以食为天，无人不好吃，干。”

“哈哈。”总被人骂作吃货的墨九，一直觉得吃才是人类最伟大的艺术情操，是推动人类文明发展的动力之源，于是与他一唱一和间，又拈一片桂花肉入嘴，泄气道：“只可惜吃了这一回，也不知何年何月才能再吃到了。”

他轻饮慢斟：“荣朝之美食，尽在临安。姑娘若有一日到临安来，我带你吃遍美食。”

这句话墨九爱听，她半睁半闭着半醉的眼：“此话当真？”

他平静地看她：“自然当真。”

墨九又道：“君子一言。”

他望向湖心，眉峰微微舒展：“驷马难追。”

“好，一言为定。为了吃，我是一定会到临安去的。”时下的酒都没有后世那般高的酒精含量，但墨九吃得不少，声音不知不觉软下来，不仅上了头，还上了情绪：“我告诉你啊，你可千万别骗我，我这个人什么都好，就讨厌人家骗我。曾经有一个人，他告诉我说，他老家有一种臭豆腐，很好吃，说放假回去的时候，一定要给我带来。可他食言了，没有给我带。你猜后来，他怎样了？”

他的目光水波似的流连在她的脸上，眼里有温和的笑意：“怎样了？”

墨九道：“我让他吃了半年的水煮白豆腐……不准放盐。”

想到过去的事，她哈哈大笑。

他却没有笑，慢吞吞地将手上佩戴的指环取下，递到她的面前：“以此为信物。你若到临安，可拿着它到……朱雀街找我。”

“好，临安再聚，以食会友。”墨九愉快地应允，脸上映出一层朦胧的秀美。可咀嚼着美味的桂花肉，她又想到一件事，定定地看他：“你还没告诉我名字，我到时候找谁去啊？”

这时，一片黄叶刚巧落在她的头上。

他伸手为她取下，考虑一瞬，用舒缓的声音道出两个字：“东寂。”

墨九看着他取落叶的手，哦一声，认真地问：“这名字好奇怪，那你哥你弟是不是叫夏季、春季和秋季？”

他笑着摇头，把她的手拿过来，摊开手心，就着月色一笔一笔地写：“东寂。”

他的手指很温暖，慢条斯理的动作也格外温柔。也不知是酒精的作用，还是她也会害羞，他写字时手上痒痒的触感，让墨九惯常的厚脸皮，有一些红烫。

于是，她趁着他写名字的时候，偷偷地把一团荷叶包着的桂花肉揣入怀里，然后问："冬季，你会武功吗？"

他一愣："不会。"

墨九点头："那就好，我也送你一个东西。"

他饶有兴趣地看过来，可墨九摸了好久都没摸到什么好东西。罗盘她是舍不得送他的，她总不能学着济公和尚在身上搓一粒泥送给他吧？

揉着额头想了想，她突地想到在尚贤山庄拿的弹弓，做个顺水人情就递了上去："可辟邪，可杀人。为了以食会友，你好好活着等我。"

"好。"他声音很轻，"我在临安等你。"

宿醉的夜晚，墨九的脑子一片混乱，头痛欲裂。次日凌晨，她被蓝姑姑从睡梦中摇醒的时候，想起昨夜喝酒的经历，有一种做梦的错觉。可枕头下确实放着一个指环，证明梨殇、桂花肉和东寂，都真实存在过。

她翻个身，拿被子蒙住头："让我再睡一会儿，天都没亮。"

"姑奶奶，今儿什么日子，还等天亮哩？仔细被人笑话死。"

"谁爱笑就笑去。"她瓮声瓮气道，"等他们笑完，你只管去收份子钱。"

蓝姑姑哭笑不得，却容不得她装蒙，喊了夏青过来，两人一左一右把她拉起来，沐浴更衣。今儿是她的好日子，这沐浴的水蓝姑姑熬了一个晚上，极有讲究，水里有柚子，还加了些她喜欢的花草和竹叶、松花粉。蓝姑姑说姑娘出嫁都得这样洗，方可除去邪秽之气，将来早生贵子，世代繁荣。

墨九不信这些，但被她们往浴桶里一丢，温度适宜，舒服地一叹，睡得也就更安稳了，眼皮都懒得抬。蓝姑姑拿小绒巾子在她肩膀上搓，她就背靠着浴桶，蓝姑姑在她背上搓，她就趴在浴桶上，完全一副任由宰割的鸵鸟样。

"一梳梳到头，富贵不用愁。"

托着她泡着水，蓝姑姑拿木梳将她黑亮的长发，从上到下，慢慢梳理。

"二梳梳到头，无病又无忧。"

"三梳梳到头，多子又多寿。"

"再梳梳到尾，举案又齐眉。"

她一边梳一边念，墨九眯着眼睛懒洋洋地听着，慢慢品出了一丝哽咽和抽泣。

“哭什么？”墨九瞌睡醒了，半眯着眼转头，“办喜事，又不是办丧事。”

“呸呸呸！”蓝姑姑哭腔变成了嗔腔，在她光裸的背上重重一拍，见她嫩白的后背红了一团，知道下手重了，又抹了抹眼泪，赶紧去替她揉，“姑娘家出嫁，原本该娘给梳头，可你娘的病……”呜咽一下，她嗓子哑了，“姑娘无父无兄，没有娘家人撑腰，往后在府里少不得要受委屈，你须记得，凡事要忍……”

墨九很清楚蓝姑姑是真心疼她的，虽然这货爱哭了一点，二了一点，但确实是她在这个世道为数不多的，值得完全信任的人。看着蓝姑姑红彤彤的眼，她乖巧地嗯一声：“好，我会忍着的。谁惹我，我就搞谁，绝不去搞他全家。”

“呜……天哪……”蓝姑姑见她又发疯，不由哭着教育：“这世道不是穷人的世道，更不是妇人的世道。姑娘，嫁了人，就得认命，不许再三心两意……昨夜你与那男子在舟上吃酒，这事若是传出去，没的坏了名声……”

没想到蓝姑姑居然会跟踪自己，墨九对她刮目相看了。

“放心，我不会留下半点名声，任人去坏。”

蓝姑姑：“……”

萧大郎虽然病着，但娶亲这样的大事，萧家还是很讲究的。四乡八里的亲眷来了，萧氏子弟朝中的同仁，商场上的故旧，也都来了，拖家带口，恭贺声声，数百桌的流水宴热闹而大气。

墨九的新婚之礼，就是在这样的气氛中开始的。太阳刚出现在天空，敲锣打鼓的乐礼就开始了，沿着无处不见的大红囍字，缀满了绸花的喜轿绕着国公府外的长街走了一圈，数十抬嫁妆，排成两行，惹了整整一街人的眼。

“这哪家的姑娘，出福气了，瞧瞧人家这嫁妆……”

“出什么福气，萧家长孙……那是福气吗？你家姑娘嫁他去，乐不乐意？”

“我倒乐意，可萧家不乐意。”

“听说这小寡妇都嫁三次了，终于好命一回。”

“唉！不晓得萧大郎……会不会被她克去？”

“克去了，这喜事换丧事，国公府不又得排大宴？”

外面窃窃私语的声音，墨九都听不清，她昏昏欲睡地在花轿里被颠了一会儿，又回到萧宅的大门。

将轿门一撩，如花婆牵了她的手下来。门口有两个喜婆托着盛有谷子、豆子、果子和米的簸箕，在花轿四周抛撒，里里外外都不放过。果子一滚地，一些小子就哄笑着去拣。喜婆欢天喜地，一边撒谷米，一边说吉利话。

“一撒荣华并富贵，二撒金玉满池堂，三撒三元及第早，四撒龙凤配呈祥。”

墨九盖着头，但谷米劈头盖脸一顿砸，落在脚下，她也都看得见。

想想，她不由好笑。结婚不应该是漂亮的小花童，撒着满天的玫瑰花瓣吗？怎么变成了谷米？五谷撒完，她盖头下的脸，已有些不耐烦。

好不容易被牵入喜堂，还有烦事——拜堂。

左右就这一遭，她也懒得拧了，由着喜娘牵引，提线木偶似的走来走去，情绪慢慢地又兴奋了起来——考古的人，还有比亲历古代婚礼更有意义的体验吗？于是，这货完全把婚礼当成了游戏，就像去云南傣家过泼水节，去泸沽湖玩走婚一样，权当玩票的性质。

“牵巾子哩！”如花婆喜气洋洋地喊着，递给墨九一条红绸带。在她的唱声里，钟鼓乐之，人群却安静下来。墨九好奇地捏了捏红绸巾子，不晓得红绸的另一头牵着的人是谁……萧大郎病了，谁会来替他亲迎拜堂？

这般与她牵着，该不会是一只公鸡吧？

在她的猜测中，拜了天地、祖宗、高堂，又听见如花婆喊：“夫妻对拜！”

她被喜娘扳着肩膀转过来，抓住红绸的手狠狠一紧。

不是她紧张，而是她想扯紧一点，让对面那人站过来，她瞅是谁。

可那人不上当，纹丝不动，反把红绸巾子放松了。

墨九恨恨地咬牙，好奇得很，又不敢揭盖头，只盯着对面男人的脚。

与她绣了鸳鸯的红绣鞋不同，那是一双短革皂靴，嵌了金线的靴头，分明是黑色的；她视线可见的袍角，也并非大红的喜服，还是黑色的，只有从他的臂弯处，垂下的一截红绸巾子……不穿喜服，证明他不是萧大郎，只替他行礼而已。

趁着夫妻对拜躬身行礼的当儿，她牵着红绸“站不稳”，脑袋便撞了过去。

那人一只手扶住她，袖风微拂间，她嗅到了熟悉的味道。

“萧六郎？”她低低喃喃，“你不是病了？”

喜堂上人声鼎沸，除了萧乾没有人听见她的声音。

可他没有说话，慢慢放开扶住她的手，与她保持距离。

“送入洞房！”如花婆越来越兴奋，声音也越发尖利。

墨九由着萧乾牵着红绸巾子走在前，带着她走，心里却在寻思，萧大郎连大礼都行不得，洞房肯定也没戏……那萧六郎该不会帮他大哥把人生大事也一并解决了吧？

包娶媳妇，还包生娃？

这么一想，她觉得逗，扑哧一声笑了。

萧乾脊背僵硬着，顿了下，她一个不察就撞在他背上。

哄一声，看热闹的人只觉好玩，都跟着大笑。

墨九撑着他宽阔的后背，慢慢退一步，却听他道："嫂嫂仔细脚下。"

一声"嫂嫂"清冷疏离，像从九霄云外传来，与现场热闹的气氛格格不入。墨九扁了扁嘴巴，觉得他这会儿的表情一定不像参加婚礼，而是像在办丧事……只不过她想不明白，依萧六郎在萧府的地位，若非他本人自愿，谁又能强迫他代行大礼？

她又靠近些，低低地问："闷骚！莫非你暗恋我？"

萧乾还没有回答，她的背后就有人高声大喊："慢着！"

那是一个小子的声音，带了一丝男孩刚变声的稚气与沙哑："萧大郎这就娶妻了，难道我姐就白死了吗？"

喜堂被人闹了，是一件不吉的事。闹人家的喜堂，却是一件损阴德的事，一般人都不会这么干。

那小儿满脸怨毒，语带恨意地冲进来一吼，热闹的喜堂便鸦雀无声了。那小子也就十五六岁，与薛昉差不多岁数，长了个周正模样，唇红齿白，若非脸上扭曲的愤怒，其实是一副讨喜的面相。

萧运长是萧氏族长，自是容不得大郎的喜事被一个乳臭未干的小儿闹腾。他一拍桌子，茶水便飞溅出去："哪来的腌臜小儿，还不给老夫叉出去！"

门口的家丁冲进来便要拉人，可那小儿年岁虽不大，身子也瘦削，但力气却异于常人，像只小老虎似的，大吼一声，两个家丁就被他打翻在地，哎哟连天地叫唤。

又有两个家丁扑过来，那小儿一脚踢在一个家丁的命根子上，看他疼得直跳脚，又火速地把他扛起，往另外的家丁身上掷过去。

"敢惹爷爷我？要你们断子绝孙。"

"哗！"人群惊慌，躲闪。

"还有谁敢来抓你爷爷？"小儿叉腰瞪视着喜堂上的人，目光一转，又望向墨九与萧乾的方向，一副要吃人的样子，慢慢地走过去："有爷爷在，看哪个敢成婚！"

喜堂上的宾客，并非都是萧家人。一些人哪怕嘴上不说，心里都存有看好戏的心态，这番被小儿一闹，竟有人低笑出声。

萧运长脸子丢大了，面色铁青："老夫看你小子年岁不大，原想叉出去便算了。

可你还来撒野，那就怨不得老夫了。来人啊，把他抓起来，押去官府大牢。”

这楚州的官府，国公爷说话也是算数的。可那小儿却不怕，他回头一瞪，扛起一个追来的家丁，就往萧运长掷过去：“抓你奶奶的裹脚布！”

这一掷，萧运长始料未及，堪堪躲过，却狼狈不堪。喜堂上的丫头小姐们，也吓得尖声叫唤。眼看五六个人居然制不住一个半大的小子，萧运长气得胡子都抖了起来：“养了你们这一群窝囊废！”

不管他骂得有多狠，萧家今日的喜堂被闹，丢了脸面已是不争的事实。萧运长几乎可以预见，楚州城的人笑话萧家的样子，不由怒从中来：“都给我上，抓了他有赏！”

看热闹的人多，挤上来的却少。墨九头上有盖头，听着热闹，偶尔扯一扯红绸巾子，看萧六郎在不在另一头。这货很有安全意识，只要萧六郎在身边，凭他那身手，她就出不了事，可以很放心大胆地围观。

萧乾也在旁观——那小子被家丁截住，一时半会过不来，也近不得他的身，他便懒得理会，直到那小子再次摆脱家丁的钳制，以一己之力，带着一把重木大椅冲到他的面前。

“萧大郎。”他嘴里喊着萧大郎，可分明不认识萧大郎。他怒盯着牵了红绸巾子的萧乾，咬牙切齿的样子，像见着杀父仇人，“你害死我姐姐，还想做新郎官，过安生日子？做梦！今日老子来了，就没想走，与你拼了这条命，也要为我姐姐讨个公道，砸死你个猪狗不如的畜生。”

这小儿拳脚上看似厉害，其实没什么章法，一看便知，没有受过师父的指点。可他天生神力，瘦小的个子却可以轻松地把一个大汉举起，像丢石头似的甩出去，没有半分吃力，也实属难得。

“小哥息怒。”萧乾淡然道，“你恐怕认错人了，今日鄙府办喜事，不愿多生事端，不如你坐下来吃个喜酒，回头再好好说道？”

“啐！”小儿怒目相视，“你个沽名钓誉的无耻之徒，今日我定要替姐姐讨个公道……”

说着，他再次举起手上椅子往萧乾身上砸。可也不知怎的，那椅子刚被他举到头顶，就像抽风似的抖了起来——不对，抖的是那小儿的手。

“我、我……”他声音也在抖。

墨九隔了红盖头，什么也看不见，但手上红绸巾子动了动，凭着她对萧六郎的了解，可以肯定，这小子是着了他的道儿。

萧乾又扫他一眼，语气疏离，看似温和，却拒人于千里之外：“放下椅子，本座再给你一次机会。”

那小儿僵持片刻，哈哈大笑着将高举的椅子掷在地上："萧大郎……哈哈哈……萧大郎，你负我姐姐，害她性命……我要将你千刀万剐……哈哈哈……碎尸万段……"

他不打了，只笑，疯狂地大笑。

"原来那小儿是个疯子。"

在众人的指指点点中，小儿笑声不止，自然也意识到自己的不对劲。可他没法子控制狂躁的情绪与笑声，面部表情扭曲着，又笑又哭："哈哈哈……萧大郎……我要杀了你……杀了你……我为什么要笑？哈哈哈……你害我！你对我做了什么？我为什么要笑？"

哄一声，大家都在笑。

原想等待秘密揭晓，结果只是闹剧。

"可怜见的。"萧乾轻缓的声音，似含了悲天悯人的情怀，"薛昉，把这小哥带下去，给些吃的，回头我给他治治病。"

僵局被打破，那小儿的尖呼声还在，可萧府的脸面却找不回来了——先前萧运长的处理方法，不管是把他叉出去打一顿，还是抓起来交给官府，都是萧家自己找的台阶。大郎曾经负心于人，或者他曾让一个女子失了名节还丢掉性命的事，都会让人产生很多联想，损害萧氏最为在意的声名。可若那小儿是个疯子，又另当别论。

萧运长瞥萧乾一眼，松口气，拱手向喜堂上的来宾道："让诸公见笑了！今日犬子大喜，礼已成，还请诸公移步赴宴。"说罢他朗声大喊道："朱四，去搬两坛梨觞来，为诸公压压惊。"

朱四应着去了。

很快，他又匆匆回来，与萧运长耳语了几句。萧运长听了他的话，神色略有不安，可他没有为价值千金的梨觞少了几坛而着恼，却只问："人在何处？"

朱四道："已然离府。"

"他若为酒而来，送他几坛也就罢了，只怕是……"萧运长想了想，停住话，又冲朱四摆摆手："下去吧，休得向人提及。"

喜房设在南山院，从内而外，一片大红的喜色。因新郎官身子不便，撒帐闹房一事便省了。萧乾把墨九送入洞房，也没继续旁的礼数，便匆匆离开。

原本就只走个过程，萧家人都在忙着打点宾客，理顺四乡八里的复杂关系，于是婚宴就变成了一个交游的圈子。墨九这个新娘子，入了洞房，也就没人理会了。

蓝姑姑说萧乾在外面招呼宾客，墨九却不怎么信。

毕竟今儿不是萧六郎成婚。依他那性子能代为拜堂就不错了，再让他去招呼客人，那不如直接杀了他——不，他不如直接把人杀了。

萧六郎不喜接近女人。这一点，墨九早就发现了。比如他居住的乾元小筑就很变态，从里到外没有一个女人，就连旺财也是一只公狗。

墨九让蓝姑姑把大夫人指来的几个丫头都打发了出去，只留下她与如花婆两个。然后，她一把拉下了红盖头：“可算走干净了，差点闷死我。”

蓝姑姑与她相处得久，神经锻炼得大条许多，觉得这姑奶奶能熬到这时才掀盖头，已是托了上天的福。如花婆少见墨九，对她的认知还停留在以前那个人身上，捡了盖头便要重新为她盖上：“大少夫人，这可使不得，不吉利……”

“都嫁第三回了，还有什么吉利的？莫非你以为会有人来给我掀盖头？”墨九瞪她一眼，把盖头扯过来丢到脚那一头，踢了踢，就躺下去。

昨晚她吃酒到深夜，早上起得早，打个呵欠就想在床上滚一圈。当她发现褥子硌人的时候，跳起来就把下面的花生、红枣、桂圆统统给拂到地上：“什么乱七八糟的东西！”

如花婆想哭：“姑娘，这可都是吉物，是为子孙延续，早生贵子……”

墨九把手枕在颈后，美美地叹口气：“那你先去问问萧大郎，尚能战否？”

如花婆一怔，脸怪异地抽搐。墨九眉心一蹙，语重心长地劝她：“年纪大了，就别学人家扮嫩。看你脸上掉的面粉，可呛死我了。”

“咳！如花婶子，别与她一般计较。”好歹这是大媒，哪有新娘刚入洞房，就把媒婆气走的道理？蓝姑姑拿过喜被，想为墨九盖上，顺便堵住她的嘴。

可墨九却陡然睁开眼睛，突兀地道：“先前喜堂上那孩子，怎样了？”

她自己也才十五岁，非得叫与她差不多年纪的人是孩子，蓝姑姑服气了：“姑娘就别操这份心了。薛侍统是个好人，由他带下去，想来吃不了什么苦头。”

说到这里，蓝姑姑一叹：“唉，那孩子也怪可怜的，小小年纪得了这样的怪病，疯疯癫癫，与你一个样子。”

“别扯我好不？”墨九瞪眼，“你看我是疯子？”

蓝姑姑反问：“你觉得自己不疯？”

墨九半眯下眼，正经地点头：“……疯。”

说真话没有人信，说假话蓝姑姑马上就信了。她松口气，直道姑娘有了觉悟，看来也没有那么疯。而后，她又延伸了定义道：“那小郎刚入喜堂的时候，似乎也没那么疯。”

"他当然不疯。"墨九哭笑不得，不好把萧六郎作怪的事说给她，只暗自摇了摇头，想到竹楼里那个与她隔了一层帐幔见过面的男人，好奇地道："萧大郎都病成那副德行了，还有心思去勾搭姑娘，始乱终弃？可算得上色中狂魔，相当不易了！"

蓝姑姑都不乐意瞅她了："姑娘，嘴下留情。"

墨九撇了撇嘴，老气横秋地叹气："不晓得是他负了人家姑娘在先，还是卧病在先……"

这个事蓝姑姑不知，如花婆却清楚。这厮是个好事的，做这个媒，几乎把萧府八辈祖宗都搞明白了。

她道："那萧大郎打小身子骨就弱，一年吃药的时间比不吃药还多。但他小时候不是这样，除了病恹恹的，与旁人的生活也没多大区别。认真说来，他犯瘾症也不过三年左右，当时若非六郎及时出手，恐就没命了。"

"也就是说，他三年前也是可以始乱终弃的？"墨九恍然大悟，点点头，"这样说来，那小子的话，八成是真的了……莫非萧大郎也是受了情伤，才病得起不来床？"

她完全就是好奇，根本就没有把萧大郎当自家夫婿的觉悟，兴致勃勃地谈论着他与别家姑娘的情事，半点感受都没有。

如花婆摇头，蓝姑姑望天。

墨九考虑一瞬，默默翻个身，把被子拉高："也不晓得今晚洞房，萧六郎会不会代行？"

如花婆继续摇头，蓝姑姑还在望天。

墨九偷偷望一眼案桌上的糕饼与酒樽，似有遗憾，幽幽一叹："那合卺酒，若有梨觞美味就好了。"说到这儿，她把用细绳拴在脖子上的扳指拿出来瞧了瞧："这么贵重的东西，都肯轻易给人，那家伙是喝醉了吧？我去临安，若拿这个去找他，岂不是肉包子打狗？"

于是，她把玉扳指塞入脖子："……想得美，我的了。"

看见自家姑娘一个人自言自语发傻，蓝姑姑回望一眼如花婆，颇为无奈。如花婆可怜巴巴地抿着唇，却不敢做半个动作来回应她——她怕脸上擦的粉会掉。

沉默了一会儿，看墨九真的就这样睡了，如花婆忍不住嘴碎："大少夫人，你就不准备准备吗？"

墨九眼也不睁："准备什么？"

如花婆道："万一大爷过来洞房……"

墨九微微一怔，腾地从床上坐起来，愣愣地看着如花婆，好像这才想到这种事也是有可能发生的。她跳下床，匆匆找鞋子："走，姑姑，我们回小院。"

蓝姑姑快疯了，按住她的手：“你回去做什么？”

墨九望着她，平静地道：“我上次在萧六郎那里顺的药，你放哪儿了？”

蓝姑姑：“你要做什么？”

墨九眉毛微扬，努嘴望了望合卺酒盏：“他若敢乱来，我就毒死他呀。”

“呜！”蓝姑姑死的心都有了，趴在喜被上痛哭。

萧府各院都很热闹，前院男宾在一起，个个吃得面红耳赤，后院小姐丫头们凑在一起，掷骰子吃酒，女眷们凑在一起，论绣品谈相公，说婆婆道小姑理妯娌关系。

萧家人都在应酬，独独缺少萧六郎。

乾元小筑。

一汪碧水隔了里外，芭蕉竹林在秋风中沙沙作响。薛昉急匆匆穿过庭院，托着一碗汤药进入萧乾的卧房：“使君，药煎好了。”

萧乾斜卧在榻上，正与窗口坐着的宋骜说话。从古墓的石室下到冰室的时候，他身上受了伤，不知受冰室影响，还是受鲜血影响，那时候唤醒了蛊毒，他又呕了一丝血，身子还没有大好。

看他平静地喝药，宋骜不免嗤笑：“长渊为做新郎官，连小命都不要了，硬撑着去拜堂，真让小王我刮目相看啊。”

萧乾慢条斯理地瞟他一眼，只沉声问薛昉：“那小子怎样了？”

薛昉恭敬地回应：“叫吼了一阵，我迫他吃了一碗药，已睡下。这会有人守着，使君放心。”

萧乾点点头：“可有问清来历？”

薛昉揉了揉脑袋，似乎不太确定地迟疑道：“恐怕真是大爷惹下的桃花债。他叫方姬辰，说自己是方姬然的弟弟。当年大爷的事，确由妇人而起。若不然，大爷也不会……”

“嗯。”看宋骜一脸兴趣，萧乾打断了薛昉的话，“当年的事，原委尚且不知，勿下定论。”

薛昉瞥了宋骜一眼，垂手而立：“是。”

他们的表情分明避着他，这让宋骜很生气，怪声怪气地讽刺道：“哟，我看萧使君才是真真的负心汉哪。利用完人家，还要防备着人家。人家可从来没有把你当外人，你却把人家防得滴水不漏，这叫人家情何以堪哪！”

萧乾懒洋洋地抬头：“人家是谁？”

宋骜怒道："萧长渊，亏我待你如兄弟，你却这样对我。信不信，我从此与你绝交？"

"请便。"萧乾看他气呼呼的样子，摇了摇头，又语重心长道："小王爷乃天家皇子，只需知晓国事便行。这些家宅私事，怎好污你尊耳？"

"滚！"宋骜哼一声，"当我才十八？"

"不，十九。"萧乾纠正他，沉默很久，语气又沉几分："你就不去打听打听，那人来了府中，为何又匆匆离去？"

不屑地哼一声，宋骜冷眼："我说你今儿怎么阴阳怪气的，原来是心疼他搬走几坛梨觞呀？"

萧乾不冷不热地扫他一眼，默不作声。

宋骜似有所悟："哦，我明白了，你不是因为他搬了梨觞，而是因为他拐了小寡妇陪他喝梨觞？"说到这里，他来了兴趣，把凳子扯拢一点，坐在萧乾的床侧，一双含情脉脉的桃花眼里，全是笑意："长渊哪，你实话告诉我，可是对小寡妇有了兴趣？"

萧乾摸向脖子，那道蛊虫咬出的血线，结的痂掉了，已经没有了痕迹。默默放下手，他不温不火地道："不曾。"

宋骜不太相信。可看了许久，萧乾脸上也没有变化，一副寡意无情的样子，不像说谎，他有些失望："长渊真要固精培元，修炼长生？"

"长生之说，不可信。"大抵伤势未愈，萧乾心绪微乱，缓缓地闭目道："但皇室中人，多为命短，大多都是纵情声色所致。清心寡欲，节欲养生，可令神智清明。元驰，你也勿要贪欢……"

"得了吧。"宋骜呵呵干笑，"我宁愿早些死在牡丹花下，也不愿孤独活成老不死。身为男子，若不沾妇人身子，这人生岂非寂寞如雪？"

他说妇人身子，萧乾便想起冰室里墨九拉开披风时，那一身玲珑有致的弱骨丰肌，媚魂娇肉……心里突地一悸，他猛地捂住胸口。

自从墨九入得古墓，他体内的蛊毒就像被人从沉睡中唤醒，在体内孳生出一种奇怪的意识——靠近她的身边，便可从容；不在她的身边，便心绪不宁。

这蛊毒好生厉害。

他平静着心绪，慢吞吞地看宋骜："外头正热闹，你守在我这里做什么？"

宋骜不太在意，轻声笑道："又想支开我？萧长渊，我们打小便识得，究竟从什么时候起，你对我有了那么多顾忌？"

萧乾看着他，并不答话。

宋鹜懒洋洋地撩开袍袖，把靴子踩在他的床踏板上，吊儿郎当地道：“你放心好了，莫说你今晚不洞房，就算你真要去替长嗣洞房，我也跟定你了。”

都说物以类聚，可宋鹜这性子，与萧乾完全南辕北辙。

看他撒泼，萧乾也不恼，一板一眼地问：“你走不走？”

宋鹜笑着望定他，拍拍袍袖，一副要在这里过夜的样子，那一副混账无赖的模样，任谁看都不像当今皇帝最爱的小王爷：“就不走，你能奈我何？”

“确实，我奈何不得你。”萧乾揉着太阳穴，无奈地轻唤：“旺财，咬他！”

宋鹜错愕一瞬，只听得嗷一声，正在床底下睡觉的旺财就钻了出来。

“汪汪！汪汪！”它识得宋鹜，友好地摇了摇尾巴，抖了抖蓬松的毛，然后爪子才往前一扑，也没有直接上口，而是用一个“黄狗偷桃”的脚法，往他裤裆袭去。

“啊！”宋鹜屁股离椅，飞一般往外跑。

这些年他与旺财斗法也不是一次两次了，这只狗都跟狗精似的，每一次都晓得袭击他最薄弱的地方。

“萧长渊，能不能换个花样？每次都放狗，你要不要脸？”

外面传来宋鹜的怒骂，还有旺财汪汪不止的狗吠。薛昉立于榻边，想笑，又不敢笑。萧乾却一本正经，好像根本就没有干过那事，转而问薛昉：“声东去了苗疆，可有消息传回来？”

薛昉摇头：“不知。”

眉头微拧，萧乾低唤一声：“闯北。”

很多人都不知道，萧乾身边一直有四个暗卫。他们分别姓赵、钱、孙、李，名字叫声东、击西、走南、闯北。平常他们不会在人前走动，便是与萧乾关系紧密如宋鹜，也不得而知。撵走宋鹜，便是为了保密。

吱的一声，有人闯门而入。

可不止来了李闯北，还有钱击西和孙走南。

三个暗卫争先恐后地往他身边挤，直喊受够了这样藏藏匿匿的日子，他们都憋坏了。

钱击西头上扎了两个小辫，长得眉清目秀，身娇体软，声线也嗲：“主上，击西好想你，击西都好久没有与你说话了。你却恁地狠心，只唤闯北前来，不叫击西……击西好难受哦。”

薛昉拼命低着头，很想自戳双眼：“使君，属下先行回避。”

说着，他便像被鬼撵了似的，大步出去了。

萧乾神色却很淡然，他皱眉问闯北："声东可有消息？"

闯北是个和尚，穿一身僧袍，双手合十，却没有和尚的严肃："这才走小半月，想是没那么快的。"说到这里，他又望向花枝招展的击西："不过，属下另有一件要事回禀主上。"

萧乾很冷淡地道："说。"

闯北道："击西不是因为见不着主上才难受，而是他想偷我佛珠去换胭脂。偷不着，他便抢，抢不过，他便哭，哭不过，他便骂。阿弥陀佛，真是醉死佛爷了。"

击西不服："李闯北，你敢在主上面前搬弄是非，还笑话我？"

闯北哼一声："我哪有笑话你？我分明就是在骂你，还想打你。"

击西道："好哇好哇，打就打，哪个怕哪个？"

闯北道："阿弥陀佛，你哪次赢过老衲？"

击西道："你个假和尚，我哪次没赢你？你每次打不过我，就会乱念经，念得我头痛……臭流氓。"

"我是出家人！"

"你这也装得太不像了，喝酒吃肉哪样没有你？"

"我不像，那你偷偷买胭脂就像了？"

"我是为了主上。"

"为主上买胭脂？真是醉死佛爷了！"

"蠢和尚，主上今夜要洞房，不好好打扮一番，如何洞得了？"

"你这么蠢，怎么没蠢死？"

"废话，我若蠢死了，谁来打死你？"

"呸呸呸！死不死的，真不吉利。主上，属下去念经了。"

两个人你一句，我一句，恨不得戳死对方。萧乾倒也自在，只立在床侧的孙走南晕头转向，很是崩溃。

他上前一步，禀报道："主上，声东走了这些日子，也没个音讯。想来那苗疆会养蛊的人，也不好找。要不属下派人去寻一寻？"

孙走南长得虎背熊腰，高大的身材不若中原人的文弱与纤瘦，一脸的络腮胡子，几乎遮住了大半张脸。这样的人走在街上，肯定能把小奶娃吓得唤娘。但就他这么一个人，却是萧乾四个暗卫里最像正常人的。用他的说法，一直那么英俊地存在着，让另外三只感觉很羞愧。

室内吵嚷不绝，萧乾却意态闲闲，并无半分不耐烦。他沉默了好一会儿，才点头道："可以去寻，但不宜太多人，更不可走漏半丝风声。"

中了蛊毒之事，他不想让外人知道。让敌人多知道自己一个弱点，那生命的危险性，便多增加一点。

孙走南点头应诺，又道："尚雅那边，我们的探子，倒有消息传来。可探子说，她似乎真的不知蛊毒为何物，他们也翻遍了墨家典籍，未见与此相关的记载。"

萧乾半阖着眼，嗯一声，不知在想什么。好一会儿，他才突地抬头，看向孙走南的络腮胡子："墨九是巨子之事，除了墨妄，座下弟子可有知情的？"

孙走南嘿嘿地道："他们那么笨，怎会晓得？"

萧乾斜眼道："潜入墨家那么久，你们不也都没探出实情？若非那日我看墨妄与申时茂神色有异，讹了孔阴阳，现在也被蒙在鼓里。"

"主上英明！主上万岁！"

这马屁拍得痕迹很重，但萧乾这时千头万绪，却也没有理会他，只拍了拍手，继续在榻上闭目养神。

孙走南看一眼还在争执不休的击西与闯北，小声道："主上，这两个人总这般无法无天，可怎生是好？"

萧乾道："老规矩。"

"哦。"孙走南严肃地看一眼浑然不觉的两个同伴，好心建议道："他两个毕竟长大了，总打屁股有伤风化。依属下看，不如扇耳光好一些？"

他话音刚落，击西与闯北齐刷刷看过来，一人抓他一只胳膊："孙走南，你最好收回恶言。"

走南很无辜，络腮胡子一阵发抖："我是好心啦，二位兄弟——"

"都住嘴！"萧乾咳嗽一声，脸色不太好看。

那三个家伙见状，再不敢打闹，都老老实实立在他面前："主上，还是打屁股吧。"

这番闹腾，薛昉就推门进来了，看见三个家伙那怂样子，再看看萧乾凉薄冷漠的面色，那个一直想不通的问题再次上来了。

都说有其主必有其仆，他家使君这样清冷高贵的人，怎会养了这几只蠢奴才？

这样一想，他找到了存在感，挺直胸膛，忘了说正事，只傲娇地叹道："只有我了。"

萧乾瞟他："何事？"

薛昉从某种自恋状态中回神，羞得垂下头，拱手道："使君，左执事求见。"

昨日从冰室出来之后，萧乾便派禁军把墓道封住了。除了令人寻找潜逃的孔阴阳之外，对墨妄与申时茂一行，他没有丝毫怪罪，反倒盛情邀请他们前来赴宴。尤其对墨妄，他还专程为他写了一张请柬。

薛昉去送请柬的时候，墨妄的脸色很难看。他记得在墓中，墨妄曾对萧乾说，他“心悦”墨姐儿，当时使君从头到尾都没有反应，可这次专程派送请柬的事，却干得诡异，分明就是往人家的伤口上撒盐嘛。

“不见。”萧乾果然拒绝，“告诉他，本座累了，明日再来。”

薛昉摸不透他的脾气，小声称是，正要出门，却听萧乾又道：“告诉他，今日洞房花烛夜，本座走不开。”

薛昉错愕地僵住，一点点转头看他。

击西、走南、闯北，三个人也傻傻看他，一副不认识他的表情。

萧乾头也不抬，拿过书卷漫不经心地翻阅。

大婚之日萧府没人闹洞房，却半夜里闹鬼。

就在府内人工湖的上方，有一只白衣女鬼从湖的这头飘向湖的那一头。风一吹，那女鬼晃晃悠悠，软得像没有骨头没有脚，还偶尔发出一两声令人恐惧的呻吟，吓得值夜的婢女丢掉牛角灯边哭边跑。

可等家丁小厮带着家伙跑过去，那女鬼又嗖的一下蹿到湖对岸，消失得无影无踪，徒留一群人围观指点，久久不散。

“搞定！”众人围湖捉鬼前，墨九已经从湖边的大树上跳了下来。她手上捏着一个用鱼线绑成的竹架子，身高与人差不多，竹架上套了白衣，头上拴一块黑布，风一吹，黑夜里远远看这东西，确实吓人。

“姑姑好样的，这鱼线拉得极好，生动，有趣，活泼。来，把女鬼也一起带回去吧。”

在蓝姑姑欲哭无泪的叮嘱声中，墨九趁着府里的人都在抓“鬼”，偷偷潜入乾元小筑。

在这之前，她去过一趟“冥界”了。可小院铁将军把门，里头的物什都被一扫而空，俨然成了个空院，哪还有她那药瓶?

她回南山院吃了些糕点，又去竹楼绕了几圈，并没有见到她传说中的夫婿萧长嗣。

看上去没有危险，可第一天入住南山院，陌生的地方，陌生的处境，她心里头不踏实，索性把人引开，一个人跑来找萧六郎拿药了。想她单单一个女子，没点药物防身，多不方便?

萧乾阖着双眼，安静地躺在床上。他原本是一个很警醒的人，但有他在的地方，声东、击西、走南、闯北或者薛昉几个侍卫，总会留下护卫，所以并没有察觉有人到了身边。

墨九坐在床头的矮凳上，第一次看熟睡的萧六郎。

两世为人，她一个接受过现代化教育的知识女性，看过的美男太多，早就过了犯花痴的年纪。莫说前世随处可见的资讯，各种类型的男星名模不计其数，便是这一世见过的宋骜、墨妄等人也是英俊男儿……还有，那天晚上与她月下对饮的东寂。虽然她事后想破脑袋，也想不起他到底长什么样子，但记忆中那一袭白衣，一头长发，还有他温情脉脉的目光，让她觉得想来他也是俊美的男人。

可萧六郎仍然与众不同。他很干净，比任何人都干净。仿佛不食人间烟火似的，从平常的行为举止，到屋中的摆设乃至睡觉的姿势，无一不给人洁净整齐的感觉。

这会儿，他穿着轻软的寝衣，两只手叠放在腹部，即使睡着了，也有一种拒人于千里之外的疏离。可毕竟他睡着了，衣袖高撩，领口大敞，他也完全不知，一片结实有力的肌理，在昏暗的火光下，泛着蜜一样的质感，与他的清冷完全不同，安静得像一个远卧晓松近似画的远古谪仙。

若非要说有哪里不妥，便是他的寝衣在熟睡中不小心撩开了下摆，露出了两条精壮修长的腿。他腿上似有伤口，缠了一圈厚厚的白布，非但未损他容貌，还平添一股男子的力量感。

“仙姿媚骨，举世无双。”

她搜尽脑子，才想出这么两个酸溜溜的词来赞美他的美色。

于是，她就把“仙姿媚骨的谪仙”从睡梦中闹醒了。

萧乾一动不动，手依旧规矩地叠放着，静静地看她。

两个人四目相对，谁也没有动。墨九是在观察“谪仙”醒来的时候，与人类是不是一样的，会打个呵欠，会伸伸懒腰，还是会翻个身表示很爽。萧乾打量她，是半睡半醒中，以为在做梦——正常情况下，墨九是不可能坐在他床前的。

“你为何在此？”他问。

“你猜？”墨九眨眨眼，盯着他长而上翘的睫毛，手心痒痒。就像有人看到长得可爱的孩子，想去捏捏他的脸一样。这样漂亮的眼，这样好看的睫毛，她也很想去捻一下。

萧乾自然不会猜，转瞬间他便清醒了过来。墨九真坐在这里，并非他做梦。而这个妇人会神不知鬼不觉地出现在他的床头，只有一种可能……

他目光一冷，突地冒出一句：“笞臀一百次。”

“啊？”墨九被吓得差点从凳子上跳起来，“你不是吧？”

萧乾这个话当然不是对她说的，而是值夜的暗卫。听得墨九问，他并不解释，只随意扫一眼，这才发现自己睡姿不雅，寝衣下摆全开，几乎以一种半赤裸的姿势摆在她的面前。他脸一涩，迅速把自己盖住，沉声道：“出去！”

他低沉的声音，似焚天之怒，没把墨九吓住，却把内室的三个家伙唬住了。

击西抚着垂在肩侧的小辫：“嘤嘤嘤，主上好像生气了。他要笞臀，笞谁的臀？今晚谁值夜啊，哦，不是击西，是闯北……闯北，你死定了。”

闯北哼一声：“谁说是我？分明是你。我是被你拉来看戏的。不过主上为何要生气？在三江驿站，主上沐浴不都允许小寡妇看了吗？”

走南好心提醒：“那是为了引墨妄前来……再说，那次主上可没让小寡妇瞧见身子。”

闯北点点头，又低叫：“不对，那日在小筑里，主上光溜溜地沐浴，不也准她靠近吗？”

走南哼哼：“靠近是靠近了，可击西的屁股，不还红肿着吗？”

闯北觉得有道理：“那主上果然是生气了。阿弥陀佛，老衲好心累！”

击西瞥他一眼：“击西不服，这小娘不是第一个可以接近主上的女子吗？击西是好人，击西是大好人，主上喜欢她，击西就让她进去看主上的光屁屁，击西这么好，主上为什么还要打击西？”

走南听他尖着嗓子发嗲，一脸络腮胡子就发抖，勒住他的脑袋，狠狠一拍，正要教育他身为男子应当用什么样的声音，便听闯北噫一声：“阿弥陀佛，老衲晓得主上为何生气了。”

击西委屈地抚着发辫看他，走南也好奇地撸着胡子看他，闯北却卖了个关子，手捻佛珠，摇头叹息道：“我佛慈悲，原谅这两个什么都不懂的畜生吧。他们太任性了！阿弥陀佛。心如即是坐，境如即是禅，如如都不动，大道无中边，若能如是达，所谓火中莲……”

“闭嘴！”击西和走南勒住他的脖子，“说人话。”

闯北翻个白眼珠子，快声道：“你两个要放那小娘进去，好歹先给主上穿一条裤子呀！谁乐意在小娘面前遛鸟？”

击西道：“主子腿上有伤，不宜穿裤子。”

走南道：“主上并没有遛鸟。”

闯北看着他们两个，吸溜一下被掐得流出了嘴角的口水：“善哉善哉，可主上的腿露在外面了。不仅露了腿，还露了伤。男子大多都不愿把丑陋的一面现于妇人面前，你们两个蠢材，让老衲怎生教育才是？”

击西和走南对视一眼。

击西道：“怎么办？他说得好像有道理。”

走南点头：“那你屁股洗干净了吗？”

击西哭丧着脸：“击西为何要洗屁股？”

走南道：“等你领罚的时候，我可以打得舒坦一点呀！”

击西松开掐住闯北的手，捂脸痛哭：“呜，为什么又是击西？击西好委屈。不行，击西要去告诉主上，今夜是你两个值夜，击西是无辜的。击西长得美，主上会信的。”

孙走南吐了……

李闯北慈悲一点：“不如……剪刀石头布？”

“够义气！”

三个人正准备用最为公平的剪刀石头布来决断谁去挨罚，只听见一道窸窣声响过，虚掩的门口便钻进来一只大黄狗——正是同样没有出声的旺财。它吐着舌头，摇着尾巴，直接往门边一趴，把个长长的嘴筒子伸出门缝，便安静地没了声音。

“哈，有了。”

三个人齐齐看着旺财，得意至极。

“守门是狗的事，主上最该打它！”

里面三人一狗，都在推卸责任，外面墨九却奇怪萧乾神不戳戳的反应。不就露了一下长腿精肌吗，至于一副受了侵犯的样子？

“萧六郎。”她不退反进，坐在床边。

萧乾的卧榻很大，可她一坐，他就觉得窄了。

往里挪了挪，他冷着脸：“你半夜前来，究竟所为何事？”

墨九是现代人，看个大长腿，根本就没有半分猥琐的感觉。但萧六郎挪身子的动作却提醒了她，他们两个还不熟——确实不熟。如此一来，她在月黑风高的洞房花烛夜入他屋子，好像不妥？

于是，她原谅了他的不礼貌，认真地道：“我想来讨点药。”

萧乾眸色生冰：“你要什么药？”

墨九歪头打量他的脸：“我在冰室也受了伤，想要点儿毒药。最好无色无味，一沾就死的。”

萧乾的眉，几不可察地一挑：“受伤用毒药？”

“哦，是这样的。”墨九平静地捂着胸口，一本正经地解释，“你知道的，受伤会很疼的嘛，我这个人最怕疼，我想若疼得很了，不如直接吃药……一命呜呼好了。”

这个理由牵强得萧乾一个字都不信。

他道：“你有本事闯入我房中，为何不去药房偷？”

“说偷真是难听。”墨九抿了抿嘴巴，样子很老实，“我为人品行端正，思想境界经得起考验，人格节操经得住深究。不贪财、不好色、不图利、不爱名……这些事，不都是有目共睹的吗？”

萧乾嘴角抽搐一下，指向门口：“出去！”

“好了好了，你这个人真不可爱，也不幽默。”墨九拉近凳子，笑眯眯地道，“我实话告诉你好了，我觉得以我的美貌，在这个豺狼虎豹横行的萧家生存，太过危险。所以，想借你一点药物防身……”

看他眉头皱着不耐烦了，她拣重要的说：“我本来是想去药房借一点的，结果我不太识得那些瓶瓶罐罐，于是，我找来找去，我找来找去，找得犯困了，就把药架子打倒了……”

萧乾双眼危险地一眯，凉凉地看定她。

她咳了一下：“然后，我就把你的药瓶摔碎了一些……”

萧乾喉头有点甜：“一些是多少？”

墨九严肃地掰手指：“大概好像约莫是一个、两个、三个、四个、五个、六个、七个、八个、九个……”

萧乾慢慢地闭上眼，只剩鼓鼓的喉结在动。

药房里的药他都有分门别类摆放整齐，那都是他的成果，平常都当宝贝似的看着，结果被这个疯子打碎了，可想而知他有多心疼。

好一会儿，萧乾终是缓缓地闭上眼：“时辰不早了，嫂嫂回去歇了吧。”

墨九抱着双臂看他：“你不拿药给我，我是不会走的。我这个人，心里一旦有了阴影，就会产生不安全感，心里有不安全感，我就睡不着……我既然睡不着，不如在这里陪你好了。反正大家都知道我是你嫂嫂，三更半夜跑到你屋来，肯定是清白的嘛。”

萧乾扫她一眼，胸膛起伏不停。

墨九眼一瞪：“你怎么了？是不是伤口又疼了？对哦，我刚才看你的腿上缠了纱布，好像伤得不轻。不如，我画个符给你镇镇疼？”

骂不得，打不得，气得半死，还弄不走。遇到墨九这样的人，再好的涵养都会崩溃。

萧乾黑眸烁烁，神色复杂地盯着她，正待开口，外头突然传来薛昉的声音。他像是刚被人闹醒，一边打着呵欠，一边叩门：“使君，南山院那边来了消息，大少夫人又丢了。几个小丫头谁也说不清她什么时候不见的，急得哭了，有人说被女鬼抓走，这会儿满宅子都在找……大夫人急了，去城里请了道士过来捉鬼……”

萧乾手一顿，无力地瞪了墨九一眼。

宅子里的事就这般，一有人起头，便闹腾得厉害，若一会儿被人瞧见她在乾元小筑，他跳到黄河都洗不清了。

考虑一瞬，他吩咐薛昉道：“去告诉大夫人，这怪力乱神的事做不得，不必请道士。”看一眼稳坐床沿的墨九，他头痛地皱了下眉头，又补充道：“大少夫人兴许又变成母鸡或野鸭飞走了，叫他们不必担心，天不亮就回了。”

这可不是萧乾平常的行为，薛昉听着奇怪，哦一声，又道：“可道士已经入府，由几位夫人领着在湖边查了一会，又往乾元小筑来了……属下不得已，这才打扰了使君休息。”

这一听，墨九很平静，可萧乾却再瞒不得了。他叹口气唤了薛昉进来，望着墨九道：“把大少夫人带着，从后面走。”

薛昉张着嘴巴，久久没法回神：“这……什么时候的事？”

萧乾瞪他一眼：“还不快去？”

薛昉领命，就要过来请墨九离开。墨九却懒洋洋地笑：“萧六郎你也真是，我们两个这般清白，就算人家知道我在你这儿，也不会怀疑的。你休息吧，我这就出去告诉他们，我在你屋里，不必找了，大晚上的，找人也怪累的。”

她说着就要出去，萧乾顿觉气血不畅：“你敢！”

墨九笑眯眯的：“我有什么不敢的？我人品端正，从来不怕影子歪。”

普通妇人遇到这种事，早就急得慌神了，就怕被人闲话，可她倒好，还要主动送上门去。萧乾静静地看着她：“你就不在意脸面？”

墨九奇怪了：“我一个寡妇，要脸面做什么？脸面换得来米，还是换得来男人？”

萧乾的手无力地垂下，似乎一眼都不想多看她。墨九觉得若非他受了伤，一定会跳起来，一个巴掌拍死她。可他到底不是普通人，不仅没有拍死她，反而镇定下来，淡淡地道：“要什么药，回头我让薛昉带给你。”

“耶！”墨九笑道，“我就知道六郎是世上最有良心的小叔子。乖，嫂嫂回头一定好好疼你。”萧乾一怔，便坐起来，墨九笑着赶紧摆手：“你睡，你睡，不必相送了，我和薛小郎走便是，保证不会让人看见。”

在萧乾灼灼的注视中，墨九头也不回。

“嫂嫂！”萧六郎喊住她，“我有临别赠言。”

墨九回头，得了便宜还卖乖：“还有东西送？这就不必了吧？”

“要的。”然后，萧乾轻轻地吐出一个字：“滚。”

墨九扯了扯嘴角，摇头自去：“你们这些年轻人哪，就是脾气不好。学学我哪！”

墨九成婚后的三天，都是在南山院过的。

在这三天里，她几次想去看一看自己的夫婿，顺便了解一下他的病情，看他要什么时候才会被自己克死，好瞅瞅“天寡之命”的威力。可天寡没来，她也一次都没有见着萧大郎。

萧大郎居住的竹楼，有人日夜不离地守着。哪怕她是南山院的大少夫人，人家也不让她进去。为此，她爬过树、凫过水、下过毒，可都没有什么效果，那个她曾雨夜探访过的竹楼，比乾元小筑都难进。

折腾的结果是，她不仅没有见着萧大郎，反倒让老夫人和大夫人好一阵数落，说她不重夫婿，不管大郎死活，任性妄为，扰他清静，罚她一晚不许吃饭。

墨九一怒之下，愣是去灶上吃了三大碗，然后放出狠话，说婆婆不待见她，夫婿不疼爱她，那就千万不要拦住她的桃花，此处没温暖，自有温暖处。

这样狠的话放出来，萧大郎也没有动静。

不过第三日，她又被罚了一晚不许吃饭。

半夜里，她躲在灶下的柴火堆里，一边啃鸡腿子，一边问蓝姑姑：“你说萧大郎，真就不怕我给他戴绿帽子？”

蓝姑姑在边上为她端水：“姑娘往后用点脑子，别再瞎说了。”

“我那是瞎说吗？”墨九瞪她一眼，摇头道，“也不知那个小孩儿的姐姐到底是怎样美若天仙的女子，竟然让萧氏长孙惦记了三年，还念念不忘，独卧病中念着那一缕香魂，冷落我这个可怜的新婚妻子……唉，忧伤。”

她啃一口鸡腿，又道：“忧伤也。”

蓝姑姑：“……”

墨九再啃一口：“唉，我好忧伤。”

蓝姑姑无奈：“你是忧伤出不去府吧？”

墨九瞪大的双眼亮了："知我者，蓝姑姑也。对，我想和申长老去赵集渡，我还想回'冥界'住，不与那些头发长见识短的妇人争长短。我也想我大师兄，想与他去神农山，看看墨家总院。我还想去临安……"顿一下，她摸着东寂给的扳指，幽幽一叹："何时才能以食会友，吃遍临安？"

蓝姑姑一脸无奈："除了吃和玩，你还想干什么？"

墨九咬着鸡腿："逗萧六郎。对，我还要去逗萧六郎。"

她念着墨妄，墨妄也惦着她。可他领着墨灵儿三次求见萧乾，都被拒绝了。薛昉对墨妄的为人很敬重，每次他来都恭敬有加，上茶倒水，说萧使君身子欠佳，不便见客，由他作陪。

可墨妄需要薛昉陪吗？他只道萧乾在推诿，自去了。

薛昉有苦难言："使君身子确实不舒服。"

乾元小筑的人都知道，萧乾在床上躺三天了。

那天晚上墨九走后，他脸色煞白，而后又重新拟了方子吃着，今日才有了些起色。

这两年来，薛昉一直跟在萧乾身边，除了战场上受伤，他从未见过使君生病。所以薛昉大为困惑。一个墨姐儿……哦不，现在是大少夫人了，为什么会把他家使君气成这样？

墨妄再一次从萧府出来，回到位于城南的宅子。

这所宅子是申时茂置下的，与食古斋一样，算是墨家产业。墨家信徒遍布天下，赚钱的行业多有涉及，汲汲营营了一代又一代，虽养活的人口太多，不算富足，但也不太缺钱。

这小院种了不少桂花，临近八月，桂花未开将开，风一拂，便带过一缕幽爽的暗香。

可墨妄无心赏桂。

今儿又下了些雨，淅淅沥沥的，令人心情沉郁。他坐在檐下的矮几旁，鼻间充斥着桂花的香味，看申时茂拿了棋筒过来，一直默不作声。

申时茂捋一把胡子，坐下："左执事，来一局？"

墨妄不惯拒绝人，伸手拿了黑子，可神色悻悻。

申时茂观察着他的表情："老朽有句不敬的话，不知当说不当说？"

墨妄抬眼："长老但说无妨。"

看他脸色阴霾，申时茂叹息一声方道："老朽比左执事痴长几岁，见过的风浪也多一些。凡事不坏即好，吉人自有天相，左执事莫要为九姑娘忧心。"

墨妄点点头，执着黑子，可手顿在空中，却好久没落下。好一会儿，他才道："九姑娘为人机灵，我颇放心。只担心姬辰，小小年纪，不知得吃些什么苦头。"

方家姐弟与墨妄的关系，申时茂知道一些。

他执了白子在手，了然地点点头："不管忧心谁，萧使君不让见，我们便见不着。但他也不会永不让见，依老朽看，他是想与我们要价。"

"要价，要什么价？"墨妄看着申时茂。

申时茂轻轻落下一子："巨子。"

江湖上的人，说话都直来直去，有什么便问什么。可说到这个事，墨妄却犹豫了一下："申老是指萧乾已然知晓九姑娘的命格，乃墨家新任巨子？"

申时茂点头："萧使君问过老孔。"

墨妄皱紧了眉头。这样隐秘的事，他从何而知？

檐下可观雨，可闻桂。秋雨绵绵落下，掉在院中的桂树上，那桂花的幽香，似乎更浓了。

静默许久，墨妄轻抚衣袖，捻一颗黑子，指尖揉搓着，似在思考落子的位置，慢悠悠地道："申老有没有想过，墨家子弟都不知的事，萧乾却一清二楚，到底为何？"

申时茂还没有来得及回答，墨妄已有第二句："再有，我墨家子弟遍布天下，荣、珒、西越各地皆有，却对萧乾此人，知之甚少，岂不怪哉？"顿一下，他手上棋子重重落下，沉沉说出第三句："尤其他离开楚州那几年发生的事，更是无从查实。"

大墨家不仅掌握着强大的机关术，还有着强大的人脉。由于墨家各地堂口人员复杂，又深入民间，墨家的情报来源，有时比朝廷更精准细致。然而，任凭墨妄费尽心力，依然查不到萧乾那一段经历。

申时茂沉默一会，想到这些年墨家的下坡路，语气有些疲惫："墨家横祸一桩接一桩，内外乱成一团，正是需要巨子出面主持大局的时候。我们可以向萧使君挑明九姑娘的身份，想来，他也得给些脸面，不好为难。"

墨妄摇了摇头："申老的想法我明白。可巨子之事干系重大，需要足够的佐证方能令人信服，让天下的墨家子弟服从。"

理儿是这么个理儿，可谁也没有见过巨子到底长成什么样子，谁也做不了这个证人，如何佐证得了？申时茂撸着胡子皱眉："知晓八字命理不够？"

墨妄点头："不够。"

申时茂又道："核实出生方道不够？"

墨妄再一次摇头，神色间满是忧虑："也不够。"

申时茂想了想，语气微微一沉："莫非连坎墓冰室里的考验也不够？"末了，不等墨妄回答，他像想起什么，恍然大悟般重重地拍在腿上：“老朽愚昧，竟忘了神农山的……祭天台之局。”

墨妄瞥他一眼，没有否认，却又道：“这也是我没有想过要开启坎墓的原因。那件事情，是你指使的，还是孔阴阳自作主张？”

说最后一句话时，他添了几分厉色，颇有几分墨家掌事的冷峻。

申时茂职务不如墨妄，可年岁比他长，在墨家的时日也比他长，平素墨妄待他有礼有节，很是恭敬，无一处不以晚辈处之。故而申时茂很少见墨妄发脾气，更没有这般声色俱厉的时候。

这被他一训，老头子颊上肌肉微微发颤，连忙起身作个长揖，拱手致歉：“是老孔自作主张。老朽在这里替师兄赔罪了，还望左执事看在老孔一番好心，且经了此事，在楚州城都待不下去了，便饶他这一次。”

墨妄默然掉头，俊颜微冷：“他已非墨家人，我管不得他。”

这样一说，申时茂更是脸红，不由叹道：“当年老孔被老巨子罚出墨家的内情，左执事也是知晓的……至于这一次他为萧家说九姑娘这门亲事，确实是事先不知巨子八字。”

“唉，让他好自为之吧。”

墨妄并不会咄咄逼人，萧乾派人到处寻找孔阴阳的下落，他一个瞎子，腿又瘸，虽有些本事，可活着也是不易，他犯不着逼人入绝境。

沉默片刻，他换了话题，语气比先前沉重：“老申，我墨家历经数代，行至今日，子弟遍布天下，人人都称风光无限。可朝廷是官家的，墨家再多风光也只是江湖游侠，若朝廷真要把我们当成匪患剿了，谁又能说个不字？”

这些道理，申时茂活了几十岁的人，自然明白。而且如今的墨家不比以前，想要在江湖帮派与朝廷之间得个平衡更是不易。他眯了眯眼，严肃地道：“所以老朽认为，找回巨子，重振墨家，势在必行。”

“巨子之事，不可儿戏，还得从长计议。”墨妄停顿片刻，缓缓看定申时茂，“申老可知，为何朝廷对墨家总有容忍，便是珒国和西越，也都高看墨家一眼？”

申时茂怔住，慢吞吞地吐出三个字：“千字引。”

这天下有一个传言，“得千字引者，可得天下”。可千字引的传说很多，但它究竟是一个什么东西，世人知之甚少。

流传最广的一个版本是，墨家祖上以机关术为基础，经过数代巨子的悉心研究、改良与实验，制造出了一批可应用于战场的巨型床弩和可连发弓箭等超前的武器装备。

为免先进的武器祸害苍生，引天下大乱，墨家祖上把武器制作图谱毁去，并写了一千字训诫弟子之言，封存在神农山。

原本图谱已毁，后来不知怎么又流传出来另一种说法，图谱虽毁，可墨家先祖不忍心血付诸东流，巧妙地把武器制作的法子写出文字概述，共计一千字，这才称为千字引。

如此一来，墨家“怀璧其罪”，数十年来不堪其忧，偏又拿不出千字引来，不得已才向天下人道出“千字引”虽无武器图谱，但确有其物存在。不过，千字引封存于神农山祭天台，除了墨家巨子，无人可以开启。

有了墨家的解释，外面也半信半疑。

数十年来，无数人纷纷前往神农山，想一探究竟。可想尽办法，死伤者无数，却根本无人能入祭天台。如此一来，慢慢地外界就相信了，也就与墨家人一样，等着墨家找到他们的新巨子。

强大的武器装备对一个王朝来说意味着什么，不言而喻，不仅是提升国力的基础，更可以横扫天下，建不世伟业……所以，为了一个“千字引”，无数人前赴后继，南荣、珒、勐、西越等国，对墨家又敬又怕，又想笼络又想控制——这份爱，很复杂。

桂花林里的雨还在下，比刚才似又大了些，有零星的几缕飘至檐下的桌几。

桌旁的两个人，却久久没有走棋。

墨妄看着被雨染湿的桂花林，仿佛看见一个血雨腥风的时代来临，巨子出现，让它正以无人可阻的力量，把他们这些人卷入其中。烽火尽处，墨家需要肩负的责任，他不敢或忘。如此，他们守着千字引，是为天下苍生计。

“左执事？”申时茂看墨妄默然不语，慢吞吞地从钱袋里取出六枚铜钱，把棋筒中的棋子倒出来，将铜钱置入棋筒捧在手心：“老朽卜一卦。”

然后，他闭目静心，冥想片刻，一只手封住筒口，虔诚地上下摇晃了数次，才慢慢地倒竖棋筒，将六枚铜钱一个个倒出。正面为阳，背面为阴，这是最简单的金钱卜，源于周易八卦，大概意思是以阴阳八卦之数理，用于预测所问之事。

墨妄看申时茂眉头拧起，问道：“申老所问何事？”

申时茂道：“天道、王道。”

墨妄拿起一枚铜钱，置于眼前，以铜钱孔看雨下桂花林，声音悠然：“天下事，非大圣大贤之能，无所悟。天下割据，王朝鼎立，宇内不稳，天道已误，王道也落。莫非申老认为天有机授？”

申时茂点头感慨：“自前朝末天下纷争始，这二百年来，王朝更替频繁，现南荣又遭肆人之祸，国无鸿儒，世道维艰，民心图利，四处遍及蝇营狗苟之徒。依老朽看，乱世末，已到江山一统，王朝转盛之机。”

分久必合，合久必分。天下大势，从衰转强，莫不如此。

墨妄看着他脸上的皱纹，久久不语。

申时茂翻开棋筒，一字一顿，慎而重之：“在这契机之前，当有雄主立世。”

“雄主？”墨家历经数代，鸿鹄之志不灭，无不想拥雄主而治天下，兼天下而治苍生，这是墨家人的宗旨与希望。可这天下久乱，何以为治？墨妄不以为然地笑：“南荣数代君主儒弱无能，何来雄主？”

申时茂把六枚铜钱一一合拢，又装入自个儿的钱袋拍了拍，微微一笑：“天道将至，左执事可静观也。”

入了秋，一日雨，一日寒。

墨九半梦半醒间，身上凉飕飕的，脑子也迷迷糊糊。她不知自己是在做梦，还是睡着了，眼前有一个女子孤零零地站在阴山皇陵，那里充斥着热腾腾的雾气。雾气之中，皇陵的石壁上，有一行字。

“金戈铁马豪情战千里，江山如梦爱恨皆成空。”

字一个个入脑，很清晰，就像放在她的眼前一般。

可那个女子，她却只能看见背影。

“是谁在那里？”她冲那个女子喊。

没有人回答她，那女子还在一步步往前走，速度不快，却坚定。

她的心脏微微一缩，又拔高了声音：“你是谁？你在那里做什么，快回来，有危险！”

那女子依然故我，就像听不见，一直走到石壁之前，她才转头看了一眼——墨九顿时被吓得魂飞魄散。

那个人是墨九，是前世的她。她一个人在里面，只有她一个人。

她想喊住梦里的自己，却喊不应她。她好像在找人，找了很久还在原地绕圈。直到墨九眼睛都乏了，她才累了，巴巴地望着入口：“怎么办？出不去了。”

墨九看得见她自己，那个梦里的自己却看不见她，一种绝望的恐惧感，让她额头的汗都滴了下来。

这时，一个男子站在她的面前，双手钳住她的双肩：“九儿，我等你很久，跟我回去吧。”

"不，我在哪儿？"墨九看不清面前男子的脸，但觉得他好熟悉，熟悉得好像昨儿才见过一般，她又问："你是谁？为什么在我的梦里？"

他墨发轻扬，长袍拂地，轻轻笑着，似乎很高兴重新见到她，却不答她的话，只紧紧握住她的手，走向那皇陵机关。下面的石梯深不见底，像缭绕了云雾一般，幽深恐怖，她想抽开手，他却紧紧抓住不放。

"不要怕，九儿，我们回家。"

一种强烈的窒息感，让她觉得整个世界都被笼罩在昏暗之中，她大喊一声从床上坐起来："不要！"

蓝姑姑冲进来："九姑娘你怎么了？"

梦中的情形有些迷茫，地方像阴山皇陵她穿越之前的画面，可感觉又像她在冰室依偎着萧乾走过的那条路——好诡异的梦。墨九盯着蓝姑姑担忧的脸，甩了甩头，将十根手指插入凌乱的发丝挠了挠："梦见我又被大夫人罚了。三天不给饭吃，可饿死我了。"

蓝姑姑："……"

连做梦都在与吃战斗的墨九，起来的第一件事，就是跑去看她昨儿做的一坛泡菜入了味没有。揭开盖子，很香。她拿筷子戳了几下，捞出一块，尝尝觉得味道不错，笑眯眯地点点头让蓝姑姑拿碟子去装一些，又去灶上拿了稀粥馒头，就着泡菜吃。

正好大夫人派丫头过来为她量身做衣衫，墨九便也好心地送了一碟给大夫人。

这些日子，为了嘴巴的福利，她常常想一些新鲜的花样菜式，教灶上的厨娘们做了来吃，大夫人从好奇到尝试，相信了她吃货的品位。

这泡菜口感独特，很快得到大夫人的好感。大郎成婚这期间，府里膳食油荤太多，她早就腻味了，觉得这泡菜正好，赶紧又让人带话给墨九，再多做一坛，孝敬老夫人。时下的婆婆让儿媳做事，那都是直接命令的。不过墨九在送她泡菜的时候，就已经想好了后面要做的事。

她当然不会是为了大夫人和老夫人，而是为了满足自己的口腹之欲。

太复杂的她不会，简单的大多都会一点。早饭后，她便借着为大夫人做吃的去了灶上，问厨娘拿了一大筐鸭蛋，又找来碱、食盐、柴草灰等物品，把料灰调好，再让小厮搬来一筐麦糠，就准备实现自己的诺言……做松花蛋，便送给萧六郎两颗。

毕竟萧六郎最终还是让薛昉拿了药来给她，礼尚往来是美德嘛。

灶上袅袅炊烟，她在灶房外的院子里忙活，也不怕小雨湿了衣服，把一个个鸭蛋洗好，放在筐里，又亲自包料灰，做得很仔细，也抹了自己一身的灰泥。

府里人都知她脑子不好使，南山院里侍候她的几个丫头与她相处几日，看她没什么架子，也不爱使唤人，自然乐得清闲，懒得帮手。只有蓝姑姑，巴巴地蹲着身子帮她和料灰，包鸭蛋。

墨九一口气准备了一百只松花蛋，一直忙活到晌午，竹编的筐子里鸭蛋还没有包完。但她做得很轻松，也很享受。在她看来，这世上没有比吃更值得期待的东西了……她低头哼着曲，美美包着蛋，想着松花蛋可以吃的时候是什么样子，一双皂鞋就停在她的面前。

抬头，她看见了薛昉年轻的脸，也看见他背后的青石道上，几个禁军押着那一日闹喜房的小子，正往外走。她问薛昉："薛小郎找我有事？"

薛昉不好意思地搔了搔头："听说大少夫人会做一些稀奇古怪却好吃的东西，这几日使君不思饮食，我想向大夫人讨要一些。"还没说完，他便看见了墨九捏的那个鸭蛋，奇道："这是什么？"

墨九没有回答，目光越过他看过去，只见萧乾从禁军中间骑马过来，俊美的脸，清冷无波。

察觉到她的注视，他转过头来，好像很不耐烦："薛昉。"

"来了！"薛昉赶紧应了。

墨九用袖子拭了拭额头，看了他一眼，又看了薛昉一眼，目光落在萧乾身侧的禁军身上，终于看向那个被捆绑着的小儿："你们会把他怎样？"

"这个……"薛昉迟疑地回头看一眼马上的萧乾，抿紧嘴巴摇了摇头："我先走了，大少夫人回见。"

"哎，等一下啊……"墨九喊住他。

这时，那个疯狂挣扎的小儿却突地喊了一声："姐！"

他瞪大的眼睛，看着的人是墨九，有惊喜、有紧张，还有……不敢相信。

墨九无力地呻吟。

为什么人人都把她认成姐？她到底是长了一张大众脸，还是全天下人看到她都有熟悉的亲切感？

她抿唇不答，那小儿却挣扎着要过来："姐，是我，姬辰啊！"

墨九这会子有点相信这孩子真的得疯症了。她摇了摇头，伸手把脚下小竹筐里包好的松花蛋拎起，递给薛昉："他不过是个孩子，你们何必动真格的？这一筐松花蛋，送给你们使君的。拿回去放好，约莫两个月，就可以吃了……这般贿赂一下，若可以，便把孩子放了吧。”

薛昉拎着新鲜出炉的一篮松花蛋，磨磨叽叽地走到萧乾的马侧，高高抬起竹篮：“使君，你的蛋。”

萧乾冷眸一扫，他才慌乱地反应过来，讷讷地改口：“大少夫人送你的蛋。”

嗯一声，萧乾不温不火，像是不怎么在意。可薛昉了解他的为人，若真不需要的东西，他便直接叫他丢掉了，哪里有闲心看着闹眼睛？既然由他留下来，就是要的。

“嗷！”旺财也发现了这个奇特的东西，它把嘴筒子伸向竹篮，狗鼻子嗅了又嗅，惹得薛昉又好气又好笑，拍它的头。

“闪开，没你的吃。”

“旺财兄。”墨九看见旺财了，很兴奋。

旺财听到她唤，也乐颠颠地跑过去，摇着尾巴在墨九身上友好地蹭。

“好财哥，几天不见，又长膘了。”

墨九很喜欢旺财，她不客气地抱住它的身子，也不管手上沾满了包松花蛋的泥灰，摸它的头，搂它的腰，捏它的肉。如此一来，等旺财与她依依惜别再回到萧乾的脚下时，这只大黄狗就已经变成了一只大灰狗。

薛昉瞠目结舌：“这狗就是狗，没点脑子。”

平素萧乾最爱整洁，不说他自己，便是身边的随从包括他养的旺财都香喷喷的，不许有一丝污渍。

可这……算怎么回事？每次碰到墨姐儿，这旺财就得成一只脏狗。

薛昉苦着脸，一脸无辜，生怕萧乾怪罪。旺财也完全不知道自己的处境，还在大咧咧地摇尾巴，吐着舌头，那骄傲的模样像得了天大的便宜。

看这狗蠢成这样，萧乾抬手，慢慢搓了一下眉心：“作孽！”

听使君语气轻松，并没有责怪，薛昉心里一松，微微哂笑：“使君，这可如何是好？我们前往赵集渡，得好几十里，要不我先回去把蛋放好，把旺财洗了？”

“嗯。”萧乾淡淡地瞥他，“抓紧赶上来。”

萧乾领着一群人离去了，旺财的大尾巴还在人群里摇，方姬辰哭天喊地唤姐姐的声音也未平息，墨九却慢慢地把一团料灰，掷在地上。

“赵集渡。”她一字一顿。

“姑娘，你可莫要添乱了。”蓝姑姑与她相处这些日子，大概熟悉她的性子，听她一念叨，就知道这个十处打锣九处都在的祸害又有新想法了。

可墨九没有反驳她，欢天喜地地下厨去了："我要做个好媳妇儿，好生孝敬我婆婆。"

"啊！"蓝姑姑盯着她的后脑勺，"莫非见鬼了？"

墨九做的菜好不好吃在其次，对大夫人董氏来说，只要她不添乱，不消失，不变母鸡，也不变鬼，那就是自己的造化。若不然，为了这个疯儿媳，她每天得受不少闲气。

当然，儿媳妇做吃的来孝敬，本就是一件有脸面的事，她自然也乐意。得知墨九在灶上，她还专程派丫头去把袁氏和谢氏请过来，说让妯娌都尝尝大郎媳妇的手艺。

墨九乖巧起来很可怕。她伺候在大夫人的身侧，不仅把大夫人的胃暖了，还把袁氏的嘴也哄了，便是三夫人谢氏不爱多话的人，也对她赞不绝口。当然，只是对她的菜。所以，这么一顿饭下来，墨九很快就把事情了解清楚了。

此次洪涝，赵集渡为重灾区。这两日萧乾的身子好些，便向萧运长和老夫人辞行，前往赵集渡与谢忱会合，办他的公差去了。

墨九还了解到，墨妄今日晨间又过来一趟，萧乾不仅没有拒见，反而让薛昉客气地邀他入内，两个人关起房门，大约谈了一个时辰，墨妄才急匆匆地离去。而墨妄离去不久，萧乾连晌午饭都没吃，就离府了。

两个大男人能说什么？这中间，肯定有猫腻。

墨九暗自打着肚腹官司，这边董氏和袁氏几个，又讨论起萧府的另一桩大事——举家迁往临安。

袁氏娘家在临安，董氏与谢氏虽都是楚州人，却也向往京城的繁华。楚州虽好，但离珒国太近，说不准哪天就打起来，提心吊胆的不安全。这会儿，虽然萧运长还没有宣布搬家的事，但几个夫人都偷偷吩咐下人打点起行装，把自家在楚州的铺子庄子慢慢处理了。

墨九不关心国家大事，也不关心萧家大事，对哪个皇帝坐江山就更无兴趣。辞别了几个夫人，她回到南山院，照例去"戒备森严"的竹楼转悠一圈。

碰了一鼻子灰回来之后，她就坐在石凳上，问蓝姑姑："你说我要怎样才能住回'冥界'？"

蓝姑姑了解她。当初在"冥界"，她们"出行"方便，还有隔壁辜家孝敬的鸡鸭可以加餐。但出了小树林里的事，那小院铁将军一锁，再也无人能进。

蓝姑姑摇头："老夫人有交代，任何人不得入那个院子半步，说那里邪气，住不得人。"

如果她执意要去"冥界"住，难免被人怀疑。墨九考虑一瞬，严肃地点点头："那便算了，不住'冥界'，我也可以像萧大郎一样嘛，留在南山院好吃好喝，不必请安，还不必见人。"

蓝姑姑以为听错了："姑娘有法子？"

不等她话音落下，墨九已笑眯了眼："你家姑娘，最不缺的就是法子。"

墨九其实是个懒人，若是可以不动手，她绝对不浪费一根手指头的力气。可今儿天刚放晴，她却挽着袖子去了灶房。亲自下厨也不奇怪，毕竟她也不是没干过。可入了灶房，她就把灶上的人都轰走了，连打下手的人都不要，就不正常了。

厨娘原本不放心她一个人，再怎么不济，她也是府里的大少夫人。然而，她们说了无数的话都抵不住墨九的一句话："再不走，我一把火将灶房烧了。"

这疯子说得出，就干得出。几个灶上的人，面面相觑，总算出去了。

半个时辰后，墨九带着一个食盒去了董氏的院子。她与董氏促膝长谈了一会，大抵是说自己命苦，嫁给大郎，在府里也没地位，让大夫人念在自己年纪小，多多宽待她。董氏原就是个耳根子软的，墨九"哭诉"的时候，有不少丫头婆子瞧着，她为了做个好婆婆，便笑说了几句宽慰的话。

墨九喜出望外，又客气地拉开食盒："我新想出一个别致的菜，特地拿来给大夫人尝尝鲜。"

这几天来，墨九都把董氏捧着拍着，董氏已经习惯了她这样做小讨好，慢慢地，觉得这个儿媳也还不错。想到老夫人始终不待见墨九，她不免唏嘘："你这痴儿，天天孝敬我有什么用？你却不知，我们府上哪个人说的话管用吗？"

墨九很无辜地摇头："我孝敬您是天经地义的事，府里哪个人说话管用我懒得想，我只知道大夫人是国公夫人，是比二夫人和三夫人都要尊贵的人……"

这句话拍到董氏的心坎子上了。

她这些年身为国公夫人，却因萧运长不待见，娘家又无靠，不得不居于二夫人袁氏之下，难免受些窝囊气。这本就该她的地位没得到，人人也都装着看不见，就连萧运长的小妾都敢暗地里收拾她，她这一肚子气，都没有今天这么顺过。

抚着墨九的手，她忘了曾对墨九做的"恶事"，只投桃报李道："傻孩子，这府里，谁大都大不过老夫人去。你这菜天天做给我吃，为何不拿一些孝敬仙椿院？"

墨九心里话，若她拿去老夫人就会吃，她又何苦绕这么一个大弯子？默默垂下头，她咕哝道："我这粗手粗脚做出来的东西，老夫人哪里看得上眼？"

老夫人年纪大了，吃东西很讲究，也精细，她仙椿院里有一个专门的小厨房，有专门的厨子，只为她一个人做饭，口味墨九已尝过，确实不错，所以，老夫人这几年只吃自家厨子做的。

可有大夫人亲自引荐，墨九又诚惶诚恐地端着盘子，虽说她对墨九的气还没消，但多少也得给大儿媳妇一些脸面。

“嗯，搁这儿吧。”

墨九想要上前伺候，老夫人却黑着一张脸，一个姓周的婆子赶紧上前象征性地为老夫人挑了一筷子。那是一盘粉条炒肉，老夫人牙口不好，细嚼慢咽地吃了一点，点了点头，周婆子看她脸色，又赶紧上第二筷。

老夫人闭眼吃着，没想到这墨氏做的食物，口味这么独特美味，不由又从董氏手里拿来筷子，自己夹着吃。

墨九看她吃得香，目光便亮了，上前屈膝行礼道：“老夫人，我有一件事相告……”

“墨氏！”老夫人是个脑子活溜的人，墨九说话便猜到她有事相求，所以不等墨九说完，便先打断，“这道菜很新鲜，叫什么名？”

墨九不得不先回答她的问题：“回老夫人话，这道菜叫蚂蚁上树。老夫人哪，我有一事……”

老夫人瞄她一眼，又夹一筷，打断她：“蚂蚁上树，为何叫这个名？”

墨九面有难色地看着老夫人咀嚼不停的嘴，急切地道：“老夫人，我要说的事，便与这个有关。”

老夫人不悦地瞪她：“好好说话，萧家的大少夫人，怎可这般不懂得规矩？说话要清楚，要慢……”她一边吃，一边教训。

墨九哦一声，很老实地一字一字道：“回禀老夫人知晓，我是想说：我在萧家做了许多荒唐事，可老夫人从没有责怪过我，我这两日独自反省，深觉对不住老夫人。可我一个妇道人家，也做不了什么来表达心意……所以我晚上睡不着，因为睡不着，我想了很多……比如给老夫人唱歌，比如给老夫人献舞，或者为老夫人做一件冬衣。可我唱歌像鸭叫，跳舞像牛疯，做衣服也拿不出手，最后我决定为老夫人做一道我最为拿手的蚂蚁上树……”

她说到这里，老夫人已然把盘子里的烂肉粉条吃了一大半，听她啰啰唆唆，有些不耐烦，却没有催促。

墨九更认真了，慢条斯理地道：“为了做好蚂蚁上树，我找来蜂蜜放在树下，于是，我就得到了许多许多的蚂蚁……”

老夫人面色一变，赧然地张大嘴巴，满是皱纹的眼直勾勾地瞪着墨九，久久说不出话来，那表情比吃了苍蝇还要难看。

墨九却浑然不觉，还掰着手指头向她表功："我让蓝姑姑仔细挑选，只选个头大的，长得肥胖的，这才肉多鲜美，也好配得上老夫人的身份。我把这些又大又肥的蚂蚁收集之后，又辅以生姜、料酒等多种佐料拌匀，再把它们与泡好的粉条一起下锅，在起锅的时候，再放上一点葱花……"

看着老夫人想吐又吐出不来的样子，墨九一本正经地凑上头去，舔了舔嘴巴："老夫人觉得味道如何？"

"呕——"老夫人趴在桌侧，吐了个昏天黑地。

她这一吐，整个仙椿院就炸锅了。敢这样捉弄老夫人，墨九原该被打板子、罚跪、抽脸，甚至更重的体罚……但大夫人吃了她的嘴短，加上"蚂蚁上树"这件事她无形中也成了帮凶，会被同罚，于是跪地叩头求情不止，老夫人这才脸色苍白地摆手。

"滚出去，禁足一个月，不许出现在我面前。"

"不、不要啊。"墨九苍白着脸，又紧张又害怕地补充："老夫人，我是真心实意来赎罪的，还专程捉了几只蜘蛛放里面哩……这可都是高蛋白。高蛋白，你懂吗？"

老夫人指着她，手指颤抖不停，似乎随时都有可能一命呜呼："回去！若敢出南山院一步，小心打断你的双腿。"

墨九千恩万谢地走了，像得了个护身符，从仙椿院出来，觉得这天上的雨，都可爱了许多。

当天下午，墨九让蓝姑姑去把在医馆休养了许久的玫儿接回府。玫儿的病是萧乾让治的，接她回来，也没人敢多说什么。

可玫儿一回南山院，墨九便把大夫人送来的几个丫头打发了出去。说自己做错了事受老夫人体罚，是罪人，不敢让这么多人伺候。

玫儿身子已然大愈，一入南山院，就与墨九抱头痛哭不止——当然，哭的人只有她自己。

墨九笑眯眯地抚着她的背，安慰道："回来就好。回来了，姐又可以带你装逼带你飞了。"

"装逼？"玫儿抬起泪眼。

"呃——"墨九认真搓一下太阳穴，"就是装上翅膀去飞——"

南荣至元三十年，楚州洪涝，珒国在淮水以南准备渡江南进，其余诸国亦觊觎南荣这块肥硕富庶之地，蠢蠢欲动。常年守边，将士无法归家，边境的百姓也无时无刻不受珒、勐、西越等国的滋扰，不堪其苦，民众纷纷举家往南迁徙。

连年的休养生息后，稳定之局似有破冰。

七月底，萧家准备举家迁往临安，忙着打点楚州的产业，府宅上下一片忙碌。唯独墨九被老夫人罚足在南山院，却清闲得只能数头发。

禁足的第一天，她对萧大郎的窥视之心不死，又屁颠颠地去了竹楼，可结果与以前并无不同，她再次被守卫拦在外面，无功而返。

墨九不是第一次去了，可这次她在门外大喊"萧大郎"，还是被府里头传得暧昧生波：都说大少夫人长心眼子了，晓得狐猸相公。

禁足第二天，她旁事不干，吃完又去竹楼。

"萧大郎！"

"萧大郎！"

"萧大郎！"

一声又一声，由低婉到长叹。

最后，她照常悻悻然离去，神色似有落寞。

可禁足第三天，她还厚着脸皮去了竹楼。

当然，她依旧没有见着萧大郎，可在一而二地受挫之后，她似乎也没了心思，在竹楼前声嘶力竭地痛哭一场后，大声吼"妾有情，郎无意，不如从此不见吧"，就伤神离去，从此足不出屋。

经了这几天，府里人看了她的笑话，却又暗自唏嘘——那个墨九似乎变了个人。她以前整天东游西荡，如今似是伤透了心，从此大门不出，二门也不迈了。

府里没了她的胡搅蛮缠，着实安静了一阵。

可没有人知道，就在禁足的第三天晚上，墨九就从"冥界"爬墙离开了。

为了给她掩护，蓝姑姑和玫儿留在了南山院。墨九出了萧家，原本是打算找到申时茂，一道去赵集渡的，可偷偷摸摸去了食古斋，铺子里的伙计却说，掌柜走了已有三日，是与左执事一道的。

正好，萧乾也走了三天。想到大夫人的话，墨九暗猜：莫非他们一道的？

大雨刚歇，路面有些湿滑，墨九不想大晚上的赶路，仗着与申时茂是"旧友"，当夜宿在食古斋，让小二准备了两套男装，美美吃上一顿便倒头大睡。

次日，她抵达赵集渡。可这个地方与她当日乘船抵达时见到的繁忙码头相比，早已人是物非。码头的堤坝被冲毁了，河堤上到处是黄浆浆的怪石，河沙被冲出了数十丈，被淹过的庄稼地里，洪水已经退去，却留下了一片黄浆与水渍，看上去狼藉一片。

此处远离县城，可因为有一个赵集渡，这里原本有很多住户人家，但墨九如今放眼一望，已无炊烟，只有一群群踩在泥泞的堤坝上忙碌的官兵与禁军。

墨九挽起裤腿和袖子，拿着罗盘就要往里走，却听见有人在背后轻唤："九姑娘！"

穿成这样，也能被人认出来？墨九摸了摸头上绾发的玉簪，慢悠悠地转头，笑容灿烂："好久不见，辜家郎君怎会在此？"

阴雨绵绵的天气里，四下阴沉晦暗，辜二的脸色也有些阴，就连眉下那道细疤，似乎也明显了许多。他紧抿双唇，眼窝很深，显得鼻梁更为高挺，像几天没有睡觉似的，神色疲惫，但仍拱手揖礼，客气道："我奉丞相之命，在此办些公差。不知九姑娘为何来？"抿抿唇，他又补充："还穿成……这副模样？"

上次七月半一别，再次相见居然又在赵集渡，墨九对与这个家伙之间的"缘分"，有些感兴趣，总觉这个巧合也太"合"了，可越是感兴趣，她越是想离得远些。轻轻一笑，她顾左右而言他："不瞒辜家郎君，我也有些要事。先不奉陪了，青山绿水，改日再叙。"

"等一下。"看她还往前走，辜二喊住她，"九姑娘，赵集渡正闹洪涝，附近的百姓都迁走了，丞相与萧使君也都住在离这儿三里地的赵集镇上，你一个独身女子，再往前走，恐会有危险。"

墨九偏头看着他："我有危险与你何干？"

这种冷血无情的话一般人不会问。辜二微微一愣，尴尬地低头："便是与九姑娘不识，辜某也不能眼睁睁地看着你去送死。"

"呵呵。"墨九回他一声怪笑，一步一步走过去，离他两步站定，抬头直视着他的眼睛："辜家郎君有什么要说的，不妨直言。"

"我？"辜二困惑地皱眉，"我说什么？"

"为何每次我有危险，你都会在身边？"墨九目光如灼。

"有这事？"辜二很吃惊。

"有。"墨九很肯定。她水汪汪的双眸传神动人，紧紧盯住辜二。

他似乎有些急了，搔了搔头，双颊涨红："九姑娘，辜某对姑娘绝无龌龊之心，确实刚好看见姑娘，想要出声警示，姑娘千万不要误会。"

"哦。"看他窘迫至此，墨九也不再追问，只远眺了茫茫江水，慢悠悠地问："既然这里危险，你又在这里做什么？"

辜二四下里看了看，与远处清理河岸的官兵招了招手，又侧身指向后边一条泥泞小道，做了个"请"的手势："九姑娘单身在外，恐有不便，应当回去楚州才好，我这就带你去找萧使君。我们一路走，一路细说可好？"

"一半好一半不好。"墨九回答。

"嗯？"辜二愣住。

"一路走，一路细说可以，去见萧六郎就免了。"

好不容易逃出虎口，哪有再入狼窝的道理？她来赵集渡，只对上次无心发现的古墓与仕女玉雕有兴趣，对萧六郎可没有太大的兴趣。更何况，见到萧六郎，她还能四处活动吗？说不定今天下午，她就会被他送回楚州。

看她分明忌惮萧乾，辜二忍不住笑出声："九姑娘想知道辜某在做什么，就跟上来。辜某以为，九姑娘一定会对这事感兴趣。"

一个与她并不算熟悉的人，却直言她会感兴趣，难道说他已经知道家里的鸡是她讹诈的，鸭也是她讹诈的，把他家人骗出去"避难"，也是她干的？

墨九隐隐有这猜测，却不明言，只咳一声，跟上去。

前方三里地，便是此处最大的一个集镇，因当地人姓赵的多，故而叫"赵集镇"，丞相谢忱与萧乾都暂时驻扎在那里。谢丙生死后，辜二又回到谢忱手底下做事。他说，今日听人禀报，渡口暴涨的水冲来无数的死鱼，一条条翻着肚皮，密密麻麻地积在水洼上，不知数量有多少，谢忱让他领着人过来清理，足足忙了一个上午，才初见成效。

"死鱼？"墨九果然感兴趣。

"是，成千上万的死鱼。"辜二道，"虽说此处遭了洪涝之灾，可鱼依水而居，应当不会大批死亡才是。这事被老百姓传得沸沸扬扬，愣说天有异象，这儿有妖邪出没。"说到此，他摇了摇头，侧头看了墨九一眼："老百姓总是这般，把一切异事，都归为妖邪。辜某以为，这天道是人的天道，妖邪何存？"

墨九随便点了个头，但看法与辜二不同，其实老百姓长久以来积累的生存经验，是非常有用的。他们说的至少有一点对——有妖必有异，有异必有妖。那些鱼不会约好日期在水里集体自杀，那么必然是出现了与它们生存相悖的事情。

念及此，她突地抬头："辜家郎君，领我去见萧六郎吧？"

这姑娘风一阵雨一阵的性格，让辜二没能适应。不过，他并不是多嘴多舌的人，也没有打听，只点点头，便领着墨九加快了脚步。

赵集镇上，官兵与民众都在手忙脚乱。洪水过后，重建家园并不是那般容易的事，千头万绪在面前，忙的不仅是做事的人，决策的人也很辛苦。

辜二将墨九领到萧乾居住的院落外面，便止步不前，只指了指院门，道："萧使君就住这里。只是，这几日忙碌，他大抵也没能好好歇着，这会儿脾气估计不太好……"

这嘱咐什么意思？墨九审视着他的脸。

萧乾为人凉薄寡淡，可他脾气却向来是极好的。墨九认识他这么久，上过他的马车，偷过他的药，掐过他的旺财，还曾经把他的药房翻了个底朝天，砸碎药品无数，可他却从来没有发过脾气。

"哦，那便在此谢过了。"辜二不方便说，她也不好多问。

“举手之劳，九姑娘不必介怀。”辜二习惯了这样称呼她，似乎也不打算改。

他正坦然与她道别，萧乾暂居的院门便吱呀一声打开了。不待辜二转身，一只大黄狗就旋风一般扑上来。

“汪汪汪！”它很机敏，虎视眈眈地瞪着辜二，并不靠近。

“旺财！”墨九惊喜地低唤。

旺财自然看见了墨九，它冲她摇了摇大尾巴，又拿一双圆碌碌的眼盯住辜二不放。那一副戒备的样子，不像平常那么傻呆二，终于有了一点看家护院的样子。

墨九哈哈一笑，抱住它的脖子，顺了顺它的毛：“财兄今日好尽忠职守。可这个是我的朋友，你不能咬他的，明白吗？”

旺财舔着她的手心，哪里听得懂她在说什么？它只会一种语言：“汪！”

墨九自动认为它懂了，继续顺毛：“乖。”

旺财很无辜，伸出嘴筒子便去舔她的脸。

这时，门口又有响动，墨九回头一看，只见萧乾穿了一件斗篷似的银红色大披风，俊挺地站在门口，像个仙化的天神似的，样子疲乏了些，却依旧好看。只是阴郁的俊脸上带了一丝寒气，如同腊月的坚冰。

果然发过脾气的样子，怪不得辜二不敢随她进去。

墨九放下旺财，像男人一般双手抱拳道：“小子楚州墨九，听闻赵集洪涝，特地前来助使君一臂之力。”

在来之前，她是怀疑河上飘着的死鱼与古墓的事情有关，打算死乞白赖地缠着萧六郎，利用他的信息资源与人力，探得墓穴。毕竟她只是一个女子，办起事来也不方便。

为了让萧六郎留下她，在路上她想了许多法子。

可怎么也没有想到，萧乾淡淡地扫她一眼，又不温不火地看一眼辜二，朝他礼节性地点点头，就转身往里走，一声清冷的命令，淡得几乎不留痕迹：“进来。”

墨九问：“叫我？”

萧乾回头，唇一掀：“这里还有旁人？”

墨九看了看辜二，撇了撇嘴巴。

辜二似乎也意识到什么，尴尬地拱拱手，便大步离去。

萧乾脸色缓和了一点，却仍然一言不发地继续往里走。

墨九看着他的背影，却纳闷了。这就允许她留下来了？一时间，她应也不是，不应也不是，进去不是，不进去也不是，反而怔在那里。

没有听见动静，萧乾又慢慢地回头：“要人抬你？”

墨九大步迈进去：“哈哈，那不必，那不必。”

"使君……"这时，薛昉牵了马出来，看见墨九不由愣了一下，似乎没有第一时间认出她来，又有些怀疑与熟悉："这位小郎……怎么有些像我们家大少夫人？"

萧乾淡淡地扫他一眼："发什么愣，还不快请九爷进去。"

"九、九爷？"薛昉像被雷劈中了。

墨九也有一种撞鬼的感觉，抬头看一眼阴沉沉的天，再看一眼萧六郎轻轻拂动的袍角，低低说了一声："有妖必有异啊。"

萧乾与谢忱暂居的住所相距不远，都是原先一个县令的私宅。县令原是赵集镇人，在老家置了宅子，后来去了别地做官，屋子就空闲下来。如今丞相与枢密使到此，他便做个顺水人情，战战兢兢地把自家宅子挪出来，让公家使用。

墨九学考古的，对古风建筑很有兴趣。

一路入内，她不断四顾，水眸晶亮。这个宅子与萧家那种高门大户的建筑风格又有不同。若把它们都比喻成古代建筑中的美女，那么萧家倾国倾城，这宅子便是小家碧玉，不华丽，不大气，却自有一番风雅温韵。

这会儿已是晌午，大概萧乾了解她的秉性，二话不说就把她带入饭堂。

闻着里间浓浓的饭菜香味，墨九很满意。

可她没有想到，一入饭堂，就见到了三个怪人。

三个家伙都在吃饭，一人端一个大海碗，其中一个翘着兰花指，动作姿态极是女性化。还有一个口念阿弥陀佛，吃饭斯文速度却很快。另外一个像个莽夫，脑袋都快钻到碗里去了，络腮胡子上沾了好几颗饭粒。三个人，一人一种风格，雅士与土匪，诡异地和谐。

在萧家时，她从未在萧乾身边见过他们。她微微讶然，在另外一张桌子坐下来，看萧乾为她安排饭菜，一只手指轻轻敲击桌案，并未多问。

萧乾也没有向她解释，只皱眉看了一眼，轻轻挥手，那三个家伙就不情不愿地放下碗。

墨九抬眼望萧乾："这样很残忍。"

萧乾不知道她在说什么，眉梢一扬。

墨九又肯定地点点头："吃饭是人类最为愉悦的一种行为。都说'催工不催食'，打断人家吃饭，那不仅不礼貌，还是极为缺德的行为。"

萧乾偏头看那三人一眼，目光深深，却不以为意。可那三个家伙却都产生了一种感恩戴德的共鸣感。三人开始小声吵吵着，见萧乾似乎没有阻止的意思，再次吃了起来。

薛昉默默为墨九添了一副碗筷，疑惑地看向萧乾冷峻的面孔："主上请……九爷来，可是为了赵集渡的天女石？"

墨九极是敏感，握筷抬头："什么天女石？"

第六章　夜洞房，千字引

不等萧乾和薛昉回答，击西便从争吵中抽离，抢着答了：“就是一个不如击西长得美的美女石雕。”

击西、走南和闯北三个家伙，都是多嘴之人，完全不需要萧乾和薛昉补充，墨九就明白了事情的由来。

天女石是一座石雕，位于赵集渡上游三里处，究竟什么时候做成的，没有人知道。只因石雕像为女子，被当地村民称为“天女石”，认为是上古之神用以镇河所雕，一直把它当神石一样膜拜。

石雕的身上刻有水位线，长期以来，被县衙用于观水与测水位。这些年赵集渡从未发过大水，村民都说有天女石镇河。可前不久，天女石突然倒入江中，第二日便开始倾盆大雨，接着便发生了洪涝。

村民认为是赵集渡口的船娘终日在此行淫秽之事，惹得天女不悦，这才降下天灾。于是村民除了每日在河岸祭拜之外，还要求官府整治赵集渡的船娘，再祭祀三牲，把天女“扶”起来，以保佑河岸民众。

听完传言，墨九道：“既然是天女，心胸自然宽阔，她怎会不体谅世人苦楚，为一点小事就置气？”

薛昉道：“民众可不这么想，他们要官府扶起天女石。”

墨九笑道：“那就扶呗。”

薛昉瞥了萧乾一眼，小声回道：“天女石倒下的第二日，河岸的村民就曾试图把它扶起来，并没有成功。官府也派人几次三番试过了……”

墨九奇怪了：“是石雕太重？”

薛昉点点头，又摇摇头：“石雕太重是其一，除此之外还有一件更为麻烦的事。天女石倒入水里之后，颠了个儿，我们查探时发现，它的双脚被九个铁环牢牢套住。只要铁环不解开，天女石就无法站立。”

九个铁环？绑住了双脚？

墨九正思量，却听薛昉道：“九爷可知个中奥秘？”

这声“九爷”喊得墨九很舒坦，她瞄一眼萧乾，严肃地点点头：“那是自然。”

薛昉目光一亮，急巴巴地等她说。她却不慌不乱，夹了一筷子菜，严肃地道：“这个天女定然好吃懒做，在天庭时偷吃了王母娘娘的蟠桃，这才被捆仙绳捆在河岸的，那九个铁环，便是捆仙绳！”

薛昉眉头一蹙，似信非信。

击西和走南几个却一下子来了兴趣，齐刷刷地凑到她的桌子边上，一脸看故事的欢畅：“九爷果然厉害，连捆仙绳都见过。快，九爷快讲讲。”

几个人七嘴八舌，萧乾一脸黑线：“闭嘴！”

三个家伙果然闭了嘴，薛昉却轻声笑了起来。

萧乾看向墨九，淡淡地道：“说正事，不许玩笑。”

墨九撇下嘴巴：“有条件。”

萧乾道：“允。”

这么好说话？墨九更奇怪了：“你就不问问我，条件是什么？”

萧乾轻嗯一声，目无波澜。

这货的思维向来与旁人不同，墨九审视他一瞬，懒得再卖关子。她清了清嗓子，一本正经地道：“从你们的描述来看，那九个铁环，应当是四大机关术之一的九连环。这个说难不难，说简单也不简单，只要按我说的法子去解就可以了。”

三颗脑袋凑向萧乾：“主上，这事我去办。”

三个人都争着要去，结果到底是走南的块头大，被认为最能震得住场面，不会被村民欺负。于是，他走到墨九边上，听她耳语了几句，二话不说，就与薛昉匆匆去了。

墨九看着他的背影，皱了皱眉头，问萧乾：“你好心留我下来，就为了解开九连环？”

萧乾没有承认，也没有否认，他让击西拿来一个白玉酒壶，放在墨九的桌上：“给你的。”

“给我的好处费？就是一壶酒？”墨九似笑非笑地瞟他，“我很怀疑你的诚意。”

她边说边拔开了酒壶的塞子，凑近一闻，便听萧乾道：“击西，九爷不要，收回来吧。”

扑面而来的馥郁芳香，醉了墨九的鼻子。看击西走过来，她赶紧把白玉酒壶捂在怀里，严肃地道："出棋不悔真君子，已赠物品不相还——诚意是差了点，可我这人最爱将就。"

那一壶酒便是萧氏百年陈酿——梨觞。

隔了这么久再闻到这味道，墨九浑身舒坦。小小地吃了一口，她道："萧六郎，先说好啊。酒是酒，条件是条件，酒是你自愿给我喝的，可别与答应我的条件混为一谈。"

"嗯。"萧乾没有喝酒，声音却有一种微醺的醉意，带着浅浅的鼻音，很低沉，也极富感染力："不管你有什么条件，都可以。"

"哦。"墨九又闻了一下，"这么大的胆？"

"嗯。"他没有太多解释。

"我怎么感觉有诈啊？"墨九惆怅地叹息一声，从萧乾的脸上看不出个究竟，又端了酒壶，就着壶嘴喝起来。

梨觞这酒，味道很好，口感香醇，比墨九两辈子吃过的其他所有酒水都要爽口。

一顿饭吃下来，她菜没吃几口，却把一盏酒都入了腹。慢慢地，小脸上便有了一层酣醉的嫣红。粉粉的，润泽的，像婴儿的肌肤，又柔又嫩，青涩如枝头带着露水的花骨朵……

萧乾眉头微蹙，慢慢地别开头："说你的条件。"

这个时候突然提条件？墨九半阖着眼，怪异地看他，觉得这货好像在没话找话。或者说，他是为了掩饰某种尴尬，这才突然提及此事的？

不过她心情畅快，也就懒得理会他为什么尴尬了，只笑眯眯地道："条件很少，只有三个。我也不会为难你，必不会同时提出。你一个一个来就行。"

萧乾不以为意地示意她说。

这货太淡定了，墨九心里隐隐不安。

考虑一瞬，她道："第一个条件，在我帮助你做事期间，从你到你的下属，必须尊我、重我、敬我。我的一日三餐，需由我挑选，做事的时间也由我来定。只要是我说的，你必须无条件赞同。还有，我想做的事，你不能阻止。我想买的东西，你必须付钱，尽量做到让我衣食精致，精神愉悦，无压力地投入到为你服务之中！"

她说完了见萧乾久久未动，又咂咂嘴："怎的？不乐意拉倒。"

萧乾慢吞吞地出声："你可还需要早晚三炷香？"

墨九笑得弯起了眼角："你若不嫌麻烦，也行。"

萧乾淡泊的脸上，没有太多表情，却自带了一种仙气馥郁的绝代风华："本座以为，你不是在谈协助，而是让我养祖宗。"

墨九咬着筷子考虑了好久，又吃一口菜，等冷静下来，方才摆了个姿态，慎重地点头："若你缺祖宗，我可以勉强为之。"

这两个人在一起，不会吵半句，可每一句话，几乎都长有倒刺。这刺细小如针，不会杀人，更不会伤人，却可以膈应人。

墨九也不晓得萧六郎是不是她的煞星，反正与他待在一块，就心绪不宁。当然，也有可能是她吃多酒的原因。

这般想着，她算算时间，懒怠与他多说，只问："此去天女石有多远？你家的二货也该回来了吧？"

她话音未落，门便开了，走南哭丧着脸大步进来，却一言不发。薛昉也跟在他的后面，耷拉脑袋不说话。

萧乾淡声问："怎么回事？"

"主上。"走南苦巴巴的，"我被人打了。"

萧乾没问，墨九却奇了："谁这么大的胆子，敢打萧使君的人？"

走南道："天女石那里的村民打的，我没好还手。"

墨九偏着头："为什么村民要打你？"

走南黑黢黢的大脸，沉郁一片："我说我可以解开九连环，他们不相信……"

墨九奇怪："不相信多简单，你试一下不就行了呗。"

走南道："可你的法子不管用啊。"

墨九哦一声，好像刚刚想起什么，摸着下巴严肃地道："法子是法子，毕竟还需要经验嘛。我忘了告诉你，一般人就算晓得法子，也是解不开的。"

"你骗我。"走南摸着脸，"害我被打。"

看老大一个汉子差点儿哭死，薛昉也不免好笑，赶紧还原了事情的真相。

原来走南带了人过去，把村民都唤了过来，说他负责解开九连环，然后再想办法把天女石抬起来。村民已经被官府的人忽悠了半个月，开始不信，认为这些汉子反复下去窥探会亵渎天女。可走南向村民夸下了海口，说他若是解不开，就随便让人扇他耳光。

于是，他被扇了。

轻唔一声，墨九微微眯下眼："不如这样，我随你去？"

"好啊好啊。"走南满脸一雪前耻的希望，"九爷肯去，那就太好了。"

墨九瞥一眼萧乾，真诚地道："可这原本是我祖宗的不传秘法……"

萧乾唇角紧抿一下，瞟她："是不是你祖宗托梦告诉你的？"

墨九噫道："你怎么晓得？"

轻轻一哼，萧乾淡淡地道："说条件。"

"爽快！"墨九打个哈哈，神采飞扬地要求："从现在起，你也必须唤我九爷。"

萧乾无语得紧。

灰蒙蒙的天，低得仿佛要压住房顶。墨九与萧乾两个人骑了两匹马，走在众人前面，往赵集渡的方向去。薛昉和击西三个人，还有一些禁军侍卫远远跟在他们后面，看翩翩九爷眉眼含笑地对上他们温玉般清冷的枢密使，一个个竖起耳朵，瞪着意味深长的眼，恨不得挤上前去。

“击西，你说为何主上对九爷这么友好？”

“笨蛋走南，你还没看出来吗？那九爷是个姑娘。”

“啊，原来是个姑娘，难道她是主上的相好？”

“笨蛋走南，你还没看出来吗？那九爷就是墨九。”

“啊，原来她是墨九，难道墨九是主上的相好？”

“笨蛋走南，你还没看出来吗？墨九就是大少夫人。”

“啊，原来是大少夫人，难道大少夫人是主上的相好？”

击西终于崩溃了，翘着兰花指，重重地戳向走南的肩膀：“笨蛋走南，你可知道为什么每一次你都会被闯北欺负？”

“嗯。”走南点头，“因为我比他好看。”

“错。”击西翻白眼，“因为你愚蠢如牛。”

走南不悦地低哼一声，看向默不作声的闯北：“你觉得我愚蠢吗？”

闯北轻呼一声“阿弥陀佛”，一本正经地道：“出家人不诳语。”

闻言，走南挺直了脊背，闯北却又轻吐三个字：“很愚蠢。”

被调侃惯了，走南不以为意，只微眯着一双眼，努嘴看向走在前面的萧乾与墨九，压着嗓子道：“那假和尚你快说说，九爷是主上的相好吗？”

闯北再呼一声“阿弥陀佛”，又一本正经地道：“出家人不诳语。现在还不是，将来肯定是。”

几个人一起看他：“你怎么晓得？”

闯北严肃地望天：“来自高僧的直觉——”

几个人齐刷刷地吐了。

赵集渡上游三里路，很快就到了。

墨九从早上赶了大半天的路，加上岸边积的淤泥又多，尤其天女石的河边，由于被人群踩踏，比那藕田的浮泥还要严重。她跟在萧乾后面，深一脚，浅一脚地过去，发现村民们都围在岸边，一副保护的姿态，不许旁人随便靠近。

她问萧乾：“看见没有？这才是祖宗待遇。”

萧乾扫她一眼，不回答，只让薛昉上前与村民交涉。

虽然不久之前，孙走南才在这里挨过打，可萧乾来了，他在楚州颇有盛名，经薛昉一说，村民们虽然不敢完全相信，但也没有恶意阻止。薛昉没费多少口舌，村民便允了他们几个进去，为天女“松绑”。

洪水过后，水位已经降下。

但倒下的石雕，整个地倒栽入水。好在石雕在河边，水位不深，边上又有一排石阶可直入水中。玩乐时候的墨九很正经，做事的时候九爷也很正经。踩着石阶下水，她在水漫过腰间的时候，便看见了浑水中沾满泥泞的天女石。虽然它被岁月风化了模样，但依稀可见轮廓——与她在食古斋见过的仕女玉雕以及坎墓中的冰雕极为神似。

“老熟人，原来是你？”

墨九在水里自言自语，只是随口唠唠，并没有想那么多。可这句话在岸上的村民听来，却诡异得紧。一般人怎敢称“天女”为老熟人？莫非这位“大师”果然通得仙凡之道？

众人窃窃私语，墨九沉默一会儿，却慢慢地潜入水里。她嘴上叼了一根早已备好的空心芦苇，用以换气，头一点一点地消失在水面，只剩浮在水上的芦苇秆偶尔动一动。众人悬着一口气，满怀期待。可好一会儿，不仅墨九没上来，便是芦苇也不动了。

水面上再无半分动静，有村民紧张起来，朝萧乾拱手作揖道：“使君大人，可否差人下去看看，这情形瞧着，大、大师会不会溺了水？”

萧乾眸中倒映着浑浊的水波，眼神却清亮如初：“不用。”

他说不用，村民便不敢再提。可过了一瞬，墨九还没起来，便是薛昉也紧张了。他小声道：“使君，要不然，属下入水看看。”

萧乾慢慢地看向他，眸若坚冰：“本座说不用。”

“喏。”说罢，薛昉默然。

众人都不晓得萧乾哪来的自信，认为墨九会没事，只有萧乾自己心里清楚——蛊虫。若她有生命危险，他定会感受得到。总之，岸上的议论声停了，众人巴巴地瞅着水面，连眼睛都不敢眨。

击西翘着的兰花指，好久都没有动弹，末了才忧心地道：“九爷若是淹死了，主上就没了相好，那可怎生是好？”

走南脖子伸得老长：“九爷若是淹死了，我会为她报仇的。”

闯北道一声“阿弥陀佛”，斜歪歪地瞥着他们两个：“佛爷醉了，她若溺水而亡，你找谁去报仇？”

走南哼一声：“谁让她下水，便找谁。”他条件反射地看向始作俑者萧乾，目光却在接触到他的一瞬间收了回来，怒视天女石的方向，声如洪钟地道：“我便把天女石砸了。”

于是，走南又差一点挨打。

他一句话引起了公愤，村民个个提臂握拳，想要暴揍他一顿。幸亏萧乾出声阻止，告诉大家，他上有八十老母，下有三岁稚儿，且心智不全，天女断不会与他计较。

走南这货记吃不记打，很快又兴奋起来，指着水面道："快、快看，九爷上来了。"

击西退后一步，捂着嘴："是人是鬼？"

闯北目光如炬："阿弥陀佛，莫非诈尸？且让老衲去试她一试！"

上面吵吵嚷嚷的声音，墨九听见了，可水压太大，她很辛苦，也没有工夫为"枉死"的自己申冤。这会儿浮出了水面，看见击西几个二货，她几乎是恶狠狠地甩掉芦苇，披散着一头凌乱的长发，衣冠不整地从石阶上一步一步上来，长长地吐一口气。

"可憋死我了。"

击西吃惊地瞪眼："果然死了？"

闯北双手合十："且让老衲为你超度……"

走南大声道："拼了一死，我也要怒砸天女石！"

眼看人群又哄闹起来，墨九受了水压的耳窝嗡嗡不止，快被这几个二货给弄炸了，不由瞪视过去："都闭嘴。"

几个人齐刷刷地停下，无辜地看着她。

墨九没理会他们，瞥了萧乾一眼，又扫向眼巴巴地看着她的村民，大声道："我乃玉皇大帝座下首席堪舆师，我姓九，名爷，大家可叫我九爷。我在下凡历劫之前，曾与这位天女有过几面之缘……"

村民半信半疑。

三大侍卫听得眼睛发亮。

薛昉老实地听着，觉得故事有点熟悉。只有萧乾云淡风轻的外表下，罩了满头的黑线，却不得不抿紧嘴巴，静听她瞎掰——谁让她是他请来的大师？

墨九换汤不换药，一本正经地甩着水滴，对村民道："我与天女交流了一番，她告诉我说，她脚下的九环乃为捆仙绳所化，虽然并非因为船娘的秽气而起，却也与之相关。"

村民顿时兴奋起来。人人都希望自己的预判正确，先前他们的传言，只是传言，如今得到"大师"的肯定，除了有被人认可的喜悦之外，在心理上，也就更容易接受"大师"的观点了。

"这个大师好生能耐。"

"大师快些说，怎个相关？"

墨九见他们入瓮，一副悟得天机的世外高人样："天女每日在这河岸看多了男男女女之事，动了凡心，与一个普通的凡人男子有了苟且之事，这才被玉帝罚了……"

她的故事编得像模像样，村民中有一些人信了，有一些人依旧不太信。

但大家都关心一个问题："大师，要怎样做才能解去水患？"

墨九冷眼瞥去："不要插嘴。"

她装神弄鬼的样子，很有气势，几个吵嚷询问的村民，赶紧闭紧了嘴巴，连呼吸都不敢太大。墨九满意地点点头，继续道："这天女原先被玉帝许配给了东海龙宫的龙王三太子，只待她渡劫一完，便可返回天庭成婚。可她如今与凡人有了私情，那还了得？东海得了消息，三太子恼羞成怒之下，这才引东海之水入楚州，祸及万民。"

故事太圆了，大多数村民都开始信了。

一个老者颤着老白的胡子，紧张地问她："得罪了东海，赵集渡岂非还有水患？请大师为我等指一条生路。"

墨九摇了摇头，老气横秋地道："你们这些年轻人，就是太不稳重。有我九爷在，慌什么慌？这天女与三太子的事，天庭已然知晓，自有公断。不过，凡人有凡人的法治，天庭有天庭的规矩，如今这个案件，刚进入一审程序……"

"一审程序？"全部人都糊涂。

"唉！"墨九同情地看着这些"凡人"，漫不经心地道："这些你们不懂的事，便不要问了，窥视天机，乃是大罪。我可以告诉你们解救之法——"

"大师快说！"众人迫不及待。

墨九嘴角一抽，想笑，又不敢笑，只严肃地道："从现在开始，各回各家，各找各妈，只要不像这样日夜祭拜和守护天女，便不会引起东海的震怒，也就不会再发大水了。"

这样一说，大家都明白了。天女与东海两边有仇，他们来祭拜与守护天女，岂不是就成了天女一伙，得罪了东海吗？

"原来如此！"

"怪不得水患不断。"

"走，大家快走！"

商量一阵，村民对墨九左一句大师右一句大师地称颂之后，谢过萧使君，便准备撤离天女石。

可墨九却喊住了他们："且慢，我还有一言。"

众人回头，齐刷刷地看向她。

墨九道："你们记住我的名字，我叫九爷。也要记住我的话——天家之事，凡人惹不起，若哪个好事者跑来岸边偷窥，不仅会祸及全家，还会再次引发水患。"

村民们异口同声："不敢不敢。"

人群纷纷散了，江岸边，只剩下萧乾一行人。安静了下来，这时萧乾才皱眉看墨九："为何要支开他们？"

墨九瞥着他："你这个年轻人，就是没点幽默感。"

萧乾呼吸一滞，不好回答。墨九目光阴晴不定地注视着他，见几个侍卫又要凑过来问，她怕被他们烦死，赶紧抢在前头出了声："不瞒你说，九连环解不得。"

"是解不开，还是解不得？"萧乾问。

这样怀疑她本事的行为，引起了墨九的强烈不满。她眼一瞪："你听不明白九爷的话？"

萧乾一怔，竟微微一笑，好看的唇角掀开，弯出一抹好看的弧度，魅惑异常："九爷，你继续。"

墨九满意了，左右四下看了看，冲萧乾使个眼色。等他把周围的侍从都屏退在三丈之外，她这才指了指天女石的位置："过来说。"

萧乾跟在她的后面，一前一后踩着泥泞站在了石阶的最上方。

墨九静静地考虑一瞬，指着水中的天女石道："这是一个仕女石雕，与我们在萧家地下古墓中见过的几乎一样。石雕脚上的九连环不是不可以解，而是解开会触发机关——"停顿一下，她直视着萧乾的眼睛："我怀疑机关会触发古墓的开启，轻易动它不得。所以先把村民忽悠回去，暂时稳住大家的情绪，以图后计。"

又是一个古墓，还是同样的仕女雕像，若说中间没有联系，谁也不会相信。

两个人默默对视，过了好一会儿，萧乾方道："你做得很好。"

这货很少夸赞别人，墨九很受用。

可萧乾的夸奖也不是白给的，下一句他便道："那这水患与天女石之间，果然有联系？"

墨九瞥他一眼，情不自禁地打了个喷嚏。河风一阵阵地吹来，身上的衣服都湿透了，她有点挨不住了，不由瞪他："先回去吃口热饭，换身衣服再说。"

萧乾沉吟片刻，默默解下斗篷披风递给她。墨九不客气地接过来，只觉披风轻薄柔软，拿在手上几乎没有重量，上面用金线绣着的鹰隼图案，观之令人生凉，可披在身上，却格外暖和。尤其还带了他的体温和幽幽的香味，让她瞬间有一种被阳光包围的舒爽。

"不错，不错！"她大声赞美，可在与披风带子搏斗好久之后，又叹息："你也算有孝心了。不过下次，可不可以亲自帮我披上？"

她大言不惭，萧乾瞬间黑了脸。

午后未时，天空几乎完全黑了下来，一团团乌云笼罩在上方，像一幅浓墨描成的山水画。萧乾一行人踩着淤泥，出了河岸，又骑马回宅。

没想到，宅子门口堵了很多人，有墨九熟识的辜二，还有一个身着南荣官服的老者。他目光炯炯，人上了岁数，可一举一动却很有些气势与魄力，眼神也足够锐利。

"萧使君，辛苦了。"

萧乾点头致意，客气有礼，言辞却无太多恭敬：“丞相不辞辛苦，亲至楚州治水，你也辛苦。”

两个人你来我往地客套，暗藏机锋。墨九听着，终于明白这个人是谁了——丞相谢忱，谢丙生的父亲。可是，对于这个久仰大名的老头子，她并无多大的兴趣。一不想升官，二不想发财，这些人的事与她八竿子打不着，她只想进去换下衣服而已。

于是，她默默错开身子，一眼也不多看。

没想到，谢忱却喊住了她：“这位便是萧使君从外地请来的风水大师？”

墨九不意外他会知道，却意外辜二为什么没有告诉他实话。她静静地转头，看着谢忱不太友好的目光：“丞相有何指教？”

谢忱与她对视一瞬，冷冷一哼，便盯住萧乾：“一个江湖术士，妖言惑众，扰乱朝廷治水，萧使君不治罪，还把他当成座上宾，就不怕官家怪罪？”

萧乾还没回答，墨九就不高兴地插了话：“这个老头好生奇怪，我又没看过你家祖坟风水，也没为你家寻个墓穴，你怎敢断言我在妖言惑众？还有，你动不动就说官家会怪罪，好像官家的江山是你谢家的江山，好像你丞相的意思，就代表官家的意思。丞相这个罪，恐怕更大吧？”

她几句话不温不火，却敲得谢忱提不上气。

在这座宅子的门口，有禁军、有侍卫、有随从，人员极是复杂，这种话难保不会传出去。虽然他什么心思都没有，可一旦有风言风语传入皇帝的耳朵，那疑心生出来的暗鬼，就足够他喝一壶了。

可他丞相之尊，实在犯不着与江湖术士争论丢分。于是他岔开话，腆着个发福的肚子，一步一步走向萧乾，换了话题：“赵集镇发生了命案，使君可知？”

萧乾冷冷地道：“本座负责河岸清理与筑堤，又非提刑又非县府官员，与我何干？”

这样的冷淡，谢忱熟悉。他再进一步，哼声道：“可萧使君让一个江湖术士在天女石边妖言惑众，却与此案有关了。”

萧乾漫不经心的眸子，微微一眯。

一老一少，一丑一俊，互相对视着，久久没有吭声，周围似有冷气掠过，低压的天空，凝滞得令人呼吸都不太顺畅了。

“萧使君当真不知？”谢忱咄咄逼人。

闻言，萧乾淡然若水的凉眸中，有一抹深浓的杀气掠过，令人心神微乱，但仔细看去时，却依旧只能看见他波澜不惊的俊美面容，还有不知何时从嘴角蹿上的一抹微笑：“丞相此言，本座不懂。”

他阴凉的笑，如毒蛇的信子，又似空中低压的乌云，隔了九万丈的高空，一点一点地压下。谢忱突然不敢与他正面对视，轻轻后退一步，他瞥向辜二：“还不快向萧使君禀告。”

辜二眼色淡然，就像根本就没有见到墨九，或说他根本不认识墨九似的，一脸严肃：“回萧使君的话，赵集镇上有一对夫妇，丈夫今日在家中离奇死亡，被人割去命根子；妇人还留了一口气，可也被人割去了舌头，现下还昏迷不醒。”

墨九也不看辜二，只当不识得他一般，笑瞥谢忱，一副理所当然的样子：“恕我直言，丞相怕是老糊涂了吧？这样的事情，不赶紧责成刑狱司查办，却找到萧使君的门前来胡搅蛮缠，公私不分，公报私仇，你就不怕使君奏你一本？”

这小子年纪轻轻却牙尖嘴利，谢忱对她极不耐烦。本不欲理会她，免得让人笑话，可若不理会吧，她又时不时戳上一句，令他心窝子钝痛。左也不是，右也不是，谢忱憋着一肚子火，视线从墨九艳美的脸上挪开，心里想把她碾成肉渣，也只能当成听不见。

辜二瞥她一眼，又微微地低头：“萧使君有所不知，原本这案子交由法办便可，但村民却阻止仵作验尸，也不许大夫给那家娘子治伤。”

萧乾目中冷光一闪：“这是为何？”

辜二声音沉重了几分：“村民道，这家丈夫一定就是与天女有染的那个人，这才惹恼了龙王三太子，害了他的性命。若治他娘子，为他申冤，必会惹恼东海，再发大水……”

这下，轮到墨九无语了。

时令已近八月，秋风送爽，凉气丝丝入袖。墨九和萧乾等人再出门的时候，外面又下起了细雨，路上行人大多披上了蓑衣，走在青石板的路上，古韵十足。墨九欣赏着赵集镇这个江边小镇，只见烟雨之中，市集店铺、茶肆酒店，五脏俱全，实在是一个作奸犯科的好地方。

这样一行人出现在死者家门口，声势浩大。可第一个冲入人围的不是丞相谢忱，也不是枢密使萧乾，而是摇着大尾巴的旺财。这货太自来熟，若不是墨九及时唤住它，它肯定在民众的惊呼声中，直接破门而入。

死者家门口站了不少村民。他们态度很强硬，不许县衙的人进去，也不许大夫入内。可看见墨九过来，却一个个恭敬地喊“九爷”，几乎用邀请的态度让她进去看一看那家丈夫是否死于“龙王三太子”之手。

看村民对墨九的敬意，比对自己还要深，谢忱嘴巴差点气歪，可碍于自己的身份，在下属面前，又不便发作，只自始至终黑着一张脸，不言不语。

死者有一个老娘，坐在堂屋里，哭得抽泣不止，有几个妇人大抵与她相熟，陪着在劝。看见墨九进来，她们仿若见了救星，扑通就跪了。

“九爷，九爷快救救我可怜的儿。”

这人都死了，她上哪里去救？莫非他们真把她当成神仙，以为她可以去阎王殿改生死簿不成？

墨九望了一眼这个没什么家什的简陋堂屋，大概猜测这家不太殷实。但屋子归置整齐，打扫得很干净，证明这家的主妇很会持家——然而，不论从哪个方面来看，这都是一对普通夫妇，为何会在这节骨眼上遭此毒手？

墨九的目光落在受伤的妇人身上。她蜷缩在地上，了无声息，身上的衣服没有换过，沾染的血迹还在。不过，她衣裳的样式与点缀，并非普通妇人常用的雅致绣色，多了一些妖娆风情，与她的容色和家庭环境格格不入——也就是说，很普通平常的她，穿了一身有着风尘味的衣裳。

这样的认知，让墨九下意识就想到了那日在赵集渡见到的花船，还有花船上那些吆喝着营生的船娘。她转头看萧乾，想看他什么态度。可他容色淡然，目光也淡淡，几乎没有表情。

人群蜜蜂似的嗡嗡议论，他独立人前，颀长俊逸，姿态美，容色美，举手投足间莫不是上位者的从容之气，引得边上窥视的小媳妇们红了脸却不自知。

墨九哂笑着，冲他努了努嘴：“使君，靠你了。”

萧乾淡淡地瞥她：“本座不治。”

墨九道：“她还没死。”

萧乾回道：“那与本座无关。”

墨九哧一声，强辩道：“救人一命，当造七级……”

萧乾哼声：“十二级浮屠也没用。人死如灯灭，管他上穷碧落，还是下黄泉，又何须在意？”

墨九微微一诧。时下之人无不敬畏鬼神，也都相信有来生。那些稍有名望之人，更是如此，没有一个不曾试图把自己打造成一个积善之人。做事从来讲究“得善果，积善德”，哪怕背地里坏事做尽，也要裱成一副圣人的模样，让人来朝贺。可萧乾堂堂枢密使，当着这样多的民众，竟敢直言不讳，不顾人命，不伪善，也不盲从，可说是一个性子极为古怪，目光也超越了时代的家伙。

可治个人而已，举手之劳，他为什么要有顾忌？墨九很是不解：“要如何你才肯治？”

萧乾神色冷肃：“如何都不治。”

不知怎的，听到他斩钉截铁的声音，墨九下意识便想到了在萧家湖畔，温静姝受伤那一幕。当时萧乾二话不说拉住她，想也没想就为她医治了……莫非两个人真有私情？

她凑近一步，声音压得极低：“这家娘子虽不若静姝长得俏美可人，但好歹也是一条人命，六郎怎可厚此薄彼？且六郎身为枢密使，不应当急百姓之所急吗？”

萧乾侧头，静静地看她。

墨九也仰着头，目光专注。

目光对视片刻，突地，萧乾唇一掀，笑了。

这个笑容，仙气有之，邪气也有之。

“你求我。”

一个求字他说得理所当然，可墨九也笑了，那一笑，不邪不正，却如百花绽放。尤其她的唇，生得美，唇色也好，粉嫩得像涂了一层膏脂，泛着温润诱人的色泽，偏又轻轻弯起，有几分调侃：“六郎太不了解我了。不巧，我也与你一样，不是好人。”

萧乾默不作声，她却已经转了身：“你不肯治就不治好了，背上良心债的人是你，又不是我。我何苦为了旁人，踩低自己的底线？”

她故意拔高了声音，一番话就落入了屋中人的耳朵。

那几个哭泣的妇人，见识少了点，却也不笨。

很快，她们就从墨九的话里听出了猫腻。几个妇人里头，有一个是受伤娘子的大嫂，一个是她的姐姐，两个人扑过来，二话不说便在萧乾的面前跪下，一个头一个头地叩，声嘶力竭地哭求枢密使大人救救她们的亲人。

哀求声此起彼伏，萧乾的脸越来越黑：“墨、九。”

他一字一顿，似有怒意。墨九却很无辜地纠正他：“九爷。”

萧乾斜视她：“你不知内情。”

墨九摊手走开：“与我无关。”

哭声里，击西托着下巴小声叹：“主上好可怜，击西好同情主上。”

走南也叹：“九爷太阴险。”

闯北哼声：“可老衲喜欢。”

走南嘲笑他：“假和尚，你不该喜欢道姑的吗？”

击西嘻嘻一笑：“假和尚你完了，你敢喜欢主上的相好。你完了，你完了……”说到这里，大概意识到什么，他翘起兰花指，声音娇俏不少：“完了啦。”

闯北与走南再次呕吐。

屋子里闹哄哄的，萧乾性子淡泊，从来不喜欢受人胁迫，墨九这番把他架到烤架上，救也不是，不救也不是。

偏生这个时候，张知县抹着汗珠子，带着仵作过来，引见之后，也向他求情：“烦请使君救这妇人性命。”

“救她之命，对案情极有助益，还望使君帮帮下官。”这位枢密使的脾气，张知县是了解的，他不肯医治的人，谁求情也不管用，可案件闹得沸沸扬扬，若没有好的解决法子，他不好交差不说，也很难在民众跟前得脸。

萧乾扫一眼幸灾乐祸的墨九，终是撩了眼皮："把她抬到炕上，窗户打开，通风换气。"

张知县如获大赦，赶紧差人行动。一群人都围拢过去，墨九却对那个不感兴趣，她的目光落在裹尸的褥子上。

她原本不想去看，可仵作刚好拉开盖脸的褥子，从那滑开的一角，她随意一瞥，就看清了那张苍白僵硬的脸——然后，打了个冷战。

这个人的脸是熟悉的。

正是食古斋卖仕女玉雕给申时茂的男子。墨九记得这个人自称是做古董的二道贩子，这样的人应当没有什么仇家才对，为什么死了，还被人剪了命根？

尸体旁边的老妇，大概看出了墨九不同寻常的脸色，她抽泣着抬头问："这位小郎君，可是认得我儿？"

墨九回过神来，冲她微微一笑，安慰道："我不曾见过令郎，只是看他年纪轻轻就这样去了，有些不落忍。"

被人安慰，那老妇哭得更厉害了，絮絮叨叨地说自家孩子有多么孝顺，有多么乖巧，话里话外，她暗指自己的儿媳妇不好，言辞颇多指责："都是那个没良心的贱妇哦，可把我儿害死了，我可怜的儿啊。"

墨九微微眯眼："大婶何出此言？"

老妇张嘴便想说，可看见屋子里有许多人，咬了咬牙，似是不好开口，摇了摇头便只顾拿手绢拭眼泪，再也不肯多说了。

墨九不好在人家伤心的时候追问这些事情，只道一句"节哀"，便默默地退出了门口，与外面围观的几个村民有一搭没一搭地闲侃。

村民都敬畏她，知无不言。

很快她就了解到了一些事情。

这个死去的汉子叫曾四，他以前是一个走街串巷的货郎，时常十里八村地推销一些货品，赚了点小钱。可他母亲有病，家里开销大，他后来不知怎的，染上了赌博的习性，日子便开始入不敷出。曾家娘子不得已，家里都揭不开锅了，不得不背着婆婆偶尔去河岸边做船娘，赚些零碎银钱养家糊口。

做婆婆的人与媳妇儿关系大多都不好，曾家也是一样，这婆婆病着，也不知内情，便一直怀疑儿媳勾搭野汉子，与人有染，常常破口大骂，村民们知情的都同情曾家娘子。今儿早上，隔壁邻居听见曾家似乎发生了争吵，接着就听见曾四娘的痛哭，等邻居赶过来的时候，就已经这样了。

身为妇人的悲哀，在这个时代尤其深重。里面的老妇还在哭喊“我苦命的儿啊”，可墨九却更同情那个被人剪了舌头的妇人。

她再一次入屋，萧乾已经从里间出来，正由薛昉伺候着拿清水在净手。这厮极好干净，每次洗手都用特定的洗手膏，不清洗几遍都不踏实。

墨九过去站在他的身边。

他似乎没有见着她，依旧认真地洗手，一双骨节修长的手，看上去干净、有力，在水光粼粼中，荡漾着一种极为特别的美感。

墨九说不出来为什么，看他十指在清水里浸泡、搓洗，觉得心尖有些发麻……很奇怪的感受，似乎不受理智控制，是来自心底深处的一种痒。

“做什么？”看她发愣，萧乾出了声。

“嗯？”墨九回神，捋一把发，轻咳一声：“我是想问，那小娘子救活了吗？”

萧乾盯着她诡异发红的脸，答非所问：“你很热？”

像被人窥见了隐私和情绪，墨九觉得连耳根子都烧起来，不由瞪他一眼：“少东扯西扯，我在问你正事。”

萧乾清冷的脸，浮上一抹促狭：“本座说的可不就是正事？若你身体有不适，本座可以医治。”

墨九撇嘴：“你不是轻易不治？”

萧乾道：“你又岂是外人？”尾音未落，他又补充道：“怎么说也是我嫂嫂。”

事情解决了，案子的事情交由县衙处理，谢忱再找不到由头说萧乾什么，互相之间的交情也没有到唠嗑的地步，便各自不欢而散。

小雨沥沥，却不像前几日一入夜就大雨倾盆。

薛昉回来的时候，已是掌灯时分，宅子里开饭了。他一边取下身上的蓑衣，一边笑道：“镇上的人都说，这些日子天天夜里都有大雨，可今日也乌云压顶，结果大雨却没有来，九爷果然神人也……”

墨九正在吃东西，也没顾得上骄傲，只埋头苦干，咕哝了一句：“那是自然，九爷我上识天文下通地理，懂得机关，做得巧术，通得命理，观得风水……”

“嘴上有饭。”一句声音轻柔的话打断了她的吹嘘。

墨九窘了一下，正要去擦，一条干净洁白的手绢就伸了过来，带着清淡怡人的香味，很自然地拂去她嘴角的饭粒。这样亲密的举动，刹那僵硬了墨九的身子。

她不敢置信地看着面前的家伙——他疯了？这么温柔地为她擦脸？该不会撞邪了吧？

可鼻尖幽香尚存，他也一本正经，不像玩笑。

墨九慢慢眯眸，别扭地瞪他："无事献殷勤！"

"不必多心。"萧乾把手绢一卷，递给薛昉，"这绢子旧了，正好要丢。"

墨九一口饭卡在喉咙，好不容易顺过气："第二个条件。"

萧乾目光微闪，示意她说。

墨九放下筷子，不咸不淡地瞄他一眼："不许随便勾引我。"说罢她轻甩双袖，挺胸抬头大步离去。

萧乾看着她的背影，嘴角上扬，勾出一抹迷人的笑。

这时，院门守卫过来禀报："使君，有人找九爷。"

墨九回了屋子，正准备吃萧乾"伺候祖宗"的餐后水果，墨灵儿就冲了进来，睁着一双忽闪忽闪的大眼睛，看着墨九便嘻嘻发笑："姐姐，灵儿来啦。"

"哦，来了？"墨九把切好的苹果塞入嘴巴，淡然地看她一眼，继续吃东西。

"姐姐，灵儿好想你，你有没有想灵儿啊？灵儿听说你嫁人了，嫁给了萧家那个病瘫子，灵儿可生气了，你成婚那日，灵儿便想来寻你，被左执事拦住了。姐姐，你还好吧？"墨灵儿是个话篓子，不带喘气地便说了老长一段。

可等她说完，墨九还在安静地吃水果，她发现不对劲了。

"姐姐。"她扯墨九，"你不高兴？"

墨九笑眯眯的："吃着哩，忙不过来。"

灵儿扁扁嘴："姐姐在生灵儿的气吗？是不是为了上次……姐姐被关在坎墓里的事？"

墨九不声不响，也不回答。

灵儿无辜地睁着一双大眼睛，看墨九实在没兴趣与她叙旧，又可怜巴巴地道："姐姐就不问灵儿为什么来吗？"

墨九慢条斯理地吃着东西："我不问，你不也会说嘛。"

"好吧。"墨灵儿耷拉下脑袋，偷偷瞟她的脸色，"灵儿和左执事一块儿来的。左执事在外面和萧使君叙话，让灵儿来请姐姐过去一趟哩。"

"哦。好。"墨九答得爽快，可屁股都没有挪，"等我吃完。"

"哦。灵儿等着姐姐。"

然后，墨灵儿无辜地看着她，把一只苹果精雕细刻般切开，再一瓣一瓣塞入嘴里，细嚼慢咽……

直到把一盘子水果都吃下肚，她洗了手，漱了口，这才不慌不忙地过去。

她的姗姗来迟，萧乾见怪不怪，只淡淡地瞄她一眼，便垂眸喝茶。墨妄却朗声一笑："九爷好生难请，我这都喝一壶茶了，才见着尊驾。"

“好说好说。”墨九在他的下首坐下来，眉眼弯弯地笑，“师兄好久不见，又长帅了。”

“上次见面你也这般说。”墨妄微笑。

“是啊，每天长帅一点点，从此颜值不用愁嘛。”

“哈哈。”墨妄大笑，一双狭长的锋眉斜飞入鬓，黑眸染着晴朗的光芒，五官都生动得像沐浴在阳光之中，让墨九很难相信上次坎墓的事，是他故意存的坏心。

如此一想，她挑了挑眉又问：“师兄找我有事？”

墨妄看一眼萧乾：“嗯。”

接收到他的示意，萧乾也不多说，漫不经心地抬了抬袖子，侍候在屋子里的人，便通通退了下去。

“好了，左执事可以说了。”萧乾凉薄的唇轻轻一扬，情绪不明。

墨妄意有所指，却仿若闲谈一般，轻声道：“墨家的家事，还烦请萧使君也回避一二。”

萧乾嘴角勾了个淡笑，慵懒地起身看着墨九，眼眸有些深沉，语气却极轻：“我在外面，有事唤我。”

墨九察言观色，觉着今天的他，有些不同，就像转了性子似的，哪里还是外间传的那个倨傲无礼的“判官六”？除了眸子一样犀利，除了气质一样高山远水，无一处不温和嘛。

想了想其中的逻辑，她恍然大悟：“践行约定真君子，你伺养祖宗的法子虽不好，可还算孝顺。”

萧乾嘴角一抽，脸黑了：“墨、九！”

轻声应了，墨九正经地摆手：“去吧，乖孩子。”

两个人肆意玩笑，自认为仇恨满满，可在墨妄看来，却是极为不正常的。他的目光在两人之间巡视半晌，微微皱了皱眉。

萧乾离开了，淡淡的茶香里，只剩墨妄与墨九两个人。

墨九并不急着追问，墨妄也好久没有找到开场白。

好半晌，墨妄才从怀里掏出一尊仕女玉雕，往茶几上一搁：“想要吗？”

墨九怔一下，高兴道：“师兄千里送玉雕，我若拒绝岂非驳了你的好意？好的好的，我要了。来来来，我给师兄续上水，我们慢慢说！”说着，她殷勤地起身，亲自执了水壶过去，为墨妄续上水，懒洋洋地一叹：“师兄不单只为送个玉雕吧？”

墨妄微微一笑：“我与申老过来，是想问问九姑娘，坎墓里的玉雕……可在你手上？”

“哦。”墨九坐回去，端起茶水喝，“你说冰室啊，那个原来叫坎墓？我不知道，哪里来的玉雕？”

这货装蒙的时候，样子很老实。墨妄若非亲历那次，定会被她给坑了去。

他瞥一眼茶几上的玉雕，依旧面带微笑，耐心地向她解释："坎墓玉雕，与这个差不多。九姑娘当真没有见过？"

墨九当然晓得那个玉雕与这个差不多，若非因为这个，她又怎会大老远跑到赵集镇来？可这个时候，她不知底细，也不晓得墨妄与申时茂消失了几天，突然找她要玉雕，到底什么意思。

人心叵测，有时候身边最亲密的人都有可能会出其不意地在背后捅你一刀，更何况她与这些人，总共也没有见过几次——而且，因为上次哄她入坎墓，她对墨妄多少有些嫌隙。

她一本正经地问："大师兄何时充任了衙门捕快？"

墨妄微微一愣："嗯？"

她又道："这是玉雕失窃，来找我调查案件，还是师兄找我的私人询问？"

坐了这么久，墨妄终于感受到了她的不友好，而且很快便想起了原委，不由苦笑："私人询问。"

墨九嗯一声："既然是私人询问，那就容我不客气地直说了。那坎墓的墓碑上没刻你的名字，墓里的东西也算不得你的，不管在不在我手上，似乎都与师兄无关。"

墨妄目光沉了沉，没有吭声。

墨九眼睛垂下，看着茶水："时候不早了，若师兄没什么事，我得先走了。"

墨妄静静地看着墨九。这样淡然从容，又刁滑古怪的她，不由让他想起以前的她。他第一次见到她，她正在街上与几个顽童打架，灰头土脸，衣衫也被扯破了。几个顽童都比她年纪小，却可以在言语上胜过她。她除了会用一身蛮力与人搏斗，脑子绝非今日这般圆滑——这个墨九，哪里还是当初的墨九？

不过对于这个改变，墨妄是欣喜的。

若以前的墨九是命定的墨家巨子，他绝不可能帮助她坐上那个位置，因为那样只会害了墨家。可如今这个墨九，有胆识，有谋略，虽然对墨家少了些热情，但想起坎墓，想起神农山的祭天台，想起千字引，他觉得或许真可一试。

下定决心，他慢慢地把玉雕递给墨九，小声道："你再看看，它有什么不一样。"

墨九不接，拿眼风瞟他："若送我，我便看。若不送我，我懒得看。"

她这性子也不知怎么养成的，墨妄哭笑不得："九姑娘，这件事说来话长，你可愿意听墨某从头道来？"

"嗯。"墨九扫他一眼，继续喝茶。

事到如今，墨妄也没有什么可隐瞒她的了。接下来，他便把关于千字引的传说，包括千字引中，可能会涉及的武器制作图谱，还有各方势力对墨家虎视眈眈，都想将千字引据为己有，以及墨家如今面临的危机都一一向她道出。

“千字引？”墨九第一次听，觉得很新鲜。

“是，那图谱上记载的武器，乃墨家祖上数代人研制出来的成果，比传闻中祖师爷的连弩车、转射机、藉车、机关鸢、机关屋等威力还大。”

攻城利器乃兵家必争。这一点，墨九很清楚。

机关、机械、武器之间的原理本身就有相通之处，听墨妄这样说起，她也兴趣满满。

不过，她没有表现出来，只淡定地问：“可千字引与仕女玉雕又有什么关系？”

墨妄微笑着看她：“传言仕女玉雕共有八个，集齐之后，方可打开神农山总院的祭天台——千字引就封存在祭坛之内。”

墨九目光一亮：“也就是说，八个仕女玉雕，其实就是打开祭天台的钥匙？”

“嗯，这般说也行。”墨妄被她的语气所感染，言辞间更添一股子英雄气概，“我墨家祖上懂机关巧术之人，不胜枚举，图谱之精巧，据闻古今罕见。但祖上为免图谱现世，引得生灵涂炭，将之封存在祭天台之内，又将打开祭天台的八个玉雕分别存放在八个地方。”

“这老祖宗，又舍不得弃了东西，又想做老好人。这世上哪有那么好的事？”

墨九不轻不重的话，让墨妄略显尴尬。她说得对，若真不想引生灵涂炭，在武器图谱毁去之后，可不必留下千字引，引来四方觊觎。然而，但凡是个人，都会有珍惜成果的本能。技艺本身是无罪的，有罪的只是引发战争之人。

他也不与墨九争辩，只道：“千字引中到底只有训诫，还是与武器制作图谱有关……其实连墨家上下都不得而知，有的只是假设与猜测。”

墨九点点头，接了上面的话题：“也就是说，八个仕女玉雕分别放在八个不同的墓穴之中，以八卦命名，却不以八卦的方位埋设。那么，楚州的墓为坎墓，此处又为何墓？”

“巽墓。”墨妄赞许地瞥她一眼，对这个未来的巨子又多了几分期待：“前几年，我们试图寻找八卦墓的位置，可除了发现楚州的坎墓之外，一直毫无头绪。为免坎墓发掘，仕女玉雕现世，引争端不断，或落入他人之手，坎墓的冰室我们未曾开启。那一日你去食古斋，碰见曾四来卖仕女玉雕，也是申老第一次瞧见它。同时，也让我们真正相信了墨家祖上留下来的传闻……”

“可你们为什么要故意害我？”墨九不傻，很快就抓住了问题的关键，“把我一个人关在坎墓，还是一个很有可能存放有你们祖宗留下的贵重玉雕的墓穴，这不合逻辑。”

这姑娘脑子转得快，墨妄一时不知怎么回答，才能不让她生疑。迟疑片刻，他只道："若这一次我们可以顺利开启巽墓，得到巽墓的仕女玉雕，我便告诉你原因。"

墨九道："我未必感兴趣。"

墨妄目光幽深："不，你一定会感兴趣。"

缓缓勾出一个笑，墨九与他对视。

他的目光，真诚，坦荡。正如她第一次见他站在香樟树下时的模样。正气而爽朗，侠义而诚挚，看不出半分私心……这样的人，很难让她不相信。

"好，一言为定，若不然……"她笑得阴恻恻的，"恭喜你，你家也要添一个祖宗了。"

两个人就这样愉快地决定了。

可墨九从屋子里出来才想起，还有一个叫萧六郎的家伙哩。要开启巽墓，很难绕得过他。可绕不过，又该怎么办？

墨九仔细一想，觉得这件事干系重大，绝对不能与萧乾讲实话。人心隔肚皮这个道理，不仅可用于墨妄，也可用于萧六郎，说到底，他们都是陌生人。不过，如果要让一个陌生人心甘情愿地帮她，不阻止她，除了以身相许之外，还能有什么办法？

以身相许不可能，他也未必要，那么，她只能晓之以利了。可萧六郎一副清心寡欲的样子，哪一个"利"最能诱惑他呢？

"你在想什么？"

墨九闻声侧头，对上萧乾清冷深邃的眼，汗毛都竖了起来——他就坐在她屋里的椅子上，一双清冷的眸子盯住她，就像识破了什么似的。

"我有点事，想请你……"墨九沉默一下，觉得自己太要脸了不好。与他何必讲理由？反正他还欠她一个条件不是？于是，她淡定了："我的第三个条件。"

"说。"萧乾目光淡淡，容色淡淡，语气淡淡，像一位数千年修炼出来飞升上天的仙人，早褪去了世俗的贪、嗔、痴、慢、疑，一副天高云远的淡漠模样，风华绝代。

墨九目光深深："容我打开天女石的九连环，一探墓穴。"

"好。"他回答得很干脆，"何时出发？"

墨九看了看滴着雨水的窗口："事不宜迟，明日一天准备，晚间出发最好。"

萧乾轻嗯一声，传薛昉进来，吩咐道："点一些禁军，守住天女石，不许人靠近。另外，明日你跟着九爷，她要什么，你便给她什么。"

薛昉应了声，萧乾又转眸盯住墨九："明日晚间，我与你一同前往。"

"不用。"墨九赶紧阻止，"萧使君要务在身，就不必前往了。你只需派人帮我保证天女石外的安全，我与墨妄他们进去便可。"

萧乾慢吞吞地瞥她："你能行？"

墨九嘻嘻地笑："我什么不能？"

萧乾唇一掀，也微微一笑："可你什么都能了，还要我做什么？"

这句话听上去没什么问题，可墨九总觉得哪里不对？

看薛昉下去准备了，她搓着额头想了想，又不免疑惑了："萧六郎，养祖宗也不是这般养法的……再说了，你不必跟随，我也不会说你不孝。"

闻言，萧乾差一点把她撕碎了喂旺财。

可到底他没撕，只飞快地看她一眼，一言不发地起身回房。

墨九觉得这厮今日神神叨叨的，又跟了上去，亦步亦趋地追问："你听见没有？我说你不必跟了，何苦那么孝顺哩？"

他不理，步子更大。

"萧六郎，喂！"

墨九小碎步跟不上，得用跑的。

一直这般跟到萧乾的卧房门口，他迈入门槛，这才慢慢地转身，双手掌了两扇房门，盯住她，目光专注、深情，像为了看清她的脸，俊气的面孔慢慢低下。

"嘎哈？"墨九心似擂鼓，怦怦直跳，莫名其妙地飙了一句东北话。

萧六郎似乎没有听懂，依旧半阖着美眸，用他勾魂夺魄的眸色盯紧她，一眨也不眨。

墨九呼吸急促。那一瞬间，她觉得自己像一条砧板上的鱼，明明可以退后，或者转身就跑，甚至大胆地扇他一耳光，骂一句"臭流氓"，可她却什么也做不了，身体就像受了某一种磁场的吸引，脚也生了根，与萧六郎一同处在磁铁的两端，想要合在一处。

"萧六郎，你不要乱来啊。"她耳根发烫，脸也涨得通红。

他温热的呼吸喷洒在她脸上，像带了魔魅的蛊惑，夹杂着一股子令人心颤酥麻的男性气息征服欲极强地包裹了她，并在体内孳生出某种不安分的情绪，让她几乎战栗着，想要与他拥抱。

蛊虫作怪？

一瞬间，她惊悟。

下意识地闭紧双眼，她掐紧手心，想控制住蛊虫引发的不安分，可身体却不听使唤，不仅不退，还缓慢地往他那边靠近。

"脸上长了颗麻子。"他突然道。

接着，重重的砰一声，房门关上了。

墨九被那声音激得后退一步，脸上被冷风一扫，清醒过来。她摸着差一点受伤的鼻子，嘭嘭地捶了几次门，冲房里的人低吼："萧六郎，我也是禁欲之人，你若再敢勾引我……信不信，我要破戒了？"

第二日，整整一天墨九都很忙。

虽然她与墨妄研究后认为，只要解开天女石的九连环便可以入得巽墓，可毕竟这件事谁也没有做过，入墓之后会遇到什么，会发生什么，能不能顺利拿到巽墓的仕女玉雕，都是未知数。故而，他们需要做好万全的准备。

入墓的必需品很多，墨九为了逛街，接下了这件差事。

萧乾原本是吩咐薛昉跟着她的，可击西也死皮赖脸要跟着去，也不知怎的薛昉就不肯再去了，他像躲瘟疫似的，临时换上了走南。

走南是一个傻大个子。

可以陪着九爷逛街，他应得很快。

墨九更不在乎这个。反正在她看来，击西、走南、闯北三个人都是二货，功夫怎么样她不知道，到底身怀什么绝技她也没有见过。但赵集镇就这么大，她不认为会出什么事，身边有两个二货陪着逗趣，也是不错的。

这三人行的组合，显得很怪异——娘娘腔的击西，络腮胡的走南，还有一个风流俊俏的九爷。

然而……他们的屁股后头，还跟了一条大黄狗。

三人一狗走在赵集镇的街道，很吸眼球。

墨九采买了一些入墓必备的铁锨、绳索等物，让走南扛在肩膀上，然后陪击西逛了一会胭脂店，又逛了一会小吃店，买了一堆吃的不说，还给旺财买了一个竹编的项圈套在脖子上。这傻狗完全不觉约束，欢喜得上蹦下跳。

等回到宅子的时候，墨九又撺掇萧乾做了一个“简易急救包”，放上一些常用药品，包括可以在陵墓里去秽气、清神醒脑的薄荷丸。

萧乾对此很不情愿，不过墨九理解。想他一个享誉南荣的“判官六”，连王爷都爱医不医，却不得不为她做薄荷丸，是会有点小怨气。为了安慰他，并鼓励他继续劳动，她让击西把今日在街头买来的冰糖葫芦分了一串过去。

然而，击西是哭丧着脸回来的。

墨九正磨了墨，铺平纸张在写东西，看他委委屈屈地站在身边，不由奇道：“怎么的？谁惹你生气了？”

击西扁着嘴巴：“击西出门的时候，被闯北那个浑蛋绊了一跤，冰糖葫芦又被旺财捡了去。击西好不容易才从旺财的嘴里把它抢过来，还特地拿去洗干净了，重新串好，这才交给主上，可主上还要打击西的屁股，击西好委屈。”

墨九脸颊一阵抽搐。

这些人真的是萧乾的贴身侍卫吗？

这些人到底是大智若愚，还是天生愚钝?

萧乾找侍卫到底看真本事，还是看他们的娱乐天赋?

她很想笑，却愣是没有笑出来，只叹气道：“可怜的击西，不哭啊。快坐着，等我写完了，回头给你报仇去。这些人……和狗，真的太过分了，怎么可以欺负我们貌美如花的击西哩？”

“哦。”击西斜着眼睛瞥她一眼，乖乖坐在她的身侧，看了半天她写在纸上的东西，疑惑地问：“九爷为何要写这个？”

墨九道：“这个叫入墓须知。我得先详细地罗列一遍，一会儿给大家看了，熟记在心，这样遇到事情，才不会乱了阵脚。”

击西弯着眼角：“你以为他们都看得懂吗？”

墨九抬头，眸有疑惑：“都看不懂吗？”

击西摇了摇头：“看不懂。”

哦了一声，墨九放下毛笔，这才想起这里并非后世，人人都读过书，都识得字，简单的东西都可以看明白。时下的人受过教育的不多，看东西就困难了。她问击西：“你识得字？”

击西害羞地点了点头，有点小骄傲。

墨九想了想，有主意了，很快把“入墓须知”写好，拿起来吹干了墨痕，就交给击西：“好了，你拿去给大家读一下，让大家务必牢记在心。”

击西快活地点头：“好，击西这就去。”

对于这个娘娘腔的侍卫，墨九很喜欢——虽然目前看不出来他有什么本事，可这货却把她当神一样崇拜，这一点足够她暗爽。

“九爷是个俗人哩！”她笑眯眯地伸个懒腰，正准备撕一些布条，一会儿做绑腿之用，击西就回来了。

这一回他脸上不是哭丧，而是灰暗一片，好像整个天都塌下来了。

一入屋，他就哭诉：“九爷，击西又被打了……他们都打我，所有人都打我。”

墨九一边用剪刀扯布条，一边懒洋洋地问他什么事。

也就在这个时候，她突然能理解萧乾为什么常年和这几个二货打交道，还可以保持淡定了。人这神经，都是慢慢锻炼出来的，见他们犯二的次数多了，那不管遇到什么事，都可以面无表情了。只不知初初遇见这几个人，他是不是也像她一样，时时处在暴走的边缘?

“嘤嘤！”击西很伤心，却没见着半滴眼泪：“击西拿了九爷写的入墓须知过去，把他们都召集了过来。可击西还没有念完，他们每个人都瞪我，都拿拳头打我。”

墨九看一眼他手上的字条："为什么哩？"

击西苦着脸："他们说我读得不对。"

墨九瞟他："那你读对没有？"

击西嘴一撇，摇头："我也不知。"

这个入墓须知并不深奥，击西若识得字，读它是绝对不难的。墨九停下手上的事，把字条摆在面前，严肃地看他："那击西读一遍给我听听？"

击西道一声好，便捏着嗓子读起来："各位大侠，这座古墓叫什么墓，是与什么墓相同的一座什么墓。这什么墓的入口我们虽然已经什么了，但什么什么的计划也是需要什么的……"

墨九张大嘴巴，定定看着击西，久久说不出话来。这么简单的一个入墓须知，他这么多的字都识不得，居然可以从头到尾给她念上一遍？这得多厚的脸皮说他识字？

"九爷，你听击西念得多好，他们却想打击西，击西好委屈。"击西把字条还给墨九，兰花指上捻着手绢，拭了拭嘴唇："哼，他们太过分了。"

墨九皱眉看着他："你确定认识字？"

击西点头："击西识得。"

墨九冲他勾手指："你过来。"

击西把头伸向她，墨九一个爆栗就重重敲在他的头上，恶狠狠地道："他们没有打死你，真的太仁慈了。"

看着她气冲冲地拿了字条出去，击西摸着额头久久没有合上嘴。

好一会儿，他才无奈地跟上去："这些长得丑的人，太残暴。嫉妒！都是嫉妒！"

未时一刻，是申时茂算好的入墓吉时。

仲秋的天色，这个点儿还未完全入夜，但天幕昏暗，乌云层层压在头上，有些让人喘不过气来。小雨未停，天地间朦胧一片，能见度极低。大抵此行的目的不像往常办的差事，每个人都小心翼翼，屏紧呼吸。

"快看，有人过来！"薛昉打头走在前面，指向安静的河岸上从另一个方向赶来的几个人。

四处寂静，那一行人便显得突兀。

萧乾瞟一眼便道："谢忱。"

这里距离还远，其实看不清楚人的外貌。不过，天女石的周围萧乾派有禁军把守，这几个人行色匆匆，却并不忌惮，由此便可以猜测得到了。这赵集渡，除了谢忱，再无人有这样的胆子。

两边的人马越来越接近，谢忱到得比较快。

等萧乾一行人过来，他黑着脸，不疾不徐地拱手："不知萧使君至此，所为何事？"

萧乾唇一掀，冷笑着不答反问："丞相所为何事？"

谢忱打个哈哈，皮笑肉不笑地道："今日老夫得一消息，有珒人精锐斥候潜入我境，想借水患之事大做文章，摧毁我等筑好的防汛河堤，老夫这才带人来看看。"

萧乾淡淡地瞥他："河堤之事，丞相就不必管了，还是按事先的部署，从防灾减汛，安抚百姓做起吧。若丞相还有闲时，不妨关心一下曾四的案子。"顿一下，他目光森冷地向谢忱扫去："让凶徒早日伏法，丞相方可省心回京。各做各事便可，丞相何必狗拿耗子？"

谢忱听他语气不善，铁青着脸似要争辩，可看了看河岸上大批的禁军，又缓下脸色，不以为意地抬手一揖，笑道："既是同僚，当守望相助，萧使君不必客气。"

萧乾轻笑一声，眉梢扬起："若我非得客气呢？"

谢忱道："那恕老夫无理了。萧使君，老夫不妨直言，天女石乃镇河之用，轻易动它不得。你听信一个江湖术士的胡言乱语，妄动天女石，若再次引发大水，到时官家的面前，可不好交差。"

萧乾道："本座的事，不劳丞相费心。"

谢忱道："可老夫不愿受你牵累。"

两个人言辞不和，谁都不肯相让，一时僵持不下。在这天女石的周围河岸，都是萧乾手底下的禁军，人数明显多于谢忱，而且还有墨家弟子五六人，若真惹恼了萧乾，谢忱落不得好下场。

不过，谢忱不认为萧乾敢动武。

看他一步步逼近，谢忱压住心里凉意，沉声一喝，依旧淡然："萧使君想做什么？难不成要武力胁迫当朝丞相？"

"不。"萧乾从腰间拔出佩剑，优雅地挽个剑花，架在谢忱的脖子上，浅浅一笑："本座想请丞相去吃会儿热茶。"

谢忱脸色一变，却见萧乾已经收了剑："来人！把谢丞相请回本座的宅子，好生招待。若有怠慢，要你们的脑袋。"

"喏。"

萧乾是枢密使，禁军都听他指挥。俗话说"县官不如现管"，丞相官位虽大，却无人理会他声嘶力竭的破口大骂，愣是架着他往回拖。

墨九不管闲事，走到萧乾旁边，放低声音道："听说赵集渡的船娘，姿色还是不错的。"

萧乾眉头一跳："何意？"

墨九看着谢忱铁青的脸，一本正经道："使君请丞相入宅休憩，只有茶水没有妇人，诚意不足嘛。"

萧乾目光深深地盯住她，似乎在怀疑一个妇道人家怎会有这样稀奇古怪的想法。

可墨九已经狐假虎威地咳了一声，站在他面前安排了："那几位小哥，请丞相可不能失了礼数。萧使君说，谢丞相治水疲乏，需要身心同得安抚。你们记得找两个因水患而失业的船娘过去侍候丞相，一应开销，算在使君头上。"

"萧乾，你敢！"谢忱气得一张老脸由青到红，咬牙切齿地瞪过来，恨不得撕碎了他们。

萧乾却只是一笑："九爷说得有理，照办。"

"萧乾，你疯了！"

"你个狗娘养的！"

"等老夫回京，看怎么参你！"

"放手！你们放开老夫，老夫是当朝丞相！"

被押着没有丝毫还手之力的谢忱，几乎暴走。想他堂堂丞相，要什么样的妇人没有，怎么可能会和船娘有染？这样的话头传出去，即便他什么也没做，旁人也不会相信。到时他老脸往哪儿搁？这件被萧乾"请回去喝茶找船娘"的事，他如何上奏？

墨九笑眯了眼，冲他客气地挥挥手："丞相你甭客气了，说不准这一遭还能再生个儿子继承香火哩。等丞相大人老来得子的时候，可别忘了谢我大媒哦。"

谢忱气血上涌，头一歪，几乎气晕过去。

墨九惊叹着瞥向萧乾："他没了儿子，死了会不会无人送终？"

萧乾很淡然："他过继了同宗的侄儿。"

不管谢忱如何吼叫，终究被人拖走了。

萧乾把天女石周围河堤一律戒严，除了他身边的侍卫与亲兵，不许任何人出现在河岸之上。以至于营里的军士虽知道这边有动静，也只当为了"扶"起天女石，并不知到底在做什么。

"祖师爷在上，请受弟子一拜。"

河岸上，墨家子弟插上香烛，一群人迎着河风抱拳行礼，洒酒祭祀，很是严肃地行完礼，墨九这才一个人潜入水中，准备解开九连环。

萧乾今日穿了一身银甲戎装，未戴头盔，只把长发束于发顶，利索干练地站在河岸上静静等待。河风吹起他的披风，猎猎鼓动，可他却安静得像一尊雕像。

大家都屏着气，没有说话。

呼吸里，隐隐可嗅到紧张的气息。九连环不好解，尤其人在水里更不好解。更何况，九连环解开之后触发机关会发生什么，是不是真如墨九事先预料的那般，只会打开墓道，谁也没有十足的把握，忐忑与担心自是有的。

河水比昨日清澈一些，但仍然看不清水下的动静。见墨九许久没有上来，墨妄握紧拳头，走到萧乾的身侧："萧使君，我下去看看。"

"不必。"萧乾静静看着平静的河面，又看一眼岸边被大水冲出来的一片黄沙与狼藉景象，一字一顿，沉稳从容："她可以。"

墨妄同样不知他为何这般自信。不过他比任何人都希望墨九可以，毕竟她将来要成为墨家巨子，需要这样的历练与只身解开九连环带人入巽墓的事迹，方能服众。

静静而立，两个男人一言不发。

这时，天女石处突地传来一阵阵哐哐的机括转动声。墨妄呼吸一窒，抬眸望去，只见原本倒入河中的石雕突地自行升起，就像有人在用绳索牵引一般，身子一点点浮出水面，直到它完全站立在岸边，姿态优雅，风华绝代，连面部表情都栩栩如生。

这一座仕女石雕约莫有三丈高，身上刻有的水位线已经有些模糊，但在火把的光线中，依稀可见石雕脚下有一个近三尺高的基座。九连环解去，原本闭合的基座已被打开，出现在众人面前的，是一个黑森森的墓穴入口，通往一个未知的黑暗所在。

"哇，九爷好生厉害！"击西欢快地吼叫起来。

"可九爷人哩？"走南讷讷地问，刚一转头寻找，就看见一道银甲的光芒闪过，盔甲重重落地，白色的人影一闪，他家主上已然跃入水中。

走南大喊："主上，你这会儿为何沐浴？"

击西捂嘴："不，不是沐浴，主上是自杀！"

闯北快疯了："阿弥陀佛！两个蠢货，主上分明是为情自杀！"

这时夜色已暗，水中更是昏暗一片，什么也看不清。萧乾凭着感觉在水里摸索，可依旧没有寻着人，不由冒出头来，看着平静的河面。

"墨九？！"

除了岸上跟着呼喊"九爷"的声音，没有人回答。

萧乾面有凉色，继续钻入水底。这会儿，岸上的几个侍卫担心萧乾，也跟着下饺子似的，一个一个往水里跳。

"九爷，九爷！"

"九爷你在哪里啊？"

"九爷会不会在鱼肚子里？"

"这是海，又不是河，哪条鱼有那样大的肚子，可以装得下九爷？"

“笨蛋走南，这是河，不是海。”

“阿弥陀佛，找人这么多废话，你们两个小心被主上发配到东海去喂鱼……”

“是喂龙王三太子吗？击西要去。”

“都给我闭嘴！”萧乾哗啦一声从水里冒出头，抹一把脸上的污水，从台阶上一步一步慢慢上岸，带着一身骇人的冷冽走向天女石，那样子，像是恨不得杀人。

“墨九——”

他身上滴着水走近仕女石雕的墓道口，一脚踏入，将里面娇小的人影给拎了出来。

墨九浑身湿淋淋的，衣服贴在身上，头发也凌乱不堪，从上到下都还在滴水，看萧乾目光凛冽的样子，却很淡然地瞟他：“开个玩笑嘛，何必认真？”

一眨不眨地盯着她，萧乾目光寸寸变冷。

墨九又道：“我一个人湿，怎么好意思？独乐乐，不如众乐乐嘛。”

萧乾心潮起伏，气血不畅。

这个妇人，他已经不知怎样说她。每行一件事，都让人意外，让人气不打一处来。

最后，他冷哼：“胆大妄为。”

“咳咳！”墨九似乎被呛了水，咳嗽好几声，方才睁着一双星子般的美眸，重重拍向他的肩膀：“你关心我是好的，很孝顺。乖，先在这里给我守着，我要换衣服。”

说罢，她拿了薛昉手上备好的包袱便入了墓道。

萧乾幽深的目光盯着洞口，每一束都是冷芒。

他的背后，一双双眼睛盯在他身上，恨不得戳瞎自己。

击西问：“为什么主上总在九爷面前吃亏？”

走南答：“九爷太狡猾了。”

击西问：“为什么主上似乎不再清心寡欲了？”

走南答：“九爷太狡猾了。”

“阿弥陀佛！”闯北斜歪歪地看着他俩，“愚蠢的世人，怎可不知，九爷便是主上的道。”

半个时辰之后，墨九换好干爽的衣服，拎一盏风灯走在中间。萧乾、墨妄、申时茂、墨灵儿、薛昉、击西、走南、闯北，还有约莫二十来个禁军也执了风灯，带了一条摇头摆尾的大黄狗，进入了巽墓的墓道。

在墓道口，墨九先啃了个苹果填肚子，胃得到了安抚，脸色比平常严肃几分。

一场入水“营救”，不仅几个侍卫的衣裳湿透了，便是萧乾也一样。他重新穿上那一身银甲，系上斗篷披风，墨九并未察觉他有何不妥，便带着众人在风灯微弱的光线中，一步步往里摸索。

她不与萧乾走一起，也不看他的脸色。

击西在萧乾那里欠了一屁股的“笞臀债”，这会子很想立功赎罪，看走南与闯北两个你推我我推你，都不敢去触这个霉头，索性硬着头皮上去了。

“九爷。”他小意又乖巧地喊。

墨九脚步很轻：“嗯？”

击西回头看一眼落在后面的萧乾，双手捂着屁股，似是生怕中途挨上一脚，把声音压低道：“我家主上的衣裳，湿了，先前他跳了河。”

“哦。”墨九淡淡道。

“主上不是为了救你……”击西为免再被笞臀，把屁股捂得严实，声音越来越小，除了墨九恐怕谁也听不见：“是为了情跳下去救你。”

这货把走南和闯北的话综合了一下，有些不伦不类，差一点把墨九噎住。但击西本来就不是一个靠谱的人，更何况连从来不喜她在身边的萧六郎，会为情救她？

墨九牙快被酸掉了：“击西呀。”

击西嘻嘻笑道：“九爷，击西在。”

墨九瞥他：“我若想打你，你会怎么样？”

击西紧张地摇了摇头，双手捂嘴：“可以不打脸吗？”

墨九拎着风灯在他脸上晃了晃，然后把风灯拉高，吐着长舌头做了个鬼脸，听见击西害怕地呀一声惨叫，这才将风灯拿下，盯着他的眼睛道：“你这家伙，脑子笨，胆子小，还疯疯癫癫，除了长得好看，确实没什么优点了……萧六郎是正确的。”

“哦？击西不懂。”击西双眼一阵眨巴。

“收拾你，永远只笞臀。”

这货损人损得很有水准，把击西损得眉开眼笑，比旺财还贴心地紧挨着墨九，接过她手上的风灯拎着：“九爷是击西见过最有眼光的人哩。”

“嗯。”墨九无奈，“一美遮百丑！”

“可主上比击西……”击西又回头看一眼走在人群中依然风华绝艳的萧乾，声音弱了些：“比击西美了那么一点点。九爷为何不喜欢主上？”

“噫，我为何要喜欢他？”墨九眉梢一扬。

“主上很好的，又长得很美。”击西为萧乾打抱不平，不服气地哼哼。

墨九差一点吐了：“击西动春心了？”

击西也差点吐了：“击西是个男子。”说到此，他把翘着的兰花指缩了缩，软语呢喃道：“动了春心的人，才不是击西，分明就是……”

“大师兄！”墨九突地拔高声音，打断了击西的话，也打破了墓道里的安静。

墨妄走在她前面不远，闻声回头靠近她的身边：“怎么了？”

墨九鼻子吸了吸：“你可有发现不对？”

墨妄一怔，看向前方黑幽幽不见深浅的墓道，点了点头，轻嗯一声。墨九慢慢闭上眼睛，感受便强烈起来。耳边似有缭绕着飘散在空间里的梵音，伴了微风拂过，像步入千年古刹时，僧侣的诵经。

巽为风，风入梵音，大抵是此墓的特点。

墨九把风灯慢慢举高，看向墓道顶部。除了一些浮雕，并无他物。

她又放低风灯，看向墓道壁，也没有发现什么异样。她不甘心，拎着风灯走近，伸出指甲在潮湿的墓壁上轻轻一刮，指甲缝里，黏了一些青苔和湿泥。她慢慢凑到鼻间，轻轻一嗅，脸色就变了。

“巽墓被人盗过。”好一会儿后，她才慢吞吞地开口。

墨妄不动声色，也刮了一些墓泥，面有疑色。

“我可以确定。”墨九轻声道。先前，她只觉那风里传来的味儿有些不对，可再嗅一嗅这泥，心里的凉意，便像大冬天被人用冰水从头淋到了脚：“这回看来得白干活了。”

墨妄一惊，注视她的目光深了深。

墨九又看一眼墨妄，压着嗓子语气淡淡地道：“巽墓的仕女玉雕不必找了，就在你的手上。曾四没有骗申老，他当初拿到食古斋来的玉雕，确实出自赵集渡，也就是这座巽墓。”

在来之前，墨九与墨妄他们讨论过，巽墓虽然在赵集渡，可天女石却似乎没有被人动过，九连环也未曾开启。那么，曾四拿到食古斋的仕女玉雕就有可能出自别处。如此一来，加上巽墓，他们就可以得到三个仕女玉雕，离八个更近一步。

如今巽墓被盗，这行程就多余了。

墓壁之间距离很窄，他们两个停在中间，前面的人也跟着停下，后面的人也过不来，就这几句话的工夫，气氛便低压了，除了一阵似乎带了梵音的风声，许久没有人讲话。前方的墓道还长，他们并非为了盗墓，既然仕女玉雕已经到手，是走，还是原路返还？

“愣着做什么？”萧乾排开挡路的侍卫，缓缓挤上前。

“墓已被盗，进还是不进？”墨九很平静。

萧乾注视着她，没问他们进入陵墓到底要得到什么，只慢悠悠地问：“你如何知晓？”

墨九下巴微抬：“高手的直觉。”

萧乾清淡的脸色没有变化："本座不信直觉，也从不无功而返。"

申时茂轻咳一声，捋着胡子上前和稀泥："使君有所不知，有些人与老墓接触得太多，便可以通过墓里的气味、泥土的颜色与味道等等来判定陵墓的年代以及是否被盗过。"

可这么多的墨家人，连墨妄与申时茂都没有发现什么异常，她又如何发现的？萧乾唇角微微勾起，似笑非笑："申老是说，九爷的本事，比你与左执事略高一筹？"

一般来说，人越老资历越老，申时茂老脸有点挂不住。

可想到墨九是墨家未来的巨子，又觉得这点难堪完全不必要。他哈哈一笑："术业有专攻，人也有天赋。这个行当，单有经验不成，极为讲究天赋。老夫虽为墨家长老，可在这个行当，确实不如九爷。"

萧乾轻瞄墨九一眼，只当他们唱双簧。墨九却哼着，白了申时茂一眼："申老别夸我，你一夸，我就分不清东南西北了。"说到底，她不想把自己裱糊得太厉害。

考虑一瞬，她转头看向萧乾："萧六郎，我有点不安。"

萧乾浅浅眯眼："嗯？"

墨九将手上的罗盘平摊在众人面前，只见罗盘上的指针再次转而不止，疯了似的乱摆，与她第一次来赵集渡时一模一样。她道："这非因古墓的原因，而是积怨积冤所致。此地不祥，有衔冤。"

众人皆默然不语，只看萧乾。

在这一行人里，有禁军、有侍卫、有墨家子弟，但归根到底做主的人，似乎还是萧乾。

萧乾沉吟一会，淡淡地问："若再往里，你可有把握？"

墨九晓得他是指遇到机关一类的东西。实际上，虽然陵墓被人动过手指，但大抵是职业习惯，她也没有想过就这样莫名其妙地离开。观察着附近的地形，她点点头，"叫你的人仔细一些，我感觉此事不太寻常，恐会有危险。"略顿一瞬，她又补充："人为的危险。"

在她看来，既然申时茂在曾四手里买到的仕女玉雕，便是巽墓的玉雕，那么巽墓早已被盗，曾四的死，便不简单。他为何会有那样的死法？为何连曾家娘子也被人割了舌？

还有谢忱，他贵为当朝丞相，为什么会在治水期间对一个普通小民的死亡案件那样关心？甚至他还亲自跑到天女石阻止萧乾。

这诸多巧合，会不会有什么关联？

她一边走一边考虑，两条纤细的眉轻轻蹙了起来。那些见惯了她蛮不在乎，好吃懒做，插科打诨的人，冷不丁看见她凝重的模样，反倒不太适应，不停地面面相觑。

申时茂走在墨九的身侧，小声与她说："我与曾四有过几次生意上的往来，据我所知，他确实只是个古董二道贩子，平常虽也会与摸金者打些交道，干一些鸡鸣狗盗的事，可若说他有本事盗得了巽墓，我是不信的。”

墨九也不相信。要知道，墨家祖上为了护住仕女玉雕，这巽墓一定会与坎墓一样，设置机关，曾四若有本能盗巽墓，也不会穷得让妻子去花船上卖身了。

“到底哪个干的？”墨九有些好奇了。

这样一路走一路论，在墓道里也未遇半分危险。

墨九看出来，这里的机关都已被人为拆除。可拆机关那个人既然盗了巽墓，为什么没有打开天女石，却直接使用了简单粗暴的法子——凿盗洞入墓行窃。是为了掩人耳目，还是根本开不了天女石？

墨九心里有一种怪异的慌乱，没有原因，只是直觉，一种似乎与生俱来的警觉心，让她越接近墓室，越觉得危险——

“哇……哇……哇……”

突地，一道模糊的婴儿哭声传入耳朵。众人开始以为是错觉，可踏过一道道石门，进入主墓室之后，宽敞的空间里，除了隐隐约约的滴水声，便是这种令人恐惧的哇哇大哭声。

“使君小心。”

薛昉心里一阵发毛，与击西、走南和闯北三个人，速度极快地将萧乾围在中间。

他们这一刹的反应，也让墨九第一次发现萧乾选人并不是只选逗逼。一旦有事发生，这些人都会在第一时间护在他跟前……

“使君，有孩儿在哭。”

“你们听见了吗？真的有小孩子在哭。”

“听见了，好像在那边？”

婴儿的啼哭声从黑暗的墓室传出，令人毛骨悚然。众人警惕地在墓室观望着，寻找着。可听上去就在耳边的啼哭声，却怎么也找不到来源。一行人拎着风灯在空荡荡的墓室里找了一圈，也没有看见小孩儿。

“不对，声音在这边——”

墨九听见薛昉的声音，大步过去。

风灯微弱的光线下，他的眼前只是一堵墓壁。

墓壁上的青石条在经年累月之后，风化得光滑平整。这都不需要用眼睛，也能一眼看穿。她疑惑道：“没有婴儿啊？”

众人互相一望，心中都有恐惧。

四周在黑暗的笼罩下，哭声依旧，灯火微弱。

“哇……哇……哇……哇……”

哭声如同魔咒，冷森森地钻入毛孔，让人脊背发凉。

墨九找不到声音在哪儿，拎着个铁锹子，在青石壁上寻了一会，也没发现有机关，不由回过头来看向众人："把风灯灭了。"

她在解天女石的九连环时积有威信，在这个方面，大家都愿意听她的。

很快，风灯全部熄灭。黑暗袭来，墓穴里没有一丝光。凉凉的风吹过，有人打了个喷嚏。

可没有火光，婴儿的哭声一样还有。

安静的黑暗中，众人的呼吸声清晰可闻，墓穴里的空气也凝滞得似众人被笼罩在黑雾里，如同带了一种阴森恐怖的气息。

"师兄。"墨九唤了一声，感觉到墨妄靠近，又让他点亮了一盏风灯，有了火光，那哇哇的哭声再入耳，就没有那么刺耳了。

"九爷！"突地，一名禁军惊声呼喊。

墨九被他喊得汗毛一竖，回过头去，却见他指着墓室中间的一具石棺道："先前石棺上雕有一个仕女像，突然就不见了。"

初次下古墓的人，胆子都小。他这般一说，几个胆子小的禁军，脸都白了。

墨九抿了抿唇，让人又点燃了两盏风灯，从那个脚在发软的禁军兵士身边走过去，观看一下石棺，突地拎着他的胳膊，转了个方位："喏，不是在那里吗？不过方位问题，吓住你的，是你自己的心。"

那名禁军兵士吁一口气，拍着心口直喘。

墨九一点一点走近那具石棺。石棺的棺盖已被掀开，挪放在边上。棺中没有人，也没有尸体，更没有任何陪葬物品，棺壁内侧雕刻着她在坎墓见过的仕女雕像，仕女的面容与天女石有着异曲同工之妙。

墨九静静站了片刻，拎着风灯踏入石棺之中。

"九爷，你做什么？"有人高声大喊。

她没有回答，把风灯递给墨妄："师兄，帮我拿着。"

墨妄刚伸出手，另一只手就抢在他之前伸了过来。

墨妄手一空，侧头望去。

风灯苍冷的光线中，萧乾俊美的脸孤傲平静，一双眼眸仿若凿了千年的古井水，波光微荡，深邃惑人，却又平静得不显山露水，唇上若有似无的一抹微笑，如初绽的牡丹，绝艳芳华，处处压人一等。

两个人互相对视，谁也没有说话，目光里却似有千军万马在涌动。可就在即将短兵交接的一瞬，两人却同时鸣金收兵，将视线调向石棺里的墨九。

那短暂一瞬的火花，墨九并没有留意。她所有的心思，都落在石棺之中，像在考虑什么。

“怎样？”墨妄开口。

墨九不说话，庄重地理了理身上的衣裳，慢慢躺在石棺底部，像一具尸体似的静静不动，只将目光怔怔望着萧乾：“把棺盖合上。”

萧乾目光一凉：“你疯了？”

墨九诡异地眯眸，冷森森地看他：“照办。”

萧乾不动声色：“出来。”

二人目光交织，墨九道：“勿忘承诺。”

两人都是固执的人，事先萧乾也确实答应过在天女石的事情上，让她协助便一切都听她的，可探巽墓分明就不是萧乾的事，而是她与墨妄的事了。

目光互相厮杀了几个回合，眼看墨九眸中浮出愠怒，萧乾终是一叹，俯低身子，单手扼住墨九的下巴，趁她不备，将一粒药丸塞入她檀口之中……

咕噜一声，墨九咽了下去。

墨妄拎着灯，面有怒色：“萧使君这是做什么？”

萧乾慢慢放开墨九的下巴，将手上不知何时掏出的青翠瓷瓶纳入怀里，姿势十分优雅：“毒药，免得一会儿她误入机关，想活活不成，想死死不了。”

墨九怒道：“萧六郎，你大爷！”

一般来说墨九脾气也好，轻易不会撒泼骂人，哪怕她整人的时候也大多是友好的，笑眯眯的，可这会儿实在气极，不管萧乾喂的什么药，也忍不住破口大骂。

众人都缄默不语。萧乾却又将走南肩膀上扛着的包袱要来，将里面备好的吃食和水盏，还有两个苹果，一起放入墨九的石棺。

走南搔脑袋：“主上这是给九爷陪葬的？”

这几个货的脑子都不好，墨九懒怠与他们计较，可萧乾却未反驳，目光瞥向放在边上的厚重石棺盖：“盖棺，给本座活埋了。”

哐当一声，棺盖合上了。幽暗的空间中，伸手不见五指。换了正常人，足以被吓得停止心跳。

可墨九却没有动，她摸了个苹果啃着，静静地等待，默默数着心跳声。就在她从一数到十，又从十数到一的时候，外面突然传来一阵咣咣的巨大声音。

她吁口气，沉默片刻，继续啃苹果。

“主上！开了！”

“使君，快看哪！打开了！”

那一堵有婴儿哭声的石壁打开了——神奇的变化发生太快，带来的是众人情绪上的极度兴奋。众人都在吼声中转头看向那个洞开的石壁。

墨妄与墨灵儿两个却走向石棺。

然而，萧乾的速度比他们更快，像一阵疾风，他身上银甲如寒光闪过，人已逼近过来，沉声命令道："打开！"

几名禁军兵士反应过来，合力抬起棺盖。

风灯幽冷的光线射入棺中，墨九总算可以看见光了。她面无表情地绷着脸，将憋了好久的一口气长长吐出，慢悠悠地爬出来，蛮不在乎地坐在棺沿上，扫向众人："知道九爷的厉害了吧？你、你，还有你们，还不赶紧跪地叩拜，高呼三遍：九爷文成武德，泽被苍生，千秋万载，一统江湖？"

墨妄哭笑不得："快下来。"

墨九却看向萧乾，浅浅一笑："喂，不是要毒死我吗？怎么毒未发作……我说萧六郎，你到底给我吃的什么？坏心眼子这么多，怎么没有早早被雷劈死？"

萧乾沉着脸不答，墨九却半眯起眼，凑近看他："敢情不是毒药呢？该不会是什么对身体有助益的药物吧？噫，萧六郎，我发现你有些不对，特别怕我死。是不是我死了，你也活不成？"

这个是她猜的，万一蛊虫是天生一对，完全有可能为另一只虫自杀嘛。

可萧乾也不晓得是被说中了不爽，还是压根不稀罕搭理她，紧抿着嘴唇，掉头就走。

墨九奇怪地跳下石棺，问墨妄："枢密使大人又怎么了？"

墨妄扶一把她的手臂，沉吟道："他对你很好。"

墨九眨眨眼，妖娆地浅笑："那当然，我是他亲生祖宗嘛。"

她打趣的话还没落下，突然传来啊的一声尖利惨叫。

墨九循声望去，只见洞开的石门处，有几名禁军兵士好奇心重跑过去观看，引出一排嗖嗖的利箭，走在前面的两名兵士胸口中箭，惨叫着倒下。

"祖宗的！"墨九头皮发麻，三步并两步跑过去，"怎么不听招呼？！"

一群禁军死两个，伤两个。剩下的人被吓出一身冷汗，都老实地看她。

他们在战场上冲锋陷阵习惯了，对危险并无常人那般害怕，可探墓却都是生手，看门开了就去瞅瞅，哪晓得会有危险？

墨九瞪眼："猪队友。"

没有人再入石洞，都停在了外室。幸好事先准备有"急救包"，薛昉与击西两个，迅速为受伤的兵士包扎，又让另外的禁军兵士把死亡的两个队友背在身上，墨九方才探向石门。

"小心！"萧乾扼住她的手腕。

"我没事。"墨九在地上摸了一块碎石捏在手上。

"哇哇……哇……"石洞里婴儿的哭声越来越大，还伴着叮叮的滴水声，像从岩洞的顶端滴入水面似的。

她挑高风灯，手猛地一扬，咚的一声，石头飞入洞穴内，未落在地上，像是掉入了水中。

墨九凝着眉，又让人找了些石块，接连往几个不同的方向，试探性地投掷，却再也没有暗箭射出。根据石块的方向也基本可以确定，洞内的中间部位好像蓄了水。

她招手："进去两个人。"

没有把握的情况下，她是不会逞英雄打头阵的。

两名禁军拎了风灯进去，很快又回来了："使君，无碍。"

众人松了一口气，往洞内鱼贯而入。

墨灵儿小心跟着墨九，拉紧她的袖子："姐姐，灵儿怕。"

墨九白她一眼："坎墓你都不怕，怕这个？"

灵儿嘟嘴道："坎墓是申长老清理过的，什么都没有，我自然不怕。对这个巽墓，我却什么都不知道。"

墨九嗯一声，算是回答。

人类最深的恐惧来源于未知。对一切神秘的、不懂的、未知的东西，天生就含有畏惧之心。不仅墨灵儿怕，墨九自己其实也怕，只不过胆子比她稍稍大一些罢了。

一来她经历得多，进过的古墓也多，不仅因为家族原因，打小就有机会入墓玩耍，而且，大学四年、研究生两年，长达六年的光阴她也研究过各个朝代，各种各样的墓葬，所以心里有底。二来她穿越成一个这么窘的寡妇，背了个天寡之命的黑锅，嫁了个连正面都没瞧见的病痨夫君，就算一不小心枉死，她也不觉得多大回事，说不定还有机会穿回去哩。

"哇……哇……"

火光接近，那婴儿的哭声更为凄惨。

墨九一行停住脚步，站在一汪池水跟前。那个哇哇的哭声，便是从池水里发出来的，但正常情况下，水里不可能有婴儿存活。于是，这声音便越来越令人惊悚。人群紧张起来，墨灵儿紧抓她手臂不放，更有甚者，墨九发现萧乾也不知何时站在了她的另一侧。

她挑眉瞟他："六郎也怕？"

萧乾手指按在剑柄上，不动声色。

墨九看他披风飘飘，面若朗月，眸若深井，一如既往的清冷高贵，不由奚落："看不出来嘛，原来胆儿这般小。”

对于她的嘲弄，萧乾并不理会。而他清凉如水的面容上，也看不出丝毫惧怕，于是，他靠近她的动机，便有几分保护的意味。

不过墨九却不这么看，她严肃地伸出一只胳膊肘：“喏，借你使使？壮胆。”

萧乾淡淡瞟她一眼，收回视线，周围似是罩上了一层寒气，写满了生人勿近。

“使君，九爷，快看哪！”击西突地睁大双眼，指着池水尖着嗓子大喊：“水里有怪物！有怪物在动！”

其他人纷纷后退。

墨九一颗心提到了嗓子眼，却走近了池边。风灯光线不足，可她还是隐隐看见，靠近池边的地方，有几只黑黝黝的东西。头部扁平趴在池中，身形类似蜥蜴，却比蜥蜴大了数倍，尾部盘弯着，有明显的肤褶。

就是它们在哇哇哭泣。

她松一口气：“不要怕，不是婴儿在哭，是大鲵。这东西的哭声酷似婴儿，在我们那里，被人称为‘娃娃鱼’。你们这儿叫什么？人鱼？孩儿鱼？”

这种鱼并不常见，但大多人都听说过。听完她的解释，众人都放下心来。

“哪来的怪物，原来只是人鱼。”

“击西的胆子这么小！”

“哈哈，娘儿们嘛。”

“滚，你娘儿们，你才娘儿们！”

一群人打趣起来，从进入墓室听见婴儿啼哭就悬起的心脏，到这一刻，基本都落下了。

队伍里除了笑声，也有窃窃私语。大家都在讨论，为什么墓室里会有人鱼。若是造墓之人喂养，那么在这个不见天光的墓室里，它们靠什么生存，吃什么东西？要知道，人鱼是食肉的……

“哇！不好。”这时，一名好奇前往看人鱼的禁军手上风灯落地，像见着了什么可怕的东西，双眸圆瞪着，死死盯着池水：“使君，死人，里面好多死人的……骨头……”

室内有淡淡的秽气，可并无血腥味。

众人听到他的喊声，再近池边查探，纷纷缄默了——这池中确实有很多死人，不过人肉已经全被人鱼啃食，只剩下一块块大小不一，部位不一的人骨，还有分不出颜色的破碎衣衫与杂物。

墨九终于知晓罗盘为何一直转针了。

“这些人都是枉死的。怪不得……不过，娃娃鱼一般只有饿了才叫。”她转头看向众人，分析道：“看来已经很久没有人投喂过它们了。可这些死人，到底什么时候被丢在里面喂鱼的？”

“使君，属下去看看！”

薛昉年纪不大，可比那些禁军兵士胆大。加上他艺高，又是萧乾的贴身侍卫，请了命就靠近池水。

很快，他用铁爪钩上来一个令牌。当一声，令牌落在青石地上。

萧乾蹲下身，让人用风灯照着它。

令牌上面已有锈痕，可依旧可以判断出来。

“转运兵！是转运兵的令牌。”

第一个叫出声来的人，是薛昉。

接着，他又道：“使君，我记得谢丙生在任转运使的时候，发生过好几次转运兵送饷送物资的途中遇上匪人劫道或珒国人滋扰的事。尤其丁酉年那一次，一百多个转运兵不见踪影，当时官家震怒之下，还曾勒令调查。最后，这件事算在珒人的头上了……难道他们便是那时死亡的转运兵？”

“哇哇……哇哇……”

回答他的是水底的娃娃鱼。

在一个人骨堆积的池边，谈这样的事情，并不是那么美好，可发现了这么多人的遗骨与残骸，身为枢密使，萧乾又不可能不管。禁军兵士们虽然都不愿意从事这项工作，但还是不得不从池水里寻找证物……

不多一会，又有好些个令牌与转运兵的遗物被禁军兵士收集上来，从而证实了这些人的身份——确实是失踪死亡的转运兵。

墨九默默看着，手心捏出了冷汗。

若这些人都是谢丙生手下的转运兵……那么，她初在赵集渡那天，发现罗盘转针，接着又看见辜二从花船下来，就未必是他偷腥找妇人快活去了，完全有可能为了与这件事相关的目的。

辜二是谢丙生的人，可在招信他帮过她，给她的印象也一直不错，她不太愿意相信这样的结果。可如果真的与辜二有关……墨九想到在辜二船上吃过的酒菜，突然感受喉咙里有一股子犯腥。

“娘的，这些人怎会死在这里？”

“阴森森的……这鬼地方他们怎么进来的？”

“这人鱼叫的声音，真恶心！”

“老子汗毛都立起来了。”

众人还在议论，室内的风似乎更凉了。

萧乾突地重重一喝："都闭嘴！听听。"

禁军与侍卫都安静下来，墨九竖起耳朵，也听见了一种不同寻常的声音，像从另外一个地方传来的，像无数兵士整齐的脚步声，像千军万马在踩踏石室，还有石壁上叮叮的滴水，混在一起，似敲在心上，令人呼吸加快。

"有人进来了。"墨妄接了一句。

砰的一声，他话音刚落，池水的另一边就传来了火光，一群黑衣蒙面的男子整齐地冲入石室，架上弓箭，指向了他们。

黑衣蒙面人慢慢分开，从中走出一个大块头的蒙面男子。彼此相隔着不过十来丈的距离，虽看不清对方的面孔，却可以感觉到浓浓的杀气，他道："萧使君，得罪了。"

那人声音偏尖偏细，不像正常人发出来的，可萧乾却冷声道："我道是谁，原来是淮西路刘都指挥使。"

刘贯财一愣，似乎没有想到会被萧乾直接认出。但他很快就恢复了镇定，将面上的黑纱一揭，索性不再尖着嗓子说话："萧使君既然识得属下，也应当知晓我为何而来？"

萧乾道："阿猫阿狗之龌龊事，本座不知。"

他们一行人从天女石进入巽墓的时候，虽然把谢忱"请"回去喝茶了，可这件事不可能瞒得了所有的人。谢忱能在南荣盘踞这么多年，便是当今皇帝都轻易动他不得，他自然有他的后盾。身为淮西路都指挥使的刘贯财，按理应当听命于枢密院，受萧乾调派，可他本人，却是谢忱的门生，也是他的心腹。

薛昉低问："姓刘的何时会开古墓机关了，怎会从那面钻进来？"

墨九低哼，淡淡地道："盗洞。"

如此看来，曾四的死，巽墓的被盗，包括里面大量转运兵的尸体，都与谢忱逃不脱干系了。可曾四到底是怎样拿到巽墓的仕女玉雕的，为什么拿了却不懂，跑到食古斋去贩卖？若谢忱便是盗巽墓之人，他的目的是为了财宝，还是为了仕女玉雕，或者为了旁事？

更令墨九好奇的是，破坏巽墓机关的人，是否与谢忱是一伙的？

墨九脑子千头万绪间，两派人马已隔池对峙。

萧乾这边统共就二十来人，可刘贯财显然早有准备，洞边的盗洞口密密麻麻的脑袋，挤了个满满当当，外面或许还会有人。

显然，他们是不准备让萧乾活着离开此处了。

沉吟片刻，萧乾却突地一笑，像从凝固的坚冰中破开了一条口子，又似千树万树梨花瞬间绽放。从那笑声听来，他不仅不怕，还有几分闲适："刘都指挥使可知犯上作乱，该当何罪？"

刘贯财沉声道："萧使君不必为属下操心了。此事，绝不会有第三个人知晓。"

萧乾仍旧带笑："属蛤蟆的？好大口气。"

刘贯财性子阴狠暴力，被他侮辱，顿时大怒："萧使君武冠天下，属下佩服，可难不成你没有听过一句话？龙游浅水遭虾戏，虎落平阳被犬欺……"

噗的一声，墨九忍不住笑出声来："九爷活了几十岁，还从未见过自比狗的人。"

她感慨地笑着，蹲身摸了摸旺财的脑袋，柔声细语地道："财哥啊，有人不仅盗用了你的名字，还想与你抢着做狗，不如，咱把名头让给他好了？"

旺财配合地汪汪两声，那边刘贯财气得涨红了脸："萧乾，出征打仗老子不如你，可这偷鸡摸狗的事，你未必干得过我。实话告诉你，外面都是我的人，纵使你英雄一世，今日也走不出这阎王殿了！"

"阎王殿？刘贯财，你难道未曾听过本座的名号？判官六，判的可不止病人的命。"萧乾抬袖抚额，一笑间，竟是风华绝代，"本座猜猜你有多少人？五百，一千，还是一万？"

刘贯财恼羞成怒，大喝一声："你管老子！兄弟们，杀！"

"杀！"

"杀！"

"杀了萧乾，刘都指挥使有赏！"

刘贯财的人马喊打喊杀，声音不绝，刀枪碰撞铮铮作响，声也未停。可石室太狭窄，中间又有一口池塘，池塘的水虽然不深，可绝非肉搏拼杀的好战场。萧乾的侍卫与禁军只需据守池塘两侧，刘贯财纵使背后有千军万马也施展不开。第一波强攻不过，那些去见阎王的兵士，都是他家的。

看着地上软绵绵的尸体，墨九冲走南伸出手："拿来。"

走南目不转睛地盯着前方，闻言一愣："啥？"

墨九瞪他："吃的。"

走南哦哦一声，赶紧把肩膀上为她准备的食物包取下来。

这个食物包是她来之前就备好的，里面有果脯、瓜子、炒花生等等。可双方正在拼命搏杀，这是吃东西的时候吗？

看她优哉游哉地掏出瓜子吃着，走南的胃整个就不好了——便是他这种杀人如麻的武夫，在满地尸体与鲜血的面前，也未必吃得下，吃得香，她却吃得毫无压力。

"九爷……威武。"他竖大拇指，后面两个字弱弱的。

墨九瞪向他的络腮胡子，叹息着摇头："你这孩子就是傻，我就吃个东西罢了，拍我马屁做什么？你该朝前面的人摇旗呐喊——加油，加油！这样才对。"

石化的走南无言以对。

这时，狭窄的石室里，两拨人马斗得正酣，可由于地方的关系，也就顶在前面的人有机会出刀，报效上峰，后面的兵士除了干瞪眼睛，根本就插不上手，除了摇旗呐喊，确实也做不了别的。如此一来，池塘两侧拼杀的，左右也不过二十来个人，刘贯财的底气本来就是仗着人多，可小范围的局部厮杀，他再多人都只是摆设，单兵能力，根本就不是萧乾的对手。

地上的尸体，开膛破肚似的，横陈一堆。有的人被杀入池塘，就便宜了那十几条饥饿的娃娃鱼，闻到血腥味的它们，兴奋地撕扯着鲜美的肉食，咀嚼入腹，美滋滋地哇哇叫。

那声音传入耳里，与兵戈声、惨叫声混杂，恐怖、压抑。

于是，墨九悠闲吃东西的样子便成了一道“亮丽”的风景。

墨灵儿半眼都不敢看她，其余的兵士也恨不得戳瞎双眼。

萧乾嘴唇抿出一抹凉薄的凉意，转瞬，又将视线投向对面，冷声道：“刘贯财，你可知本座为何做得枢密使，你却不能？”

刘贯财站在兵士的身后，重重哼一声，牛气冲天：“不就仗着运气好，立了几次军功，又碰巧救了官家的性命，讨了好差吗？老子虽不懂岐黄之术，可你那几场仗若老子打，也能轻松大捷！你小子毛都没长齐，吃过的盐没老子吃的米多，凭什么在老子面前作威作福？”

第一次听到有人损萧乾，墨九噗的一声笑了。

这笑声很不厚道，也不合时宜，尤其还喷了瓜子壳出去。

萧乾冷峻的脸上并无表情：“死到临头，不知悔改，那你死也不冤了。”

刘贯财哈哈大笑，嘶吼道：“你他娘的别嘴上无毛，吹嘘撩屌，有本事上来和老子杀个痛快！”

看那厮吼得欢畅，墨九有些同情他了。

在她看来，萧六郎从来就不是什么好人，一个可以领兵杀敌建立军功的男人，除了勇猛，肯定懂谋略，就刘贯财这几把刷子，堵人把阵势摆在狭窄的洞里，明明人数比对手多出数倍却讨不到便宜，硬给对手塞上一个“万夫莫敌”的关卡，她都心疼这货的智商，怎会相信他能对付萧乾？所以，就算这会儿敌众我寡，她也不太担心。

萧乾果然不慌不忙，一身清冷的气息在风灯若有似无的幽光下，平添一种妖邪入体的仙气，不紧不慢的声音，字字气场十足：“杀鸡焉用牛刀？”顿一下，他又轻轻笑开：“回头看一眼盗洞口，是你人多，还是本座人多？”

不必再看什么了，盗洞外的喊杀声已传入石室内。

刘贯财正要派人去看，一个黑衣人就捂着胸口冲进来：“报！刘都指挥使，我们被、被人包饺子了。外头来了好多禁军，黑压压一片……”

“娘的！”刘贯财差点把牙咬碎，“一群饭桶！来了就来了，今日老子就和萧家小儿拼了这性命！”

墨九吃瓜子的动作稍稍一停，目光审视地看向萧乾，突然觉得这货执意要入巽墓，或者就是为了对付刘贯财……背后的谢忱。毕竟萧、谢两家斗智斗勇不是一日两日了，萧乾给了谢忱一个机会，让他对自己赶尽杀绝，再反戈一击，来一个“人脏俱获”——只要刘贯财这蠢东西被擒住，谢忱的事便暴露无遗。

“死贼，奸着哩。”

她声音低低的，萧乾也不知听见没有。他脊背俊挺笔直，单手扶剑，肘撩披风，意态轻闲地道：“刘贯财，你没有退路了，向本座投诚吧。”

刘贯财屁股后头着了火，被人里外夹击，胜算已是不多，可他是谢忱的亲信，对萧乾恨得牙根都痒了，又怎会投诚？

他想要杀过来，却又被挤得过不来，只得跳着脚骂：“萧乾，你个毛都没长齐的小畜生，给老子玩阴招，不得好死啊你！”

有些人就是这般，自己干什么都是对的，别人做了就天理不容。

墨九可怜着他的人品，突地一怔，盯着萧乾小声道：“不对，有猫腻。”

萧乾眉梢一扬：“何事？嗯？”

墨九半眯着眼，疑惑道：“为何刘贯财要再三强调你毛都没长齐？”

她一本正经的询问，听得萧乾一口气差点儿提不上来。凝滞一瞬，他缓缓偏开头，不再理会她，只冷声命令道：“速战速决！包完饺子好下锅。”

见他不解释，墨九也不追问，只同情地看着刘贯财，好心上前建议：“包饺子不好，人肉馅的吃了腻得慌，还老费柴火，不如直接宰了他喂池塘里的人鱼好了。”

萧乾抿唇轻哼：“好吃不过饺子，人肉的。”

这样的对话很反胃，也让池塘对面的刘贯财汗毛都竖了起来，可他话音刚落，他俩中间就钻出一颗脑袋来，左右瞧了瞧他俩，那颗脑袋笑眯眯地道：“好吃不过饺子，人肉的；好睡不过嫂子，亲生的。”

这颗脑袋上五官清秀，肤色白皙，可不就是击西？

他声音很小，又在双方对仗之时，旁人没有听见，只有墨九与萧乾入耳，条件反射地对视一眼，目光一触，又都挪开了。墨九阴恻恻地一笑，瞪着击西，一字一顿：“击、西，你准备怎么死？”

萧乾没她那么麻烦，直接摁住击西的脑袋，往后一堆：“笞臀五十。”

“主上，不要！”击西哭丧着脸，“击西老家就这么说的，击西冤枉啊！”

“六十！”萧乾声音更沉。

“主上，你最美了，你比击西还美！”

“七十！”

“九爷，救救击西啊！”

“八十！”

“呜，击西真的是……”击西瞄着萧乾越来越沉的脸色，蔫蔫地退下去：“真的是好想挨打啊。”

墨九这次不同情击西，觉得这货确实该挨打。他一石激起千层浪，让她与萧乾之间原本纯洁简单的叔嫂友谊，突然就蒙上了一层暧昧。

虽然墨九没有正经谈过恋爱，可上学的时候，由于长相好人品过关，也被男生递过小字条，送过鲜花、千纸鹤，请过小树林和小卖部，同宿舍的小妞恋爱也见过不少，那些朦朦胧胧的男友情事，眸含春水眼生光的忸怩样子，她记得很清楚。

那么，她这会儿脸发烧，耳发烫，心脏莫名怦怦跳……莫非就是初恋的懵懂期？

看打架的心思淡了，她乱七八糟地想着，佩服自己在这样血腥的场景下，还有研究风花雪月的精神头。可暧昧的磁场吸引力很足，就像罗盘的指针感应似的，心绪一乱，她连呼吸都带了暧昧的味。

她偷偷瞄了萧乾两眼，幽暗的火光下，他脸色很淡，瞧不清情绪。她一个人猜度着，翻来覆去地想，浑身都不得劲。老实说，她宁愿与他像往常那般你讥我讽，冷言恶语地针锋相对，也不喜欢尴尬的沉默。

墨九是个直肠子，有事一定要弄清楚。她想了许久，吸气换气几次，用一种虎视眈眈的表情看着萧乾，压着嗓子追问：“萧六郎，你老实告诉我，击西的话是不是真的？你是不是对我动了心，有所企图？嗯？”

这姑娘智商不低，可情商真不怎么高。

哪有十五六的小丫头这般与男子说话的？萧乾讶异地淡声问：“嫂嫂疯症又发作了？”

“呵呵！”墨九咬牙偏头，吸气一叹，觉得老脸有点挂不住。她如今的身份只有十五岁，可上辈子却比萧六郎的年纪还大。这样一个二十冒头的家伙竟让她颜面扫地，简直不可忍。她阴阴地冷哼：“你没什么想法，为什么总是勾引我？”

“勾引？从何说起？”萧乾连眼波都没有浮动。略顿一瞬，他似是想到什么，又回头睨她：“你我一条船上的蚂蚱，我不想你出事。你知道，我指的是什么。”

他目光清冷淡然，专注凝视时，似有仙雾缭绕。若非他肯定自己没有勾引，也对她没有企图，墨九大概又要沉迷在他惑人勾魂的目光中，以为这厮对自己有兴趣了。

“难道果然是蛊毒？”墨九一寻思，脊背就发凉。

为什么她屡屡觉得萧乾对她有意？她一度以为是萧乾长得太俊又生了一张桃花

脸，什么都不说也处处诱惑。可她却没有仔细想过，或许只是蛊虫作怪，让她或者他都会在某些时候，无意识地产生一种类似于情感的气息，以致让对方误会？

墨九释然而肯定地点点头：“大概你是对的，不过我太吃亏。”吃亏的事她不干，没好气地瞪眼道：“所以萧六郎，往后离我远点。要不然惹得我狂性大发，破了色戒，嘿嘿！”

萧乾低头看她，目光一沉：“好。”

他这样干脆爽快，墨九心底不舒服，但她懒得与他争论这个，反正蛊虫在他们两个的身上，谁也不能拎出来审讯。不想自作多情地便宜了蛊虫，她哼一声，恶狠狠地从萧乾身边挤过，走到墨妄的身侧，与他站在一起，吃瓜子，看械斗。

这没多一会的工夫，刘贯财领来的黑衣兵士，已是惨重伤亡。在南荣，禁军是最为精锐的战斗部队，尤其这些人又都是枢密使近卫，战斗力可想而知，但刘贯财确实带了不少人，死一批，填一批，死一批，再上一批，密密麻麻，无穷无尽似的。而且，这种冷兵器的贴身肉搏，比热兵器战争更为残忍冷酷，看得人心头发瘆，骇然不已。

墨九摇头：“这样一比，被机关枪突突死的人，真是幸福。”

墨妄捕捉到她的话：“机关枪？”

与机关鸢、机关鸟、机关屋，连弩车等一样，完全不懂的时人对于“机关枪”三个字不会有什么兴趣。可墨妄不同，身为墨家左执事，他一听就知道是某种厉害的武器。

盯着他烁烁的眼，墨九笑道：“师兄听说过机关枪？”

墨妄摇头，询问道：“可是火器？”

时下的火药还处于制作鞭炮的阶段，连火铳都没有普遍应用于军队，墨妄却可以坦然说出火器，墨九也不由佩服。她轻嗯一声：“一种威力极大的火器。”说到这里，她挨近墨妄低低道：“回头师兄与我讲讲千字引呗，我对武器图谱也很有兴趣。”

与她互视，见她双眼晶亮，充满期待，墨妄却迟疑了片刻，方将目光慢慢转向那一堆厮杀的人群，感慨道：“若千字引里，真有武器制作图谱，那真作孽了。”

墨九微笑道：“申老说，技艺本身是无罪的。”

似是被眼前血肉横飞的画面刺激了，墨妄眯了眯眼：“自古以来，但凡有野心者无不想拥有大范围作战的神兵利器，若真有此物，那必将血流成河，生灵涂炭，这又岂是墨家祖上愿意看到的？”

墨九怔了怔，轻嗯一声，算是回应。

就在她面前不远，一个兵士的钢刀刚好插入了另一个黑衣人的胸膛。鲜血与武器总是并存的，她微微皱眉，突地道：“也许以杀止杀，以杀绝杀，才是道理。”

若各方势力相当，那便是龙虎相斗，谁也不肯让谁，谁都有野心，那杀戮永远不止。若一个国家的武器和军备强大到了外人不敢随便入侵的程度，也拥有了足够震撼天下的能力，也许才会迎来和平。

墨妄从来没有听过这样的论调。

但仔细一琢磨，他却点头："九姑娘见解，墨某佩服。"

墨九暗道，这哪是她的见解啊，不过是她学过历史，从历史的规律与社会的演变来推论的罢了。

两个人有一搭没一搭地闲聊着，身子靠得很近。昏暗的火光下，墨九言笑浅浅，芙蓉色的脸，娇嫩白皙，墨妄高大俊气，爽朗阳光，一幅相谈的画面，竟极有美感……

不少人的目光投掷在他们身上，萧乾却未瞧半眼。

这会工夫，禁军人少，体力消耗过大，虽还在抵抗，却慢慢落了下风。可刘贯财的黑衣人还在顽强进攻，盗洞外面的禁军也还没有杀进来。薛昉扶剑上前，大声喊道："对面的人听好了，枢密使奉旨办差，为表官家仁厚，给你们一次机会。只要你们马上掉转枪头，助枢密使剿灭反贼，必饶尔等性命。若一条道走到黑，等禁军攻入，你们这锅饺子，可就煮熟了……"

墨九受不住他生硬的劝降，挤过去小声道："薛小郎，通俗易懂点。"

薛昉一愣，偏头看她："怎样通俗易懂？"

"看我的。"墨九清清嗓子，叉腰大声道："对面的英雄们，你们可能都不怕死，可你们有没有想过，如果你们死了，别的汉子就会住你们的房子，睡你们的娘子，打你们的孩子，用你们的银子，说不准，还会丢了你们家的祖宗牌子。"

薛昉惊叹："原来这就是通俗易懂。"

萧乾、墨妄与众侍卫皆被惊得睁大了眼，张大了嘴。

可大概真的通俗易懂最近人心，人可以不怕死，却不可以不考虑死了之后自家亲人的处境。若他们能把萧乾灭口还好，现下的状态，显然已不可能。那么他们死了，必将成为反贼，家人就算不受牵连，可墨九说的话，却大有可能发生。

在她大声的"通俗劝降"下，有的黑衣人已神思不定，还在与禁军厮杀的，也慌乱了不少。一个类似小头目的黑衣人，突地退后几步，大声道："兄弟们，我等为朝廷卖命，吃的是朝廷的饷粮，也就是朝廷的人，刘贯财劫杀枢密使，本是重罪，我们为何要为虎作伥，用自己血肉，为他人谋利，祸及自己妻儿？不干了！老子不干了。"

人心大都从众。

那厮一被策反，军心便开始动摇。

萧乾目光淡淡扫过墨九得意的小脸，又上前补充一句，成了压死骆驼的最后一根稻草："若擒得刘贯财，本座不仅不罪，还为尔等请功犒赏。"

"属下等谨遵使君之命！"

一伙子黑衣人大多转了风向，只剩刘贯财的亲信还在拼命。

可形势一变，他们没了优势，兵败如山倒，真正就成了一锅饺子。

薛昉没想到事情这么容易解决，不由狂喜："九爷高明。"

墨九道："那有什么？左右你们有人在外面，擒他也只是迟早的事，我只不耐在这里待着了。地方又窄，人又多，气都喘不过来。"

薛昉听她说完，瞥萧乾一眼，用极低的声音与她耳语了几句。

这些话听完，墨九脊背上都是冷汗："萧六郎，也真敢啊！"

原来萧六郎吹嘘的禁军，不足二百，仅有刘贯财的人的几分之一。

怪不得都这么久了，他们只在盗洞门口喊打喊杀，却没有几个攻进来。墨九看禁军与黑衣人纷纷"兄弟、老弟、哥"地喊起来，那亲如一家的样子，突然有些想笑。若刘贯财知道真实的情况，会不会呕血而亡？

"唉！"墨九重重一叹，又开始剥瓜子："姓刘的，你也赶紧投降了吧。回头把谁指使你干的都交代了，说不定使君还能看在你与旺财是本家的分上，留你一颗脑袋。"

"哈哈哈！"刘贯财大笑几声，痛恨地瞪着她："你以为就凭这三言两语就可让老子投诚？"

墨九咬着瓜子，正经地问："三言两语不成，你要几言几语？"

"我呸！"刘贯财斥道，"男子汉大丈夫，可杀不可辱，死就死，老子才不像这些墙头草。"

又是一声重重的"呸"，这厮突地砍翻面前两人，冲向盗洞。

"小心！按住他！"墨九直觉这厮居心不良。

可刘贯财身为都指挥使，也算孔武有力，能被谢忱重用，也非庸人。尤其那一群刚刚投诚萧乾的黑衣人，虽然就在刘贯财的身边，但心理角色还没转变过来，他们还不敢提刀砍他，刘贯财趁着这东风，居然极快地用身子撞上盗洞边上一块凸起的石块。

"小心机关！"墨九再一次高喊。

可还是慢了一步。

由于这间石室有盗洞，她先前疏忽了一点——机关并未拆除。

刘贯财事先应当受过叮嘱，触动了机关。霎时，整个石室像遭遇地震一般天摇地动起来。人摇晃，风灯也摇摇欲坠，厮杀的人群纷纷收刀，有一些拼命往盗洞外挤，有一些人却往后面的墓室退。

东倒西歪中，人群站立不稳，有的便倒在了地上。人扑人，人踩人，人叠人，肉夹饼似的裹在一起，谁也分不清谁是谁。而这个时候，那池水却像煮沸似的翻腾起来，摇晃得也很剧烈，水中的娃娃鱼哇哇啼哭，婴儿嗓子似的，让人毛骨悚然，不敢靠近。

墨九没有像旁人一样挤盗洞或退回墓室，电光石火的一瞬，她扑向了池塘，直接下到水里。先前石室一直在滴水，这水源从何而来，墨九有考虑过，却没有结论，如今不需要结论，在见证了巽墓机关的厉害之处后，她只有碰一下运气——在巽墓修建之时，若有池塘要活水养鱼，那么这间石室最大的生门，就是这一口池塘。

“快下来池水里！”

她大声呐喊，可慌乱之中，却没有几个人听见。

风灯灭了一盏又一盏，摇晃的空间，一片黑暗，鬼哭狼嚎。

当当的机括声中，她的手腕被人抓住。场面很混乱，她还没来得及看清谁捉住了她的手，人就在颠簸的池水中翻滚，下沉。机关运转之势，很难以人力抵抗，她只觉身子在滑落，那只捉住她的手也在这时揽紧了她的腰，与她一同沉浮。

不知过了多久，昏昏沉沉中，墨九听见了耳侧有水声，水压很重，她耳朵里的声音聒躁得厉害。

那人的胳膊带着她，往水面上浮去。

意识慌乱间，她紧紧抱住了他的腰，随水浪波动。

当脑袋再一次浮出水面的时候，新鲜的空气扑面而来，墨九几近陶醉地吸上一口：“果然是生门！”

四野寂静无声，除了她自己，只剩拖着她的人。

她侧头看去，萧乾丰神俊朗的脸便出现在面前。

月光下，他面色清冷，一双映着水波的眸子也映着她的脸。眸光锐利、幽暗，有一种迫人心魂的美。